SARAH HORNSLEY ist nicht nur Autorin, sondern auch Literaturagentin und weiß ganz genau, wie sie ihre Leser*innen fesseln kann. Der beste Beweis dafür ist ihr Thrillerdebüt »Bad Blood«, dessen Rechte in mehrere Länder verkauft wurden. Sarah Hornsley lebt mit ihrer Familie in Essex, wo auch der Schauplatz ihres Thrillers ist.

Begeisterte Stimmen über *Bad Blood*:

»Unglaublich fesselnd!« *Claire Douglas*

»Ein Pageturner im wahrsten Sinne des Wortes.
BAD BLOOD ist ein erzählerisches Meisterwerk!« *Anstey Harris*

»Ich habe dieses Buch sehr gerne gelesen. Es ist ein komplexer, verworrener Thriller, der einen in alle möglichen, unerwarteten Richtungen führt. Sarah zeichnet ihre Charaktere mit großem Geschick und einem Gespür für Tempo, das so manche gestandene Autor*innen in den Schatten stellen würde, ganz zu schweigen von einem Debüt. Eine großartige Handlung, die sich immer wieder selbst übertrifft!« *James Oswald*

www.penguin-verlag.de

SARAH HORNSLEY

BAD BLOOD

THRILLER

*Aus dem Englischen
von Sabine Thiele*

Die Originalausgabe erschien 2025
unter dem Titel *Bad Blood*
bei Hodder & Stoughton, Großbritannien.

Penguin Random House Verlagsgruppe FSC® N001967

1. Auflage
Redaktion: Christine Neumann
Umschlaggestaltung: Favoritbüro nach einem Entwurf und
unter Verwendung einer Coverillustration von Lydia Blagden
Satz: Buch-Werkstatt GmbH, Bad Aibling
Druck und Bindung: GGP Media GmbH, Pößneck
Printed in Germany 2025
ISBN 978-3-328-11266-2
www.penguin-verlag.de

Für meine Eltern,
Val und Berni,
weil sie mir beigebracht haben,
dass kein Traum zu groß ist.

Kapitel eins

Ich war sieben, als ich lernte, dass Aloe Vera das beste Mittel gegen Brandwunden ist. Von der Küchentür aus hatte ich meiner Mutter heimlich zugesehen, wie sie die Pflanze mit einem Messer in zwei Hälften schnitt, das feuchte Innere herauskratzte und es auf ihrem Oberarm verteilte. Die Brandwunde hatte fast drei Wochen gebraucht, um zu verheilen. Zuerst wurde sie in der Mitte dunkelgelb und weich, dann blieb eine kreisrunde Narbe zurück, die mir jeden Sommer erneut auffiel. Ich erwähnte nie, dass ich meine Mutter beobachtet hatte, war rasch aus dem Türrahmen gewichen, als sie sich umgedreht hatte.

Daher weiß ich, dass der Angeklagte wegen seiner Brandwunde lügt. Ich notiere meine Beobachtung auf einem Blatt Papier und schiebe es Charles Cole zu, der gerade das Kreuzverhör durchführt. Er wirft erst einen Blick darauf und dann zu mir. Ich bin sein aufstrebender Star, und nach kurzem Nachdenken bedeutet er mir, aufzustehen, während er selbst zurück zum Tisch der Staatsanwaltschaft geht.

Er übergibt den Gerichtssaal – unsere Bühne – an mich.

»Mr Jackson«, sage ich zu dem Angeklagten. Mein Lächeln ist nicht freundlich. Ich bin eine Wölfin in Anwaltsrobe. »Ich möchte noch einmal auf die Angaben zurückkommen, die Sie gerade gegenüber dem Gericht gemacht haben.« Ich deute zu den Geschworenen, damit sie verstehen, dass ich ihnen gleich demonstrieren werde, wie er sie belogen hat. Sie sollen sich persönlich getroffen fühlen. »Am zweiundzwanzigsten November letzten Jahres sind Sie in Peter Taylors Haus eingedrungen. Haben Sie da erwartet, dass er zu Hause ist?«

»Nein, das habe ich nicht.« Er schüttelt den Kopf, und mir ist klar, dass er keine Ahnung hat, worauf ich hinauswill. Er denkt, ich bin hilflos und spiele auf Zeit.

»Was ist passiert, als Peter dann aber doch daheim war und Sie in seiner Küche überrascht hat? Können Sie das dem Gericht noch einmal schildern?«

»Klar.« Er zuckt mit den Schultern. »Er hat mich angegriffen.«

»Würden Sie dem Gericht den Angriff bitte beschreiben?«

»Er hat mich wie beim Rugby zu Boden geworfen. Wir haben eine Weile miteinander gerungen, und er hat versucht, seine Hände um meinen Hals zu legen. Ich konnte mich losreißen, wollte fliehen und habe ihm dabei den Rücken zugedreht, da muss er das Bügeleisen vom Bügelbrett neben uns genommen haben. Dann habe ich einen brennenden Schmerz an der linken Schulter gespürt.«

»Er hat Sie mit dem Bügeleisen verbrannt?«

»Ja.«

»Aber geschlagen hat er Sie nicht damit? So ein Bügeleisen ist ja doch ganz schön schwer.« Ich sehe, wie sein Blick zu seiner Anwältin Rose Ballard zuckt, bevor er mir antwortet. Auf diese Fragen hatte sie ihn nicht vorbereitet.

»Also, er war nicht ganz nah an mir dran. Ich wollte abhauen. Ich schätze, er hat sich nach mir gestreckt und mich dann getroffen.«

»Und was ist dann passiert?«

»Ich bin herumgewirbelt. Da war er schon viel näher bei mir und hielt das Bügeleisen, als wollte er noch mal zuschlagen.«

»Was ist Ihnen durch den Kopf gegangen, als Sie gemerkt haben, dass er Sie verbrannt hat und das Bügeleisen noch in der Hand hielt?«

»Ich dachte, er würde mich umbringen.« Dabei sieht er mit gespielter Erschütterung und Welpenblick zu den Geschworenen. Ihm ist nicht klar, dass er mir die perfekte Antwort geliefert hat.

»Und wie genau haben Sie darauf reagiert?«

»Ich habe mit dem Messer auf ihn eingestochen.«

»Wie oft?«

»Fünfmal. In Notwehr.«

Ich lasse seine Worte wirken. Nicht nur ein Mal hat er zugestochen, sondern fünf Mal. »Okay. Können Sie bestätigen, dass Sie in Notwehr auf Mr Taylor eingestochen haben, weil er Sie mit dem Bügeleisen verbrannt hat?«

»Das stimmt. Ich hatte ihm den Rücken zugedreht und wollte abhauen. Ich sage Ihnen, er ist mir nach und hat mich angegriffen.«

Ich unterdrücke ein Lächeln, will mir noch nicht in die Karten sehen lassen.

»Haben Sie durch Mr Taylors Angriff Verletzungen davongetragen?«

»Das haben wir doch alles schon besprochen.« Er seufzt, sichtlich genervt von meinen Fragen. Gut. Je frustrierter sie sind, desto eher machen sie Fehler. Wir zermürben sie.

»Bitte beantworten Sie die Frage. Mir zuliebe.« Ich mache eine übertriebene Handbewegung, und ein paar Geschworene kichern.

»Ich habe eine Narbe auf dem Schulterblatt.«

»Und diese Narbe hatten Sie schon, als die Polizei Sie eine Woche, nachdem Peter Taylor in seiner Küche getötet wurde, festgenommen hat? Trifft das zu?«

»Das stimmt. Die Polizei hat Fotos gemacht. Ich lüge nicht.« Ich hebe die Augenbrauen. Er beginnt zu schwitzen.

»Das Bügeleisen hat Sie also so stark verletzt, dass Sie eine Narbe zurückbehalten haben. Diese Brandwunde war dann innerhalb einer Woche verheilt, und die Polizei konnte bei Ihrer Festnahme die Fotos davon anfertigen, die dem Gericht präsentiert wurden?«

»Ähm.«

»Bitte beantworten Sie die Frage. Einfach mit Ja oder Nein.«

»Ja.«

»Haben Sie in der Zeit, die zwischen der Verbrennung und Ihrer Festnahme – ich betone, nur eine Woche – vergangen ist, medizinische Beratung oder Behandlung bekommen? Haben Sie selbst recherchiert, wie Sie eine Verbrennung behandeln müssen? Haben Sie den Heilungsprozess irgendwie unterstützt?«

»Nicht, dass ich wüsste.«

»Mr Jackson, eine Verbrennung zweiten Grades – diese Schwere müsste Ihre Verletzung gehabt haben, damit eine Narbe wie auf den Fotos zurückbleibt – benötigt mindestens zwei bis drei Wochen zur Heilung, selbst mit den besten Behandlungsmöglichkeiten.«

»Na ja, bei mir ging es schneller«, erwidert er feindselig, und der Hundeblick wird bedrohlicher. *Ganz genau, ich habe dich durchschaut.* Das Adrenalin pumpt durch meine Adern. Dieses Gefühl macht süchtig.

»Nein, auch bei Ihnen hat die Wunde auf dem Schulterblatt zwei bis drei Wochen gebraucht, bis sich eine Narbe gebildet hat. Und deshalb kann sie nicht von dem angeblichen Angriff durch Mr Taylor stammen, sondern Sie müssen sich die Verletzung vor dem Einbruch in sein Haus zugezogen haben. Sonst wäre sie zum Zeitpunkt der Verhaftung noch eine offene Wunde gewesen.

Wie auch immer Sie sich die Verletzung zugezogen haben, es muss sich mindestens – mindestens! – eine Woche vor dem Vorfall ereignet haben, wegen dem Sie heute vor Gericht stehen. Nachdem Sie außer dieser Narbe keine anderen Verletzungen durch Mr Taylor vorweisen können, hat das Opfer Sie vermutlich überhaupt nicht angegriffen, und Sie haben es grundlos in seinem eigenen Haus ermordet.« Ich mache eine kurze Pause. »Sie haben Mr Taylor nicht aus Notwehr heraus getötet, sondern einfach nur, weil Sie es konnten.«

Er starrt mich wie ein Kaninchen im Scheinwerferlicht an.

»Mr Jackson«, ich hebe die Stimme, »habe ich recht? Haben Sie sich die Brandwunde vor der betreffenden Nacht zugezogen?«

Er reibt sich das Gesicht mit den Händen, so fest, dass rote Spuren auf der Haut zurückbleiben. Bald ist es so weit.

Wir werden gewinnen.

Das Ankleidezimmer klingt sehr viel hochtrabender, als es in Wirklichkeit ist, doch sollte man die mitschwingende Romantik nicht unterschätzen. Ich brauche die Zeit und die Gemeinschaft in diesem Raum, selbst wenn man auf gegensätzlichen Seiten steht, um von einer abgebrühten Anwältin wieder zu einem funktionierenden menschlichen Wesen zu werden.

Ohne diesen Übergangsraum hätte meine Ehe sicher nicht so lange gehalten. In mir existieren zwei Seiten, die ständig in entgegengesetzte Richtungen gezerrt werden. Eine Seite will um jeden Preis gewinnen, die andere sucht verzweifelt nach Stabilität. Und irgendwie weiß ich immer noch nicht, was »Erfolg« für mich eigentlich ist.

Deshalb zögere ich, als Rose mich fragt, ob ich später mit ihnen ins The Ship gehe, um Laras Geburtstag zu feiern. Lara arbeitet für dieselbe Anwaltsgemeinschaft – eine sogenannte Chamber – wie Rose, und ich kenne sie ursprünglich aus Pubs wie dem Ship, in denen sich die Londoner Anwältinnen und Anwälte regelmäßig nach der Arbeit herumtreiben. Im Gerichtssaal sind wir uns auch ein paarmal über den Weg gelaufen. Ich würde wetten, dass ein Großteil der Leute, mit denen ich arbeite, heute Abend dort sein wird.

Jeder weiß, dass im Pub mindestens genauso wichtige Arbeit wie im Büro oder vor Gericht erledigt wird. So ist es einfach, auch wenn man denken könnte, dass es sich mittlerweile geändert haben sollte. Das Problem ist nur, dass man nie weiß, wann genau die wichtigen Gespräche stattfinden. Man kann also nicht gezielt irgendwo auftauchen und danach schnell wieder verschwinden. Zehn Uhr abends, ein Uhr morgens, oft auch erst um drei Uhr morgens. Nie vor neun. Entweder hält man durch oder bleibt gleich zu Hause.

Deshalb entschuldige ich mich lieber mit meinem freundlichsten Lächeln bei der Frau, die gerade sechs Stunden meine Gegnerin im Gerichtssaal gewesen ist. Ich nehme meine Perücke ab, die die gleiche schmutzig weiße Farbe hat wie die Wände, und hole meine Sachen. Ich sage Rose, dass Noah und ich unseren fünften Hochzeitstag feiern, unterschlage aber, dass er sich in Paris auf Geschäftsreise befindet. Wir werden uns bei unserem gemeinsamen Abendessen auf eine wacklige Wi-Fi-Verbindung verlassen müssen und Hunderte Kilometer voneinander getrennt sein, während wir versuchen, so etwas wie Romantik aufkommen zu lassen.

Kein Vergleich dazu, wie wir unseren letzten Hochzeitstag verbracht haben – eng umschlungen im Bett in Oxford, in einem Hotel, das nur Speisen aus regionalen Zutaten serviert und in dem sich in jedem Zimmer ein großer Kamin befindet. Ich lächele bei der Erinnerung – es war wirklich ein perfektes Wochenende mit meinem perfekten Ehemann. Absurd teuer für eine Nacht, das ja, doch da wir dieses Jahr nicht richtig zum Feiern kommen, schlage ich nächstes Jahr vielleicht vor, wieder dorthin zu fahren.

»Gute Arbeit heute, Justine«, ruft Rose mir nach, »beeindruckend wie immer, aber beim nächsten Mal gewinne ich.«

Ich höre das Wohlwollen in ihrer Stimme, keine Bitterkeit. In diesem Business darf man nicht nachtragend sein. Nicht, wenn man überleben will.

»Das sehen wir dann«, rufe ich über die Schulter zurück und lächele, als ich die Tür aufstoße, werde dann aber schnell wieder ernst. Es ist mir wichtig, meine Erfolge vor Gericht nicht zu feiern. Irgendwie ist es auch ein wenig verachtenswert, jemanden hinter Gitter zu schicken. Nicht, dass sie es nicht verdienen würden oder es nicht das Richtige wäre, doch während eines Prozesses lernt man den Angeklagten oder die Angeklagte kennen. Nicht persönlich natürlich, aber man baut trotzdem eine Verbindung auf, versetzt sich in den Menschen hinein.

Was ich mache, bezeichne ich gern als Charakterstudie.

Man kann einfach nicht die Zwischentöne ignorieren, alles, was einen Menschen zu dem gemacht hat, was er jetzt ist. Was, wenn man sie davon befreien könnte? Ihnen eine Wiedergeburt ermöglichen, einen Neuanfang. Verdienen Menschen eine zweite Chance?

Bei meiner Arbeit lautet die Antwort: Nein, aber ich sitze eine Stunde pro Woche bei meiner Therapeutin Aya und versuche mich davon zu überzeugen, dass ich selbst diesen Ausgleich verdiene. Dass ich es wert bin, Luxuswochenenden mit meinem liebenden Ehemann in schicken Hotels zu verbringen.

Egal, wie erdig oder rauchig ein Rotwein schmecken soll, für mich riecht er nur nach Eisen und Blut, als ich ihn in meinem Glas schwenke.

»Prost«, sagen wir gleichzeitig und tun so, als würden wir anstoßen.

Über den Glasrand hinweg sehe ich zu Noah auf dem Bildschirm. Nach einem langen Tag im Büro trägt er noch seinen Anzug, hat aber immerhin das Hemd am Kragen geöffnet und die Krawatte abgenommen. Wie anders er doch ist als die Vorstellung, die ich mir immer von meinem zukünftigen Ehemann gemacht hatte. Ich verdränge den Gedanken. Erlaube mir, glücklich zu sein. Er sieht gut aus, sehr gut, und ist ein liebevoller, herzlicher Mensch.

Das eine schließt das andere normalerweise aus, schätz dich glücklich, höre ich die Stimme meiner Mutter.

Und während sich alles in mir gegen die Doppelmoral wehrt – eine Frau hat ausnahmslos immer schön und nett zu sein –, komme ich zu dem Schluss: Sie hat recht. Ich habe Glück. Von dem Moment an, an dem ich die Haustür geöffnet habe, hat Noah alles dafür getan, diesen Abend besonders zu machen. Eine Lieferung hat mich erwartet, mit einer Flasche Champagner – Bollinger –, weißen Rosen (meine Lieblingsblumen) und Anweisungen, eine neue Spotify-Playlist aufzurufen, mit Liedern von unserer Hochzeit.

Ich darf glücklich sein. Ich bin es wert. Stoß Noah nicht weg.

Wenn ich das Gefühl habe, die Kontrolle zu verlieren, tendiere ich dazu, Noah auf Abstand zu halten. Als bekäme ich meine Angst, ihn zu verlieren, am einfachsten in den Griff, ihn überhaupt nicht erst in meiner Nähe zu haben. So kann ihn mir niemand wegnehmen. Das Problem ist nur, dass ich mich in letzter Zeit oft überfordert fühle.

Es klopft an seiner Hotelzimmertür, jemand sagt laut »Zimmerservice«.

»Aha! Die Pièce de résistance«, ruft Noah, bevor er aus dem Bild huscht und seinen Apple Crumble entgegennimmt. Noah ist sonst niemand, der die Stimme erhebt oder davonhuscht, und daran merke ich, wie sehr er sich bemüht, uns trotz der Entfernung einen schönen Abend zu machen.

In der Zwischenzeit werfe ich einen Blick auf mein Telefon. Ich hatte ihm einen handy- und damit arbeitsfreien Abend versprochen und das Job-Handy auch brav in der Schreibtischschublade verstaut. Mein privates liegt allerdings unter dem Bildschirm, wo er es nicht sehen kann. Ich weiß nicht genau, warum ich es in Sichtweite haben muss – vielleicht bin ich Opfer des allgemeinen Bedürfnisses geworden, mich ständig mit anderen Menschen verbunden zu fühlen, anstatt mit mir selbst zufrieden zu sein.

Meine Therapeutin Aya denkt, das Hintergrundrauschen von Social Media hilft mir, meine eigenen Gedanken auf Abstand zu halten. Für sie ist es »ungesund«. Es juckt mir in den Fingern, und schon habe ich Instagram geöffnet, um zu sehen, was meine Kollegen bei Laras Geburtstagsfeier machen. Doch ich sehe keine Posts von ihnen in meinem Newsfeed. Tatsächlich sehe ich überhaupt keine neuen Posts seit meinem letzten Besuch auf der Seite, und plötzlich tippe ich abwesend einen Namen in das Suchen-Feld.

Jake Reynolds.

Ich kann es einfach nicht lassen. Vor fast achtzehn Jahren gab es nur Facebook, doch jetzt kann ich auch noch X und Instagram überprüfen. Jedes Mal bekomme ich eine lange Liste von verschiedenen Jake Reynolds', doch er ist nie dabei.

Ich weiß nicht, warum ich das immer noch mache. Schließlich glaube ich nicht, dass er nach den vielen Jahren plötzlich auf meinem Bildschirm auftaucht. Aber genauso, wie man automatisch sein Handy entsperrt oder E-Mails abruft, ist das Eintippen seines Namens in Suchfelder in mein Muskelgedächtnis übergegangen. Ich mache es nicht bewusst, kann aber auch nicht damit aufhören.

Schuldgefühle ziehen auf, dass ich an unserem Jahrestag nach Jake recherchiere. Ich liebe meinen Mann, wirklich, aber die erste große Liebe lässt einen nie los. Und Jake war keine normale erste große Liebe. Er hat mich gerettet. Und dann verlassen. Was wahrscheinlich einer der Gründe war, warum der nächste Mann, in den ich mich danach verliebt habe, Noah war. In mancher Hinsicht ähneln sie sich; bei beiden fühle ich mich sicher, doch aus unterschiedlichen Gründen.

Bei Jake konnte ich mich sicher genug fühlen, um ich selbst zu sein, loszulassen, die Fesseln sämtlicher Erwartungen abzustreifen. Ich durfte große Gefühle haben. Mit Jake zusammen zu sein, war, wie laute Musik zu hören und völlig losgelöst dazu zu tanzen.

Bei Noah ist es anders. Er ist beständig. Sicher. Ich weiß, dass er mich nicht verlassen wird. Es ist keine explosive Liebe – wir sind nicht das übersprudelndste Paar der Welt –, doch auf ihre Weise ist sie genauso stark. Sicher. Beständig. Echt.

Wir haben sogar über Kinder nachgedacht. Also, Noah zumindest. Die Vorstellung, Mutter zu sein, ist nicht gerade natürlich für mich. Diese Rolle, »Mutter«, und alles, was sie impliziert. Keine leichte Aufgabe.

Was, wenn ich versage? Nicht jede Frau ist dazu gemacht, Mutter zu sein. Ich weiß, welchen Schaden man dabei anrichten kann. Wäre ich eine gute Mutter? Da bin ich mir nicht so sicher. Wenn ich ehrlich sein soll, hat wahrscheinlich Noahs Erwähnung von Nachwuchs zu meiner aktuellen Überforderung geführt. Sie hat mich an meine eigene Mutter erinnert. An ihre Unzulänglichkeiten. An alles, was ich nicht sein möchte.

Noah kommt zurück an den Computer und zeigt mir freudestrahlend seinen Apple Crumble, während ich das Handy noch weiter außer Sicht schiebe. Ich trinke einen großen Schluck Wein und sage ihm, dass das Essen köstlich aussieht. Dass ich wünschte, wir würden es uns teilen können. Er lächelt, und ich schiebe die aufsteigenden Zweifel beiseite. Die Stimme in meinem Kopf, die fragt: »Meinst du das wirklich ernst?«

Kapitel zwei

Ich liege im Dunkeln und lese die heiße Nachricht, die Noah mir vor genau vier Minuten geschickt hat. Ich weiß, was er will, und dass sich die Zeit bis zu meiner Antwort für ihn wie eine Ewigkeit anfühlen muss, während ich tippe und alles wieder lösche. Tippe, dann lösche. Vor nicht allzu langer Zeit hatte ich es aufregend und sexy gefunden, wie sich das Verlangen langsam von den Zehenspitzen bis in meinen restlichen Körper ausbreitete, während wir uns die halbe Nacht Nachrichten schickten, wenn er auf Geschäftsreise war. Doch heute Abend finde ich keine Worte dafür.

Ihm geht es gut. Zwischen uns ist alles gut. Noah ist ein guter Mann.

Immer wieder sage ich es mir im Kopf vor, will mich zwingen zu reagieren. Doch dann meldet sich die Stimme wieder, die in den letzten Monaten immer lauter geworden ist und mich anzischt, wenn ich es am wenigsten erwarte.

Aber bist du gut genug?

Wovor fürchte ich mich denn? Ich weiß, dass er mich nicht zurückweisen wird. Trotzdem nagt meine Angst an uns, drängt sich in unsere Ehe und wirft Schatten über sie. Je panischer ich meine Antwort überlege, desto schneller schlägt mein Herz, und dann bin ich wieder dort.

Gefangen. Eingesperrt. Im Dunkeln.

Ich schnappe nach Luft.

Letzte Woche, kurz nachdem Noah wieder einmal von Kindern gesprochen hatte, sagte Aya zu mir, dass traumatische Ereignisse, die wir längst überwunden geglaubt haben, uns bei extremem Stress wieder einholen können.

Sind Sie gerade sehr gestresst, Justine? Ist etwas passiert?

Nein, hatte ich gelogen. Wollte noch nicht mit ihr darüber reden. Es so weit wie möglich vermeiden, über meine Mutter zu sprechen, in dem Wissen, dass sie das Gespräch genau dorthin lenken würde.

Ein dumpfer Schmerz zieht vom Nacken auf, ich atme schwer und schwinge die Beine über die Bettkante, brauche das Gefühl des Bodens unter den Füßen, um mich wieder in der Realität zu verankern. Langsam lichtet sich der Nebel, ich nehme das Handy vom Bett und tippe.

> Tut mir leid, ich bin furchtbar müde.
> Wir hören uns morgen. Alles Gute zum Hochzeitstag.
> Ich liebe dich.

Bevor ich mich umentscheiden kann, drücke ich auf Senden.

Es ist Mittwoch, elf Uhr abends, doch da die meisten meiner Kollegen sicher gerade eine letzte Runde im Pub bestellen, schenke ich mir ein großes Glas Wein ein und fahre den Laptop hoch. So ist das im Justizwesen. Verbrechen hören nie auf, ebenso wenig wie unsere Arbeit. Zum letzten Mal Urlaub gemacht habe ich vor fünfzehn Jahren – also richtig Urlaub, in dem ich nicht Justine, die Anwältin war, sondern Justine. Ehefrau. Geliebte. Freundin.

Ich überfliege die zwanzig E-Mails, die in den letzten drei

Stunden eingetrudelt sind, und bleibe an einer Nachricht von Charles Cole hängen, dem Chefanwalt unserer Chamber. Der Betreff lautet kurz und knapp: DRINGEND. Ich stürze zu meinem Job-Handy, das immer noch in der Schublade liegt.

Drei verpasste Anrufe.

Ich überlege, Charles zurückzurufen, doch da ertönt Ayas Stimme in meinem Kopf, die mich an das Ziehen von Grenzen erinnert. Stattdessen gehe ich zurück zum Laptop.

Justine,

grade kam ein großer Fall rein. Jemand muss ihn asap übernehmen. Mike wurde dafür schon vorgeschlagen, aber ich würde gern deinen Namen ins Spiel bringen, damit er dir zugeteilt wird. Melde dich umgehend, wenn du das möchtest. Hier müssen wir schnell reagieren. Erste Einzelheiten im Anhang.

Charles.

Tut mir leid, Aya, manche Grenzen müssen überschritten werden. Ich rufe Charles gleich zurück, während ich bete, dass Mike ein paar Tequilas zu viel intus hat und immer noch im The Ship die Nachwuchsanwälte mit Geschichten von seinen Erfolgen vor Gericht unterhält.

Charles meldet sich nach dem dritten Klingeln. »Ah, sie lebt also doch noch.«

»Ich mach's«, sage ich ohne Begrüßung.

»Das ist eine große Sache, Justine«, warnt mich Charles. »Solche gibt es nicht oft, und es wäre dein erster Mordfall. Da geht es um alles. Die Medien werden sich darauf stürzen. Jeder Satz von dir wird auseinandergenommen werden und sehr wahrscheinlich auf den Titelseiten landen. Kämst du damit klar? Besser als Mike es könnte? Bist du bereit?«

Fieberhaft suche ich nach einer Antwort. Verdammt, ich hätte doch erst den Anhang lesen sollen. Ich riskiere es, da ich weiß, dass ich bei bestimmten Fällen besser als Mike bin. Hoffentlich gehört der hier dazu.

»Mike kann schillernd und knallhart sein, das gebe ich zu. Er kann eine Jury umwerben, aber ich kann eine Geschichte erzählen. Sie sollen sich nicht in mich verlieben, sondern in das Opfer. Manche Fälle brauchen einen Hai. So jemanden wie Mike. Bei anderen muss ein zartes Netz für die Jury gesponnen werden, damit sie das gesamte Bild sehen. Dieser Fall braucht mich. Ich bin bereit.«

Charles' dröhnendes Lachen dringt in mein Ohr. »Okay, Justine, danke für das Abschlussplädoyer. Ich werde sehen, was für einen Gefallen ich bei den Clerks einfordern kann, damit sie dir den Fall anvertrauen. Mike kippt immer noch Tequila, das hilft uns, aber mir gefällt dein Kampfgeist.« Er beendet das Gespräch, und ich schließe die Augen. Noch habe ich den Fall nicht, doch wenn irgendwer Einfluss auf die Clerks – die in unseren Anwaltsgemeinschaften für die Zuteilung der Fälle zuständig sind – hat, dann Charles. Er ist seit über dreißig Jahren Kronanwalt und hat viele aufsehenerregende Fälle gewonnen.

Als ich mir gerade ein zweites Glas Wein einschenke, leuchtet mein Handydisplay mit einer Nachricht auf.

Der Fall gehört dir.
Ich bin morgen früh um acht im Büro, wenn du
die Akte mit mir durchgehen willst.

Wenn einem der Head of Chambers Hilfe beim ersten Mordfall anbietet, nimmt man das an. Ich hole tief Luft und schlüpfe
aus meinen Hausschuhen, um den kalten Holzboden unter den
Füßen zu spüren. Das ist er. Der Fall, auf den ich gewartet habe.

Das ist *mein* Moment.

Kapitel drei

Charles sitzt schon am Schreibtisch, als ich um Viertel vor acht an seiner Tür klopfe. Egal, wie sehr ich mich anstrenge, Charles ist immer einen Schritt voraus.

Ich winke ihm kurz zu und präsentiere das Gebäck, das ich in der hippen Bäckerei gekauft habe, die kürzlich nebenan eröffnet hat.

»Energie«, sage ich.

»Ich weiß schon, warum ich dir den Vorzug vor Mike gebe.« Er lächelt. Im Gerichtssaal ist Charles gefürchtet, doch sobald er die Perücke abnimmt, wird er zu einem anderen Menschen. Ohne Perücke kein Biss.

»Okay, fangen wir an, dann kannst du dich an die Arbeit machen. Du wirst jede Minute Zeit für die Vorbereitung brauchen.« Er tippt mit dem Mittelfinger auf die Akte, die mit einem dünnen rosafarbenen Band verschlossen ist, und schiebt sie mir über den Tisch zu.

Die Mail von letzter Nacht hat mir nicht allzu viel verraten. Brad Finchley ist ein fünfunddreißigjähriger Weißer, dem zweifacher Mord vorgeworfen wird. So einen schweren Fall hatte ich noch nie, und Charles hat recht: Die Medien lieben Mordprozesse, und dann noch mit zwei Leichen? Ein Festmahl für die Haie.

Die erste Anhörung vor Gericht wird in fünf Wochen stattfinden. Dort werde ich den Fall der Staatsanwaltschaft gegen den Angeklagten präsentieren müssen, und er wird entweder auf schuldig oder nicht schuldig plädieren. Bei einem so schweren Fall wird ihm sein Rechtsbeistand raten, auf nicht schuldig zu plädieren, in der Hoffnung, die Mordanklage wenigstens auf Totschlag zu reduzieren. Ich mache mich bereits auf einen sechs Monate langen, anstrengenden Prozess gefasst.

Adrenalin pumpt durch meine Adern.

Genau deshalb bin ich Anwältin für Strafrecht geworden und arbeite für die Staatsanwaltschaft.

Erwartungsvoll ziehe ich die Akte näher zu mir. Auf der ersten Seite werde ich wie immer ein Polizeifoto des Angeklagten finden, zusammen mit den Angaben zur Person. Es fasziniert mich, zu erfahren, wer der Verbrechen beschuldigt wird, die wir vor Gericht bringen. Dabei ist es mir egal, wer die Person ist oder woher sie kommt.

Natürlich wäre ich naiv, wenn ich vorgäbe, nichts von den Fehlern unseres Justizsystems zu wissen, doch meine Arbeit sieht immer folgendermaßen aus: Ich untersuche den Fall und stelle die Fakten auf die *überzeugendste* Weise zusammen.

Wir sind meisterhafte Manipulatoren.

Ich präsentiere die Argumente der Staatsanwaltschaft, egal, ob ich den Menschen auf der Anklagebank für schuldig oder unschuldig halte. Das bringt man uns bei, darauf fußt unser Rechtssystem – einem fairen Prozess. Dafür müssen beide Seiten mit gleich großer Überzeugungskraft vorgebracht werden.

Während meiner Laufbahn habe ich oft gestaunt, auf wie viele verschiedene Arten dieselben Fakten dargestellt werden können, und mich gefragt, was das über den Wahrheitsgehalt unseres eigenen Lebens und die Art, wie wir miteinander umgehen, aussagt. Die täglichen Lücken und Missverständnisse in unseren Interaktionen. Bei meiner Arbeit sieht man, wie wenig schwarz-weiß selbst die eindeutigsten, brutalsten Szenarien sein können. Staatsanwaltschaft und Verteidigung müssen beide ihr Bestes geben.

Bei den vielen langweiligen Dinnerpartys, die ich ertragen muss, antworten die meisten meiner Kollegen auf die Frage, »Welcher Teil Ihrer Arbeit gefällt Ihnen am besten?«: »Das Gewinnen.« Mir kam diese Antwort immer erschreckend stumpf vor für Menschen, deren Beruf es quasi ist, im Gerichtssaal eine große Show abzuziehen. Gewinnen wollen wir alle, das ist ein Naturinstinkt – Survival of the fittest. Mich faszinieren mehr die Menschen hinter den Fällen. Die Psychologie des Ganzen. Wer sie sind. Was sie getan haben. Warum sie es getan haben. Das ist meine Geheimwaffe der Jury gegenüber. Ich bin eine Geschichtenerzählerin, und um ihre Geschichte erzählen zu können, muss ich die Menschen dahinter kennen.

Wer bist du also, Brad Finchley? Was hast du getan? Und warum?
Ich löse das Band.

Beginne mit dem Puzzle.

Und da ist Brad Finchley. Dunkelbraune Augen, markanter Kiefer. Ich stelle mein Wasserglas etwas zu fest auf den Tisch, und ein Tropfen spritzt über den Rand auf die Seite, sodass die Schrift leicht verschwimmt.

Ich sehe zu der kleinen Narbe über seinem rechten Wangenknochen.

Folge ihr mit dem Blick bis hinunter zu seinen Lippen, fahre mit dem Finger über seinen Amorbogen, der Schwung so perfekt, dass ich im Scherz immer gesagt habe, er könne gar nicht echt sein.

Und unterhalb seines linken Mundwinkels ist eine noch kleinere Narbe, die man übersehen würde, wenn man nichts von ihrer Existenz wüsste. Ich habe Stunden, zusammengerechnet sicher ganze Tage damit verbracht, dieses Gesicht zu mustern. Ich weiß, wo sie sich befindet.

Denn ich bin mir hundertprozentig sicher, dass der Mann auf dem Foto nicht Brad Finchley ist.

Sondern Jake Reynolds.

Mein Herz schlägt immer schneller. Will ausbrechen. Und plötzlich bin ich wieder dort.

Allein. Gefangen. Im Dunkeln. Doch jetzt trommelt nicht mein Herz, will ausbrechen, sondern meine Fäuste. Laut und deutlich. Niemand reagiert.

Jake Reynolds. Wo warst du die ganze Zeit? Und warum hast du mich verlassen?

»Das Interessante an diesem Angeklagten ist die Tatsache, dass er vor fast zwei Jahrzehnten seinen Namen offiziell von Jake Reynolds zu Brad Finchley geändert hat.«

Charles' Stimme reißt mich aus meinen Gedanken. *Interessant.* Als ob Jake ein TV-Bösewicht wäre und es sich dabei um einen spannenden Plot-Twist handelte, statt um eine Enthüllung zu dem Mann, der mir das Herz gebrochen hat und nie wieder zu mir zurückgekommen ist. Der seine Identität geändert hat, damit ich ihn ja nie finde. Hat er mich wirklich so sehr gehasst wegen dem, was ich getan habe?

»Justine?«, fragt Charles. »Alles in Ordnung?«

Ich blinzele und zwinge mich, den Blick von dem Foto loszureißen. Ich sehe Charles an und antworte, ja, alles in Ordnung, mir sei nur ein wenig übel, und plötzlich stehe ich auf

26

und gehe zur Tür. Höre meine Stimme, die sagt: »Ich brauche nur ein bisschen frische Luft.«

Es ist, als würde ich mich selbst von außen beobachten. Ich spreche diese Worte aus, verhalte mich, als wäre alles normal, kann immer noch einen Fuß vor den anderen setzen. Gleichzeitig bin das doch nicht ich. Mein wahres Ich ist in unzählige Stücke zersplittert.

Das letzte Mal habe ich Jake nach der Weihnachtsfeier der Anwaltskanzlei meines Vaters gesehen, im Jahr 2005. Der Abend hat uns alle verändert. Ich weiß, dass ich nicht mehr dieselbe wie damals bin. Zu wem Jake – oder sollte ich besser sagen, Brad – wohl geworden ist? Einem Mörder?

Ich habe so viel an ihn gedacht. Mir vorgestellt, wie er wohl aussehen könnte. Deswegen hatte ich oft Schuldgefühle Noah gegenüber. Man sagt, nichts käme an die erste große Liebe heran. Natürlich kann man danach auch noch tiefe Gefühle für andere Menschen haben, doch das ist eine andere Liebe. Weniger überwältigend. Wahrscheinlich gesünder.

Jake und ich waren der Inbegriff erster Liebe. Wie im Film oder in Büchern. Die große erste Liebe, die unweigerlich tragisch endet. Denn solche Gefühle kann man gar nicht bis in alle Ewigkeit haben.

Zumindest erkläre ich es mir so. Wie bei Romeo und Julia. Ein dramatisches Ende für eine dramatische Liebe, bevor sie erlischt. So bleibt sie für immer lebendig. Romeo und Julia wären nicht Romeo und Julia, wenn sie zusammen alt und langweilig geworden wären und über das Abendessen diskutierten.

Wenn Jake mich nicht verlassen hätte, wäre unsere Liebe vielleicht verwässerter, wir als Paar beliebiger geworden.

Ich drücke die Tür zur Toilette auf und halte mich am Waschbecken fest, sodass meine Knöchel weiß hervortreten. Mustere mein Spiegelbild. *Jake Reynolds, was hast du getan?*, flüstere ich.

Ich habe seinen Namen seit dem Moment nicht mehr laut ausgesprochen, in dem mir klar wurde, dass er nicht zurückkommen würde. Ein furchtbarer Tag, aber auch der Beginn eines neuen Lebensabschnitts. Gewissermaßen die Geburt der Justine, die heute mit Noah verheiratet ist.

Es heißt, man muss erst ganz unten angekommen sein, bevor es aufwärtsgehen kann. Ich war ganz, ganz unten, und ja, danach wurde es besser. Knappe achtzehn Jahre später habe ich Jake Reynolds, abgesehen von gelegentlicher, rein unbewusster Internetrecherche, erfolgreich aus meinem Leben verbannt.

Etwas regt sich in meinem Gehirn. *Finchley*. Finches hieß unser Lieblingsrestaurant.

Brad Finchley.

Ist das ein Zufall? Irgendein kranker Scherz? Hat es etwas zu bedeuten?

Am liebsten würde ich mir kaltes Wasser ins Gesicht spritzen, doch da ich heute Morgen keinen Gerichtstermin habe, war ich so frei und habe leuchtend roten Lippenstift aufgetragen, als einen ausgestreckten Mittelfinger in Richtung Patriarchat. Deshalb trete ich stattdessen anmutig unter dem Waschbecken gegen die Wand.

Irgendwie habe ich es zurück in Charles' Büro geschafft und die Besprechung mit viel Nicken und allgemeinen Versicherungen, dass ich alles im Griff habe, überstanden. Jetzt kreisele ich langsam im Büro auf meinem Drehstuhl. Die geschlossene Akte liegt ganz am Rand des Schreibtischs, als würde ich mich daran verbrennen, wenn ich sie berühre.

All meine Internetsuchanfragen nach Jake Reynolds waren erfolglos geblieben. Kein Foto bei Google, nicht einmal ein LinkedIn-Account. Doch nach Brad Finchley hatte ich nie gesucht. Ich klappe meinen Laptop auf und tippe nacheinander jeden Buchstaben des seltsam fremdartigen Namens bei Facebook ein. Ich halte den Atem an.

Da ist er, das fünfte Suchergebnis. Sein Account ist privat, doch sein Profilbild ist für alle sichtbar. Er ist braun gebrannt und trägt ein einfaches weißes T-Shirt. Seine Augen liegen tief unter den Brauen, und seine Bartstoppeln haben genau die richtige Länge – verwegen und nicht ungepflegt. Er lächelt leicht schief, als wüsste er etwas, das ich nicht weiß. Früher hat mich dieses Lächeln verrückt gemacht.

Er sieht nicht aus wie ein Mörder, aber man muss kein Anwalt sein, um zu wissen, dass nicht nur genuin böse Menschen Verbrechen begehen. Ich weiß nur zu gut, dass Ereignisse im Leben eines Menschen einen Dominoeffekt in Gang setzen können und man plötzlich Dinge tut, die man nie zuvor von sich gedacht hätte.

Glassplitter. Blut. Es steigt über den Rand.

Laut der Akte wohnt er in Maldon, Essex, der Stadt, in der wir beide aufgewachsen sind. Warum haben Max oder Mum nie etwas gesagt? Wussten sie, dass er zurück war? Seit wann wohnt er dort schon? Warum ändert jemand seinen Namen und zieht dann an einen Ort zurück, an dem einen alle kennen? Das ergibt doch alles keinen Sinn.

Ich lese weiter. Brad Finchley wurde auf Kaution entlassen und wohnt bis zur Verhandlung bei einem Freund in Letchworth. Es besteht keine Fluchtgefahr, und da er keine Vorstrafen hat, kommt er im Moment mit elektronischer Fußfessel,

29

einer abendlichen Ausgangssperre und regelmäßigen Besuchen bei der Polizei davon.

Meine Kopfschmerzen sind zurück. In der Schreibtischschublade suche ich nach Paracetamol und schlucke zwei Tabletten mit Wasser. In den achtzehn Jahren, seit ich Jake das letzte Mal gesehen habe, könnte alles aus ihm geworden sein. Er hat sich ganz wörtlich neu erfunden.

Nein, diesen Brad Finchley kenne ich wirklich nicht.

Was aber im Grunde gut ist, denn eigentlich hätte ich dem Gesetz nach sofort angeben müssen, dass ich den Angeklagten kenne, als ich sein Bild gesehen habe.

Aber das habe ich nicht getan.

Wenn man mein Geheimnis errät, bevor ich von mir aus von dem Fall zurücktrete, könnte ich alles verlieren. Man könnte mir Sanktionen auferlegen, die meinem Ruf – und ziemlich sicher auch meiner Karriere – großen Schaden zufügen würden, je nachdem, wie lange ich das Versteckspiel weiter betreibe.

Und wie sollte ich Noah das alles erklären? Gar nicht – was bedeutet, dass ich auch meine Ehe aufs Spiel setze. Der Gedanke jagt mir Angst ein. Ich habe schon so viel getan, so viele Lügen erzählt, um uns zu schützen. Meine Vergangenheit gewissermaßen bereinigt, aber ich hatte keine andere Wahl.

Aber ich habe achtzehn Jahre gebraucht, um Jake zu finden, weshalb ich ihn trotz allem nicht einfach wieder loslassen kann. Nicht sofort.

Es ist besser, wenn ich an Jake und Brad als zwei verschiedene Menschen denke. Nachdem ich es nicht ewig aufschieben kann, schlage ich noch einmal die Akte auf. Dieses Mal weiß ich, welche schrecklichen Dinge mich darin erwarten.

Mark und Beverley Rushnell waren beide siebenundsechzig Jahre alt und wohnten in einem wohlhabenden Viertel von Epsom, Surrey. Vor einem knappen Monat hat man ihre Leichen in ihrem Zuhause gefunden. Was eigentlich für alle Menschen ein sicherer Rückzugsort sein sollte, jedoch nur allzu oft zum Schauplatz des Verbrechens wird.

Einer Studie zufolge, die letztens unter uns Anwälten kursierte, haben im letzten Jahr etwa 2,3 Millionen Erwachsene häusliche Gewalt erfahren. Zwei Frauen werden pro Woche von ihrem Partner oder Ex-Partner getötet, das ist schockierend viel. Doch in diesem Fall wurde das Ehepaar gemeinsam tot in seinem Haus aufgefunden.

Ich blättere durch die brutalsten Teile der Akte. Im Lauf der Jahre habe ich gelernt, dass es keinen Sinn hat, die gewalttätigen Aspekte eines Falls aufzuschieben, deshalb nehme ich sie immer als Erstes in Angriff. Wenn ich mich ihnen jetzt nicht stelle, werden sie mich nur umso härter treffen, irgendwie persönlicher werden – zu merkwürdigen Schatten in den Ecken, eingebildeten Schritten hinter mir in der Nacht. Nein, ich kann der Gewalt nicht davonlaufen.

Die Tatortfotos zeigen alle blutigen Details. Mark Rushnell wurde aus kurzer Distanz in die Schläfe geschossen. Kein schöner Anblick. Beverley Rushnell wurde auch in den Kopf geschossen, allerdings aus größerer Entfernung. Die Obduktion hat ergeben, dass beide kurz nacheinander getötet wurden. Wer zuerst starb, lässt sich hingegen nicht feststellen.

Ich denke daran, wie Jake seine Hand an meine Wange gelegt oder über meinen unteren Rücken gestrichen hat. Versuche mir stattdessen vorzustellen, wie sich seine Finger um den Abzug einer Waffe legen. Zweimal abdrücken. Töten.

Eine kalkulierte, zielgerichtete, grausame Tat.

Nicht nur die Mordwaffe hat man in einer Tasche bei Jake gefunden, daneben lag auch eine Baseballkappe mit Blut der Rushnells. Noch belastender ist, dass man Fasern ebendieser Kappe an beiden Leichen gefunden hat.

Ich höre schon, was die Richterschaft vor Gericht sagen, mit welchen Worten sie Jake zu einem Leben in Gefangenschaft verurteilen wird.

Mark und Beverley sind beide zwischen zwei und Viertel nach zwei Uhr nachmittags gestorben. In fünfzehn Minuten kann viel passieren. Die Staatsanwaltschaft muss entscheiden, welche Version der Ereignisse für die Jury am meisten Sinn ergibt: Hat Jake zuerst Beverley getötet, vielleicht unter den Augen von Mark? Oder war es umgekehrt? Wurden beide direkt nacheinander erschossen oder mit einer Pause?

Ich notiere meine Überlegungen auf einem Block:

1. Reihenfolge der Morde?
2. Warum war Jake im Haus?
3. Warum hat er sie getötet?

Dann füge ich noch hinzu:

4. Mark und Beverley RUSHNELL

Ich kreise den Nachnamen ein. Wer waren sie? Und warum kommt mir ihr Name so bekannt vor?

Kapitel vier

Die Uhr an meiner Bürowand zeigt 08:38 Uhr. Vor dem heutigen Tag war Jake Reynolds achtzehn Jahre lang aus meinem Leben verschwunden. Jetzt hat er es innerhalb von dreiundfünfzig Minuten geschafft, meine Welt auf den Kopf zu stellen. Wieder einmal. Ich versuche, nicht daran zu denken, was das über mich und das Leben aussagt, das ich mir aufgebaut habe.

In einer unserer ersten Sitzungen hat Aya mir von Kintsugi erzählt, der japanischen Kunst, zerbrochene Keramik wieder zusammenzusetzen und die Fugen mit Kittmasse und Gold aufzufüllen. Dabei sollen die Unzulänglichkeiten ebenso gefeiert werden wie die Schönheit des Gegenstands, der jetzt noch viel stärker ist, nachdem er zerbrochen ist und wieder zusammengesetzt wurde. Daraufhin habe ich überall in unserem Haus Kintsugi-Kunst verteilt. In unseren Küchenschränken finden sich Teller, Tassen und Gläser mit zarten goldenen Linien. Sogar unsere Teekanne sieht so aus. Aya wollte natürlich darauf hinaus, dass ich selbst auch Kintsugi bin. Stärker und schöner wegen allem, was ich durchgemacht habe. Jetzt frage ich mich, ob ich mich nicht einfach mit Klebstoff wieder hätte zusammensetzen sollen.

Ich klappe den Laptop zu und verstaue ihn zusammen mit der Akte und dem Notizblock in meinem Rollkoffer. Nachdem ich noch einmal kurz überprüft habe, ob ich alles dabeihabe, was ich brauchen könnte, gehe ich zu Charles' Büro. Klopfe nachdrücklich an.

»Herein«, bellt er, und ich stoße die Tür auf.

»Ich habe gerade mit meiner Mutter telefoniert. Ganz schlechtes Timing, ich weiß, aber es geht ihr nicht gut. Normalerweise würde mein Bruder Max bei ihr bleiben, aber er muss verreisen. Ich fahre zu ihr und werde die nächsten paar Tage remote arbeiten. Ich habe alles eingepackt, was ich brauchen könnte« – ich nicke zu meinem Rollkoffer – »und werde eine Liste aller potenziellen Zeugen zusammenstellen und die Gerichtsmedizin kontaktieren. Am Dienstag ist die Voruntersuchung zu dem Körperverletzungsfall, von dem ich dir erzählt habe, bei dem der Typ bei der Verhaftung den Polizisten gebissen hat, drüben in Blackfriars. Bis dahin bin ich dann wieder da.«

Er runzelt die Stirn. »Nun, das Timing ist wirklich nicht gut, aber Familie geht vor, das ist mir klar.«

»Danke, dann sehen wir uns nächste Woche«, sage ich rasch und bewege mich zur Tür.

»Justine?«, ruft er mir nach, und ich bleibe stehen. »Setz das hier nicht in den Sand, ja?«

»Natürlich nicht. Es hat oberste Priorität.«

Habe ich ein schlechtes Gewissen, weil ich Charles belüge? Den Mann, der mir gerade die größte Chance meiner Laufbahn ermöglicht? Wenn ich länger darüber nachdenke, ja. Aber ich bin buchstäblich in der Kunst der Manipulation ausgebildet und eine Meisterin darin.

Doch es steht viel mehr auf dem Spiel. Wenn Jake wegen Mordes ins Gefängnis wandern wird, muss ich die ganze Geschichte kennen. Nicht nur das, was die Jury nach Meinung der Staatsanwaltschaft am ehesten überzeugt.

Dieses Mal brauche ich die Wahrheit.

Nach achtzehn Jahren ist es Zeit, nach Hause zu fahren. Zurück an den Ort, an dem alles angefangen hat.

Zurück zu ihm.

Davor

Jake – der Freund

Das erste Mal nahm Jake Justine an einem trostlosen Tag im Februar richtig wahr. Es war der achtundvierzigste Geburtstag seiner Mutter, und sein Vater hatte einen Tisch für ein Überraschungsessen im Blue Eagle reserviert. Jake sollte sie aus dem Büro abholen. Er hatte die schönere Strecke in die Stadt gewählt, über die Promenade, nicht die schnellste – sein Vater hätte die Augen verdreht, er war viel praktischer veranlagt als Jake. Weniger *emotional,* wie er immer verkündete, wenn Jake ihn enttäuscht oder etwas vor seinen Freunden gesagt hatte, das ihm unangenehm war.

Normalerweise ließ Jake es selbstbewusst an sich abprallen, doch während die Wolken immer dunkler wurden, gab er zu, dass es eine dumme Entscheidung gewesen war. Er hätte seinem Kopf folgen sollen, nicht seinem Herzen.

Wie alle in Maldon kannte er die Familie Stone. Gerard Stone war eine echte Stütze der Gemeinschaft und trat wenig überraschend wieder bei den Stadtratswahlen an. Sein Gesicht prangte an Laternenpfosten auf Wahlplakaten, die im Wind flatterten. Man konnte ihn nicht übersehen. Manchmal hasste Jake diese Kleinstadt, aus der es kein Entkommen zu geben schien.

Man wurde hier geboren, und man blieb hier, Generation über Generation. Selbst die wenigen Glücklichen, denen die Flucht an die Universität gelang, kamen oft Jahre später zurück, zusammen mit ihrer Familie, und der Kreislauf begann von vorne.

Die Universität stand nicht in Jakes Sternen. Seine Familie war schon seit Generationen hier, und auch mit ihm würde sich nichts daran ändern. Diesen Sommer würde er die Schule abschließen, und man erwartete von ihm, dass er sich unter den Fittichen eines örtlichen Unternehmens zum Buchhalter ausbilden lassen und ein Mädchen heiraten würde, das er schon seit der Schulzeit kannte (Gott bewahre, wer das wohl sein sollte). Außerdem würde er in der Nähe seiner Eltern ein viktorianisches Reihenhaus kaufen wie das, in dem er aufgewachsen war.

Er schob die Hände tiefer in die Taschen und ging die Abkürzung zwischen den hohen Hecken entlang. Der Trampelpfad wirkte heute länger, als er ihn in Erinnerung hatte. Ein langer, gerader Weg erstreckte sich vor ihm. Kein Raum für Ablenkung. Als er die ersten Regentropfen spürte, zog er sich die Kapuze seines Hoodies über den Kopf und begann zu rennen.

Endlich mündete der Weg in den Park und die Promenade, und er atmete die salzige Meeresluft ein. Die Stadt war klein und erdrückend, doch sogar er musste zugeben, dass sie auch berauschend sein konnte. Er ging am Wasser entlang und erlaubte sich die Vorstellung, eines Tages in einem dieser Häuser zu wohnen. Dann könnte er sich leichter mit seinem Schicksal arrangieren.

Es musste wunderschön sein, mit Ausblick auf den Meeresarm zu wohnen, das konnte niemand leugnen. Die großen

Häuser in Maldon, deren Grundstücke bis zum Wasser reichten, bildeten eine kleine Enklave, umschlossen von einem Halbkreis aus früheren und aktuellen Sozialwohnungen.

Das Ganze wirkte ein wenig bedrohlich, fand Jake, wie ein Irrgarten, mit den herrschaftlichen Häusern inmitten gewöhnlicher Straßen. Diejenigen mit genug Geld, um dem Londoner Hamsterrad zu entkommen, lebten Tür an Tür mit denjenigen, die gar nicht erst die Gelegenheit gehabt hatten, sich davon mitreißen zu lassen.

Den Stones gehörte das große rosafarbene Haus mit weißem Zaun und umlaufender Terrasse, wie sie die Häuser in den amerikanischen Fernsehserien hatten. Ein verglaster Wintergarten ging im zweiten Stock aufs Wasser hinaus. Jake stellte sich vor, wie Mr Stone dort in einem der zwei Sessel saß, Zigarre rauchte und Schach spielte.

Er ging weiter, die Häuser zu seiner Linken, die Schiffe zu seiner Rechten, und dann sah er sie. Justine Stone. Sie lag im Vorgarten auf dem Gras, die roten Haare um ihren Kopf herum ausgebreitet, das Kleid vom Regen durchnässt.

»Justine?«, rief er zögernd. Was zum Teufel machte sie da? Mittlerweile regnete es in Strömen, und der Wind wehte stürmisch vom Wasser her. Sie reagierte nicht, vielleicht hatte sie ihn über dem Heulen der Böen nicht gehört. Oder vielleicht war sie verletzt. Er rannte los und rief noch einmal ihren Namen, lauter.

Dieses Mal drehte sie ihm den Kopf zu und lächelte.

»Fühlst du dich nicht total lebendig dabei?«, rief sie.

»Nein. Ich friere mir den Hintern ab«, antwortete er, und sie lachte. Ein Lachen tief aus dem Bauch heraus, das nicht zu ihrer schmalen Gestalt oder dem hübschen Kleid passte. Da sah er es.

Wie schön sie war. »Soll ich dir helfen?«, fragte er und streckte die Hand aus. Lächelnd ergriff sie sie und ließ sich hochziehen.

»Jake, richtig?«

»Ja. Gehst du jetzt rein?« Er nickte zu dem Haus hinter ihr, während sein T-Shirt immer mehr auf der Haut klebte.

»Noch nicht.«

Er sah Justine an, die völlig entspannt im Regen stand. Jeder andere würde schnell Schutz suchen und dabei über das schreckliche Wetter schimpfen, und er fragte sich, was es an ihr sonst noch zu entdecken gab.

»Okay.« Er überlegte fieberhaft, was er noch sagen könnte, damit sie sich weiter mit ihm unterhielt, doch sein Kopf war wie leer gefegt. »Also, ich gehe dann mal.« Er drehte sich um und hätte sich am liebsten getreten, weil er nicht interessanter war.

»Jake?«, rief sie ihm nach. »Sag deiner Mum alles Gute zum Geburtstag von mir.« Justine kannte seine Mutter überhaupt nicht, und die persönliche Bemerkung überraschte ihn. Er fragte sich, ob sie wohl nach einem Grund suchte, weiter mit ihm zu reden, auch wenn das vermutlich nur Wunschdenken war.

»Hast du Lust auf einen Spaziergang?«, fragte er plötzlich, bevor er es sich noch einmal überlegen konnte.

»Jetzt? Aber deine Mutter hat doch Geburtstag.«

»Nicht jetzt. Morgen. Um zwölf?«

»Ich finde, wir sollten das jetzt machen. Ich begleite dich zu deiner Mum. Keine Angst, ich werde nicht stören. Ich möchte nur ein bisschen spazieren gehen.«

»Es regnet, und du bist schon klatschnass.« Er versuchte, den Blick von ihr abzuwenden, doch es gelang ihm nicht. Sie war einfach umwerfend. So lebendig. Sie war das schönste Mädchen, das er je gesehen hatte.

»Na und? Was macht es dann, wenn ich noch etwas nasser werde?«

Gegen diese Logik konnte er nichts einwenden.

»Okay«, sagte er verwirrt. »Und du willst dir wirklich nicht erst etwas Trockenes anziehen? Oder einen Regenschirm holen? Du weißt schon, die Dinger, die jemand Schlaues erfunden hat, damit wir nicht nass werden.« Er lachte.

Justine sah zum Haus, und ihr Ausdruck veränderte sich. Bei ihm war sie übersprudelnd und voller Leben gewesen. Jetzt wirkte sie anders, kleiner irgendwie. Sie verschränkte die Hände fest vor der Brust.

»Na gut. Aber ich hole nur einen Regenschirm von der Terrasse. Bin gleich wieder da. So leicht wirst du mich nicht los, Jake Reynolds.« Sie löste die Hände und hielt plötzlich fröhlich lachend das Gesicht in den Regen. Bestimmt hatte er sich ihren abrupten Stimmungswechsel nur eingebildet. Dass sie fast schon ängstlich gewirkt hatte bei der Aussicht, ins Haus zu gehen.

Sie waren einander schon vorher in der Schule über den Weg gelaufen, hatten aber nie besonders auf den anderen geachtet. Außerdem hatten sie verschiedene Freundeskreise. Heute war jedoch etwas anders. Heute fing alles an, wie beide später feststellen würden.

Erst am Ende dachte er wieder an den kurzen Moment, den sie zu ihrem Elternhaus zurückgeblickt und beschlossen hatte, noch länger bei ihm im Regen zu bleiben. Er wünschte, er hätte sie gefragt, wovor sie so viel Angst hatte.

Vielleicht hätte dann alles, was danach passierte, nicht geschehen müssen.

Kapitel fünf

Ich fahre vor unserem weißen Haus am Ende der Sackgasse vor und bleibe noch einen Moment sitzen. Das ist unser Haus – meins und Noahs. Wir haben hart dafür gearbeitet. Mit der blauen Haustür, über die wir tagelang nachgedacht haben, und den Topfpflanzen davor, um die sich Noah kümmern muss, weil ich alles Grünzeug umbringe. Wir sind nicht perfekt, das weiß ich, aber zusammen haben wir uns ein Zuhause erschaffen.

Ich blicke auf unseren makellosen, geliebten Vorgarten mit dem Apfelbaum, den wir am Tag unseres Einzugs gepflanzt hatten, und ich weiß, dass sich alles ändern wird. Ich frage mich, wie lange ich Noah davor schützen kann, und plötzlich wird mir bewusst, dass ich weine. Ich kann nicht zulassen, dass mir dieses Leben entrissen wird – falls es sein muss, werde ich darum kämpfen –, doch in diesem Moment nehme ich alles noch einmal ganz bewusst in mich auf. Nur für den Fall.

Dann gehe ich hinein und ins Schlafzimmer, wo ich zum Wandschrank blicke. Er ist völlig anders als der in meinem Jugendzimmer, und trotzdem erinnert er mich heute daran.

Ich lasse den Hals knacken und nehme mir vor, den Schrank bei drei zu öffnen. Ich bin in London. In meinem Haus, in dem ich mit Noah wohne. Das Leben ist nicht mehr so wie früher. Ich bin nicht mehr wie früher.

Ich packe nur wenig ein, bin mir sicher, noch vor Noahs Rückkehr aus Paris nächste Woche wieder hier zu sein. Danach bleibe ich an der Küchentür stehen und lasse den Blick über die dunkelblauen Schränke und die weißen Granitarbeitsflächen schweifen. Der Raum ist groß genug für Einladungen, ein repräsentativer Ort, der unseren Erfolg zur Schau stellen sollte. Über dem Esstisch hängen Kronleuchter, am anderen Ende steht ein Sofa. Ein beeindruckender Raum.

Ich reiße mich los. Zwinge mich, die Haustür hinter mir zu schließen. Sage mir, dass ich im Handumdrehen wieder da bin und sich nichts geändert haben wird.

Ich konnte schon immer gut lügen. Sogar vor mir selbst.

Nur eine gewundene Straße führt nach Maldon hinein. Mit jeder Kurve habe ich das Gefühl, weiter in der Zeit zurückzureisen, Jahr um Jahr, bis mich schließlich die Promenade und der Park empfangen und ich wieder siebzehn Jahre alt bin und morgens am Wasser entlangspaziere bis zu der großen Eisenstatue von Byrhtnoth, einem Angelsachsen, der seine Armee in der Schlacht von Maldon gegen die Wikinger angeführt hat.

Dort saß ich früher immer und sah mir den Sonnenaufgang an, malte mir aus, was für einen Anblick die Wikingerschiffe mit ihren schlanken Bugen wohl geboten haben mussten, die im Morgengrauen verstohlen herangesegelt waren, begleitet von den Rufen der Möwen und den leisen Trommeln und Gesängen der Krieger. Wie sie sich wohl gefühlt haben mussten, so kurz vor der Schlacht. Ich hoffte, dass an diesem geschichtsträchtigen Fleck am Wasser etwas von ihrem Mut auf mich übergehen würde, damit ich ihn mit nach Hause nehmen konnte.

Ich ignoriere die Abzweigung, die zu unserem Elternhaus führt, sondern fahre geradeaus weiter zu meinem Bruder Max. Ich konnte es nicht glauben, als er ein Haus direkt um die Ecke gekauft hat. Für mich ergab es keinen Sinn, dass er sich ganz für Maldon entschieden hatte.

In den wenigen Tagen, die ich zu bleiben plane, will ich Mum und unser Elternhaus nicht sehen. Es hat einen Grund, warum ich seit achtzehn Jahren nicht mehr hier war. Allein bei der Erinnerung an diesen Ort wird meine Kehle trocken, und alles um mich herum scheint mich zu erdrücken. Mir die Luft zum Atmen zu rauben. Mich zu lähmen. Als wäre ich wieder dort, gefangen.

Und Mum konnte mich damals nicht schnell genug loswerden. Nur eine Woche nach dem Tod meines Vaters kam sie in mein Zimmer und verkündete, sie hätte mit Dads älterer Schwester Carol gesprochen. Ich sollte eine Weile bei ihr und meiner siebzehnjährigen Cousine Charlotte in Südlondon wohnen. Ein »Ortswechsel« wäre gut für mich, außerdem sollte ich vor dem Studium schon etwas Zeit in der Stadt verbringen.

Daraus wurden achtzehn Jahre. Ich schloss die Schule in London ab und begann am King's College. Mum hat mich nie besucht. Kein einziges Mal. Hat nie gewollt, dass ich zurückkomme. Hat nicht die Rolle der Mutter verkörpert, die die Rückkehr ihrer Tochter nach Hause herbeisehnt. Stattdessen hat sie mich abgeschoben und dann vergessen.

Seither beschränkt sich unser Kontakt auf das Notwendigste – Weihnachten, Geburtstag und andere große Ereignisse. Mum hat mich nie zu sich eingeladen, weshalb ich sie auch nie zu mir nach London eingeladen habe. Wir funktionieren als Familie – für Max und um den Schein zu wahren (das konnten die Stones schon immer gut) –, doch ohne Nähe. Sie ist meine Mutter, aber nicht mütterlich. Man könnte annehmen, dass der Bruch kam, als sie mich bei der ersten Gelegenheit zu Tante Carol abgeschoben hat, doch das wäre nicht richtig.

Mutter. Nein, dem ist sie wirklich nie gerecht geworden.

Es fühlt sich widernatürlich an, jetzt in ihrer Nähe zu sein, doch ich sage mir, dass ich nicht wegen ihr hier bin, sondern wegen Jake.

Nein, das stimmt nicht. Ich bin wegen der Wahrheit hier.

Als Erstes fällt mir auf, als ich in Max' Einfahrt einbiege, dass alle Vorhänge zugezogen sind. Das Auge für Details gehört zu meiner Arbeit. An einem so hellen und sonnigen Tag wie heute kommt mir das seltsam vor. In unserer Kindheit wollte Max den Sommer immer bis zum Letzten auskosten.

Ich klopfe nachdrücklich an die Tür, doch niemand reagiert. Max' Auto steht nicht in der Einfahrt, daher rufe ich ihn an. Ich lande sofort auf der Mailbox, wie auch bei all den Malen, die ich ihn auf der Herfahrt versucht habe anzurufen. Also beschließe ich, einen Kaffee in dem Café an der Ecke zu trinken, zwischen dem Fish-and-Chips-Laden und dem schäbigen Friseursalon.

Freitagabends sind wir oft von zu Hause geflohen, haben uns Fish and Chips in fettigem braunem Papier geholt und unsere Kleidung vom Essiggeruch durchdringen lassen. Max hatte diese Tradition ins Leben gerufen, als ich acht war, und mich von da an jeden Freitagabend begleitet. Er war gerade zehn geworden. Bei Kälte saßen wir an den weißen Kunststofftischen und spielten Karten, und wenn es warm genug war, saßen wir mit unserem Essen auf der Mauer davor und stellten danach auf der Promenade allen möglichen Unsinn an. Unsere Abende hier draußen hatte ich geliebt. Der Fish-and-Chips-Laden war ein magischer Ort für uns.

Jetzt als Erwachsene ist der Zauber gebrochen. Ich sehe das alte, schmutzige Schild, die schimmligen Fensterrahmen. Der Geruch nach Bratfett ist nicht länger verlockend, sondern abstoßend.

Zumindest ist der Laden eine deutliche Erinnerung daran, wie anders wir die Welt als Kinder sehen. Alles ist viel unschuldiger. Früher habe ich mich auf die Abende mit Max gefreut, jetzt frage ich mich, warum er uns beide aus dem Haus gebracht hat. Sogar als Teenager hat er seine Freitagabende mit mir bei Fish and Chips verbracht, wo er doch eigentlich mit seinen Freunden im Park White Lightning aus der Flasche hätte trinken sollen.

Heute gehe ich daran vorbei und setze mich in das Café daneben, das zu meiner Erleichterung in den Jahren meiner Abwesenheit renoviert worden ist.

Als man mich kurz vor Schließung höflich bittet zu gehen, setze ich mich ins Auto, das wenigstens eine Klimaanlage hat. In diesem Juli herrscht Rekordhitze. Um acht Uhr abends habe ich fünf Stunden gewartet. Ich rufe noch einmal bei Max an, doch wie erwartet, klingelt es nicht einmal. Keine Ahnung, ob er irgendwo ohne Netz oder sein Akku leer ist, jedenfalls habe ich jetzt keine andere Wahl mehr.

Verdammt, Max.

Zu meiner Überraschung erreicht ihr Lächeln sogar ihre Augen, doch nur für einen Moment. Dann ist es mechanisch wie immer.

»Hallo, Mum, Überraschung«, sage ich und ziehe meine Mundwinkel so hoch ich kann.

»Steh nicht so herum, komm rein.« Bei ihrer Umarmung kommt sie mir kleiner vor als in meiner Erinnerung, und durch die Strickjacke spüre ich ihre Rückenwirbel.

Sie scheucht mich ins Haus. Mein letzter Besuch ist so viele Jahre her, doch sofort hat mich die Klaustrophobie wieder fest im Griff. Und dabei ist das Haus riesig. Während ich meiner Mutter in den Salon folge, kann ich beinahe das Stimmengewirr der Weihnachtsfeier hören, die Dad kurz vor seinem Tod hier veranstaltet hat. Ich schüttele den Kopf und konzentriere mich auf den Boden unter meinen Füßen. Ich bin nicht dort. Sie sind nicht hier. *Er* ist nicht hier.

Ich weiß nicht, ob sie das mit Absicht macht oder ob ich alles zu persönlich nehme, aber es kommt mir so vor, als wolle sie betonen, dass ich hier nur Gast bin. Dass das hier nicht mehr mein Zuhause ist. Der andere, weniger kindische Teil meines Gehirns merkt an, dass sie vielleicht nur eine aufmerksame Gastgeberin sein will.

Jedenfalls wünsche ich mir inständig, wir würden ins Wohnzimmer gehen. Der Salon ist zu groß, seine Weite verschlingt uns und Mums zerbrechliche Gestalt. Früher erfüllte Dads Gelächter den Raum, wenn er hier mit seinen Freunden saß. Ich durfte selten dabei sein, doch ich belauschte von der Treppe aus so viel von den Gesprächen, die zu mir heraufdrangen, wie möglich.

Ich durchbreche als Erste das Schweigen. Immerhin bin ich unangekündigt vor ihrer Tür aufgetaucht. Es stehen schon zu viele Lügen zwischen uns, weshalb ich jetzt so direkt wie möglich sein will.

»Könnte ich zwei, drei Tage bei dir bleiben?«

»Natürlich. Du bist hier immer willkommen, das weißt du. Ich setze mal Wasser auf, und dann erzählst du mir von dem wichtigen Fall, an dem du vor ein paar Monaten gearbeitet hast. Wir waren alle sehr aufgeregt, als wir dich in den Nachrichten gesehen haben.« An der Tür dreht sie sich noch einmal um. »Nur zwei Tage, sagtest du?«

Eigentlich hatte ich es etwas vager formuliert, und wieder frage ich mich, ob sie das mit Absicht macht. Ich korrigiere sie aber nicht und bestätige, dass sie mich am Samstag wieder los ist. Genauso wenig wie ich sie berichtige, dass es mich nicht zum neuen Stadtpromi macht, am äußersten Rand einer Pressekonferenz in den BBC-Nachrichten aufzutauchen, nachdem ein Politiker wegen sexueller Nötigung verurteilt worden war. Es war noch nicht mal mein Fall gewesen.

Ich hoffe, Max kommt bald zurück. Ich will nicht ohne Antworten wieder abreisen, aber ich weiß auch nicht, wie lange ich es in diesem Haus aushalte. Morgen werde ich Mum fragen, wo er ist. Heute will ich es nicht mehr ansprechen, damit sie nicht merkt, dass sie nur die zweite Wahl war. Auch wenn ihr das wahrscheinlich klar ist.

Nach dem Abendessen entschuldige ich mich und gehe ins Bett. Mum versichert mir, dass ich gern in meinem alten Zimmer schlafen kann, das mittlerweile ein Gästezimmer ist.

Das löst überraschenderweise keine Trauer in mir aus, sondern Erleichterung. Auch wenn die vertrauten hämmernden Kopfschmerzen nicht weit sind, sage ich mir, dass mein jüngeres Ich nicht mehr in diesem Zimmer sein wird, auch wenn Mum es sicher nicht völlig verändert hat. Ich bin zwar hier, aber ich bin frei.

Umso mehr trifft es mich, als ich eintrete und sehe, dass die Tapete noch dieselbe ist, mit gelb-lilafarbenen Blumen. Achtzehn Jahre war ich nicht mehr hier und hatte angenommen, dass alles anders aussehen würde. Dass es wirklich ein Gästezimmer wäre, ohne Spuren meiner Teenagerzeit. Vor allem ohne Spuren des Abends der Weihnachtsfeier vor all den Jahren.

Ich schließe die Augen. Zähle bis zehn. *Ich schaffe das.* Ich habe keine Wahl. Im angeschlossenen Bad drehe ich das Wasser am Waschbecken auf, doch Blut fließt aus dem Hahn, immer mehr, auch wenn ich ihn sofort abdrehe. Das Waschbecken füllt sich, das Blut schwappt über den Rand, tropft zu Boden.

Ich schlage die Tür hinter mir zu und raffe Kissen und Decke vom Bett. Ich wusste, dass die Rückkehr hart werden würde, und hatte mich auf die psychische Belastung eingestellt, zumindest so gut wie möglich. Auf die körperlichen Auswirkungen war ich jedoch nicht vorbereitet gewesen. Dass die Anwesenheit in meinem alten Zimmer das Blut so brutal durch meinen Körper jagen würde, bis meine Augen brannten.

Vielleicht versuche ich es morgen noch einmal, wenn Max bis dahin nicht aufgetaucht ist – als würde man nach einem schweren Sturz wieder aufs Pferd steigen –, doch jetzt muss ich mich mit dem Sofa begnügen.

Kapitel sechs

Ich beginne den Tag mit meinen üblichen zwei Paracetamol, bevor ich Noah anrufe, um ihm zu erzählen, wo ich bin. Seine Stimme klingt samtweich, als er sich meldet.

»Du bist in Maldon? Darf ich fragen, warum?«

»In der Arbeit ist es ruhig, und du bist nicht da«, versuche ich abzuwiegeln, doch Noah weiß, dass ich nie zu meiner Mutter fahre.

»Und, wie ist es?«, erkundigt er sich und klingt dabei entspannt und neugierig, als wäre mein Aufenthalt hier aufregend und nicht beängstigend. Soweit Noah weiß, habe ich wegen der Arbeit Wurzeln in London geschlagen, das Verhältnis zu meinem Bruder ist aber immer noch eng. Von den Familienfeiern habe ich ihn so gut wie möglich ferngehalten, weshalb ihm nicht bewusst ist, wie steif meine Mutter und ich wirklich miteinander umgehen. Kein besonders herzliches Verhältnis, aber auch nicht dysfunktional, so denkt er wahrscheinlich von mir und meiner Mutter. Er könnte nicht falscher liegen.

»Nett. Etwas seltsam«, gebe ich zu. »Ich schlafe in meinem alten Zimmer.« Eine Notlüge – ich habe auf dem Sofa übernachtet, aber das kann ich ihm unmöglich erklären.

»Ah, inmitten von Erinnerungen an die Teenagerzeit. Die vermisse ich wirklich nicht.« Er lacht leise. Wenn er nur wüsste, wie recht er hat. Die Vergangenheit vermisse ich ganz und gar nicht.

»Moment, ich stelle dich auf Lautsprecher. Ich muss meinen Koffer unter dem Bett hervorziehen«, sage ich, knie mich auf den Boden und strecke den Arm aus.

»Du hast noch nicht ausgepackt? Das sieht dir gar nicht ähnlich.«

Er hat recht. Normalerweise packe ich auf Reisen als Erstes aus und hänge alles ordentlich auf, weil es sich so heimeliger für mich anfühlt. Doch hier ist es anders.

»Ich weiß, ich war nur so beschäftigt seit der Ankunft. Und jetzt muss ich duschen, tut mir leid. Hab einen schönen Tag! Ich liebe dich.«

»Ich liebe dich auch«, antwortet er ernst. Ich fühle mich schmutzig dabei, als müsste ich meine Schuld abwaschen. Die Lügen werden jetzt schon immer mehr.

In Dads früherem Arbeitszimmer befestige ich die einzelnen Seiten der Akte an der Wand. Dabei höre ich, wie Mum leise die Treppe hinuntergeht, und frage mich, warum sie immer noch so unsichtbar wie möglich sein will. Dad ist tot. Es ist niemand mehr da, um den sie auf Zehenspitzen herumschleichen müsste. Am liebsten würde ich ihr sagen, sie soll laut Musik hören, Sachen herumwerfen, ausflippen. Schreien. Das täte ihr bestimmt gut.

Noch nie habe ich gesehen, wie sie die Kontrolle verloren hat. Ich habe Dad gehört. Die Nachbeben ihrer Streits gespürt. Aber ich habe nie gesehen, dass ihre ruhige Fassade Risse bekommen hätte. Eindruck hat es auf mich nicht gemacht, im Gegenteil. Wie konnte sie nur so kalt sein? So gleichgültig.

Wusste sie nicht, dass wir es auch spürten? War es ihr egal? Sie war zwar mit uns in diesem Haus, aber gleichzeitig auch nicht. Immer schlich sie herum. War immer still. Sie sollte einfach nur aufwachen und uns zeigen, dass wir das Recht hatten, unbequem zu sein. Doch das tat sie nie. Sie machte einfach immer weiter. Tag für Tag. Und deshalb mussten wir das auch.

Das kann ich ihr nicht verzeihen.

Sie steckt ihren Kopf durch die Tür, wie eine Marionette.

»Justine. Was um Himmels willen machst du hier drin?« Sie sieht von mir zur Wand, wo Jakes Polizeifoto in der Mitte hängt, und wird blass.

»Warum hast du es mir nicht erzählt?« Ich versuche, so ruhig wie möglich zu sprechen.

»Was ist das alles?« Sie wirkt völlig unbewegt. Ihre Selbstbeherrschung – und mein Mangel daran – stört mich.

»Der neue Fall, an dem ich arbeite.« Ich habe gerade mit Belinda telefoniert, der Pressesprecherin der Polizei, und weiß, dass es heute um neun Uhr morgens auf BBC gesendet werden wird. Es ist jetzt acht Uhr siebzehn. »Brad Finchley«, fahre ich mit einem humorlosen, aggressiven Grinsen fort. »Oder besser gesagt, Jake Reynolds wurde vor einem Monat wegen zweifachen Mordes verhaftet. An seinem Wohnort. In Maldon.«

Sie schweigt.

»Wann hast du es erfahren?« Das ist es, was ich wirklich wissen will. Im Moment ist es mir egal, ob er es war oder nicht. Ich will wissen, wann meine Mutter herausgefunden hat, dass Jake wieder in Maldon ist und wie lange sie es vor mir verheimlicht hat. »Warum hast du mir nicht gesagt, dass er zurück ist?« Jetzt brülle ich. Noch ein Beweis, dass sie mich schon vor langer Zeit einfach vergessen hat.

Etwas zuckt über ihr Gesicht. Verletztheit, Ärger, Unwillen, Stolz. Schon ist es wieder verschwunden, bevor ich es einordnen kann. Sie senkt den Blick und sieht dann langsam wieder zu mir auf.

»Soweit ich weiß, ist er vor drei Monaten hier aufgetaucht. Ich wollte dich schützen. Ich wollte dich immer nur schützen«, sagt sie leise, und ich weiß, dass sie die Wahrheit spricht, aber sie hat versagt. In jeder Hinsicht. Und das ist unverzeihlich. Eltern müssen ihre Kinder beschützen.

Das hier ist Neuland für uns. Nach dem Tod meines Vaters hat sie mich so schnell abgeschoben, dass wir nie gelernt haben, ohne ihn als Familie zu existieren. Er war immer da gewesen. Hatte Aufmerksamkeit eingefordert. Sie auf uns gerichtet. Sie entzogen. Es ist ein seltsames Gefühl, ohne ihn.

Niemand sagt einem, wie man mit gerade mal achtzehn Jahren um seinen Vater trauern soll. Laut Polizeibericht hatte mein Vater am sechzehnten Dezember 2005 betrunken einen tödlichen Autounfall, nachdem er eine Kurve auf der Landstraße zu schnell genommen und die Kontrolle über seinen Wagen verloren hatte. Er war eine Böschung hinuntergeholpert und gegen einen Baum geprallt. Und als wenn das nicht schon genug Schaden verursacht hätte, hatte das Auto auch noch Feuer gefangen.

Ich bin überrascht, als Mum ihre Hand auf meine legt. Versuche, nicht das Gesicht zu verziehen.

»Es tut mir leid. Vielleicht hätte ich etwas sagen sollen.« Es ist ein Zugeständnis. »Solltest du dann aber wirklich an dem Fall arbeiten?«

»Nein, aber ich brauche Antworten.«

Sie nickt und beißt sich auf die Lippe. »Und dann?«

»Keine Ahnung.« Das ist die Wahrheit. Ich habe nicht die geringste Ahnung, wie es dann weitergeht. Es kommt darauf an, was ich herausfinde.

Ich nehme die Tasse mit dampfend heißem Kaffee in meine Hände. Während ich auf die Nachrichten warte, lese ich noch einmal die Zeugenaussage der Nachbarin der Rushnells.

Mein Name ist Elizabeth Smith. Ich bin 79 Jahre alt und wohne in 32 Cherry Tree Grove, Epsom, Surrey. Mark und Beverley Rushnell waren meine Nachbarn, sie wohnten in der anderen Hälfte unseres Doppelhauses. Mein Wohnzimmer grenzt also an ihre Küche und Essecke. Am 15. Juni habe ich ihnen um Mittag herum einen Biskuitkuchen gebracht.

Ich bin nicht lange geblieben, aber Beverley wirkte aufgewühlt und etwas nervös. Sie hatten mir nicht viel erzählt, doch in der letzten Woche hatte ich öfter erhobene Stimmen und Weinen gehört, was sehr ungewöhnlich war. Sonst war kaum etwas von ihnen zu hören gewesen. Das hatte ich immer erzählt, wenn ich Besuch hatte, also, dass ich trotz der Doppelhaushälfte nichts von meinen Nachbarn höre. Daher wusste ich, dass etwas nicht stimmte, und deshalb buk ich den Kuchen. Ich wollte nett sein, eine gute Nachbarin. Zu meiner Zeit hat man noch ganz anders aufeinander geachtet als heute.

Um fünf Uhr nachmittags verließ ich das Haus, um zu meinem wöchentlichen Lesekreis zu gehen. Die Straße war fast leer. Ich erinnere mich an einen großen weißen Lieferwagen und ein paar Autos von Nachbarn, auf die ich nicht besonders geachtet habe. Mir ist nichts Ungewöhnliches aufgefallen. Ein Motorrad, das ich schon ein paarmal gesehen hatte, parkte ein Stück die Straße entlang. Um Viertel nach sieben kam ich zurück und wollte noch einmal nach Beverley sehen. Mich beunruhigte immer noch, wie nervös sie gewesen war. Vielleicht würde sie mit mir reden, wenn Mark nicht da war. Nicht, dass ich dachte, es läge an Mark, er war so ein netter Mann, aber es redet sich leichter, wenn niemand in der Nähe ist.

Ich klingelte, doch niemand kam. Das war ungewöhnlich, da alle Lichter brannten und das Auto in der Einfahrt stand. Mark und Beverley haben sehr auf die Umwelt geachtet, vegan gelebt und sich kürzlich ein Elektroauto gekauft. Sie hätten nicht einfach das Haus verlassen und das Licht nicht ausgeschaltet. Ich klingelte noch zweimal, dann wurde ich so unruhig, dass ich durch das vordere Fenster hineinspähte. Ich sah nicht viel, weil Möbel im Weg standen, aber ich konnte ein Bein erkennen - mit einem Männerschuh -, und es sah aus, als läge jemand auf dem Rücken auf dem Boden. Da habe ich den Notruf gewählt.

Dass die Nachbarin zum Zeitpunkt der Tat nicht zu Hause war, ist ungünstig. Ihre Aussage könnte generell schwierig für die Staatsanwaltschaft werden. Ich hebe »in der letzten Woche hatte ich öfter erhobene Stimmen und Weinen gehört« mit einem Leuchtstift hervor. Könnte die Verteidigung argumentieren, dass Mark erst seine Frau und dann sich selbst getötet hatte? Könnte das zu der Schusswunde aus nächster Nähe passen?

Ich möchte es gern glauben. Und zum wiederholten Mal ist mir klar, dass ich genau deshalb nicht an dem Fall arbeiten sollte. Dass ich alles gefährde. Trotzdem muss ich es wissen.

Warum hast du es getan, Jake? Was hat dich dazu gebracht, zwei Menschen zu töten?

Doch im selben Moment frage ich mich, ob ich nicht eigentlich vor allem herausfinden will, warum er mich verlassen hat, als ich ihn am meisten gebraucht habe.

Nach den Nachrichten warte ich noch ein wenig, bevor ich mich fertig mache, damit sich die Neuigkeit in der Stadt verbreiten kann. Vermutlich werden die Leute jetzt offener reden, da sie möglicherweise einen echten Mörder kennen. In den Nachrichten hat man von Brad Finchley gesprochen, seinem offiziellen Namen, doch auch angegeben, dass er früher Jake Reynolds hieß. Wie erwartet, stürzen sich die Journalisten auf die Namensänderung. Warum? Wer war Jake Reynolds? Wovor war er weggelaufen? Ganz sicher wird die Presse hier in Maldon einfallen. Ich darf nicht zu lange bleiben.

Die Einheimischen hätten ihn bestimmt sowieso erkannt, doch die Stadt ist garantiert trotzdem in Aufruhr. Alle werden natürlich so tun, als wären sie erschüttert und entsetzt, doch mindestens die Hälfte derer, mit denen ich heute spreche, wird das alles insgeheim genießen.

True-Crime-Formate sind nicht ohne Grund so beliebt. Früher war ich überrascht über die Massen, die auftauchten, um sich die grausamsten Darbietungen menschlicher Verderbtheit vor Gericht anzusehen und mit ihren Schokoriegelpapieren raschelten, als säßen sie im Kino. Mittlerweile bemerke ich sie kaum noch, sie gehören einfach dazu.

Mir ist klar, dass ich jetzt zuschlagen muss, bevor der Pressezirkus losgeht. Sicher werden auch die Freunde und Familienangehörigen der Rushnells in die Stadt kommen. Die Leute werden ihre Erinnerungen an die der Neuankömmlinge anpassen; die suggestiven Fragen der Medien werden beeinflussen, was sie zu wissen glauben; Mark und Beverley werden ihnen durch die Anwesenheit der Familie und Freunde realer vorkommen. Ihr Tod noch tragischer. All das wird eine Rolle dabei spielen, was sie für die Wahrheit über Jake halten. Ich habe keine Zeit für ihre verzerrten Erinnerungen und muss schnell handeln.

Im Büro oder vor Gericht gibt es so viele komplizierte Regeln zum äußeren Erscheinungsbild, und ich bin so sehr perfekt gebügelte weiße Blusen, Absätze und schwarze Kostüme mit knielangen Röcken gewöhnt, dass ich unsicher bin, mit welcher Kleidung ich nicht auffalle. Und heute will ich wirklich nicht auffallen.

Ich ziehe eine weite Mom-Jeans an, die ich nur gekauft habe, weil alle meine Freundinnen so etwas tragen, und ein hellgrünes Oberteil. Die Haare würde ich normalerweise zu einem schlichten Pferdeschwanz binden, doch heute lasse ich sie offen. Sonst würde ich mich für Treffen mit potenziellen Zeugen nicht so anziehen, doch nichts an diesem Fall ist so, wie ich es normalerweise machen würde oder sollte.

Als Erstes will ich es mit dem Pub auf der anderen Seite der Stadt versuchen. Es liegt Jakes Haus am nächsten, und ich kann genauso gut dort anfangen.

Die ganze Nacht hat mich die Pistole beschäftigt, die man in einer Sporttasche unter einem Bodenbrett unter dem Bett von Jakes Mutter gefunden hat. Nach einem kurzen Kampf gegen den Krebs war sie nur zwei Monate vor den Morden gestorben. Jakes Vater war sechs Jahre zuvor einem Herzinfarkt erlegen. Jake hatte keine Geschwister. Seine Fingerabdrücke waren auf der Waffe und der Außenseite der Tasche. Außerdem wurden Fasern seiner Baseballkappe an beiden Leichen gefunden.

Das ist nicht eindeutig, aber ganz schön *überzeugend*.

Im Lauf der Jahre habe ich gelernt, meine persönlichen Gefühle außen vor zu lassen. Menschen begehen schreckliche Verbrechen, ständig. Doch die Vorstellung, dass Jake abgedrückt haben könnte? Dass er die Pistole unter dem Bett seiner toten Mutter versteckt haben könnte, nachdem er kaltblütig zwei Menschen ermordet hatte? Mir dreht sich der Magen um, als würde mein Körper schon allein den Gedanken abstoßen. Die leise Stimme in meinem Hinterkopf ermahnt mich, dass Anwälte genau deshalb nicht in Fälle involviert sein dürfen, bei denen sie einen oder mehrere Beteiligte kennen. Allzu lange kann ich so nicht weitermachen.

Bevor ich das Haus verlasse, notiere ich noch etwas auf meinem Block:

Hatte er Angst? War die Pistole zu seinem Schutz?

Wieder denke ich an Mr Rushnell, der aus nächster Nähe getötet wurde, und weiß, dass das reines Wunschdenken ist. Es war zielgerichtet. Brutal. Wer auch immer Mr Rushnell erschossen hat, wollte ganz sichergehen. Konnte Jake wirklich so gefühllos sein? Ich schließe die Augen und zähle bis zehn, als meine Knie bei der Vorstellung weich werden.

Normalerweise suche ich Zuflucht bei Noah, wenn die Welt zu grausam wird. Oder wenn mich die Dunkelheit zu verschlingen droht. Sie begegnet mir oft bei meiner Arbeit, und Noah schafft es immer, mich wieder zu erden. Doch er ist nicht da, und selbst wenn … Das hier muss ich allein durchstehen. Ich hole tief Luft und straffe langsam den Rücken, mache mich so groß wie möglich.

Aya hat mir das emotionale Rüstzeug hierfür mitgegeben. Ich schaffe das.

Kapitel sieben

Keiner der in der Fallakte aufgeführten Zeugen erwähnt das
Blue Eagle, doch es könnte trotzdem das fehlende Puzzleteil
sein. Die Polizei hat gründlich gearbeitet, das ist aus der Akte
ersichtlich, aber sie hat von den Morden ausgehend in die Vergangenheit ermittelt. Ich gehe den umgekehrten Weg, vom
achtzehnjährigen Jake hin zu Brad Finchley. Ich hoffe, dass die
beiden sich ausbalancieren, in etwa so, wie Staatsanwalt und
Verteidigung für einen fairen Prozess sorgen sollen, und ich am
Ende die Wahrheit erfahre.

Beim wiederholten Lesen der Akte fiel mir irgendwann auf,
dass das Pub nie erwähnt wurde, und das kam mir seltsam vor.
Das Blue Eagle war immer Jakes Stammkneipe gewesen, ebenso
wie die seiner Familie vor ihm. Sein Großvater hatte dort gearbeitet, sein Vater jeden Freitagabend auf seinem Hocker an
der rechten Seite der Bar verbracht.

Sobald Jake in jenem September achtzehn geworden war,
arbeitete er stundenweise dort, und er und sein Dad spielten
jedes Wochenende Billard bis in die frühen Morgenstunden.
Wenn Jake vor seiner Verhaftung schon drei Monate in Maldon gewesen war, wie Mum behauptet, dann wäre er sicher ein
paarmal ins Blue Eagle gegangen.

Ich ziehe die schwere Eichentür auf, und das Déjà-vu-Gefühl

ist schier übermächtig. Entschlossen marschiere ich zur Bar. Mit meinem Auftauchen riskiere ich eine Menge. Was, wenn mich jemand erkennt und schlussfolgert, dass ich an Jakes Fall arbeite? Was, wenn man mich meldet, bevor ich Charles meine Version der Geschichte erzählen kann?

Auch wenn es auf den ersten Blick so wirkt, als wären alle Anwesenden zu jung, um sich an mich zu erinnern – immerhin war ich achtzehn Jahre nicht hier –, meine Familie werden sicher alle kennen. Auf die bloße Erwähnung des Namens Stone hin werden alle mitfühlend dreinschauen und ein oder zwei Anekdoten über sie und meinen Vater beisteuern, der mit dem ganzen Ort befreundet gewesen war.

Maldon ist eine kleine Stadt. Zu klein. Und mein Vater war hoch angesehen, wurde zweimal in den Stadtrat gewählt. Am ersten Samstag im August findet jedes Jahr das berühmte Schlammrennen über den Meeresarm statt. Keiner weiß mehr, wann oder wie diese Tradition entstanden ist. Seit dem Tod meines Vaters wird es ihm zu Ehren abgehalten und Geld für das Jugendzentrum gesammelt, für dessen Bau er vor seinem Tod noch die Genehmigung erhalten hatte. Daran hat sich bis heute nichts geändert, und selbst Menschen, die ihn nie kennengelernt haben, sehen sein Gesicht jedes Jahr auf Bannern, zusammen mit der Bitte um eine Geldspende.

Ich spüre Blicke auf mir, doch ich gehe weiter zur Bar. Diese Leute kennen nicht mich. Sie kennen meine Familie. Aber nicht mich. Und nur deshalb starren sie mich an. Weil sie mich *nicht* kennen. Das ist das Verrückte an Kleinstädten: Entweder schauen einen alle an, weil sie einen kennen, oder weil sie einen eben nicht kennen.

Die Frau hinter der Bar sieht mich und wendet den Blick

ab. Ich lache leise. Blickkontakt mit den Gästen zu vermeiden, war Jakes Strategie, die Schichten am Tresen durchzustehen. Unbeirrt setze ich mich auf den Barhocker ganz rechts, wie Jakes Dad früher.

Die Einrichtung ist anders. Die einst schmutzigen graublauen Wände könnten jetzt direkt meinem Pinterest-Board entsprungen sein. Sie sind halbhoch mit elegantem dunkelblauem Holz vertäfelt, über den Tischen hängen moderne Lampen, über den Sitzbänken große goldene Spiegel. Ich könnte wetten, auf der Toilette stehen kleine Kakteen auf einzeln angebrachten Regalbrettern. Ganz offensichtlich ist die Gentrifizierung in Maldon angekommen.

Immerhin stehen im Hintergrund noch zwei Billardtische, und die Bar ist auch noch dort, wo sie schon immer war. Das Pub ist zwar aufpoliert, aber immer noch das alte Blue Eagle.

Ich bestelle ein Ginger Ale und warte. Bevor ich anfange, möchte ich die Leute hinter dem Tresen noch etwas beobachten. Mir die beste Strategie zurechtlegen. Ich kann Menschen gut einschätzen und mich auf sie einstellen. Das muss man auch können, wenn man eine Jury überzeugen will. Man muss herausfinden, wie die Geschworenen ticken und was ihnen wichtig ist, und genau das während des Prozesses bedienen. So hat man die beste Chance auf ein einstimmiges Urteil: schuldig oder nicht schuldig.

Ich sehe, wie die Barkeeperin ihre Haare berührt, während sie mit ihrem Kollegen spricht. Außerdem scheint sie lauter zu reden, wenn er in der Nähe ist. Sie scheint zu hoffen, dass er zuhört, auch wenn sie nicht direkt mit ihm spricht. Perfekt.

»Ich wette, ihr zwei hört den ganzen Tag schon nichts anderes, was?«, sage ich, laut genug, damit er es auch hört und ich von Anfang an beide in das Gespräch miteinbeziehe. »Hinter der Bar erfährt man doch immer alles als Erstes.«

Sie werfen sich einen Blick zu und runzeln zu meiner Überraschung die Stirn. »Ja, irgendwie schon«, sagt die Frau und wendet sich von mir ab. Das hätte ich nicht erwartet. Ich hätte gedacht, sie würden nur zu gern auf mein Gesprächsangebot eingehen. Würden von sich aus alles erzählen, nachdem ich ihnen den Köder hingeworfen hatte. Doch ich würde mich wohl mehr anstrengen müssen.

»In einem Pub muss man seine Gäste doch gut einschätzen können, oder? Was sie am liebsten trinken, ob der Abend friedlich verläuft oder ob es Ärger gibt. Man muss ihnen immer einen Schritt voraus sein.« Ich bewege mich von Brad Finchley auf sichereren Boden und gebe ihr damit die Möglichkeit, mich zu beeindrucken – und vor allem ihn.

»Oh, total. Einmal waren ein paar Typen da, und mir war sofort klar, dass es echte Arschlöcher sind. Als sie Shots bestellt haben, habe ich sie mit Wasser verdünnt.«

»Sehr schlau.« Ich reiße bewundernd die Augen auf. »Ich wette, Sie kennen alle Tricks. Was ist mit Brad Finchley? War der auch ein Arschloch?«

Sie zögert, wendet sich aber nicht wieder gleich ab.

»Ich habe auch mal einen Sommer in einem Pub gearbeitet, und die Gäste haben mich immer unterschätzt.« Ich stelle mich auf eine Ebene mit ihr, fordere sie aber auch heraus – habe ich sie auch unterschätzt? Wird sie darauf anspringen?

»Also«, sagt sie und beugt sich zu mir, dreht sich aber nicht völlig von dem Mann weg, den sie unbedingt beeindrucken will. Treffer, versenkt. »Ich habe ihn zweimal hier gesehen«, fährt sie fort. »Beim ersten Mal war er unauffällig, hat einfach nur etwas getrunken. Er saß übrigens da, wo Sie gerade sitzen. Beim nächsten Mal war es eine Katastrophe, er ist richtig aggressiv geworden.« Die letzten Worte flüstert sie mit schwacher Stimme, und einen Moment fürchte ich, sie könnte zu weinen anfangen. »Mein Gott, was ist, wenn ich die beiden hätte retten können? Ich habe dem Boss von dem Vorfall erzählt, aber vielleicht hätte ich ihn der Polizei melden sollen oder so.«

»Machen Sie sich keine Vorwürfe, niemand hätte das verhindern können. Es ist nicht Ihre Schuld«, sage ich mit Nachdruck, gebe ihr einen Moment, um sich zu fassen, und mache weiter. »Warum war er bei seinem zweiten Besuch so komisch?«

»Er war gar nicht komisch, aber der andere.«

»Er war nicht allein da?«

»Nein. Der andere Typ war echt unheimlich. Hat mich die ganze Zeit angestarrt, wenn ich in ihre Nähe kam. Dachte vielleicht, ich belausche sie. Sie haben was zu trinken bestellt und sich dann in die Ecke da drüben gesetzt.« Sie deutet auf zwei Sessel. »Ich bin in den Keller gegangen, nur für einen Moment, und als ich zurückgekommen bin, hat dieser Brad den anderen am Hals gepackt und gegen die Wand gedrückt. Ich habe hinübergerufen, er soll sich beruhigen, und er hat ihn losgelassen. Der andere hat seine Jacke genommen, sein Bier ausgetrunken und ist gegangen. Dabei hat er gegrinst. Gerade hat ihm noch jemand die Kehle zugedrückt, und er grinst. Psycho.«

»Was ist dann passiert?«

»Brad hat sein Glas gegen die Wand geschleudert. Warum musste das unbedingt sein? Der andere Typ war doch weg, und ich musste alles sauber machen. Er hat immerhin gesagt, ›tut mir leid, ich gehe schon‹ – ›und wie du gehst‹, habe ich geantwortet –, und dann ist er verschwunden. Soweit ich weiß, war er seitdem nicht mehr hier.«

»Und wann war das?« Ich muss aufpassen, das ist schließlich kein Kreuzverhör. »Das klingt wirklich nicht gut«, füge ich daher rasch hinzu. »Sie haben ganz richtig gehandelt und es nicht eskalieren lassen.«

»Nicht wahr? Ich weiß noch, es war mein erster Arbeitstag nach dem Urlaub. Also der vierte Mai.«

»Wissen Sie, wer der andere Typ war?«

»Nein. Ihn habe ich zum ersten Mal gesehen, aber ich bin auch nicht aus der Gegend. Wir sind vor einem Jahr hergezogen. Der Boss hat allerdings komisch reagiert, als ich ihm alles erzählt habe. Normalerweise wäre er wild geworden und hätte geschworen, die Typen umzubringen, die es wagten, in seinem Pub Ärger zu machen. Aber er hat nur den Kopf in die Hände gestützt und gesagt, ich soll wieder an die Arbeit gehen. Heute Morgen hat er mich in sein Büro gerufen und gesagt, wir sollten am besten vergessen, dass Brad je hier war, und das für uns behalten. Deshalb habe ich zuerst auch nichts gesagt, als Sie gefragt haben. Sie sind nicht die Erste, die heute mit uns darüber reden will.«

»Klar. Und wer ist Ihr Boss?«

»Jimmy Falcon. Kennen Sie ihn?«

Jimmy Falcon. Mit ihm habe ich bei Max' Feier zum achtzehnten Geburtstag im Garten im Gebüsch geknutscht. Er war der beste Kumpel meines Bruders, und meine ganzen Teenagerjahre über war ich in ihn verknallt. Bevor ich Jake kennenlernte. Er hat auf der Party Musik aufgelegt und mir immer wieder von dem Wodka eingeschenkt, den er unter dem DJ-Pult versteckt hatte. Für mich war er der coolste Typ, den ich je getroffen hatte. Jimmy Falcon mit seinen zu engen Lederjacken, den Flanellhemden und den Vans. Jimmy Falcon – mein erster Kuss. Damals, als ich noch dachte, es wäre Liebe, jemanden anzuhimmeln, den man kaum kannte. Wie einen Star, nicht wie einen realen Menschen. Naiv, aber definitiv weniger schmerzhaft.

»Nein, ich bin nicht von hier«, antworte ich.

Bevor ich das Pub verlasse, notiere ich der Barkeeperin noch meine Handynummer auf einem Zettel – keinen Namen – und bitte sie, mich anzurufen, falls ihr noch etwas einfallen sollte.

»Moment mal, sind Sie von der Presse?« Sie wird blass und sieht mich panisch an. Wovor hat sie Angst?

»Nein, das bin ich nicht. Sie können mir vertrauen. Versprochen.«

»Verdammt, ich dachte, Sie wären einfach nur neugierig.« Sie kratzt sich hektisch am Hals.

»Rufen Sie mich einfach an, okay? Ich bin nur auf der Suche nach der Wahrheit.«

Als ich auf die Straße trete, hallen meine Worte in meinem Kopf wider. *Sie können mir vertrauen. Die Wahrheit.* Es klang so einfach, so leicht. Ich beiße die Zähne zusammen. Zähle bis zehn. Bei sieben klingelt das Handy. Ruft sie mich etwa jetzt schon an? Nein, bestimmt nicht. Ich ziehe es aus der Jackentasche und sehe Noahs Namen auf dem Display. Ich drücke den Anruf weg. Jetzt nicht, Noah. Er soll nicht merken, dass etwas nicht stimmt, und ich bin mir nicht sicher, ob ich die Panik so weit im Griff habe, dass man sie mir nicht anhört.

Ich spüre immer genau, wenn ich abzustürzen drohe. In die schwarze Wolke des drohenden Untergangs. Ein seltsamer Ausdruck, »drohender Untergang«, so melodramatisch, doch als Aya damit zum ersten Mal die Angst in Worte gefasst hat, die mich manchmal lähmt, war es absolut zutreffend. Ich glaube, besser kann man mit Sprache nicht den Sturm aus Angst beschreiben, der in mir tobt.

Aya.

Ich schließe die Augen und lächele. Mein Rettungsanker. Heute Nachmittag findet unsere wöchentliche Sitzung statt. Ich muss nur irgendwie die nächsten Stunden schaffen, bevor sie mir helfen kann. Schnell schreibe ich ihr eine Nachricht, ob wir die Sitzung heute via Zoom abhalten können, verschweige aber noch, dass ich gerade in Maldon bin. Wie sie darauf wohl reagieren wird? Sie antwortet sofort, »natürlich«, und ich lasse erleichtert die Schultern sinken.

Ich bin nicht allein.

Immer wieder sage ich es mir beim Gehen vor, bis mein Herz langsamer schlägt. Normalerweise würde ich alles mit Noah besprechen. Ich bewundere seine Fähigkeit, mit beiden Beinen auf dem Boden zu bleiben, während meine Gefühle sich überschlagen. Das hat mir von Anfang an an ihm gefallen, und deshalb funktionieren wir auch so gut zusammen. Noah ist immer geerdet, egal wie hoch sich das Chaos um ihn herum türmt. Es ist hart, mich jetzt nicht an ihn wenden zu können, außerdem könnte ich seine Stärke gerade brauchen, doch ich spüre auch, wie das alles hier einen Keil zwischen uns treibt. Wie meine Geheimnisse wieder an die Oberfläche kommen und drohen, uns auseinanderzubringen.

Sobald ich von der Hauptstraße abbiege, sehe ich sie. Die Geier fallen ein, wie ich es erwartet hatte. Die Journalisten drängen sich vor dem Polizeirevier, warten bestimmt auf ein

Statement von DS Sorcha Rose. Sie hat Jake nicht verhaftet, und ich bezweifle, dass sie überhaupt persönlich in dem Fall ermittelt hat – sicher hat das die Metropolitan Police übernommen –, doch sie ist das Gesicht dieser Stadt. Die Presse will ihre Stimme hören.

Schon bald werden sie weitergraben, versuchen, so viel wie möglich über Jake herauszufinden. Sein Leben. Und ganz sicher werden sie versuchen, einen Grund zu finden, warum er zu dem Monster wurde, für das sie ihn halten. Ein Vorfall aus seiner Kindheit vielleicht? Bestimmt sind sie deshalb hier. Weshalb wird jemand zum Mörder? Unter anderem deswegen sind wir so fasziniert von True Crime.

Alle wissen, dass wir damals ein Paar waren, und irgendwann wird mein Name erwähnt werden. Schon bald werden die Reporter bei meiner Mutter vor der Tür stehen. Ich muss vorbereitet sein.

Was werden sie fragen? Was soll ich ihnen erzählen?

Davor

Jake – der Freund

Justine hielt Wort. Sie holte nur schnell einen Regenschirm von der Veranda und rannte sofort zurück zu Jake, der unter einem Baum auf sie wartete. Sie war immer noch völlig durchnässt, die Haare klebten an ihren Schultern. Regen tropfte von ihrem Kinn.

»Fertig.« Sie grinste, und er lachte, als er zu ihr unter den Regenschirm schlüpfte und ihn ihr abnahm.

Auf dem Weg zum Büro seiner Mum redete Justine unaufhörlich, ging bei ihm eingehakt, als wären sie alte Freunde. Und das Komische war, es fühlte sich überhaupt nicht gezwungen oder unbehaglich an.

»Wag es ja nicht!« Justine lachte, als ihr klar wurde, dass er zum dritten Mal direkt auf eine große Pfütze zusteuerte und sie zwingen wollte, hindurchzugehen oder auszuweichen und den Schutz des Regenschirms aufzugeben. Dieses Mal lief sie nicht außen herum, sondern mitten hindurch, und bespritzte ihn mit Wasser.

Jack tat so, als wäre er empört, und trat auch Wasser in ihre Richtung.

Was machten sie da eigentlich? So kindisch hatte er sich seit Jahren nicht mehr benommen. Es war ein befreiendes Gefühl.

War es so weit? Fühlte es sich so an, sich zu verlieben?

Er wusste, dass er romantisch war – sein Dad hielt ihm das immer wieder vor –, doch er glaubte nicht, dass er sich das einbildete oder etwas hineininterpretierte. Er sah ihre Blicke. Es war elektrisierend.

Verdammt, sein Dad würde ausflippen, wenn sie zu spät zum Essen kamen.

»Frieden!«, rief er und hielt die Hände hoch. Justine hob drohend die Augenbrauen. »So gern ich den ganzen Tag herumplanschen würde, ich muss Mum abholen, bevor Dad mich umbringt.«

»Jawohl, Sir, tut mir leid, Sir.« Justine machte einen Knicks und duckte sich zurück unter den Schirm.

Jakes Mum sah sie durch das Bürofenster, und bei ihrem durchnässten Anblick blieb ihr der Mund offenstehen.

»Was macht ihr denn hier?«, fragte sie und scheuchte sie hinein ins Warme. Mütterlich wie immer.

»Ich habe strenge Anweisung von Dad, mit dir nach Hause zu gehen, weil für sieben Uhr ein Tisch reserviert ist, und – seine Worte, nicht meine – *du weißt, dass sie immer ewig braucht, um fertig zu werden.*«

»Unverschämtheit!« Seine Mutter sah mit gespielter Empörung zu Justine. Dann drehte sie ihm wieder den Kopf zu, und er sah die Neugierde in ihrem Blick. Er hatte seiner Mutter noch nie ein Mädchen vorgestellt. Ging es hier darum? Sie waren nur einmal spazieren gegangen, doch dabei würde es sicher nicht bleiben, das hatte er im Gefühl. »Was ist mit dir, Justine? Kommst du mit zum Essen?«, fragte sie.

Plötzlich fühlte Jake sich unwohl. Seine Mutter war immer so direkt.

»Oh, vielen Dank, aber ich will an Ihrem Geburtstag nicht stören. Ich habe Jake nur begleitet. Außerdem bin ich klatschnass, wie Sie ja sehen, und es ist keine Zeit, nach Hause zu gehen und mich umzuziehen.«

»Wenn du magst, kann ich dir bestimmt etwas von meinen Sachen leihen.«

Justine sah fragend zu Jake, und er zuckte grinsend mit den Schultern, als wolle er andeuten, wie verrückt das alles war, aber ja, klar, nur zu.

»Okay, ja, wenn es Ihnen nichts ausmacht. Dann würde ich sehr gern mitkommen«, antwortete Justine strahlend, und Schmetterlinge flatterten durch Jakes ganzen Körper. Sie hatte Ja gesagt.

»Wunderbar, dann machen wir es so. Ich habe genau das Richtige für dich. Du wirst zauberhaft darin aussehen.« Jake glaubte, seine Mutter noch nie so selbstzufrieden gesehen zu haben. Dieses Mal machte es ihm allerdings nichts aus, dass sie sich eingemischt hatte. Während die drei das Büro durch den Hinterausgang verließen und ins Auto seiner Mum stiegen, zwinkerte sie ihm zu, und Jake wurde klar, dass er seine romantische Seite von seiner Mutter geerbt haben musste.

Kapitel acht

Vor Aya hatte ich schon andere Therapeuten ausprobiert, aber mit keinem hatte es funktioniert. Mit ihren schlichten Sesseln und ihrem überheblichen Schweigen, wie sie jede meiner Fragen an mich zurückspielten … Nein, das war zu langweilig und zeigte mir, dass sie es nie verstehen würden.

Sie hatten sich sorgfältig auf ihre Fachbücher und ihr übliches Vorgehen verlassen. Sie wollten mich behandeln, heilen. Aber ich war mir nicht sicher, ob ich geheilt werden wollte. Ich wollte gehört werden. Nicht sofort. Und vielleicht wollte ich auch nicht alles erzählen. Aber ich wollte das Gefühl haben, dass ich es eines Tages könnte, falls nötig. Dass mein Gegenüber – wer auch immer mir zuhörte – wenigstens theoretisch die Fähigkeit hatte, alles zu erfassen. Zu verstehen, wie jene Nacht – die der Weihnachtsfeier – die Zuspitzung dessen war, was sich zuvor ereignet hatte.

Aya hatte mir schon früh gezeigt, dass sie sich nicht immer an die Regeln hielt und auch Grenzen nicht immer so genau nahm. Die ersten Sitzungen waren einfach nur ein sicherer Raum für mich, in dem ich meine Geschichte erzählen konnte. Richtige Therapie fand nicht statt. Aya stellte keine Fragen. Wollte nicht einmal wissen, wie es mir damit ging. Sie hörte einfach nur zu. Die Analyse würde danach kommen.

Am Ende einer Sitzung hatte ich ihr erzählt, dass Max über Weihnachten von der Universität nach Hause gekommen war. Ich wusste, dass der nächste Teil der Geschichte der schwerste werden würde, und einen Tag vor unserem nächsten Termin bekam ich Angst und redete mir ein, dass ich es nicht schaffen würde. Ich fürchtete, das Falsche zu sagen, weshalb ich sie anrief und erklärte, es ginge mir schon viel besser, vielen Dank, und ich bräuchte die Therapie nicht länger.

Ich legte auf, und damit hätte alles erledigt sein sollen. Doch nur zwei Tage später stand Aya plötzlich vor meiner Tür. Sie sah mich an und verkündete: »Ich bin da und höre Ihnen zu, wenn Sie so weit sind und es mir anvertrauen wollen.« Dann drehte sie sich um und ging davon. Einen Monat später rief ich sie an und vereinbarte einen neuen Termin. Seither habe ich keine Sitzung verpasst.

»Hallo, Justine.« Sie lächelt mich vom Bildschirm an, und mir wird gleich etwas wärmer. »Wollen wir damit anfangen, wo Sie gerade sind?«

Ich befeuchte meine Lippen. »Ich bin bei meiner Mutter.« Das ist eine große Neuigkeit, und ich bin gespannt, wie sie reagieren wird. Wir haben oft darüber gesprochen, dass ich nie zurückkehren wollte. Nie noch einmal durchleben, was hier passiert war. Trotzdem zuckt sie bei meiner dramatischen Eröffnung nicht mit der Wimper.

Wie oft überraschen Patienten ihre Therapeuten? Vielleicht zeichnet es einen guten Therapeuten aus, schon vor dem Patienten zu wissen, was dieser in Zukunft tun wird. Um ihn darauf vorzubereiten. Vielleicht ist der Besuch in meinem Elternhaus überhaupt keine Überraschung für Aya. Ich bin enttäuscht.

»Das muss sehr schwer für Sie sein. Wie geht es Ihnen?«

»Ich weiß nicht genau, wie ich es erklären soll«, sage ich. Ängstlich bin ich. Wütend. Traurig. Alles dazwischen. Nichts davon.

»Das ist verständlich. Vielleicht können wir später über den Anlass reden? Im Moment würde ich gern weiter daran arbeiten, wie Sie sich fühlen. Dann können Sie es besser verarbeiten. Erzählen Sie mir doch vom Haus Ihrer Mutter. Können Sie es mir beschreiben?«

Ich habe mich mit dem Laptop in mein altes Zimmer zurückgezogen, das mehr Privatsphäre bietet als das Arbeitszimmer im Erdgeschoss, und zwinge mich jetzt, die Blumentapete anzusehen. Richtig anzusehen. Die Farben und Formen verschwimmen, die Blumen werden zu Gesichtern. Schreienden Gesichtern.

»Ich weiß nicht, wo ich anfangen soll«, gebe ich zu und lasse den Hals knacken. Zuerst nach links. Dann nach rechts. Blinzele angestrengt. Heute bin ich schlecht in Form.

»Also, fangen Sie am Anfang an, wie man so schön sagt. Beginnen wir doch an der Haustür. Beschreiben Sie mir die Zimmer, aber auch wie Sie sich jetzt nach Ihrer Rückkehr darin fühlen.« Ihre Stimme ist ruhig und leise, stupst mich sanft an. Ich frage mich, ob sie glaubt, sie hätte mit etwas Einfachem begonnen. Ob ihr nicht klar ist, dass sie mich direkt ins tiefe Wasser gestoßen hat.

»Die Haustür ist rot«, sage ich. »Groß. Sie wirkt größer als eine durchschnittliche Tür. Imposant. Aber ich weiß nicht, ob sie tatsächlich größer ist. Geradeaus geht es in die Küche, die sich entlang der ganzen Rückseite des Hauses erstreckt. Glastüren führen in den leicht abschüssigen Garten. Es ist hell in der Küche. Zu hell, denke ich manchmal. Selbst nach Sonnenuntergang sind da immer noch viel zu viele Lampen. Alles ist deutlich zu sehen. Jeder Fleck. Jedes Detail. Nichts bleibt verborgen. Die Zimmer an der Vorderseite des Hauses sind dunkler. Viel dunkler. Der Garten geht nach Süden hinaus. Darauf ist meine Mutter stolz, sie sagt, das ist gut für die Pflanzen. Links ist der Salon, von dem aus man ins Esszimmer geht. Im Salon befindet sich ein großer Kamin mit schwarzen Schnitzereien. Als Kind fand ich ihn beeindruckend, jetzt ist er einfach nur übertrieben. Rechts vom Flur ist das Wohnzimmer, das der gemütlichste Raum im Haus sein soll. Zwischen Küche und Wohnzimmer ist noch das Arbeitszimmer, in dem ich immer irgendwie Angst habe, ich weiß nicht, vor was genau. Das ist das Erdgeschoss. Oder wollen Sie auch etwas über das Klo erfahren?«

Aya lächelt, und ich verstehe, dass ich ihr die Toilette nicht unbedingt beschreiben muss. Dann verschränkt sie die Hände im Schoß.

»Sie haben mir nicht erzählt, wie es Ihnen im Wohnzimmer geht. Nur dass es der gemütlichste Raum im Haus sein soll. Ist er das auch? Halten Sie sich dort auf?«

Ich schließe die Augen. »Nein«, flüstere ich.

»Das ist verständlich. Und was befindet sich oben?«

Es ist dunkel. Zu dunkel. Ich bin allein. Umklammere meine Knie.

Manches weiß Aya – zum Beispiel, was im Wohnzimmer passiert ist –, manches nicht.

Was befindet sich oben?

Jetzt ist mir klar, dass Aya von Anfang an wusste, dass sie mich ins tiefe Wasser gestoßen hat. Wartete, welche Rettungsleinen ich mir selbst zurechtlegen würde. Die Haustür war ihr egal. Sie weiß, wie es mir mit dem Erdgeschoss geht und was dort passiert ist. Das Obergeschoss, das ist interessant für sie. Das Obergeschoss voller Geheimnisse. In die sie immer noch nicht eingeweiht ist.

Weil ein Haus nie einfach nur ein Haus ist. Sondern der Hort aller Geheimnisse.

»Was ist mit Ihrem Zimmer?«, fährt sie fort. Lässt nicht locker. Ich suche ungeschickt nach einer Antwort, doch sie ist schneller. »Was ist mit der Wand hinter Ihnen? Ich sehe einen Haken und ausgeblichene Tapete. Was hing dort? Ein Bild? Ein Foto?«

Ich sehe zur Wand – drehe mich vom Schrank weg statt hin –, auch wenn ich genau weiß, was dort hing.

»Ein gerahmtes Foto von mir und Jake«, sage ich. »Es wurde an meinem achtzehnten Geburtstag aufgenommen.«

»Wenn ich mich richtig erinnere, hatten Sie einen wunderschönen Tag mit ihm. Wissen Sie, wo das Foto jetzt ist?«

»Es ist zerbrochen.«

»Wie schade. Wie geht es Ihnen damit?« Ich bin erleichtert, dass sie nicht fragt, warum es von der Wand gefallen und zersplittert ist. Diese Frage ist einfacher zu beantworten. Ich muss nicht zugeben, dass ich es an dem Tag auf den Boden geschleudert habe, an dem man mich zu Charlotte und Tante Carol abgeschoben hat. Eine Woche, nachdem Jake mich verlassen hat. Eine Woche nach Dads Tod.

»Es ist mir egal. Es war sowieso alles eine Lüge.«

»Was war eine Lüge?«

»Der Abend. Mein Geburtstag. Alles war eine einzige große Lüge.«

Davor

Justine

Blut lief Justine übers Kinn, das sie sich an den Ästen am Fluss aufgerissen hatte, doch sie spürte es nicht. Das Adrenalin, mit Jake zusammen zu sein, betäubte den Schmerz, selbst als er sie hochhob und die Treppe hinauftrug. Sie quietschte entzückt und schlang die Arme um seinen Hals.

»Danke für den besten Geburtstag, den ich je hatte«, sagte sie, als er sie auf dem Treppenabsatz vorsichtig abstellte. Sie mussten leise sein. Ihr Vater sollte eigentlich unterwegs sein, doch falls er seine Pläne geändert hatte, wollte sie ihn nicht wecken. Sie wusste, dass er sie als Mädchen immer mehr beschützen wollen würde als Max, doch allmählich fühlte sie sich erstickt. Manchmal brauchte sie Raum zum Atmen und um ihre eigenen Entscheidungen zu treffen – zum Beispiel mit Jake zusammen zu sein.

Die Missbilligung darüber, dass sie einen Freund hatte, war geradezu greifbar. Seine Fragen, seine Blicke waren ihr und Jake unangenehm. Behandelte jeder Vater seine Teenagertochter so, wenn sie ihren ersten Freund hatte? Wahrscheinlich, und sie empfand es nur schlimmer, als es eigentlich war. Dass wie immer sie das Problem war.

Du hast eine zu lebhafte Fantasie. Das wird dich noch mal in

Schwierigkeiten bringen, hatte ihr Vater immer gesagt, als sie noch ein Kind war.

»Eine Überraschung habe ich noch«, sagte Jake, und seine Augen funkelten vergnügt.

»Noch eine?«

Beim Abendessen im Finches hatte er ihr schon das perfekte Geburtstagsgeschenk gemacht. Sie strich mit dem Daumen darüber, die Oberfläche war gleichzeitig rau und weich an ihrer Haut. Eine entzückende goldene Kette mit einem unregelmäßig geformten grünen Anhänger. *Wie deine Augen,* hatte er gesagt. Ihre grünen Augen und roten Haare waren ihr immer nur allzu bewusst und wie sehr sie sich von den anderen Mädchen in der Schule unterschied. Sie sah nicht aus wie die Frauen in den Zeitschriften. Zu große Augen. Zu wilde Haare. Doch Jake vermittelte ihr das Gefühl, schön zu sein.

»Erwarte nicht zu viel«, warnte er sie. »Dein nächstes Geschenk ist nichts Teures, und ich bin mir nicht mal sicher, ob es eine gute Idee ist.«

»Her damit, Jake Reynolds. Ich will jetzt mein Geschenk.« Sie schmollte und hoffte, dass es süß und nicht kindisch aussah, denn sie hatte eigentlich keine Ahnung von diesem Spiel, bei dem sie begehrenswert und gleichzeitig bieder sein sollte, wunderschön und züchtig.

»Na gut, aber versprich mir, nicht zu lachen«, sagte er ernst.

Sie drängten sich in ihr Zimmer, nebeneinander zu breit, um durch die Tür zu passen, wollten einander aber auch nicht loslassen, weshalb sie sich irgendwie durch die Tür schoben.

Als Jake sich zu ihr umdrehte und das Mondlicht auf sein Gesicht fiel, sah sie, dass er tatsächlich ein wenig nervös war. Sie fand es süß.

Er zog einen Briefumschlag aus seiner Jackentasche und hielt ihn ihr verlegen hin. Ihr Name stand darauf, in fast unleserlicher Schrift.

»Was ist das?« Sie drehte ihn hin und her.

»Ich habe dir einen Brief geschrieben. Ich bin nicht gut mit Worten, ich weiß, dennoch wollte ich dir sagen, was ich empfinde. So erschien es mir am besten. Und du kannst den Brief immer wieder lesen, wenn du möchtest.«

Sie hatte noch nie zuvor einen Brief bekommen. SMS, WhatsApp, E-Mails, ja. Aber ein handgeschriebener Brief war etwas anderes. Viel intimer.

»Kann ich ihn gleich lesen?«

»Wenn du möchtest.«

Sie wollte den Umschlag gerade öffnen, als sie noch einmal aufblickte und ihn vor dem Fenster sah. Draußen prasselte der Regen an die Glasscheibe. Alles fiel von ihr ab. Der ganze Schmerz, die Verletzungen. Nichts war mehr wichtig. Es gab nur noch sie und Jake.

Sie bewegte sich auf ihn zu, den ungeöffneten Brief noch in der Hand. Irgendetwas musste anders an ihr sein, denn Jake sah sie so eindringlich an, als wüsste er, was sie dachte.

Sie war bereit.

Langsam strich er mit den Fingern über ihre Schulter. Zart. Sanft, aber bestimmt. Sie legte ihre Hand auf seine und schob damit ihr Oberteil herunter. Er wandte den Blick nicht ab, war nicht verlegen oder schüchtern. Dafür liebte sie ihn.

Sie hatte von vielen anderen von ihren unbeholfenen ersten Malen gehört, doch bei ihr und Jake war nichts unbeholfen oder peinlich. Sie hätte gedacht, sie würde sich beim ersten Mal verletzlich fühlen, doch das Gegenteil war der Fall. Sie fühlte sich stark, furchtlos. Wegen Jake. Ein Gefühl, nach dem sie ihr ganzes Leben lang gesucht hatte und das bis jetzt immer unerreichbar gewesen war.

»Bist du sicher?«, fragte er und hielt einen Moment inne.

»Ja. Bleib bei mir«, flüsterte sie, als er sie langsam aufs Bett schob. Er war noch nie über Nacht geblieben, und er sollte wissen, dass sie es wollte. Ihn brauchte.

»Justine Stone«, er küsste ihren Hals, »ich werde dich nie verlassen.«

Kapitel neun

Nach den Sitzungen mit Aya brauche ich immer dringend frische Luft, um die Therapie hinter mir zu lassen und mich auf den restlichen Tag einzustellen –, und heute ist es nicht anders. Plötzlich merke ich, dass ich unbewusst den Weg zu Max' Haus eingeschlagen habe.

Verschwitzt und mit in die Hüften gestemmten Händen bleibe ich davor stehen. Die Vorhänge sind immer noch ordentlich zugezogen. Ich rufe ihn an und lande sofort wieder auf der Mailbox. Wir waren uns immer nahe, und mir wird klar, dass es mindestens zwei Wochen her ist, seit wir zuletzt miteinander gesprochen haben. Das ist ungewöhnlich.

Im Kopf gehe ich eines unserer Telefonate von vor zwei Monaten noch einmal durch. Er hatte mich um etwas gebeten, und ich hatte abgelehnt. Wie es seine Art ist, hatte er mich auch nicht gedrängt. Ich hätte ihm besser zuhören müssen. Seither quält mich meine Reaktion. Nach allem, was er für mich getan hatte, hätte ich auch für ihn da sein müssen. Stattdessen war ich mir selbst wieder wichtiger gewesen. Ich balle die Hände zu Fäusten, bis meine Fingernägel in die Handflächen schneiden.

Es wäre gut, wenn du heimkommen könntest, hatte er gesagt.

Ich kann nicht, hatte ich geantwortet.

Und Max – immer lieb und nett, immer mein großer Bruder – hatte nicht noch einmal gefragt. Warum hatte er mich nicht mehr gedrängt? Und warum hatte er mich nach all den Jahren gebeten, nach Hause zu kommen?

»Mum, Mum!«, rufe ich, als ich ins Haus stürze und die Tür hinter mir ins Schloss fallen lasse. Sie sitzt auf dem verglasten Balkon und sieht mit einem Glas Wein in der Hand aufs Wasser.

»Mum?«, wiederhole ich. Sie lächelt mich freundlich an, aber abwesend, als wäre sie gar nicht bei mir, sondern würde immer noch aufs Wasser schauen. Sie wirkt traurig. Leer. »Wo ist Max? Ich kann ihn nicht erreichen.«

»Ach, es geht ihm bestimmt gut.« Das habe ich nicht gefragt. »Er hat mir gesagt, dass er zwei Wochen verreist. Vielleicht hat er sein Handy ausgeschaltet oder so. Er braucht mal eine Pause, so wie er sich immer um mich kümmert. Ich habe ihm gesagt, dass ich auch ohne ihn gut zurechtkomme.«

»Hat er dir gesagt, wohin er fährt? Wann hast du ihn das letzte Mal gesehen?«

»Tut mir leid, das weiß ich gerade nicht mehr. Er hat es erwähnt. Moment, es liegt mir auf der Zunge. Wie schade, dass du ihn verpasst.« Ist das eine kleine Erinnerung, dass ich doch angeblich morgen wieder abreise?

Das macht alles etwas komplizierter. Wenn Max unserer Mutter gesagt hat, dass er wegfahren will, wird er für die Polizei nicht als vermisst gelten. Aber ich verstehe nicht, warum er in den Urlaub fährt und mir nichts davon erzählt. Außerdem, wer schaltet denn heutzutage im Urlaub sein Handy aus? Ohne die Likes, die die geposteten Fotos im Internet bekommen, ist der Urlaub doch nur die Hälfte wert.

Angst kriecht unter meine Haut, doch ich muss meine Mutter noch etwas fragen. Genau jetzt. Warum, weiß ich nicht. Aber irgendetwas stimmt nicht, und ich habe das Gefühl, als würden wir auf eine Katastrophe zusteuern. Ich weiß nur nicht den Grund dafür.

»Mum, sagt dir der Name Rushnell etwas? Also, abgesehen davon, dass er gerade überall in den Nachrichten ist.«

»Nein.« Sie schüttelt den Kopf. »Warum fragst du?«

»Nur so«, antworte ich beiläufig und ziehe mein Handy aus der Tasche. Ich scrolle durch Max' Social-Media-Accounts. Der letzte Post ist von Juni. Das war vor fast einem Monat. Schuldgefühle nagen an mir.

Es wäre gut, wenn du heimkommen könntest.

Max, jetzt bin ich da, würde ich am liebsten rufen.

Welche Schwester kommt denn nicht nach Hause, wenn ihr Bruder sie darum bittet? Wann bin ich zu so einer schlechten Schwester geworden?

Ich laufe los.

Davor

Justine

Das Wasser war nur noch lauwarm, und Wachs rann an der Seite der brennenden Kerze hinunter. Trotzdem wollte Justine den Frieden so lange auskosten wie möglich. Ihre Eltern waren unterwegs, sie hatte das Haus für sich. Sie hätte lernen sollen, doch stattdessen nutzte sie aus, dass niemand sie beim Aufschieben sah.

Sie schloss die Augen, holte tief Luft und ließ sich tiefer in die Badewanne sinken. Unter Wasser öffnete sie die Augen, damit sie sehen konnte, wie ihre roten Haare über ihr schwebten. Kleine Luftbläschen stiegen aus ihrem Mund an die Oberfläche.

Sie hörte das Klingeln nicht, spürte aber das Vibrieren auf dem Badewannenrand. Nach Luft schnappend tauchte sie auf. Max' Name leuchtete auf dem Display.

Ein weiterer Tag, weitere Unistorys von ihrem Bruder. Er erzählte ihr immer das Neueste vom College, weil er ein schlechtes Gewissen hatte, sie zu Hause zurückgelassen zu haben. Justine freute sich über die Geschichten. Bald würde sie das alles auch erleben.

»Hallo«, meldete sie sich singend, doch er antwortete nicht. Sie hörte nur stummes, herzzerreißendes Weinen und Schluchzen, das klang, als würde er sich krümmen und am ganzen Leib beben und alle Worte tief in seinen Bauch zurückdrängen.

Justine hatte Max noch nie weinen gehört.

Sie sprang aus der Wanne, sodass das Wasser über den Rand schwappte.

Max war knappe zwei Jahre älter als sie, und sie waren immer beste Freunde gewesen. Er war ihre bessere Hälfte, das wusste sie – stärker, klüger und vernünftiger –, er hatte immer ihren Schmerz für sie geschultert. Justine wusste nicht, was sie sagen sollte, jetzt da die Rollen vertauscht waren. Seine Qual drang durch das Handy und legte sich auf ihre Haut.

»Lily hat mit mir Schluss gemacht.« Endlich verstand sie, was er sagte. Wenigstens war ihm nichts zugestoßen, er war nicht schwer verletzt oder so. Zumindest körperlich.

Ein gebrochenes Herz. Zum ersten Mal. Justine hatte es selbst noch nicht erlebt. Vor Jake war sie noch nie verliebt gewesen. Nur weil sie sich ein Leben ohne Jake vorstellte, konnte sie das Ausmaß seines Schmerzes ein wenig verstehen. Als hätte Lily das Beste von ihm mitgenommen.

Sie trocknete sich so schnell wie möglich ab, zog sich an und sprang ins Auto, das Handy immer noch am Ohr. Die nassen Haare durchfeuchteten ihre Kleider.

»Ich bin schon unterwegs«, erklärte sie. »Bleib wo du bist.«

Cambridge war etwas ganz Neues für sie, und sie kämpfte sich durch die Straßen, an Studentengruppen und Fahrradfahrern vorbei. Wie klein und unbedeutend das Leben dieser Menschen doch war, wie unfair, dass sich ihre Welt einfach weiterdrehte. Dass immer noch Schönes existierte, trotz aller Katastrophen.

Eigentlich sollte das wohl tröstlich sein, doch sie war einfach

nur wütend. Wütend darüber, dass Max' Trauer für die herum-
eilenden Menschen keine Bedeutung hatte. Es war schlicht und
ergreifend ungerecht.

*»Justine, wir haben dich so genannt, weil wir wussten, dass du
immer für die Gerechtigkeit kämpfen würdest. Gerechtigkeit hält
unsere Gesellschaft zusammen. Sie darf nie in Gefahr gebracht
werden.«* Die Rede ihres Vaters zu ihrer Namenspatronin hatte
sie schon unzählige Male gehört. Immer wieder erzählte er ihr
stolz, dass sie sie nach den Werten benannt hatten, die sie später einmal hochhalten würde.

Mit gerade mal achtzehn Jahren glaubte sie eher, ihre Eltern
hätten sie überschätzt. Sie fragte sich, ob sie ohne dieses bereits
von ihren Eltern festgelegte Vermächtnis vielleicht etwas anderes studieren würde. Psychologie vielleicht. Doch ihr Vater
hatte sich seine eigene Anwaltskanzlei aufgebaut, und sie sollte
ganz offensichtlich in seine Fußstapfen treten.

Sie fand Max auf einer Parkbank, den Kopf in die Hände gestützt. Wie versprochen, hatte er sich nicht bewegt.

»Max?«, rief sie sanft, und als er langsam den Kopf hob,
spürte sie seine unendliche Trauer.

»Schon gut, ich bin ja da«, sagte sie und setzte sich neben ihn
auf die Bank. Er holte zitternd Luft, wieder den Tränen nahe.
Stumm legte sie ihre Hand auf seine.

Sie dachte an all die Male, die sie sich beim Versteckspielen
unter die Treppe gekauert hatten. Nebeneinander, Hand in
Hand, bis Max verkündete, sie hätten gewonnen und könnten
ihr Versteck verlassen.

Sie konnte Lily nicht zwingen, zu ihm zurückzukehren, doch
sie war bei ihm. Wie sie es einander immer versprochen hatten,

sie beide gegen den Rest der Welt, immer noch. Max war nicht allein, das war das Wichtigste.

Einsamkeit und Isolation machten alles noch beängstigender, das wussten sie. Deshalb hatten sie sich auch immer zusammen versteckt.

Kapitel zehn

Es regnet. Heißer, klebriger Sommerregen, bei dem man nie genau weiß, was Wasser und was Schweiß ist. Widerlich. Ich knie hinter Max' Haus und drehe jeden größeren Stein um. Unsere »verrückte Tante«, wie sie allgemein genannt wird, hat uns beiden in einem Jahr zu Weihnachten einen Schlüsselbehälter aus Stein geschenkt. Damals haben wir sehr darüber gelacht, doch ich benutze meinen immer noch, und Max hoffentlich auch.

Nach zehn Minuten gebe ich auf und greife stattdessen nach dem größten Stein, den ich finden kann. Zähle bis drei und werfe das Fenster der Hintertür ein. Die Scheibe zerbricht klirrend, die Scherben fallen vor meine Füße. Bei dem Geräusch wird mir schwindelig, und plötzlich befinde ich mich wieder in der Vergangenheit. Es ist Nacht und eiskalt, Scherben liegen zu meinen Füßen.

Druck baut sich in meinem Nacken auf, und ich presse die Finger darauf, hole mich in die Gegenwart zurück. Doch das bringt mir nur für ein paar Sekunden Erleichterung. Ich denke an Ayas Rat und zähle je eine Sache auf, die ich sehen, hören und riechen kann.

Eine weggeworfene Bierflasche.

Möwen.

Grillgeruch.

Ich stehe im Garten meines Bruders. Ich bin nicht dort. Ich bin in Sicherheit.

Und jetzt? Ich denke an einen Fall vom letzten Jahr, bei dem der Angeklagte in einer Nacht in fünf Häuser eingebrochen war und zu fünfzehn Jahren Gefängnis verurteilt wurde. Doch das hier ist etwas anderes. Ich stehle ja nichts. Ich will mich nur im Haus umsehen und überprüfen, ob mit Max alles in Ordnung ist. Doch während ich die gezackten Glasscherben ansehe, die noch im Rahmen stecken, weiß ich nicht genau, was ich als Nächstes tun soll. Wie ich ins Haus kommen soll, ohne meine Arme zu fleischigen kleinen Schlangen zu zerschlitzen. Im Auto habe ich ein Kissen, das ich mir beim Fahren immer zwischen Rücken und Lehne schiebe, und auf dem Rücksitz dürften mindestens zwei Pullover liegen. Da muss ich wohl ein bisschen kreativ werden.

Als ich fertig bin, sieht mein Arm aus wie etwas aus Doctor Who. *Ich bin ein Dalek, vernichtend.* Mit dem Kissen drücke ich die restlichen Scherben aus dem Rahmen und vergrößere die Öffnung, bevor ich langsam und vorsichtig meinen Arm hindurchschiebe. Hoffentlich hat Max den Schlüssel stecken lassen.

Bingo.

Ich drehe den Schlüssel, und Glas knirscht unter meinen Schuhen, als ich das Gewicht verlagere. Die Tür ist offen. Ich weiß, dass ich gegen das Gesetz verstoße, egal, wie sehr ich mir einrede, dass ich nur die besorgte Schwester bin. Trotzdem durchzuckt mich triumphierende Aufregung.

Schon viele Angeklagte haben behauptet, ein Leben als Verbrecher mache süchtig. Ich habe zwar nicht vor, Einbrüche zu einer Gewohnheit werden zu lassen, doch ich kann das elektrisierende Gefühl jetzt nachvollziehen. Vielleicht muss man eine bestimmte Art Mensch sein, um dabei freudige Erregung und nicht Angst zu empfinden, aber ich kenne mich selbst gut genug, um nicht überrascht zu sein. Ich erfülle vielleicht nicht alle Kriterien dieser Menschen, aber doch einige.

Ich lasse den Blick durch den Raum schweifen und bin sprachlos. Ich kann nicht glauben, was ich da sehe. Mein Atem wird schneller. Die Einrichtung ist geschmackvoll und teuer, doch nahezu jede Oberfläche ist bedeckt mit schmutzigen Tellern, Take-away-Verpackungen und Bierflaschen. Das ist nicht der Max, den ich kenne. Max, der immer sorgfältig auf alles und jeden in seiner Umgebung achtet. Er ist der Stabile, der Verlässliche. Himmel, er ist Investmentbanker. Ich schließe die Augen, dränge die Tränen zurück.

Es wäre gut, wenn du heimkommen könntest.

In diesem Moment weiß ich, dass meine Ängste nicht nur das Produkt meiner übersprudelnden Fantasie waren. Irgendetwas stimmt hier überhaupt nicht. Ich spüre es bis ins Mark und sehe es außerdem vor mir. Ich war zu spät gekommen. Schlimmer noch, ich hatte ihn allein gelassen. »Es tut mir leid«, flüstere ich, in der Hoffnung, dass er meine Worte fühlt. Die Schuldgefühle schlagen dennoch wie eine Flutwelle über mir zusammen.

Ich trete in die Küche und öffne den Kühlschrank. Ein paar Flaschen Bier sind noch da, erleichtert nehme ich mir eine. Ich lehne mich an die Wand und lasse die kalte Flüssigkeit durch meine Kehle rinnen, bevor ich mich an die Arbeit mache. Methodisch räume ich Zimmer für Zimmer auf, als könne ich damit auch den Grund für das Chaos aus der Welt räumen.

Nach zwei Stunden habe ich es bis nach oben zu seinem Arbeitszimmer geschafft. In der Tür bleibe ich stehen, weil der gesamte Boden mit geschreddertem Papier bedeckt ist. Ich nehme eine Handvoll auf und versuche, etwas darauf zu lesen. Vergeblich. Dann entdecke ich einen schlanken glänzenden Laptop, der stoisch auf dem Schreibtisch auf mich wartet. Ich wate durch das Papier und fahre ihn hoch.

Passwortgeschützt.

Verdammt.

Ich versuche alles, was mir einfällt: Geburtstage, Namen, Orte, Kombinationen aus allen drei, doch jedes Mal wird der Zugriff verweigert. Das rote Kreuz lacht mich aus.

Doch ich lasse mich nicht entmutigen, ziehe mein Handy aus der Tasche und wähle eine bestimmte Nummer.

»Hallo?« Otis' Stimme ist tief, und er spricht mit nordenglischem Akzent. Sie bringt mich immer zum Lächeln.

»Hallo, Otis, hier ist Justine.«

»Ich weiß, das steht doch auf meinem Display. Was brauchst du?«

»Ich habe hier einen passwortgeschützten Laptop. Kann ihn jemand abholen? Ich schicke dir die Adresse.«

»Ich kann ihn heute Abend holen. Klingt nicht allzu kompliziert. Wonach suche ich genau?«

»Also, ich hatte gehofft, du kannst mir das sagen.«

»Ich muss da also ohne Infos ran?«

»Ja, tut mir leid, ich bin selbst erst ganz am Anfang.«

Er lacht. Tief und abgehackt. »Du weißt, dass ich Herausforderungen liebe. Ich mache mich dann gleich an die Arbeit.«

Auf Otis habe ich mich immer verlassen können. Er ist ruhig und ernst, mit einer »Du kannst auf mich zählen«-Ausstrahlung. Der typische Nerd, aber auf die bestmögliche Art. Beweise verifizieren, nach Unregelmäßigkeiten suchen, die gegen uns vor Gericht verwendet werden könnten. Die Polizei leistet hervorragende Arbeit, doch Otis ist besser.

Als sich unsere Wege zum ersten Mal gekreuzt haben, hatte ihn das Glück etwas verlassen. Der letzte Prozess, an dem er mitgearbeitet hatte, war anders als geplant verlaufen und spektakulär geplatzt. Danach war Otis' Name verbrannt, alle gingen ihm aus dem Weg. Ich jedoch erkannte meine Gelegenheit – ich war zwar noch Junioranwältin, wusste da aber schon, dass Karrieren auf Typen wie Otis aufbauten. Ich brauchte ihn, und er brauchte mich anscheinend auch. Ich gab ihm seinen Job zurück, und er ermöglichte mir, meinen aufzubauen. Wir verabschieden uns, und ich lehne mich in Max' Schreibtischstuhl zurück. Die Papierfetzen rascheln unter meinen Füßen.

Was ist das bloß alles?

Es wirkt geradezu manisch auf mich, und ich stelle mir Max vor, wie er vor mir steht, leicht schwankend nach zu viel Bier, etwas fülliger als bei unserem letzten Treffen, den vielen Take-away-Verpackungen in der Küche nach zu schließen. Hektisch eilt er hin und her. Zieht die Schubladen so nachdrücklich auf, dass die rechte krachend zu Boden fällt. Er findet, wonach er gesucht hat, und vernichtet es. Alles soll verschwinden. Es reicht nicht, die Seiten durch den Schredder zu jagen, die Papierstreifen in dem Behälter zu wissen. Er braucht den Beweis der völligen Zerstörung. Er leert den Behälter aus und flutet den Raum mit Papierstreifen. Es ist vorbei.

Oder war das erst der Anfang?

Ohne Max komme ich mir klein vor, hier in seinem Haus. Ich habe nie über ein Leben ohne ihn nachgedacht. Er war immer so stabil, so beständig. Doch die Energie in diesem Raum kann ich nicht ausblenden. Sie ist alles andere als stabil oder beständig. Ich ziehe die Knie an, lege den Kopf darauf, als wäre ich ein Kind, das im Arbeitszimmer der Eltern Verstecken spielt.

Komm zurück, Max, möchte ich rufen. *Ich bin hier. Such mich.*

Kapitel elf

Ich weiß, dass ich nicht mehr sehr viel länger an dem Fall arbeiten kann, doch statt die Akte noch einmal zu lesen, solange sie noch in meinem Besitz ist, gehe ich lieber der neuen Aussage nach, die ich heute Morgen ausgegraben habe.

Mit meiner entschiedensten Anwaltsstimme frage ich den Typen hinter der Bar, ob ich mit Jimmy Falcon sprechen kann.

»Haben Sie einen Termin?«

»Nein, aber ich muss wirklich dringend mit ihm reden.« Ich hatte nicht erwartet, dass es so schwer werden würde, mit einem Pubbesitzer zu reden, doch nach einem kurzen Starrwettbewerb bringt der Typ mich nach hinten und klopft dreimal leise an die Bürotür.

»Herein«, ertönt eine Stimme aus meiner Vergangenheit.

Ich drücke die Tür auf.

»Justine Stone. Bist du es wirklich?« Jimmy grinst, doch der Schock ist ihm deutlich anzumerken. Er steht sofort auf und bedeutet dem Barkeeper, uns allein zu lassen. Er trägt ein dunkelgrünes Holzfällerhemd mit aufgerollten Ärmeln, und wenn er dabei nicht so gut aussehen würde, hätte ich eine Bemerkung darüber gemacht, dass er offenbar nicht erwachsen geworden ist.

»Ich heiße jetzt Justine Hart«, sage ich, weil ich aus irgendeinem Grund gleich klarstellen möchte, dass ich verheiratet bin. »Und ich freue mich auch, dich zu sehen.«

Er nimmt seine Brille ab, zieht eine Augenbraue hoch. »Justine Hart.« Er pfeift leise. »Ich hätte dich nicht für eine Frau gehalten, die den Namen des Ehemanns annimmt.«

»Nun, Menschen verändern sich.« Mehr sage ich nicht. Erkläre ihm nicht, dass ich zum Zeitpunkt der Hochzeit verzweifelt den letzten Teil von mir loswerden wollte, der mich noch an meine Vergangenheit band.

»Also, was kann ich für dich tun?« Er ist neugierig, was mich nicht überrascht. Schließlich hat er mich seit unserer Teenagerzeit nicht mehr gesehen.

»Ich muss dich um einen Gefallen bitten.« Ich will nicht gleich zu viel enthüllen.

»Einen Gefallen? Nach all den Jahren. Ich hatte gehofft, du würdest erst einmal etwas mit mir trinken.« Er lacht, und mir wird bewusst, dass Jimmy Falcon mit mir flirtet. Mein fünfzehnjähriges Ich hätte weiche Knie bekommen.

»Träum weiter. Nein, ich brauche wirklich deine Hilfe. Hast du CCTV-Aufnahmen von Jake, wie er in eine Auseinandersetzung verwickelt wird?«

Er sieht mich wachsam an und tritt hinter den Schreibtisch zurück, als wäre dieser ein Schild. Ich frage mich, warum er sich dahinter verstecken will. Aber vielleicht fühlt er sich dadurch nur wichtiger und betont seine Stellung als Chef.

»Ja, aber ich verstehe nicht, warum dich das interessieren sollte.«

»Interessieren? Lass den Mist, Jimmy. Es geht um Jake. Bitte, zeig mir das Video.«

»Das ist mein Pub. Du kannst nicht einfach hier reinplatzen

und verlangen, Überwachungsvideos anzusehen. Kannst du mir wenigstens den Grund sagen?«

»Nein. Ich weiß noch nicht genau, wonach ich eigentlich suche.«

»Also dann, solange du mir keinen vernünftigen Grund nennst, lautet meine Antwort Nein.«

Das hatte ich erwartet und bin vorbereitet. Ziehe das nächste Ass aus dem Ärmel.

»Okay, solange es dir nichts ausmacht, wenn Max erfährt, dass du seine kleine Schwester geküsst hast, als sie noch minderjährig war.« Das ist unfair – Jimmy ist ein guter Kerl, und wir beide wissen, dass ich ihn unbedingt küssen wollte –, doch ich hoffe, dass es ihm heute immer noch so wichtig wie damals ist, dass Max nie herausfindet, dass er die kleine Schwester seines besten Freundes geküsst hat. Zum Glück für mich gibt es gewisse heilige Regeln unter Männern, und mich zu küssen gehört dazu.

Ich sehe schweigend zu, wie Jake ins Bild kommt. Er trägt eine schwarze Baseballkappe, enge Jeans und einen grauen Pullover. Nichts davon ist extravagant, trotzdem ist er umwerfend. Er bewegt sich genauso wie in meinen Träumen. Er mochte ja seinen Namen geändert haben, doch das da auf dem Bildschirm vor mir ist unzweifelhaft Jake Reynolds. Er setzt sich auf den Hocker ganz rechts an der Bar, wie ich es erwartet und wie es die junge Barkeeperin zuvor erzählt hat, und wartet.

Ich warte mit ihm, über zwei Monate später, und während die Minuten verstreichen, frage ich mich, wie es wohl gewesen wäre, neben ihm zu sitzen. Wir müssen uns nicht lange gedulden, bis der andere Mann – der »Psycho« – auf ihn zusteuert. Ich weiß nicht, warum – schließlich steht der Mann mit dem

Rücken zur Kamera –, doch ich kneife die Augen zusammen und beuge mich vor, als könnte ich ihn dann besser erkennen.

Die beiden bekommen ihre Getränke, und als sie sich umdrehen, weiß ich bereits, dass sie zu dem Tisch in der Ecke gehen. Das Gesicht des anderen ist immer noch nicht zu sehen, er redet mit Jake. Und dann, als ob er meinen gespannten Blick spüren würde, sieht er direkt in die Kamera.

Es trifft mich wie ein Schlag. Der »Psycho«, wie er wenig schmeichelhaft genannt wird, ist mein eigenes Fleisch und Blut – Max.

Ich schüttele den Kopf, als könnte dies das Bild vor mir ändern, und bitte Jimmy, noch einmal zurückzugehen und das Video anzuhalten. Doch es gibt keinen Zweifel: Max hat sich mit Jake getroffen und mir nichts davon erzählt.

Es ergibt überhaupt keinen Sinn, dass er es mir verheimlicht hat. Und noch viel weniger, dass sie aneinandergeraten sind.

Max und Jake waren wie Brüder.

Ich kann nicht glauben, was ich da sehe. Wie sind wir drei nur hier gelandet? Wie tief sind wir gesunken. Ich lasse den Hals knacken, während Jimmy die Sequenz noch einmal abspielt. Auch beim zweiten Mal muss ich diesen Mann als meinen Bruder erkennen.

Ich sehe Jimmy anklagend an. »Wolltest du deshalb nicht, dass ich das Video sehe?«, verlange ich zu wissen.

»Ich wollte nicht, dass du Überwachungsvideos aus meinem Pub siehst, weil sie dich nichts angehen.«

»Das da sind Max und Jake, das geht mich sehr wohl etwas an.«

Jimmy macht sich nicht die Mühe zu widersprechen, tritt neben mich und legt mir die Hand auf den Arm. Seine Berührung fühlt sich überraschend beruhigend an. Eine Verbindung zurück in die Vergangenheit, die ich so unbedingt hinter mir lassen wollte.

»Es tut mir leid. Das zu sehen, ist bestimmt nicht schön«, sagt er weich. Jimmy weiß, wie wichtig diese beiden Männer für mich waren. Sind.

»Weißt du, worüber sie reden?«

»Nein«, antwortet er seufzend.

»Hat Max Jake dir gegenüber überhaupt mal erwähnt?«

»Nein.« Er zieht seine Hand zurück, verliert langsam die Geduld.

»Hast du gewusst, dass Jake seinen Namen in Brad geändert hat? Verdammt, habt ihr alle es gewusst?«

»Nein. Himmel, Justine, beruhige dich. Seit Jake an jenem Weihnachten die Stadt verlassen hat, hat niemand von uns ihn gesehen und mit ihm gesprochen. Bis zum Tod seiner Mum. Er hat niemandem von der Namensänderung erzählt. Ich habe es erst heute Morgen aus den Nachrichten erfahren. Als er vor Kurzem zurückgekommen ist, war er einfach Jake.«

»Eigentlich auch klar. Hier kennt man ihn ja nur als Jake, dann hätte er leichter als Brad wieder verschwinden können.«

»Dieses arme Ehepaar. Ich kann es einfach nicht fassen. Glaubst du, er war es?«

»Ich habe keine Ahnung, aber man wird nicht einfach so wegen eines Doppelmordes verhaftet. Bist du sicher, dass Max dir nichts gesagt hat? Du bist sein bester Freund. Der Streit war in deinem Pub. Kommt mir komisch vor, dass er mit dir nicht darüber gesprochen haben soll.«

»Verdammt, Justine, warum fragst du mich, wenn du mir sowieso nicht glaubst?«

Ich sage ihm nicht, dass ich nie jemandem glaube, bis er nicht im Zeugenstand steht, und selbst dann bin ich skeptisch. Es ist verblüffend, wie viele Antworten anders ausfallen, sobald jemand geschworen hat, die Wahrheit zu sagen und nichts als die Wahrheit.

»Na gut. Eins noch: Wann hast du Max das letzte Mal gesehen?«

»Ich weiß es nicht.« Er fährt sich mit der Hand durch die Haare, scheint nachzudenken. »Vor zwei Monaten glaube ich. Vor dem Streit, der war Anfang Mai. Du weißt doch, wie das ist, man ist immer noch befreundet, hat aber viel weniger Kontakt als früher. Warum fragst du? Ist was mit ihm?«

Ich weiß nicht, ob es daran liegt, dass ich es zum ersten Mal laut ausspreche, oder an den Überwachungsaufnahmen, die mir zeigen, dass ich sehr vieles nicht über meinen Bruder weiß, jedenfalls trifft mich die Erkenntnis gerade mit voller Wucht, und meine Stimme bricht beinahe, als ich antworte: »Ja, ich fürchte schon. Und ich bin mir ziemlich sicher, dass er verschwunden ist.«

Ich kann nicht warten, bis ich zu Hause bin. Auf der belebten Straße vor dem Pub rufe ich Otis an und gehe ungeduldig auf und ab, bis er sich meldet.

»Hallo?«

»Hast du schon was auf Max' Laptop gefunden?« Ich habe keine Geduld für Höflichkeiten.

»Leider nicht, aber das liegt nicht daran, dass es nichts zu finden gäbe. Ich bin mir ziemlich sicher, dass dein Bruder etwas zu verbergen hat.«

»Warum?«

»Er hat einen Tor-Browser installiert, mit dem man anonym im Netz unterwegs ist. Der ist praktisch nicht zu knacken.«

»Dann scheint er wirklich etwas verbergen zu wollen.«

»Genau. Soll ich weitermachen?«

»Auf jeden Fall. Ich glaube, er steckt in Schwierigkeiten, Otis. Wir müssen schnell etwas finden.«

»Keine Angst, ich bin dran, versprochen.«

»Danke.« Ich atme ein wenig leichter. Otis kann ich vertrauen.

Doch die Vorstellung, dass Max Geheimnisse hat – offenbar große –, lastet schwer auf mir.

Man installiert keine Software, um anonym zu surfen, außer man macht etwas, das man nicht tun sollte – und weswegen andere hinter einem her sein könnten.

Doch was beweist das?

Hatte ihn etwa schon jemand gefunden?

Kapitel zwölf

Während ich auf Neuigkeiten von Otis warte, nehme ich mir zur Ablenkung noch einmal Jakes Akte vor. Morgen will ich den Fall zurückgeben. Das Versteckspiel hat jetzt lange genug gedauert.

Während ich noch Zugriff auf alle Informationen habe, denke ich darüber nach, welchen Ansatz die Staatsanwaltschaft wohl wählen wird, um die Jury zu überzeugen.

Name: Brad Finchley
Alter: fünfunddreißig
Größe: ein Meter neunzig
Gewicht: fünfundneunzig Kilogramm

Ein Vorteil für die Staatsanwaltschaft. Jake – oder Brad, wie er durchgängig in der Akte genannt wird – ist groß und schwer. Schon allein aufgrund seines Körperbaus wird er auf die Jury bedrohlich wirken, noch bevor der Prozess überhaupt begonnen hat.

Irgendetwas fehlt noch, ich kann es nur nicht greifen. Wie eine juckende Stelle, an die ich nicht herankomme. Ich nehme mir noch einmal den ausführlichen Tatortbericht vor, und dieses Mal sticht ein Detail besonders heraus. Zuvor hatte ich ihm nicht genug Bedeutung zugemessen, die Grausamkeit der Tat hatte alles andere überschattet.

Doch ein Fall wird über die Details gewonnen, auf denen man eine Geschichte aufbauen kann: Das Festnetztelefon befand sich an der Küchenwand über Mr Rushnells gekrümmt daliegender Leiche. Der Hörer baumelte an der Schnur. Ich schließe die Augen und lasse Mr und Mrs Rushnell wiederauferstehen.

Der Angreifer trägt einen langen schwarzen Pullover. Er will niemanden verletzen, deshalb trägt er auch keine Handschuhe. Die sind nicht nötig. Er hat nicht vor, die Pistole zu benutzen. Er hat sie nur für den Notfall dabei.

Er denkt, niemand wäre zu Hause. Es soll ein einfacher Einbruch werden. Rein und wieder raus. Keine Autos in der Einfahrt. Und er rechnet garantiert nicht damit, dass Mr Rushnell vor ihm in der Küche ist. Den Hörer abnimmt und zu wählen beginnt. Er brüllt ihn an, er solle auflegen, doch der Mann hört nicht auf ihn. Er tut das Einzige, was ihm in dem Moment einfällt. Er zieht die Waffe, die er nie benutzen wollte, mit der er sich aber sicherer gefühlt hat. Er hält sie Mr Rushnell an den Kopf. Befiehlt ihm aufzulegen. Doch der Mann ist mutiger als erwartet. Er befiehlt es ihm noch einmal. Hofft, dass er gehorcht. Deshalb ist er nicht hier. Wieder ignoriert ihn der Mann. Er gerät in Panik. Er weiß, dass er es nicht aus dem Haus schafft, ohne dass die Polizei ihn finden wird. Der Druck wird immer größer. Seine Hand zittert. Der Finger liegt auf dem Abzug. Mark Rushnell dreht sich zu ihm, und er weiß, dass er keine andere Wahl hat.

Blut spritzt auf die Küchenschränke. Strömt auf den Boden. Der Schuss aus nächster Nähe ist verheerend.

Schreie ertönen. Hell und laut, sehr laut. Irgendjemand wird sie hören. Mrs Rushnell ist auf die Knie gesunken, streckt die Hände nach ihrem Mann aus. Er muss dafür sorgen, dass der Lärm aufhört. Und so tut er das Einzige, was ihm in dem Moment einfällt. Er erschießt auch sie. Gerade als ihre Finger ihren Mann berühren. Endlich herrscht Stille.

Ich habe sie. Eine Geschichte für die Jury.

Entspricht sie der Wahrheit? Wahrscheinlich nicht.

Klingt sie überzeugend? O ja.

Jetzt ist nur noch unklar, warum Brad überhaupt in dem Haus war. Ich bin von einem Einbruch als Motiv ausgegangen, doch selbst ich weiß, dass ich damit nur nach Strohhalmen greife. Bis zu dem Doppelmord war Brad ein unbescholtener Bürger. Da wird man nicht auf einmal zu einem Einbrecher, der mit einer Pistole herumfuchtelt.

Für einen wasserdichten Fall braucht die Anklage ein Motiv für die Morde. Forensische Beweise bringen Brad mit dem Tatort in Verbindung, so viel wissen wir bereits.

Doch ich muss immer wieder daran denken, dass die Polizei keine Überwachungsaufnahmen gefunden hat, die beweisen, dass Brad am Tag der Tat in der Gegend war. Es gibt immer noch keine Verbindung zwischen ihm und den Rushnells. Ja, die Beweise gegen ihn wiegen schwer, aber wasserdicht ist der Fall keineswegs.

Und dann fällt der Groschen. Ich ziehe meinen Notizblock mit einem Eifer aus der Tasche, den ich schon länger nicht mehr gespürt habe, und setze den Stift beim Schreiben so fest auf, dass ich die Worte unter den Fingerspitzen spüre, als ich darüberstreiche.

Woher hatte Jake die Waffe?

Ich denke an das Video aus dem Pub zurück. Wie er sich bewegt hat. Es war, als könnte ich ihn immer noch spüren. Wenn ich nur durch den Bildschirm in die Vergangenheit greifen könnte. Brad Finchley kenne ich nicht und weiß nicht, wozu er fähig ist. Doch allmählich frage ich mich, ob Brad nicht einfach immer noch Jake ist.

Und Jake Reynolds kannte ich.

Jake Reynolds ist nicht fähig zu morden.

Doch wer hat die Rushnells dann getötet? Und wie ist die Mordwaffe bei ihm gelandet, wie ist seine DNA an den Tatort gekommen?

Kapitel dreizehn

Ich bin überrascht, wie zögerlich ich die Tür des Blue Eagle aufdrücke. Mein Selbstbewusstsein bröckelt. Es zehrt an den Nerven, wieder hier zu sein, und die Vergangenheit rückt immer dichter an mich heran. Ich sehe mich um, ob jemand von der Familie der Rushnells anwesend ist. Die Angehörigen eines Opfers kommen oft an den Ort, an dem jemand verhaftet wurde, auf der Suche nach Antworten auf ein sinnlos erscheinendes Verbrechen.

Sie würden ja nicht wissen, wer ich bin, aber es ist schwer genug, sich Mark und Beverley Rushnell als reale Menschen mit einer Familie vorzustellen, die sie geliebt hat, geschweige denn ihre Trauer mit anzusehen. Oder an Jake zu denken, der angeblich für den Schmerz verantwortlich ist, den man der Familie unzweifelhaft anmerken wird. Ich bin mir nicht sicher, was weniger schrecklich ist – die Vorstellung, Jake könnte zu einem Mord fähig sein, oder die Möglichkeit, dass er zu Unrecht verurteilt wird und ins Gefängnis kommt.

Und genau deshalb bin ich hier. Ich will mich in die Ecke des Blue Eagle setzen, in der Jake mit Max saß. Dann will ich Charles anrufen und ihm reinen Wein einschenken – oder zumindest meine Version davon. Es ist zwar Samstag, doch je länger ich warte, desto verheerender wird es klingen.

Mir war schnell klar, dass es darauf hinauslaufen würde. Dass ich Jakes Fall würde abgeben müssen, doch ich konnte mich auch nicht einfach so zurückziehen. Ich brauchte etwas Zeit. Und Zugriff auf alle Informationen. Doch je länger ich so weitermache, desto mehr Schaden kann ich dem Verfahren zufügen. Und wenn Brad immer noch einfach nur Jake ist, wenn er dieses schreckliche Verbrechen nicht begangen hat, dann braucht er unbedingt einen fairen Prozess. Das alles war mir von Anfang an klar, dennoch habe ich jetzt das Gefühl, meine Verbindung zu Jake zu kappen – und es widerstrebt mir.

Jimmy bringt mir persönlich eine heiße Schokolade, und plötzlich überwältigt mich ein tröstliches Gefühl bei seinem Anblick, das Wissen, dass er immer noch hier ist, in der Stadt, in der wir gemeinsam aufgewachsen sind.

Gerade will ich Charles anrufen, als ich sehe, dass spät abends noch der erste Teil der Abschrift von Jakes Vernehmung per Mail verschickt worden war. Theoretisch bin ich immer noch die leitende Staatsanwältin bei den Ermittlungen in einem Doppelmord.

Ich atme ein und zähle bis vier, halte den Atem an und zähle bis fünf, dann atme ich aus und zähle bis sechs.

Halte mich zurück, die E-Mail zu öffnen.

Denke daran, warum ich hier bin.

Sehe Jimmy nach, wie er wieder im Hinterzimmer verschwindet.

Ich presse die Handflächen gegen die Augen, doch der Schmerz transportiert mich zurück.

Wieder ertrinke ich in der Dunkelheit. Allein. Der Boden ist hart. Warum kommt niemand?

Ich öffne die Augen, lasse das Licht wieder herein. Ich bin frei. Nicht mehr gefangen. Nicht mehr achtzehn Jahre alt und verängstigt. Ich kann tun, was ich will.

Ich treffe eine Entscheidung und öffne den Mailanhang.

BRADLEY THOMAS FINCHLEY

VERNEHMUNG, Teil 1

Datum: 17.06.2023

Dauer: 12 Minuten

Ort: Chelmsford

Seiten: 6

Durchgeführt von DC Murray und DC Grainger,

Polizei Essex

Ich dachte, der Name Bradley Thomas Finchley ganz oben auf der Abschrift könnte mir noch einmal helfen, Jake von Brad zu trennen – mich davon zu überzeugen, dass er sich geändert hatte, um mich emotional nicht so betroffen zu fühlen –, doch nichts fängt das Wesen eines Menschen so sehr ein wie das Protokoll einer polizeilichen Befragung. Dieses Dokument *klingt* wie Jake, es führt kein Weg daran vorbei.

Es beginnt wie jede polizeiliche Vernehmung, seine Rechte werden ihm erklärt, die persönlichen Angaben überprüft, sich versichert, dass er weiß, wo er sich befindet und was passiert. Dann beginnt die eigentliche Befragung.

DC MURRAY: Seit wann wohnen Sie in Maldon?

FINCHLEY: Seit dem neunzehnten April.

DC MURRAY: Und wo haben Sie davor gelebt?

FINCHLEY: In Schottland.

DC MURRAY: Und wo genau?

FINCHLEY: Glasgow.

DC MURRAY: Aber Sie sind in Maldon aufgewachsen, trifft das zu?

FINCHLEY: Geboren und aufgewachsen, ja.

DC MURRAY: Warum sind Sie nach so vielen Jahren an einem anderen Ort plötzlich wieder zurückgekommen?

FINCHLEY: Meine Mutter ist gestorben, und ich musste mich um das Haus kümmern. Ihre und die Sachen meines Vaters durchsehen, es für den Verkauf vorbereiten. Der ganze Papierkram.

DC MURRAY: Sie wollten also nicht hierbleiben? Sie wollten nur …

FINCHLEY: Genau. Ich bin nur zurückgekommen, um das Haus auszuräumen.

DC MURRAY: Aber drei Monate später wohnen Sie immer noch in Maldon?

FINCHLEY: Richtig.

DC MURRAY: Ist nach Ihrer Rückkehr etwas passiert, weshalb Sie Ihre Meinung geändert haben und länger geblieben sind?

FINCHLEY: Das Haus ist einfach noch nicht ausgeräumt. Es ist viel zu tun, und ich bin allein.

DC MURRAY: Und das ist der einzige Grund, warum Sie noch in Maldon sind?

FINCHLEY: Richtig.

DC MURRAY: Okay, dann gehen wir mal ein bisschen zurück. Warum haben Sie die Stadt vor achtzehn Jahren verlassen?

FINCHLEY: Das hatte keinen besonderen Grund. Hier gab es nichts mehr für mich zu tun. Maldon ist eine kleine Stadt.

DC MURRAY: Im Gegensatz zu Glasgow.

FINCHLEY: Genau.

DC MURRAY: Hatten Sie Freunde? Eine Freundin? Einen Job, den Sie zurückgelassen haben?

FINCHLEY: Nein. Niemanden.

DC MURRAY: Würden Sie also sagen, dass Sie ein Einzelgänger waren? Fällt es Ihnen schwer, Freunde zu finden?

FINCHLEY: Eigentlich nicht.

DC MURRAY: Als Sie früher in Maldon gewohnt haben, hießen Sie noch anders. Nennen Sie uns bitte Ihren damaligen Namen.

FINCHLEY: Jake Thomas Reynolds.

DC MURRAY: Warum haben Sie Ihren Namen geändert?

FINCHLEY: Meiner hat mir nicht gefallen.

DC MURRAY: Ihr Vater hieß auch Jake Thomas Reynolds. Richtig?

FINCHLEY: Ja.

DC MURRAY: Es muss Ihren Eltern sehr wichtig gewesen sein, Sie nach Ihrem Vater zu benennen. Mochten Sie Ihren Vater nicht?

FINCHLEY: Ich habe meinen Vater geliebt.

DC MURRAY: Also, noch einmal, damit ich auch alles richtig verstehe. Sie haben Ihren Vater geliebt, dessen Namen Sie getragen haben, und das war Ihren Eltern sicher sehr wichtig. Würden Sie das auch so sehen?

FINCHLEY: Wahrscheinlich.

DC MURRAY: Okay. In welchem Monat haben Sie Maldon damals verlassen?

FINCHLEY: Im Dezember.

DC MURRAY: Mr Finchley, ist im Dezember etwas vorgefallen, weshalb Sie Maldon verlassen haben?

FINCHLEY: Kein Kommentar.

Ist im Dezember etwas vorgefallen, weshalb Sie Maldon verlassen haben?

Die Worte verschwimmen vor meinen Augen.

Ich hatte immer gedacht, dass in der Nacht der Weihnachtsfeier noch etwas anderes passiert sein musste, weshalb er verschwunden war. Ich hatte nie akzeptieren können, dass er mich einfach verlassen hatte. Doch hier ist sie, schwarz auf weiß, die Bestätigung, dass ich ihn mit meiner Tat vertrieben habe. Dass ich am sechzehnten Dezember damals alles, was wir hatten, so nachhaltig zerstört habe, dass er geglaubt hat, in Maldon gäbe es nichts mehr für ihn.

Hatten Sie Freunde? Eine Freundin.

Niemanden.

Brennender Schmerz durchzuckt mich. An jenem Weihnachten hat er nicht nur mich verlassen. Sondern auch Max. Haben sie sich darüber gestritten?

Davor

Max – der Bruder

Der Weg war ihm inzwischen vertraut. Ein kurzer Spaziergang am Fluss entlang, der aus Maldon herausführte bis zu der Lichtung am Ufer, die perfekt für süßes Nichtstun ist. Grillen, Paddeln, Frisbee. Dafür war der Sommer da, und er konnte die schlimmsten Momente seines Jahres in Cambridge hinter sich lassen.

Anfangs war er Jake gegenüber misstrauisch gewesen und hatte ihn im Auge behalten. Seit er sich erinnern konnte, war es schon so gewesen. Er beschützte Justine. Immer. Die einzigen Menschen, auf die sie sich verlassen konnten, waren sie beide. Anfangs war es schwierig gewesen, Jake zu akzeptieren, doch sie waren schnell zu einem Dreiergespann geworden.

Er beobachtete sie vom grasbewachsenen Ufer aus. Beide saßen auf ihren Paddelbrettern auf dem Wasser. Jake näherte sich Justines Board und drohte, sie herunterzustoßen. Sie lachte, den Kopf in den Nacken gelegt, und versuchte, von ihm weg zu paddeln. Die Freiheit hier draußen war geradezu greifbar im Vergleich zu ihrem Elternhaus. Er war anders, und Justine auch. Hier draußen fühlten sie sich viel lebendiger.

Es lag nicht nur an der Sommerluft, sondern auch an der Wirkung, die Jake auf sie hatte – er war das Tüpfelchen auf dem I. Jake und Justine waren perfekt füreinander, das konnten alle sehen. Max wusste, dass Justine oft ihr eigener schlimmster Feind war, sie drohte, in ihren Gedanken zu ertrinken: Dad hielt sie zurück, Mum ging ihr aus dem Weg. Doch wenn sie mit Jake zusammen war, wirkte sie entspannt, befreite sich von ihrem Zuhause, wurde schier überlebensgroß.

»Hilf mir mal«, rief Jake ihm zu.

»Das wagst du nicht!«, kreischte Justine und paddelte schneller.

Max sprang auf und rannte über das Gras bis zum Ufer, wo er ins Wasser hechtete und zu ihr schwamm. Sie drehte sich um, Panik mischte sich mit Freude. Ein bisschen wie ein Kind, das Verstecken spielt und weiß, dass es gleich gefunden wird. Jake feuerte ihn an. Als er ihr Board erreichte, musste er nur noch hinterhältig grinsen und drohen, sie umzukippen, damit sie sich seitlich ins Wasser stürzte und lieber floh, als erwischt zu werden. Auch wenn sie sowieso im Wasser gelandet wäre.

Max wusste, dass Justine sich dafür entscheiden würde.

So waren sie geworden – er und sie.

Die Stones mussten immer die Kontrolle behalten. Selbst wenn die Chancen gegen sie standen.

Kapitel vierzehn

Charles meldet sich nach dem ersten Läuten. Vor Überraschung bin ich im ersten Moment sprachlos.

»Hallo?«, wiederholt er ungeduldig.

»Hallo, Charles. Ich bin's.«

»Alles in Ordnung? Wie geht es voran?« Für Small Talk hat Charles nie Zeit.

Ich hole tief Luft. »Tut mir leid …« Gott, ich hasse diese Floskel, die nicht für das ausreicht, was ich empfinde. Niemandem tut sein Handeln hundertprozentig leid. Oder zumindest nicht nur. Es klingt so einfach. Ich vertraue niemandem, der einen Satz damit anfängt. »Mir ist klar geworden, dass ich einen großen Fehler gemacht habe. Ich kenne den Angeklagten.« Ich zwinge mich, die Wahrheit auszuspucken.

»Du kennst Brad Finchley?«, fragt Charles ungläubig.

»Ja, aber nicht als Brad. Eigentlich heißt er Jake Reynolds. Ich habe ihn seit achtzehn Jahren nicht gesehen, und ich hatte keine Ahnung, dass er seinen Namen geändert hat. Ich schwöre, für mich ist es ein genauso großer Schock wie für dich.« Hier gehe ich etwas freimütig mit der Wahrheit um, aber es ist nicht alles gelogen. Ich war tatsächlich schockiert, dass man Jake zwei Morde vorwirft.

Ich höre, wie Charles tief Luft holt.

»Bis heute Morgen hatte ich wirklich keine Ahnung«, wiederhole ich und hoffe, damit nicht zu übertreiben.

»Das hättest du uns gleich mitteilen müssen, Justine.«

Ich befürchte, dass er mir meine Rechtfertigung nicht abgenommen hat.

»Das ist eine *sehr* ernste Angelegenheit.« Er spricht langsam und nachdrücklich.

»Ich weiß, und ich schwöre, wenn ich Brad als Jake erkannt hätte, hätte ich sofort etwas gesagt. Ich will auf gar keinen Fall den Prozess gefährden. Aber bitte versteh, ich hatte ihn viele Jahre nicht gesehen, und damals waren wir noch jung. Ich kannte ihn kaum, wir haben nur in derselben Stadt gewohnt.«

»Ich verstehe.« Er verstummt, als würde er überhaupt nichts verstehen. »Hast du es dem Kollegen, der dir zuarbeitet, erzählt?«

»Noch nicht. Ich wollte zuerst dich informieren.«

»Man wird dich natürlich von dem Fall abziehen. Keine Ahnung, welche Chamber ihn dann bekommt.« Er klingt verärgert – man wird mir den Fall entziehen und ihn ziemlich sicher einer anderen Chamber zuteilen, was sehr peinlich für uns ist. Wenn wir hier eine Verurteilung erreicht hätten, hätten wir viele neue Fälle an Land ziehen können.

»Es tut mir wirklich leid. Du weißt am besten, wie sehr ich mir gewünscht habe, dass das mein Durchbruch wird.«

»Jetzt ist es passiert, Justine. Ich vertraue dir, dass du uns nicht wissentlich in diese Situation gebracht hättest.« Ich sehe vor mir, wie er die Augenbrauen hochzieht und mich über den Rand seiner Brille hinweg mustert. Mir damit signalisiert, dass er mir zwar traut, aber kein Wort glaubt.

»Nein, das hätte ich nicht.« Ich gebe nicht nach. Schweigen

breitet sich zwischen uns aus. Eigentlich will ich es nicht als
Erste brechen, doch schließlich knicke ich ein, vielleicht wegen
meines schlechten Gewissens: »Danke für dein Verständnis.«

Er macht ein unbestimmtes Geräusch, behält die Oberhand.
Diese Seite an ihm lässt ihn vor Gericht bedrohlich wirken.

»Also dann, wir sehen uns, wenn ich wieder im Büro bin.
Tut mir leid, dass ich dich enttäuscht habe«, wiederhole ich,
bevor ich auflege. Ich wünschte wirklich, ich hätte ihn nicht
hängen lassen müssen.

Ich hasse es, Menschen zu enttäuschen. Männer vor allem.
Laut Aya will ich eigentlich meinem Vater alles recht machen
und übertrage das auf andere Männer. Dad hat selbst nach
all den Jahren und vielen Stunden Therapie immer noch Einfluss auf mein Verhalten. Eigentlich sollte es mich nicht überraschen.

Kapitel fünfzehn

Meine Haut brennt, als ich das Wasser in der Dusche noch einmal heißer stelle, fast bis zum Maximum. Ich halte den Atem an, bis mein Körper sich daran gewöhnt hat, warte, bis das Brennen nachlässt. Ich entspanne mich und greife wieder nach dem Regler. Dampf steigt auf, es fühlt sich fast wie ein Exorzismus an. Ich lasse mich von der Hitze forttragen, fort von Mum, Max, Maldon, Jake. Auf und davon, ich ignoriere den Alkoholgestank, der aus meinen Poren dringt.

Ich weiß nicht, ob Charles mir heute Morgen vollständig abgenommen hat, dass ich den Angeklagten erst jetzt erkannt haben will. Charles ist alles andere als gutgläubig, doch aus irgendeinem Grund scheint er beschlossen zu haben, mir im Moment meine Lüge zu lassen. Sie als die Wahrheit anzunehmen, zumindest von außen betrachtet. Wir müssen sehen, wie sich alles entwickelt. Die schlimmsten Bestrafungen sind oft die, die langsam erfolgen. So unterschwellig, dass man sie kaum benennen kann. Aber man weiß, dass sie da sind. Man merkt sie im Kleinen. In den Details. Immer wieder läuft alles auf die verdammten Details hinaus.

Ich reibe fest mit einem Schwamm über meine Haut.

Bis ich es höre.

Jakes Dad hat oft erzählt, wie sein eigener Vater, Jakes Großvater, im Morgenmantel über die Straße gerannt war, um seiner Nachbarin zu helfen, die von ihrem Mann tyrannisiert wurde. Jakes Dad war damals noch ein Junge und beschrieb die Schreie aus dem Nachbarhaus wie etwas aus einem Horrorfilm. *Man wusste, dass sie nicht einfach nur geschlagen wurde. Ihr Mann wollte sie töten,* erzählte er. Ich hatte mich immer gefragt, was an dem Geräusch so besonders gewesen war, so animalisch. Jetzt weiß ich es.

So muss es geklungen haben …

Mein erster Gedanke, als ich die Schreie höre.

In ein Handtuch gehüllt renne ich die Treppe nach unten, die Haut an meinen Beinen ist rot und wund. Abrupt bleibe ich beim Anblick von zwei Polizeibeamten an der Haustür stehen.

Sie haben mich gefunden …

Mein zweiter bewusster Gedanke.

Die Schreie sind verstummt.

Mum dreht sich langsam um, als würde ihr Körper sich gegen die Bewegung wehren.

Wir waren nie beste Freundinnen. Meistens habe ich keine Ahnung, wer sie eigentlich ist und was sie denkt. Doch als sie mich jetzt ansieht, weiß ich es.

Max ist tot.

Die Erkenntnis trifft mich wie ein Schlag, gleichzeitig läuft alles in Zeitlupe ab. Was bedeutet, dass mir die ganze schreckliche Wahrheit erst nach und nach klar wird. Mich zerbricht, während sie ihre schmerzhafte Bahn durch meinen Körper zieht. Sie beginnt in meinem Gehirn, als ich meiner Mutter ihren unverhüllten Schmerz ansehe. Dann breitet er sich quälend in mir aus, bis hinunter zu meinen Zehen. Mein ganzer Körper brennt vor Schock und Trauer, und ich schwanke.

Der größere Polizist kommt rasch auf mich zu und packt meinen Arm. Meine Knie sind wohl weich geworden.

Mein eigener Schrei füllt die Stille.

Sie bringen uns in die Küche, und mir fällt auf, wie geübt die Polizisten die Führung in einem fremden Haus übernehmen. Schränke werden geöffnet, Wasser wird gekocht. Wie viele andere Häuser haben sie wohl betreten, nachdem sie gerade einer Familie die schlimmste aller Nachrichten überbracht haben? Das muss man können, denke ich, während ich sie beobachte, plötzlich bei anderen Menschen das Kommando zu übernehmen.

Während eine dampfende Tasse Kaffee vor mir abgestellt wird, kommt der zweite Polizist mit einem Morgenmantel in die Küche, den er oben gefunden haben muss, und gibt ihn mir. Da wird mir bewusst, dass ich immer noch nur in das Handtuch gehüllt bin, und ich wickele mich rasch in den Mantel.

»Also«, sagt der Kleinere, der ein freundliches Gesicht hat, »wir müssen von Ihnen beiden eine Aussage aufnehmen, aber möchten Sie uns zuerst noch etwas fragen?«

Mum sieht zu mir, überträgt mir die Verantwortung. Schaffe ich das? Max ist tot. Und jetzt?

»Sie haben gesagt, Max wurde im Meer gefunden. Ist er also ertrunken?«, frage ich in dem verzweifelten Versuch, irgendeine Art von Kontrolle zurückzuerlangen. Mir zu beweisen, dass ich das hier kann. Doch ich bringe die Worte nur mühsam heraus.

»Wir müssen leider auf den Obduktionsbericht warten. Die offizielle Todesursache ist noch nicht bekannt, aber die Leiche Ihres Bruders wurde von Fischern vor der Küste von Mersea gefunden. Wir vermuten, dass sie bereits einige Tage im Wasser gelegen hat.«

»Haben Sie eine Ahnung, seit wann genau?«, frage ich, während ich mich zusammenreiße, um sie nicht anzuschreien, dass ich alles wissen will: Was ist passiert? Warum hat man uns Max genommen?

»Wir wissen noch nichts Genaueres. Nach mehr als ein paar Tagen wäre der Zustand seiner Leiche sicher um einiges schlechter gewesen.«

Der Zustand seiner Leiche. Ich stelle mir alle möglichen Stadien des Zerfalls vor. So möchte ich meinen Bruder nicht in Erinnerung behalten. Ich kneife mir in die Schenkel, und der Schmerz klärt meinen Kopf.

»Aber lange genug, um auf dem Wasser zu treiben?« So viel weiß ich übers Ertrinken. Nach einer Weile bilden sich im Körper Gase, die ihn dann an die Oberfläche steigen lassen.

»Ja, wahrscheinlich.«

»Haben Sie irgendeinen Hinweis darauf, was ihm passiert ist? Sie können doch nicht völlig ohne Antworten hier auftauchen. Das ist nicht fair.« Ich weiß, dass ich wie ein weinerliches Kind klinge, und sehe um Unterstützung heischend zu Mum. Sie muss doch auch mehr Informationen wollen? Doch sie sitzt einfach nur auf ihrem Stuhl. »Mum?«, sage ich scharf. »Hast du noch Fragen?« Sie sieht mich nur verständnislos an.

Ich weiß, ich sollte Mitgefühl mit ihr haben, doch ich ärgere mich. So war sie auch, als Dad noch gelebt hat. Stumm. Erbärmlich. Unnütz. Sie hat einfach alles geschehen lassen, ohne sich zu wehren. Wieder einmal denke ich an meinen Vorsatz, nie so zu werden wie sie: eine willenlose Marionette.

»Es tut mir wirklich leid«, sagt der Beamte. »In solchen Situationen müssen wir abwarten, bis uns das Gesamtbild vorliegt. Aber seien Sie versichert, dass wir unser Bestes tun. Als Erstes müssten Sie mit uns kommen und den Toten offiziell identifizieren. Mrs Stone, könnten Sie das übernehmen?«

»Nein, nein. Das kann ich nicht. Das geht nicht.« Ihre Schultern sinken nach unten, und sie beginnt wieder zu weinen.

»Ich mache das.« Meine Stimme ist jetzt fester. Ich kann etwas tun. Kann mich nützlich machen. Helfen. Wichtig sein. Beweisen, dass ich nicht so bin wie meine Mutter.

Max war da, wenn ich ihn gebraucht habe, und jetzt muss ich für ihn da sein.

Es wäre gut, wenn du heimkommen könntest.

Wenn ich das nur früher kapiert hätte, wäre er dann noch am Leben?

Die Beamten warten im Erdgeschoss, während ich mir etwas anziehe. Ich weiß, ich sollte mich beeilen, doch zuerst muss ich Otis informieren. Sobald eine Leiche aufgetaucht ist, beginnt die Uhr zu ticken. Je früher man anfängt, desto eher findet man Antworten. Laut aussprechen kann ich es nicht, daher schicke ich Otis zuerst eine SMS, dass man Max' Leiche gefunden hat und er mich bitte zurückrufen möge. Wie üblich vibriert mein Handy wenige Minuten später.

»Es tut mir leid, dass Max tot ist«, sagt er sofort. Er ist der Erste, mit dem ich darüber spreche, und dafür bin ich dankbar. Er redet nicht um den heißen Brei herum, hat keine Angst, es auszusprechen. Otis beschäftigt sich den ganzen Tag mit Mord und Tod, und er kann sachlich damit umgehen. Genau das brauche ich im Moment. Ich darf nicht schwach werden. Muss es verdrängen.

»Danke. Ich muss ihn gleich identifizieren.« Ich klemme das Handy zwischen Schulter und Ohr, während ich in Kakishorts und ein lockeres Oberteil schlüpfe. »Bist du schon weitergekommen?«

»Mit dem Laptop noch nicht, aber nachdem du gestern so besorgt geklungen hast, habe ich weitergegraben.«

»Und?«

»Wusstest du, dass er vor sechs Wochen seinen Job verloren hat?«

»Was? Bist du dir sicher?« Noch mehr Geheimnisse. Max'. Mums. Meine. Wann wird es aufhören? Wann hat es angefangen?

»Ganz sicher.«

»Was war der Grund?«

»Offenbar ist er betrunken zur Arbeit gekommen. Man hat ihn vorschriftsgemäß verwarnt, doch er hat sich nicht zusammengerissen.« Ich denke an die vielen Bierflaschen in seinem Haus. An Max auf dem Video aus dem Blue Eagle. Es passt alles zusammen, aber im Moment habe ich erst eine Ecke des Puzzles und keine Ahnung, wie das ganze Bild aussehen wird.

»Danke. Versprich mir, dass du mir sofort Bescheid gibst, wenn du mehr herausfindest?«

»Versprochen. Sollte ich noch irgendwas wissen?«

Ich denke an Max' Streit mit Jake, der wichtig sein könnte, doch ich habe auch das übermächtige Gefühl, dass ich die beiden Fälle im Moment noch voneinander trennen sollte. Nicht zuletzt, weil ich nichts mehr mit Jakes Prozess zu tun habe – noch etwas, das ich Otis mitteilen sollte, wobei ihm nie etwas lange verborgen bleibt. Doch wenn er denkt, es könnte zu einem Fall gehören, an dem ich nicht länger mitarbeite, hilft er mir vielleicht nicht so freiwillig. Max ist tot, und ich brauche jegliche Hilfe, die ich bekommen kann, so lange wie möglich.

»Zu Max? Nein. Ich habe dir alles erzählt, was ich weiß«, sage ich vage, um ihn nicht direkt belügen zu müssen.

»Okay, dann mache ich mal weiter. Und, Justine, mein Beileid, wirklich.«

»Danke. Oh, da wäre doch noch etwas.«

»Ja?«

»Könntest du für mich auch die Rushnells überprüfen? Wer waren sie? Hatten sie schon immer in Surrey gewohnt?« Ich frage ihn nicht, was mich wirklich interessiert: Hatten sie je in Maldon gewohnt, und warum werde ich das Gefühl nicht los, dass ich sie irgendwoher kenne?

Kapitel sechzehn

Aufgedunsen, fleckige, kalte Haut. Das ist nicht die erste Leiche, die ich sehe, aber sicherlich diejenige, die mir am nächsten ist. Mit Mühe dränge ich die Trauer zurück, die über mir zusammenzuschlagen droht. Später kann ich wieder Max' Schwester sein, doch im Moment braucht er mehr von mir.

Ich dachte, ich wäre stärker. Emotionen lassen einen nur unvorsichtig werden. Ich muss wach sein. Aufmerksam. Clever. Alles, wozu ich ausgebildet wurde. *Ich schaffe das,* predige ich mir. Das schulde ich Max. Trotzdem waren meine Füße schwer wie Blei, bis ich endlich neben ihm stand. Meine Zunge klebt an meinem Gaumen. Mir ist heiß, auch wenn ich weiß, dass der Raum wegen der Leichen kühl ist. Ich versuche, mich auf die Fakten zu konzentrieren. Mich davon abzulenken, dass hier Max vor mir liegt, mein großer Bruder.

Seine aufgeblähte Leiche trieb auf dem Wasser und wurde von einem Fischerboot entdeckt. Ausgehend von Wassertemperatur und Verwesungsgrad der Leiche nimmt die Polizei an, dass er vor drei bis fünf Tagen im Wasser gelandet war, doch wir müssen noch die vollständige Obduktion abwarten.

»Er ist es«, sage ich und bestätige damit, was der Kontaktbeamte der Polizei hören muss. Schweigend verlässt er den Raum, um mir ein wenig Zeit allein mit Max zu gewähren.

Wider besseren Wissens schlage ich das Laken von seinem Oberkörper zurück. Von den Fotos her weiß ich, was mich erwartet, trotzdem schnappe ich nach Luft, als ich die eingefallene rechte Körperhälfte meines Bruder sehe, die von Blutergüssen und tiefen Wunden übersät ist.

Es ist noch unklar, ob die Verletzungen von einem Verbrechen oder scharfen Felsen stammen. Max Stone, siebenunddreißig, wurde um halb fünf Uhr morgens vierhundert Meter vor der Küste von Mersea im Wasser treibend gefunden. Mersea mit seinen pittoresken bunten Hütten, wo wir viele Sommer am Strand verbracht haben. Zweifelsohne meine schönsten Kindheitserinnerungen. Die Meerluft schien alles andere wegzuwehen, wenn wir dort waren. Ich weiß noch, wie ich einmal zu meinen Eltern sah und sie zusammen lachten. Ihr Lachen klang so echt, ganz anders als zu Hause. Meine Mutter saß auf einer gestreiften Sonnenliege, die rot lackierten Zehen im Sand vergraben. Sie lachte, als mein Vater mit dem Grillanzünder kämpfte. Alles war wie auf einer Postkarte, fast schon unwirklich. Ich weiß noch, wie ich damals dachte: Wo sind meine richtigen Eltern?

Der Kontaktbeamte ist zurück.

»Sind Sie bereit?«, fragt er sanft, geübt in seiner Rolle.

So vorsichtig und liebevoll wie möglich decke ich meinen Bruder wieder zu.

Bevor ich mich in den hell erleuchteten weißen Korridor führen lasse, sehe ich mich noch einmal zu Max um und verspreche ihm: *Wer immer dir das angetan hat, wird dafür bezahlen.*

DS Sorcha Rose wartet auf mich. Sie trägt einen tadellosen schwarzen Hosenanzug, die Haare sind zu einem hohen Knoten gedreht. Diese Frau meint es ernst. Wirkt eher wie eine Großstadtpolizistin.

»Wollen wir ein paar Schritte gehen?«, fragt sie, während sie mir einen Becher mit lauwarmem Kaffee gibt, der vermutlich aus dem Automaten auf dem Flur stammt.

»Ich dachte, wir gehen spazieren?« Ich bin verwirrt, als sie auf einen Schlüssel klickt und die Scheinwerfer eines schwarzen Škoda vor uns aufleuchten.

»Ja, aber wie wäre es, wenn wir erst ein Stück fahren? Die Sonne scheint, und ich habe gelernt, dass hier bald der Teufel los sein wird. Ich dachte, wir könnten beide ein wenig Ruhe vertragen.«

»Okay«, lenke ich ein und setze mich auf den Beifahrersitz. »Sie sind also noch nicht lange hier?« An ihrem Akzent hatte ich schon erraten, dass sie nicht aus der Gegend war.

»Ich habe vor sechs Monaten von Manchester hierher gewechselt.«

Sie nennt mir keinen Anlass für den Umzug, und ich frage nicht weiter nach. Normalerweise hat es einen Grund, warum ein Detective aus einer Metropole in eine zweihundert Meilen entfernte Kleinstadt zieht, doch heute kann ich mich nicht damit beschäftigen. Stattdessen sehe ich aus dem Fenster, während DS Rose aus Maldon herausfährt.

Schon nach kurzer Zeit hält sie auf einem kleinen Parkplatz am Straßenrand. Ich lächle und spüre einen Anflug von Respekt für diese Frau. Sie mag ja erst kurz hier sein, kennt sich aber eindeutig aus. Hier ist der perfekte Ort für einen Spaziergang fernab neugieriger Augen.

Wir sind nur einen Katzensprung von den Flussläufen von

Tollesbury Wick entfernt. Wenn ich jemanden das Gefühl vermitteln wollte, an einem sicheren Ort seine Geheimnisse preisgeben zu können, dann hier. Er ist weitläufig und ungeschützt, der Wind peitscht über die verzweigten Wasserwege, und alles hier erinnert einen daran, wie klein man selbst doch ist. Ängste und Sorgen verlieren an Bedeutung. Werden so unwichtig, dass man sie nicht mehr für sich behalten muss. Ein schlauer Schachzug, doch das Spiel beherrsche ich auch.

Schweigend gehen wir den Hauptweg entlang. Als wir auf einen schmalen Pfad einbiegen und sich ein malerischer Ausblick vor uns eröffnet, atmet sie langsam und tief ein. Dann sagt sie: »Was mit Ihrem Bruder passiert ist, tut mir wirklich leid.«

Die Kombination aus einem so schönen Anblick gemischt mit ihren mitfühlenden Worten löst in mir eine körperliche Reaktion aus, und ich muss mich mit aller Kraft dazu zwingen, nicht die Hände an die pochende Stelle an meiner Schädelbasis zu legen. Alles ist so perfekt arrangiert, dass ich mich frage, wie viele Menschen sie vor mir schon hierhergebracht hat.

Ich bin ein bisschen neidisch.

»Danke. Wir haben ihn sehr geliebt.«

»Ich weiß, dass Sie bereits eine offizielle Aussage gemacht haben, und das hier ist wirklich nur eine informelle Unterhaltung. Aber ich wollte Sie fragen, ob Ihnen seither noch etwas eingefallen ist. Es ist so schwer, an alles zu denken, vor allem auf dem Revier, und es ist völlig normal, dass einem erst danach noch etwas bewusst wird.«

»Als Anwältin für Strafrecht bin ich an Polizeireviere gewöhnt. Ich habe wirklich nichts mehr hinzuzufügen, aber falls doch, werde ich mich sofort bei Ihnen melden.«

»Ah ja. Das habe ich gelesen. Sie arbeiten für die Staatsanwaltschaft, in der One Eight Seven Chamber.«

Sie hat sich über mich informiert.

»Das stimmt.« Ich belasse es bei der einfachen Version.

»Laut Ihrer Aussage sind Sie am dreizehnten Juli nach Maldon gekommen, um Ihre Mutter zu besuchen. Fanden Sie es nicht ungewöhnlich, dass Sie Ihren Bruder nicht erreichen konnten? Er wurde erst als vermisst gemeldet, nachdem man ihn am fünfzehnten gefunden hatte.«

»Mein Bruder war ein erwachsener Mann, und es waren ja nur ein paar Tage. Ich war hier, um meine Mutter zu besuchen.«

»Ich verstehe. Ich versuche nur, mir ein vollständiges Bild zu machen. Heute haben wir allerdings noch etwas entdeckt, und ich wollte es Ihnen erst sagen, nachdem Sie die Leiche identifiziert hatten.« Bei ihrem unpersönlichen Ton unterdrücke ich ein Schaudern. Sie fährt fort: »Leider scheint in das Haus Ihres Bruders eingebrochen worden zu sein.«

Natürlich wusste ich in dem Moment, als sie Max aus dem Wasser gezogen hatten, dass sie die eingeschlagene Hintertür finden würden.

Ich bleibe stehen, die Augen weit aufgerissen.

»Tut mir leid, das ist ganz schön viel. Denken Sie, es gibt da einen Zusammenhang? Hat man etwas gestohlen?«

»Das ist schwer zu sagen. Ich weiß, es ist viel verlangt, aber es würde uns wirklich helfen, wenn Sie sich mal im Haus umsehen könnten, sobald unser Team bereit ist.«

»Ja, natürlich. Ich helfe gern. Bedeutet das, dass Sie ein Verbrechen in Betracht ziehen?«

»Es tut mir leid, das kann ich besser beantworten, wenn

der vollständige Obduktionsbericht vorliegt, aber ich möchte nichts von vornherein ausschließen.«

Wir schweigen. Schließlich sage ich: »Es könnte ja auch nur ein Zufall sein? Gelegenheit macht Diebe.«

»Nun, wenn es da eine Verbindung gibt, werde ich sie finden.«

Ich habe keinen Grund, mich schuldig zu fühlen, rufe ich mir in Erinnerung, vor allem, weil ich meinen Bruder nicht getötet habe.

Wir nähern uns dem Ende des Rundgangs, als sie mir die Frage stellt, die vermutlich der Hauptgrund für unseren Ausflug hierher ist.

»Hören Sie, Sie wissen, wie das hier läuft, weshalb ich ehrlich zu Ihnen sein werde. Die anderen Beamten haben wenig Erfahrung mit Fällen wie diesem. Sie könnten uns eine große Hilfe sein. Falls wir eine vollständige Ermittlung einleiten, will ich einen Schritt voraus sein. Wenn wir vom Worst Case ausgehen und der Tod Ihres Bruders weder ein Unfall noch Selbstmord war, wo sollte ich Ihrer Meinung nach anfangen?«

Diese Frage habe ich mir auch gestellt, seit ich von seinem Tod erfahren habe. Vor zwei Tagen noch hätte ich schwören können, dass jeder Max geliebt hat und er keine Feinde hatte. Doch der Max auf dem Überwachungsvideo war nicht der Max, den ich kannte. Das kann ich aber nicht erwähnen, ohne Jake – und damit mich – zu belasten.

»Ich wünschte, ich könnte etwas dazu sagen, ehrlich. Doch Max war unheimlich beliebt. Ich kann nicht glauben, dass ihm jemand so etwas antun wollte.«

DS Rose wirkt enttäuscht von mir.

»Okay«, sagt sie langsam. »Oft ist der Täter jemand aus dem

direkten Umfeld des Opfers, was Sie sicherlich wissen. Könnten Sie mir eine Liste mit denjenigen aus der Stadt geben, die mit ihm befreundet waren?«

»Natürlich. Ich bringe sie morgen aufs Revier.«

»Das wäre sehr nett.« Sie sieht mich jetzt mit anderen Augen an. Hat mehr von mir erwartet.

»Und ich werde auch über Ihre andere Frage nachdenken. Sie haben recht, ich bin das alles auch immer wieder durchgegangen, mir fällt aber nichts Neues mehr ein. Falls doch, melde ich mich wie gesagt sofort bei Ihnen. Es tut mir leid, dass ich Ihnen heute nicht mehr helfen konnte«, füge ich hinzu, in der Hoffnung, ihren Respekt zurückzuerlangen.

»Das wäre wunderbar.« Sie lächelt dankbar, ihr Blick ruht aber ein wenig zu lange auf mir, und ich frage mich, ob ich letztendlich doch meinen Meister gefunden habe.

Kapitel siebzehn

Mum steht gebückt da, und ihre Wirbelsäule zeichnet sich unter ihrem Oberteil ab. Ihre Arme sind erstaunlich stark und sehnig für ihre zarte Gestalt. Als sie die Schaufel in den Boden bohrt und dann hochhebt, sehe ich, wie sich die Muskeln unter der Haut bewegen. Meine Mutter hat Gartenarbeit schon immer geliebt, und es ist keine Überraschung, dass sie an einem Tag wie heute, statt sich im Bett zu verkriechen, hier draußen ist.

Im Lauf der Jahre hat sie alles in diesen Garten fließen lassen. Ihren Schmerz, ihre Trauer, ihre Liebe. Die Härchen auf meinen Armen sträuben sich beim Gedanken an all die Male, die ich sie als Kind gebraucht hätte und sie, statt meine Hand zu halten, hier in ihrem kostbaren Garten gewesen war. Sich um ihre Blumen gekümmert, Unkraut gejätet und verfaulte Pflanzen entfernt hatte, anstatt etwas gegen die Fäulnis in ihrer eigenen Familie zu tun. Es war nur eine Frage der Zeit, bis die wuchernden Ranken mich umschlingen und uns alle in den Abgrund ziehen würden.

Damals habe ich mich verzweifelt nach ihr gesehnt, doch sie wirkte immer abwesend – als wäre sie nur halb da. Körperlich war sie es, ihre mütterliche Seite hielt sie jedoch immer zurück. Ein Geist in ihrem eigenen Haus. Als Kind hat mich das wahnsinnig gemacht.

Ich habe meine Mutter gebraucht.

»Was gräbst du um? Brauchst du Hilfe?«, rufe ich.

Sie wischt sich den Schweiß von der Stirn und winkt ab. »Nur ein zugewachsenes Beet. Ich muss hier mal für Ordnung sorgen. Geh nur ins Haus, danke.«

Ich überlege, einfach trotzdem Dads Handschuhe anzuziehen, die bestimmt noch im Schuppen liegen, und ihr zu helfen. Ihr zu zeigen, dass sie nicht allein ist, immer noch eine Tochter hat. Doch ich war nie eine begeisterte Gärtnerin, und meine Vorstellung, wie wir Seite an Seite das dornige, gefährliche Unkraut entfernen, das unser Leben überwuchert hat, verändert sich rasch. Die Ranken schlingen sich um mich und rauben mir den Atem. Meine Mutter könnte mich mit der Gartenschere in der Hand losschneiden, doch sie sieht reglos zu, lässt mich sterben.

Ja, damals hätte ich meine Mutter gebraucht. Sie war ein Teil meiner Kindheit. War immer da. In diesem Haus. Sah zu. Still. Zu still. Das war ihr Verbrechen. Das kann ich ihr nicht vergeben – sie war da und hat mich nicht beschützt.

»Na gut, ich setze mal Kaffee auf«, sage ich und gehe ins Haus.

Während der Kaffee kocht, klappe ich meinen Notizblock auf und beginne mit der Liste für DS Rose.

Justine Stone (Schwester)
Evelyn Stone (Mutter)
Jimmy Falcon (Schulfreund)

Den einzigen Namen, der mir sonst noch einfällt, kann ich nicht aufschreiben: Jake Reynolds. Er wirbelt durch meinen

Kopf, als würde ich mir immer wieder das Video mit ihm und Max im Blue Eagle ansehen.

Eine der Bedingungen für Jakes Kaution ist, dass er sich nicht weiter als eine Meile von seiner Unterkunft entfernen darf. Er trägt eine elektronische Fußfessel. Wenn er in der letzten Woche gegen die Auflagen verstoßen hätte, wäre es in den Nachrichten gekommen. Dennoch sollte Otis das besser überprüfen.

Es ist zu viel, und ich stütze den Kopf in die Hände. Schließe die Augen. Knirsche mit den Zähnen. Wie bin ich hierhergekommen? Passiert das alles gerade wirklich?

Unter der Tür ist nur ein schmaler Lichtstreifen zu sehen. Ich spreize die Finger und halte sie ins Licht. Dann mache ich eine Faust. Lockere sie. Mache wieder eine Faust. Je länger ich in der Dunkelheit sitze, desto mehr verzehrt sie mich.

Ja, rufe ich mir in Erinnerung, alles ist möglich. Die Trauer droht mich in einen Abgrund zu ziehen, und ich darf nicht vergessen, wer ich bin und was ich tun kann. Ich habe Max ein Versprechen gegeben: Ich werde herausfinden, wer ihn getötet hat, und der- oder diejenige wird bezahlen. Ich muss mich zusammenreißen, so wie ich es vor all den Jahren getan habe.

Hätten Sie Zeit für eine zusätzliche Sitzung?
Max ist tot.

Ich weiß, dass es falsch wäre, meiner Therapeutin noch vor meinem Ehemann von meinem toten Bruder zu erzählen, doch Aya wird nicht plötzlich in Maldon auftauchen. Sie wird in ihrem Aya-förmigen Raum bleiben, der perfekt auf sie zugeschnitten ist, nichts wird sich darin durch Max' Tod ändern. Ganz im Gegensatz zu meiner Ehe.

Sobald Noah davon erfährt, wird er den ersten Flug nach Hause nehmen und so schnell wie möglich kommen, um bei mir zu sein. Er wird denken, dass er das Richtige tut, und ich kann ihm nicht erklären, warum ich ihn nicht hier haben will. Dass er tatsächlich der letzte Mensch auf der Welt ist, den ich im Moment an meiner Seite haben möchte. Ich kann ihm nicht sagen, dass ich hart darum gekämpft habe, dass die Grenzen zwischen meinem Leben mit ihm und meiner Vergangenheit hier auf keinen Fall durchlässig werden.

Als ich Noah vor vierzehn Jahren kennengelernt habe, wollte ich mich neu erfinden. Ich war noch nicht lange mit der Universität fertig und wohnte wieder mit Charlotte in London zusammen. Ich wollte besser sein, der Mensch, von dem ich wusste, dass er in mir steckte. Was in dieser Stadt, in diesem Haus passiert war, durfte mich nicht ruinieren. Die Justine, die Noah geheiratet hat? Ist nicht das Mädchen, das hier aufgewachsen ist. Das darf er nicht erfahren. Ich senke den Kopf und sehe, dass ich die Stelle zwischen Daumen und Zeigefinger wieder blutig gekratzt habe.

Alle Zeichen stehen auf Kollision, daran kann ich nichts mehr ändern. Nicht jetzt, da Max tot ist. Ich zähle bis zehn. Beschließe, eine dritte Paracetamol zu nehmen. Sage mir, dass heute eine Ausnahme ist. Und dann wähle ich die Nummer meines Mannes. Noah sagt während des ganzen Gesprächs nichts Falsches. Er ist liebevoll und mitfühlend. Er maßt sich nicht an, zu wissen, wie ich mich fühle. Er bietet mir an, ins nächste Flugzeug zu steigen, aber ich kann ihn überzeugen, dass es völlig reicht, wenn er zur Beerdigung kommt. Mir fiel keine plausible Ausrede ein, um ihn noch länger fernzuhalten, doch so bleiben mir wenigstens ein paar Tage, bis meine Welten miteinander kollidieren.

Mein Davor und Danach.

Ich liebe dich.

Gleich nachdem wir aufgelegt haben, schreibt er mir. Das ist so aufmerksam und liebevoll, dass ich das Handy am liebsten durch den Raum werfen würde. So tun würde, als würde sich Noah nicht bald von Paris auf den Weg zu mir machen. Er liebt mich, schreibt er.

Nur für wie lange noch?

Die Küchentür klappert im Wind. Sie bewegt sich so leise, dass ich nicht gehört habe, wie sie hereingekommen ist. Schweigend schaltet sie das Radio ein, und »Tosca« erfüllt die Küche. An ihrer Stirn klebt Erde, wo sie sich den Schweiß abgewischt hat. Nun, ich kann ihr wohl nicht für immer aus dem Weg gehen.

Ich weiß nicht, warum ich zögere, mit ihr über Max zu sprechen. Vielleicht, weil es ein gewisses Maß an Verletzlichkeit erfordert. Ein emotionales Gespräch. Etwas Tiefgehendes und Bedeutungsvolles; alles, was wir in den letzten achtzehn Jahren vermieden haben. Wir haben unsere Beziehung auf Formalitäten und Nettigkeiten reduziert.

Man kann aber nicht höflich über Max' Tod sprechen.

»Er war es, oder?«, fragt sie, und ich nicke. »War er ...« Sie verstummt, sucht nach Worten. »Wie sah er aus?«

»Es hätte schlimmer sein können.« Ich kann mich nicht zu

einer Lüge durchringen, aber sie braucht irgendetwas Positives, um sich daran festzuhalten. Ich bin kein Unmensch.

»Hast du in letzter Zeit mit ihm gesprochen?«, fragt Mum, und wieder durchströmen mich heiße Schuldgefühle.

»Ja, aber nicht so oft, wie es gut gewesen wäre«, gebe ich zu. »War etwas nicht in Ordnung?«

»Nicht, dass ich wüsste. Warum fragst du?«

»Ich war bei ihm zu Hause.« Mum wirkt überrascht. »Ich glaube, vor dem Unfall ist etwas passiert.«

»Und was? Wie kommst du darauf?« Sie klingt müde. Erschöpft. Ich habe ein schlechtes Gewissen, weil ich sie dem aussetze, aber sie hat Max öfter gesehen als ich.

»Ich weiß es nicht genau, aber sein Haus war ein einziges Chaos. Überall Bierflaschen. Du weißt, dass Max nicht der Typ dafür ist – war. Hat einem immer Vorträge zu ungesunder Ernährung und Alkohol gehalten. Hat Lebenshilfebücher gelesen und fand aufräumen therapeutisch.«

»Ich war schon eine Weile nicht mehr bei ihm«, meint sie nachdenklich, »und offenbar habe ich etwas übersehen. Es tut mir so leid, Justine. Es tut mir so leid.« Sie hat die Arme um sich geschlungen. Jetzt ist niemand mehr da, der sie trösten könnte, außer sie selbst. Ich weiß nicht, ob es ihr helfen würde, wenn ich sie umarme. Sehr wahrscheinlich hätte es die gegenteilige Wirkung und wäre zu unangenehm für uns beide.

»Ich weiß, dass er zu viel getrunken hat«, sagt sie den Tränen nahe. »Ich hätte ihn aufhalten sollen.«

»Wir hätten vieles tun sollen.« Es stimmt. Ich habe auch Dinge übersehen, nicht getan. »Aber weshalb hat er mit dem Trinken angefangen? Das müssen wir herausfinden«, sage ich drängend.

Sie seufzt und schüttelt den Kopf. Es ist alles zu viel, und sie scheint unter der ganzen Last zu schrumpfen.

»Schon gut. Ich finde es heraus, keine Angst. Das schulde ich ihm«, versichere ich ihr.

»Das wirst du, davon bin ich überzeugt«, sagt sie mit einem traurigen Lächeln.

Kapitel achtzehn

Die Uhr an der Küchenwand zeigt elf Uhr siebenundfünfzig an, und auch wenn noch heißes Wasser da und es theoretisch immer noch erst Morgen ist, mache ich mir keinen neuen Kaffee, sondern gehe nach oben. In meinem Zimmer schenke ich mir ein Glas lauwarmen Weißwein aus der Flasche ein, die ich gestern Abend neben dem Bett stehen gelassen habe, stürze es hinunter und logge mich für die Sitzung mit Aya ein, die sie mir umgehend gewährt hat. Genieße das Brennen des Alkohols mehr als den Geschmack. Max ist tot, da darf ich wohl ein wenig über die Stränge schlagen.

Als sich mein Fenster auf dem Videocall-Bildschirm öffnet, erschrecke ich, wie bleich ich aussehe. Abgezehrt. Verstört.

»Wow, ich sehe ja aus, als hätte ich gerade ein Gespenst gesehen«, rufe ich und lache hysterisch (man könnte auch sagen, manisch). »Nun, ich habe ja auch gerade eine Leiche gesehen«, fahre ich fort und versuche, das Lachen zu ersticken, indem ich mir schmerzhaft in die Oberschenkel kneife. Eine meiner schlechten Angewohnheiten, Emotionen mit Witzen zu überspielen.

»Ich kann mir nicht vorstellen, wie schwer das heute für Sie gewesen sein muss, Justine.«

Mein Lachen wird zu ersticktem Schniefen, und ich versuche, die Tränen zurückzudrängen, die ich gleich zu vergießen drohe.

»An Leichen bin ich gewöhnt. Ich hatte nur nicht erwartet, wie hart es tatsächlich werden würde.« Das Wort »hart« klingt hohl. Ein Marathon ist hart. Oder das Lernen für die Abschlussprüfungen. Aber Max' Leiche zu sehen? Das war nicht einfach nur hart. Das war verdammt unerträglich. So sehr, dass ich dichtgemacht habe. Auf Autopilot war. Aya hätte dazu sicher eine Menge zu sagen.

»Ich bin froh, dass Sie sich bei mir gemeldet haben. Das zeugt von großer Kraft. Sehen Sie nur, wie weit Sie schon gekommen sind. Sie sollten stolz auf sich sein. Sie haben Kontrolle über Ihre Emotionen, erkennen, wann Sie Hilfe benötigen, und bitten dann auch darum. Ich bin wirklich beeindruckt. Wie wäre es, wenn wir es in den nächsten Wochen folgendermaßen machen: Sie melden sich, wenn Sie mich brauchen, und ich versuche dann, Sie dazwischenzuschieben?«

»Danke.« Das ist ein tolles Angebot, denn ich weiß, wie gefragt Aya ist. Sie hat recht, ich bin auch stolz auf mich. Manchmal ist es einfacher, sich zu erlauben, wieder abzustürzen. Sich davontreiben zu lassen. Schwimmen ist viel schwerer.

»Wahrscheinlich haben Sie gerade sehr viel im Kopf. Möchten Sie heute über etwas Bestimmtes sprechen?«

Ich schüttele den Kopf.

»Kein Problem. Das alles passiert, während Sie gerade in Maldon sind, und das muss doppelt schwer für Sie sein. Ich weiß, dass das Verhältnis zu Ihrem Bruder auch nach Ihrem Wegzug eng war, aber Sie haben mir ja oft erzählt, dass Sie sich nur in London getroffen haben. In Ihrer Heimatstadt haben Sie ihn nicht gesehen. Jetzt kommen Sie zurück, und er ist tot. Fühlen Sie sich dabei in die Vergangenheit zurück-versetzt?«

»Sie meinen, weil bei meinem letzten Aufenthalt in Maldon auch jemand gestorben ist?« Vermutlich will sie darauf hinaus. Ich wusste, dass sie die beiden Vorfälle miteinander in Verbindung bringen würde.

»Es ist sicher nicht einfach, wie sich alles zu wiederholen scheint«, antwortet sie vorsichtig.

»Die Leiche meines Vaters habe ich nie gesehen«, sage ich.

»Ich weiß, aber Sie sind nur eine Woche nach seinem Unfall weggezogen, richtig? Jetzt sind Sie endlich nach vielen Jahren zurückgekehrt, und schon nach wenigen Tagen findet man Ihren toten Bruder.«

Meine Handflächen sind schweißnass, und ich muss mir in Erinnerung rufen, dass das keine Vernehmung ist. Hier wird keine Schuld zugewiesen. Werden keine Anschuldigungen erhoben. Aya erkennt einfach nur an, dass die Situation für mich schwer sein muss. Ich schließe die Augen, suche nach Worten.

»Ich glaube, ich kann noch nicht über ihn reden. Max, meine ich. Ich …« Meine Stimme bricht, und die Bilder von seiner Leiche flackern vor meinen Augen.

»Schon gut. Was ist mit Ihrem Vater? Können wir über ihn sprechen?«

»Ich kann es versuchen.« Ich zwinge mich, die Augen zu öffnen. Streiche mir eine Haarsträhne aus dem Gesicht. Normalerweise kann ich kaum über meinen Vater reden, heute erscheint es mir als die leichtere Aufgabe.

»Sprechen wir doch über das letzte Mal, dass Sie ihn gesehen haben. Den Abend der Weihnachtsfeier.«

»Warum? Weil heute das letzte Mal ist, dass ich Max gesehen habe?«, erwidere ich aufgebracht.

»Wir müssen über nichts reden, wenn Sie das nicht möchten«, sagt sie beruhigend.

Ich sehe auf die Uhr. Die Sitzung ist erst zur Hälfte vorbei. Ich kann nicht noch eine halbe Stunde schweigend herumhocken, und außerdem bin ich doch hier, um zu schwimmen.

»Okay. Was möchten Sie wissen?«

»Darum geht es nicht, Justine. Das hatten wir doch schon. Es geht darum, den Worten nachzuspüren.«

Den Worten nachspüren.

Das sagt Aya oft. Eigentlich meint sie damit, dass ich meinen Gefühlen nachspüren soll. Die Knoten entwirren. Den vielen unverständlichen Gefühlen in mir mit Worten Sinn verleihen.

»Beschreiben Sir mir doch die letzte Begegnung mit Ihrem Vater.«

»Wir waren in meinem Zimmer, in dem ich jetzt auch gerade sitze. Ich hatte ihm erzählt, was auf der Feier passiert war, und er war wütend. Außer sich. So hatte ich ihn noch nie gesehen, ich hatte Angst, was er als Nächstes tun könnte. Seine Wut war nicht auf mich gerichtet, sondern auf *ihn.* Seine Wut gab mir Sicherheit, so konnte ich die Wahrheit erzählen. Als ob sie ein Zeichen wäre, dass er mich beschützen würde. Er sagte, ich solle in meinem Zimmer bleiben, bis die Feier vorbei war. Er vergaß, mir einen Gutenachtkuss zu geben, aber ich verzieh ihm, weil ich wusste, dass er von seiner Wut abgelenkt war.«

»Und danach?«

»Nichts. Ein paar Stunden später stand die Polizei vor der Tür.«

»Was empfinden Sie beim Gedanken an das letzte Gespräch mit ihm?«

»Ich fühle mich schuldig.«

»Weshalb?«

»Ich fühle mich schuldig, dass er direkt vor seinem Tod so aufgebracht war. Wenn ich ihm nicht erzählt hätte, was passiert war, hätte er vielleicht nicht so viel getrunken. Selbst wenn es an dem Unfall nichts geändert hätte, dann hätte er vielleicht nicht vor lauter Wut vergessen, mir einen Gutenachtkuss zu geben, und als Letztes hätte er mir gesagt, dass er mich lieb hat.«

»Wir haben nur Kontrolle über unser eigenes Handeln, nicht das anderer Menschen. Und selbst dann können wir die Schachfiguren nicht zu weit nach vorn verschieben. Dafür sind zu viele Unbekannte im Spiel. Sie können nicht wissen, wie Ihre letzte Unterhaltung abgelaufen wäre, wenn Sie selbst anders gehandelt hätten. Vielleicht wäre Ihr letztes Gespräch sogar schlechter verlaufen und nicht besser.«

»Ich weiß.« Wir haben schon öfter darüber gesprochen, dass ständig so viele Faktoren im Leben ineinanderspielen, dass es sinnlos ist, sich »Was wäre wenn«-Überlegungen hinzugeben. Das sind einfach nur Fantasien.

»Es ist nicht Ihre Schuld, Justine. Sie können nicht alles kontrollieren.«

Ich sehe vom Laptopbildschirm zu der geblümten Tapete. Die Blumen ähneln immer noch aufgerissenen Mündern, und ich frage mich, wie anders sie Ayas Frage beantwortet hätten, wenn sie reden könnten.

Kapitel neunzehn

Der Weg am Fluss ist zugewachsen. Er beginnt an der Werft und führt vom Stadtzentrum weg, bevor er einen Bogen zurück macht. Hier bin ich oft mit Jake entlanggelaufen. Nach der intensiven Sitzung mit Aya muss ich etwas Abstand zwischen mich und das Haus bringen. Die Brombeeren kratzen an meinen Armen, krallen sich an mir fest. Ich stelle mir vor, dass sie mich anfauchen, ich solle umkehren und nach Hause fahren. Nach London. Zu Noah.

Früher habe ich diesen Spaziergang als friedlich empfunden, heute ist die Stille zu laut. Die Flugzeuge dröhnen in meinen Ohren, und die Hitze ist so drückend, dass ich mein T-Shirt über dem Bauchnabel verknotet habe. Das habe ich seit bestimmt fünfzehn Jahren nicht mehr gemacht, zuletzt wahrscheinlich im Infernos in Clapham South, der richtigen Disco für so etwas. Doch ich muss mich irgendwie abkühlen. Die Sonne glitzert auf dem Fluss, und die Farben sind viel zu grell. Statt eins mit der Natur zu sein, fühle ich mich fremd. Alles sprüht geradezu vor Leben, und dagegen bin ich farblos.

Als der Fluss eine Biegung macht, muss ich über einen umgestürzten Baumstamm klettern, der den Weg blockiert. Mit dem Bein bleibe ich an einem Ast hängen. *Mist.* Ich sehe auf den Übeltäter, als könne er meinen Zorn spüren. Ich blute am

Schienbein, doch mein Blick ruht auf einem in den Baumstamm geritztes Herz. Meine Beine werden weich. Ein anderer Baum, ein anderes Herz, doch die Erinnerung lässt mich nicht los. Wir waren im Grunde noch Kinder, die Gefühle damals aber viel intensiver. Überwältigender. Jetzt werden sie von schmerzvollen Erfahrungen im Zaum gehalten, dürfen nicht mehr so groß werden, dass sie mich verletzen könnten. Bei Jake war das noch nicht so.

Wir ritzten das Herz an meinem achtzehnten Geburtstag in einen Ahorn, und an dem Tag sagte Jake mir zum ersten Mal, dass er mich liebte. *Ich werde dich nie verlassen,* flüsterte er mir damals ins Ohr. Nur Monate später verschwand er aus meinem Leben.

Ich fahre mit dem Finger über das Herz vor mir und schließe die Augen. Es tut zu weh, an den Jake von früher zu denken, nachdem ich weiß, was ihm jetzt vorgeworfen wird. Nachdem ich die Gesichter der Menschen gesehen habe, die er getötet haben soll.

Auf diesem Spaziergang wollte ich eigentlich dem Druck in meinen Ohren entkommen, der anhält, seit man Max gefunden hat. Maldon ist eine kleine Stadt, in der es nicht oft zu schweren Verbrechen kommt. Die Zeitung berichtet normalerweise von Graffitis und Kaugummi auf den Straßen. Nicht von Blut und Tod und Mord. Ein Mörder schlägt schon große Wellen. Aber dann eine weitere Leiche, die noch dazu im Meer treibt? Die Aufnahmen der Überwachungskamera? Das kann kein Zufall sein.

Hier gibt es einiges mehr aufzudecken. Ich weiß es, und DS Rose bestimmt auch. Ich spüre, wie sie wie ein Adler über mir kreist. Lauert.

Auf dem Weg zurück in die Stadt rufe ich Otis an, der bestätigt, dass Jakes elektronische Fußfessel nicht aktiviert wurde, was bedeutet, dass er die ganze Zeit in Letchworth war. Erleichterung durchströmt mich, und das Gewicht auf meiner Brust fühlt sich etwas gedämpfter an. Es ist immer noch da, doch zum ersten Mal seit der Nachricht, dass man Max' Leiche aus dem Wasser gezogen hat, kann ich tief einatmen.

Das Polizeirevier befindet sich am Ende der Hauptstraße. Eine Wand aus kalter Luft trifft mich, als sich die Schiebetüren öffnen. Sie ist erfrischend und zugleich unangenehm.

»Guten Tag, ich möchte bitte zu DS Sorcha Rose«, sage ich zu dem uniformierten Beamten am Empfang. Eine Glasscheibe mit einer kleinen Öffnung am unteren Rand trennt uns, durch die ich ihm meinen Ausweis zeige.

»Hallo, Justine, ich sage ihr, dass Sie da sind. Bitte setzen Sie sich, und mein herzliches Beileid. Ich hoffe, Ihre Mutter kommt einigermaßen zurecht«, sagt er, ohne einen Blick auf meinen Ausweis zu werfen, und schiebt mir das Besucherbuch zu. Ich glaube, ich kenne ihn, aber ich konnte mir Dads Freunde, die vielen neuen Leute nie merken. Die ständigen, mir unbekannten Gesichter an der Tür. Damals dachte ich, er könnte einfach gut mit Menschen umgehen. In meinen kindlichen Augen schienen ihn alle zu mögen, und warum auch nicht? Die Einladungen, die Abendessen mit Polizeifreunden, die Jagdwochenenden mit Bauern, die spätabendlichen Pubbesuche mit anderen Geschäftsleuten. Dad kannte alle, und für mich war das die Bestätigung, dass er der war, für den ich ihn unbedingt halten wollte. Dass alle anderen ihn auch so sahen – als charismatischen und charmanten Mann. Klug. Gutherzig – zumindest, wenn man genau genug hinschaute.

Doch jetzt bin ich älter und wohl auch klüger – selbst Teil der Welt, in der er sich einst bewegt hat – und merke, dass es überhaupt nicht so war. Alle kannten Dad, und Dad wollte alle kennen. Ich denke an die Leute, die jedes Jahr zu seiner Weihnachtsfeier kamen. Zu viele, um sich alle zu merken. Menschen, die ich nie zuvor gesehen hatte, tauchten plötzlich für einen Abend bei uns auf. So viele Freunde braucht niemand, außer man zieht einen Nutzen daraus. Nein, mein Vater hatte nicht viele Freunde, er mischte nur überall mit.

Die Stühle sind rötlichbraun und klebrig. Ich hoffe, nur von der Hitze, wünsche mir aber trotzdem, ein langes Kleid statt Shorts zu tragen. Um mir die Zeit zu vertreiben, beobachte ich die anderen Leute auf dem Revier und denke mir Geschichten zu ihnen aus. Die Frau da drüben hat ihren Mann mit ihrer besten Freundin im Bett erwischt und beide erstochen. Die alte Frau, die den Strickkreis der Stadt leitet, wird verdächtigt, Geld in ihrer Bäckerei gewaschen zu haben. Und dann ist da noch Jimmy, der sich gerade mit DS Rose nähert. Tatsächlich, er ist es. Er tippt an seine Baseballkappe, als er an mir vorbeigeht, während DS Rose vor mir stehen bleibt und breit lächelt. Fast wie ein Wolf.

»Justine, vielen Dank, dass Sie kommen konnten. Hier entlang, bitte.«

Sie führt mich in einen engen Flur und von dort in einen kleinen Raum. Im Gegensatz zum Wartebereich ist es hier etwa dreimal so heiß und stickig wie im Freien. Ich frage mich, ob das Absicht ist. Man kann auf vielerlei Arten Druck auf unkooperative Verdächtige ausüben, die theoretisch alle legal sind. Körper und Geist sind untrennbar miteinander verbunden. Wirkt man auf das eine ein, verändert das auch das andere.

Ich gebe DS Rose die Liste mit allen in der Gegend, mit denen Max meines Wissens nach engen Kontakt hatte.

»Liegt der Obduktionsbericht schon vor?«, frage ich. »Oder die Ergebnisse der toxikologischen Untersuchungen?«

»Leider nichts. Der Bericht müsste am Ende der Woche kommen, doch die Toxikologieergebnisse werden einige Zeit dauern. Wenn die Obduktion ergibt, dass wir die Ermittlungen aufnehmen müssen, wird das auch alles andere beschleunigen. Aber hoffen wir mal, dass es dazu nicht kommt.«

»Danke. Ich habe darüber nachgedacht, was Sie gesagt haben. Dass ich mich bei Max umsehen sollte. Das sollten wir so bald wie möglich erledigen, sonst könnte man argumentieren, dass etwas nach Max' Tod aus dem Haus entfernt wurde und nicht davor.«

Sie verengt die Augen. »Das ist ein interessanter Punkt. Sprechen Sie weiter.«

»Also, wenn ich jemand verteidigen würde, dem man den Einbruch vorwirft, der aber nicht zweifellos mit dem Tatort in Verbindung gebracht werden könnte, würde ich versuchen zu argumentieren, dass der Einbruch nach dem Tod stattgefunden hat und von jemandem verübt wurde, der es auf das leere Haus abgesehen hatte. Und nicht, dass jemand mit einem bestimmten Motiv vorher eingedrungen ist. Oder dass es sich um einen schiefgelaufenen Einbruch gehandelt hat. Wenn hier Tod durch Fremdeinwirkung vorliegt, will ich, dass die Anklage gegen den Mistkerl so stark wie möglich ist.«

»Man sagt, Sie sind gut in Ihrem Job. Ich gebe Ihnen Bescheid, sobald wir bereit für Sie sind.«

»Perfekt.«

Als ich das Revier verlasse, spüre ich, wie DS Rose mir von

der Tür aus nachsieht. Unkooperativ, ja genau. Beim nächsten Mal will ich einen Raum mit Klimaanlage.

»Hallo.«

Ich bin normalerweise nicht schreckhaft, doch jetzt zucke ich zusammen. Ich wirbele herum und sehe mich Jimmy gegenüber.

»Hast du auf mich gewartet?«

»Ja. Es tut mir so leid wegen …« Er verstummt. Ich darf nicht vergessen, dass die meisten Menschen nicht so an den Tod gewöhnt sind wie ich. »Wie geht es dir?«

»Nicht gut. Meiner Mutter geht es allerdings schlechter. Und dir?«

Er senkt den Blick und sieht mich dann wieder an. »Ich … Ich kann es einfach nicht glauben. Ich denke die ganze Zeit, was wäre, wenn ich nur für ihn dagewesen wäre. Verstehst du?«

Es wäre gut, wenn du heimkommen könntest.

Ich versuche, die Schuldgefühle zu verdrängen. Mich auf Jimmy zu konzentrieren.

»Max wusste sicher, dass er immer auf dich zählen konnte. Wie du gesagt hast, der Kontakt zwischen Freunden wird loser, du darfst dir keine Vorwürfe machen.«

Ich hatte ihn damit eigentlich trösten wollen, doch er wirkt noch gequälter. Seine Augen sind gerötet, die Lider geschwollen, als hätte er geweint.

Er räuspert sich. »Ich habe ein paar Ideen für eine Trauerfeier. Vielleicht könnten wir beim Mittagessen darüber reden?«

»Jetzt?«

»Al… also …« Er kann kaum sprechen, und die unverhüllten Emotionen sind mir unangenehm.

»Das wäre sehr schön«, falle ich ihm ins Wort.

Mrs Salisburys Café ist so gemütlich, wie es sich anhört. Niedrige Decken, knarzende Fußböden und behagliche Holznischen mit abgewetzten roten Ledersitzen, in denen Leute sich bei Scones und Tee unterhalten. Zwischen dem zarten Porzellan und den Buttercremetorten habe ich wieder einmal das Gefühl, nicht mehr hierherzugehören. Ich bin zu beschädigt. Meine Seele zu finster. Man muss mir wohl mein Unbehagen ansehen, denn Jimmy fragt schon wieder, ob ich lieber ins Pub gehen würde, doch das wäre noch schlimmer. Zu nahe an Max. Ich will mich ihm zwar nahe fühlen, aber der Schmerz würde übermächtig werden. Ich brauche immer noch etwas Abstand. Muss den Schmerz von mir fernhalten. Hier kann ich fast so tun, als wären wir zwei alte Freunde, die sich bei einem netten Lunch auf den neuesten Stand bringen, während die Gespräche der anderen Gäste meine Trauer übertönen und wir überlegen, wie wir meinen Bruder und Jimmys besten Freund beerdigen sollen.

Noch bevor man unser Essen gebracht hat, haben wir bereits über die Trauerfeier gesprochen, die Musik, die Fotos, die Sargträger, das Büfett, das danach im Blue Eagle aufgebaut sein wird. Als ich jetzt in mein Sandwich beiße, fällt mir nichts mehr ein, womit ich die Stille füllen könnte.

Lauter Jubel dringt aus der Sitznische am hinteren Ende des Raums, und ich drehe mich um. Eine kleine Gruppe Frauen verschiedenen Alters mit unterschiedlich beschrifteten Schärpen, unübersehbar ein Junggesellinnenabschied. Braut. Brautmutter. Brautjungfern. Die unschuldige Hoffnung auf eine glückliche Ehe. Ein Champagnerkorken knallt, die Runde jubelt entzückt und klatscht. Ein Messer wird gegen ein Glas geschlagen, die bekannte Ankündigung eines Toasts.

Vor nostalgischen Gefühlen ist mir schwindelig.

»Meine Familie hat Toasts geliebt«, sage ich. »Das war Dads Ding. Bei jeder Gelegenheit hat er dieselbe Rede gehalten.« Ein seltsames Gefühl, gleichzeitig von Nostalgie und Abscheu ergriffen zu werden. Zum zweiten Mal wird meine Familie durch eine Tragödie in Stücke gerissen. Doch was waren wir überhaupt für eine Familie?

»Du weißt, dass Max die Tradition fortgeführt hat?«

»Hat er das? Ich habe die Rede seit achtzehn Jahren nicht mehr gehört.« Ich verschweige Jimmy, dass ich sie auch nicht vermisst habe. Gestehe auch nicht, dass mir übel wird bei der Vorstellung, dass Max das übernommen hat. Nicht nur das. Ich bin verärgert. Verwirrt. Warum hat er das getan? Auf wessen Seite hat er eigentlich gestanden?

Jimmy zuckt mit den Schultern. »Vielleicht hatte er dich nicht an deinen Verlust erinnern wollen. Ich glaube, ihn hat es irgendwie getröstet. Eine Erinnerung an euren Vater, die er am Leben erhalten konnte.«

Ich zwinge mich, still zu sein. Nicht herauszubrüllen, dass ich genau darüber so sauer bin – warum hätte er das tun wollen?

»Max hatte nicht viel für Traditionen übrig, aber ich glaube, er hat das an eurem Vater immer respektiert. Wahrscheinlich hat euren Vater das bei den Freimaurern angezogen. Auch wenn das für Max nichts war«, fährt Jimmy fort.

»Tut mir leid, was?« Der Bissen in meinem Mund wird immer größer, und ich zwinge mich, ihn hinunterzuschlucken.

»Du wusstest nicht, dass euer Vater bei den Freimaurern war?«

»Ich hatte nicht die geringste Ahnung.«

Was weiß ich sonst noch nicht über meinen Vater? Dass er Freimaurer war, überrascht mich eigentlich nicht. Er hatte schon immer ein Faible für Theatralik, und er liebte alles, was elitär und exklusiv war. Was passt da besser als die Mitgliedschaft in einem Männerverein aus dem Mittelalter? Einem Verein mit geheimen Handschlägen, Ritualen und Codewörtern. Niemand weiß genau, was in den Logen passiert, aber auf der ganzen Welt wird über die Beteiligung der Freimaurer an historischen Momenten spekuliert. In der heutigen Zeit läuft vermutlich alles auf »eine Hand wäscht die andere« hinaus, aber es ranken sich immer noch Legenden und Rätsel um die Freimaurer.

»Aber Max war nicht dabei, sagst du?«

»Nein. Nach dem Unfall eures Dads hat man ihn eingeladen beizutreten, doch er hat abgelehnt.«

»Max hat definitiv abgelehnt?«

»Ja, ganz sicher. Er hat gesagt, das wäre nichts für ihn. Hat ganz schön für Aufruhr gesorgt.«

»Warum?«

»Euer Vater war in Maldon so angesehen, da dachten vermutlich alle, dass Max ihm nachfolgen würde.«

»Was hat das mit den Freimaurern zu tun?«

Jimmy hebt die Augenbrauen, als würde ihm in dem Moment klar, dass er mir etwas voraushat. »Weil hier fast alle bei den Freimaurern sind.« Er spricht leise, verschwörerisch.

»Männer.« Ich lehne mich herausfordernd zurück.

»Wie bitte?«

»Mit ›alle‹ meinst du die Männer, oder?«

»Ja, natürlich.«

»Also nicht alle.«

»Nein.« Wenigstens hat er den Anstand, leicht vor Verlegenheit zu erröten.

»Und du? Gehörst du auch zu diesem exklusiven Verein?«

Er verdreht die Augen, als wäre ich albern. »Auf keinen Fall. Du weißt doch, dass ich immer das getan habe, was Max gemacht hat.«

Das stimmt. Max hatte diese Wirkung auf Menschen – er war der geborene Anführer gewesen. Wie unser Vater.

Das restliche Mittagessen über reden wir über Belangloses, doch auf dem Weg nach Hause kann ich nur daran denken, dass mein Vater Geheimnisse gehabt hatte. Er war Mitglied einer notorisch verschwiegenen Organisation gewesen. Einer, die nach Jimmys Aussage die ganze Stadt beherrschte.

Ich bin hergekommen auf der Suche nach Antworten, doch allmählich frage ich mich, ob ich es mit mehr zu tun habe, als mir klar ist. Eine Stadt voller Traditionen, eine Familie, die darauf aufgebaut ist.

Davor

Jake – der Freund

Der Sommer war viel zu schnell vergangen, und schon war es Zeit für Max, wieder nach Cambridge an die Uni zu fahren. Jake konnte kaum glauben, dass er ihn erst seit ein paar Monaten kannte. Innerhalb kurzer Zeit hatten sie sich so sehr angefreundet, dass Justine die beiden als »geballten Ärger« bezeichnete. Darüber musste er lachen, nachdem sie beide alles andere als Regelbrecher waren.

Wenn jemand für Ärger sorgte, dann noch am ehesten Justine. Er liebte sie, konnte sie aber nur schwer begreifen. Vermutlich war das mit ein Grund, warum er sie liebte. Sie faszinierte ihn mit ihrer Widersprüchlichkeit.

Das war ihm schon bei ihrer ersten richtigen Begegnung aufgefallen, als sie im Regen in ihrem Garten gelegen hatte. Sie war ruhig, aber man konnte den Blick nicht von ihr abwenden. Sie war mutig und trotzdem vorsichtig. Unbekümmert, doch mit einer gewissen Härte. Vor allem aber liebte er ihr inneres Feuer, das ihr Wesen am besten verkörperte, und hoffte, dass es niemals erlosch. Ihr selbst war gar nicht bewusst, dass sie es besaß.

Der ganze Tag war irgendwie seltsam. Gerard redete ungewöhnlich viel, und Justines Mutter Evelyn, die sowieso nie viel sagte, war so schweigsam, dass man ihre Anwesenheit vergessen könnte. Als sie nach dem Abendessen ins Wohnzimmer gegangen waren, hatte er Justine leise gefragt, ob alles in Ordnung wäre, und sie hatte lächelnd ihre Hand in seine geschoben. Eine Antwort hatte sie ihm jedoch nicht gegeben.

Jetzt standen sie alle im Wohnzimmer, in dem altmodischen Kamin flackerte ein Feuer. Er fragte sich, ob es denn schon kalt genug dafür war, doch das Wetter wechselte gerade, und ein Kaminfeuer war eine sehr britische Art, sich deprimierendes Regenwetter gemütlich zu machen.

Jake sah zu Evelyn, die allein in einer Ecke saß. Eine Zuschauerin ihrer eigenen Familie. Je länger er sie beobachtete, desto deutlicher wurde, dass sie nicht einmal blinzelte. Ein Lächeln lag auf ihrem Gesicht, ohne jede Emotion dahinter.

Max und Justine waren in eine lebhafte Diskussion darüber vertieft, was alles zur Erstsemesterwoche an der Universität gehörte. Gerard stand daneben und hörte ihnen zu. Dann sah Jake zurück zu Evelyn am anderen Ende des Raums. Weit weg von allen anderen saß sie da, ganz verdreht. Sie hatte die Arme umeinandergelegt, die Hände auf den Ellbogen, die Beine waren übereinandergeschlagen, die Füße unter den Stuhl gekrümmt.

Er hatte das Gefühl, dazwischen zu sitzen. Die verschiedenen Teile des Bildes vor ihm wollten sich nicht zusammenfügen, Evelyn schien nicht dazuzugehören. Er wollte sie fragen, ob es ihr gut ging, doch da verkündete Gerard, während er Max auf den Rücken klopfte, es sei Zeit für einen Toast. Sofort sprang Evelyn auf und machte sich daran, allen einzuschenken. Die Stimme ihres Mannes hatte sie aus ihrer Trance gerissen.

Er hatte schnell gelernt, dass das Toasten bei den Stones Tradition hatte und sehr ernst genommen wurde. Jeder musste reihum etwas sagen, bevor Gerard am Ende immer denselben Toast aussprach. Schön war das schon irgendwie, auch wenn es Jake etwas kultartig vorkam.

»Auf Max«, eröffnete Justine die Runde. »Ich hatte Angst, dass du als überheblicher Trottel zurückkommst, aber das bist du nicht. Darauf einen Toast.«

»Auf meinen Sohn.« Evelyn hob ernst ihr Glas. »Bleib gesund und ein guter Mensch.« Dann sah sie zu Jake, zum Zeichen, dass er an der Reihe war. Sie hatte die gleichen durchdringenden Augen wie Justine, und er nahm sich vor, sie später noch zu fragen, wie es ihr ging.

Diesen Teil solcher Anlässe hasste er, ihm fiel nie etwas Witziges ein, auch wenn Justine ihm versicherte, dass es darum nicht ging. »Auf Max, weil er mich in die Familie aufgenommen hat und mir immer nur *droht,* mich in den Fluss zu werfen, es aber nie tut.«

»Noch nicht«, sagte Gerard, und alle stimmten in sein Lachen ein. Jake lachte jedoch nur leise, während er wieder zu Evelyn sah, die den Blick senkte. Als würde man sie gerade bei einer Lüge ertappen.

»Und auf Jake«, verkündete Max, womit er ihn überraschte. »Pass auf Justine auf, wenn ich weg bin, aber ich weiß ja, dass du das tust. In dir hat sie den Richtigen gefunden, das sehen wir alle. Doch ich hatte nicht erwartet, in diesem Sommer auch einen besten Freund zu finden. Okay, genug auf die Tränendrüse gedrückt, jetzt trinken wir.«

»Zu guter Letzt«, begann Gerard. »Erheben wir das Glas …

… auf die, die wir lieben,

auf die, die hier stehen,

und die, die auf uns sehen.

154

Lasst uns einen Toast aussprechen und geloben, Zeit unseres Lebens den Mut zu lieben aufzubringen und um Vergebung zu kämpfen.«

Alle leerten ihre Champagnergläser und hielten sie strahlend hoch.

Mut und Vergebung: die Grundpfeiler des Stone-Familienmottos. Bis dahin hätte Jake gesagt, er wüsste nicht, was die Familie überwinden oder vergeben müsse. Doch der heutige Abend war anders. Heute wurde ihm klar, dass mehr in dieser Familie vorging, als Justine ihm gezeigt hatte. Dinge unter der Oberfläche, die nicht so perfekt und strahlend waren.

Nicht alles, was glänzte, war auch aus Gold, wie seine Mutter immer zu sagen pflegte.

Kapitel zwanzig

Es geht zu wie auf dem Rummelplatz. Als hätten sich die Leute in den Kalender geschrieben, an diesem Sonntag bei uns vorbeizuschauen, zwei Tage vor der Beerdigung. Nicht so nahe am Todestag, um uns in unserer privaten Trauer zu stören, aber auch nicht so spät, dass wir denken könnten, es kümmerte sie nicht. Die meisten haben offenbar beschlossen, dass heute, neun Tage nach dem Fund der Leiche, der richtige Zeitpunkt ist.

Es klingelt schon wieder, und ich öffne beiläufig die Haustür, in der Annahme, es sei wieder eine von Mums Freundinnen.

»Störe ich?«, fragt DS Sorcha Rose. Der Kontaktbeamte begleitet sie, der mich zu Max' Leiche gebracht hatte, und mein Herz schlägt schneller. Macht sich bereit für den Kampf.

Zu viert sitzen wir um den kleinen Küchentisch – meine Mutter, ich, Detective Rose und der Polizist.

»Die gute Nachricht ist, Mrs Stone, dass die Obduktion nichts Verdächtiges ergeben hat. Die Verletzungen an der rechten Körperhälfte sind sehr wahrscheinlich dadurch entstanden, dass die Leiche unter Wasser gegen Felsen und Ähnliches geworfen wurde. Das kommt sehr häufig vor. In den Wunden hat man Fasern und organisches Material gefunden, was diese Vermutung unterstützt.« Mum schnappt nach Luft, und zu meiner eigenen Überraschung lege ich meine Hand auf ihre.

»Das ist gut, das heißt, dass Max bereits tot war. So ist es besser«, versichere ich ihr und versuche, selbst an meine Worte zu glauben.

Sie verschränkt ihre Finger mit meinen und drückt sie. Bei dieser vertraulichen Geste stockt mir der Atem, und ich muss mich zwingen, die Hand nicht zurückzuziehen.

»Wir müssen noch auf den toxikologischen Befund warten, der uns vielleicht noch ein paar Fragen beantwortet.« Mum drückt wieder meine Hand. »Bei der Obduktion wurden Proben von Max' Organen, Urin und Blut entnommen, die in der Toxikologie auf Alkohol und andere Substanzen untersucht werden. Im Moment wissen wir nur, dass alle Verletzungen am Körper erst im Wasser passiert sind.«

DS Rose schweigt einen Moment. »Ich weiß, dass das nicht leicht ist, aber laut der Aussage einiger Menschen hat Max in letzter Zeit nicht wie er selbst gewirkt. War er vielleicht depressiv? Hatte er ungewöhnlich viel Stress in der Arbeit? Ist eine Beziehung gescheitert?«

»Tut mir leid, ich kann das nicht. Ich … brauche eine kurze Pause.« Mum hält sich ein Taschentuch vor den Mund und hastet in die Küche.

Max hat in letzter Zeit nicht wie er selbst gewirkt.

Mit wem hat die Polizei gesprochen? Der Barkeeperin?

»Justine, fällt Ihnen etwas ein?«

Ich bin kurz davor, ihr von dem Streit mit Jake zu erzählen, sechs Wochen vor Jakes Verhaftung. Jetzt frage ich mich, ob Max' Tod irgendwie mit dem zusammenhängt, was wirklich bei den Rushnells passiert ist. Wie konnte es dazu kommen, dass diese beiden Männer, die keiner Fliege etwas zuleide tun könnten und früher einmal beste Freunde waren, jetzt im Gefängnis saßen beziehungsweise tot waren, und das alles innerhalb von einem Monat?

Doch ich dränge die Wahrheit, die mir auf der Zunge liegt, zurück. Jetzt ist nicht der richtige Zeitpunkt für überstürztes Handeln. Nein, erst brauche ich mehr Antworten. Sobald diese Büchse geöffnet ist, wird sie kaum mehr zu schließen sein. Vor allem wird sie ganz sicher die Vergangenheit aufrühren. Möchte ich wirklich unsere Familiengeschichte ans Licht holen, wenn sie letztendlich doch nicht wichtig ist?

Es hat keinen Sinn, aus der akuten Trauer heraus alles zu gefährden.

Deshalb warte ich auf den richtigen Zeitpunkt. Ich denke an all die Vernehmungsprotokolle, die ich im Lauf der Jahre gelesen habe. Die Verdächtigen waren am schwersten zu manipulieren, die am wenigsten preisgegeben haben. *Kein Kommentar.*

»Nein, tut mir leid.«

»Also gut.« Wieder wirkt sie enttäuscht von mir, aber dieses Mal nicht überrascht. »Mark wird noch ein bisschen bei Ihnen bleiben, falls Sie oder Ihre Mutter noch Fragen haben sollten. Wenn Ihnen noch etwas einfällt, geben Sie mir bitte Bescheid. Wie gesagt, wir müssen noch den Toxikologiebefund abwarten, aber ich wollte Ihnen schon mal mitteilen, dass die offizielle Todesursache Ertrinken war. Sie können sich den Obduktionsbericht gern in Ruhe durchlesen.«

Sie holt eine Kopie aus ihrer Tasche und legt sie auf den Tisch. Schiebt sie mir zu und tippt dann auf den Absatz mit der Überschrift »Todesursache: Ertrinken«.

Schlick und Gräser in den Atemwegen gefunden.

Wasser im Magen.

Flüssigkeit in den Lungen.

Ich sehe ihr in die Augen, keiner von uns wendet den Blick ab. Das ist nicht das Standardvorgehen. Die Familie des Verstorbenen muss nicht alles sehen. Versucht sie mich zum Reden zu bringen?

Bin ich ihr einen Schritt hinterher oder voraus?

Mum kommt zurück, rasch schiebe ich den Obduktionsbericht beiseite. Eine Mutter muss das nicht lesen.

»Ich weiß, der Zeitpunkt ist nicht ideal, aber ein Team ist gerade in Max' Haus. Justine, möchten Sie sich immer noch kurz umsehen?«

»Natürlich, ich komme gleich mit«, sage ich so freundlich wie möglich.

DS Rose ist wirklich beeindruckend. Irgendwie mag ich sie. Ich gebe Mum und Dad die Schuld dafür.

»Wissen Sie, was das für ein Laptop war?«, fragt DS Rose. Wir stehen in Max' Küche.

»Ich glaube, ein Mac. Aber ich weiß nicht, ob er sich kürzlich einen neuen gekauft hat, nageln Sie mich also bitte nicht darauf fest.«

Sie macht sich eine Notiz, blättert um, sieht wieder zu mir.

»Und sein Handy?«

»Keine Ahnung, tut mir leid. Hatte er es nicht bei sich? Ich hatte gedacht, man hätte es meiner Mutter zusammen mit seinen persönlichen Gegenständen ausgehändigt.«

»Nein, aber das ist bei Ertrinken nicht ungewöhnlich. Die Gezeiten schwemmen viel weg. Ich wollte nur mal nachfragen, der Laptop hat mich daran erinnert.« Sie winkt ab und macht ein so beiläufiges Geräusch, dass ich ihr keine Sekunde glaube. Diese Frau ist berechnend und genau.

»Und Ihnen ist sonst nichts aufgefallen, was fehlt? Kein Familienerbstück oder eine besondere Uhr oder Fotos? Nichts?«

»Nur der Laptop, soweit ich sehe. Aber Sie wissen ja, dass ich noch nie hier war. Ich habe das Haus auf Facetime gesehen, aber ich bin wirklich nicht der Mensch, den Sie fragen sollten.«

Der fehlende Laptop musste DS Rose sofort aufgefallen sein. Ein Arbeitszimmer mit Netzteil, aber ohne Computer. Dafür hätte sie mich nicht gebraucht.

Als wir das Haus verlassen und ich schon gehen will, fängt sie wieder an. Das ist mir schon an ihr aufgefallen. Sie hält die wichtigste Frage bis zum Schluss zurück, tut so, als sei sie ihr gerade eingefallen, hofft, mich damit zu überrumpeln. Geschickt, aber für solche Spielchen bin ich zu schlau. »Eins noch. Wissen Sie, wann in diesem Teil der Stadt die Müllabfuhr kommt?«

»Nein, tut mir leid. Wie gesagt, es ist Jahre her, seit ich in Maldon war.«

»Mit dieser Antwort habe ich gerechnet. Gestern habe ich Jimmy danach gefragt, und er hat gesagt, am Montag.«

Vielleicht bin ich ja doch nicht so schlau, wie ich dachte.

DS Rose kratzt sich gespielt beiläufig mit einem Finger am Kopf. »Das Komische ist, dass die Mülltonne leer war. Aber am Montag war Max bereits tot. Er könnte die Tonne natürlich ein paar Tage vor der Abfuhr hinausgestellt haben, aber dann hätte man doch wenigstens im Haus irgendeine Art Abfall finden müssen, wenn er hier gelebt hätte. Doch da ist nichts. Das Haus ist blitzsauber.«

»Was wollen Sie damit sagen?« Ich spreche ruhig, fragend. Als ob ich davon ausginge, dass sie mich in die Ermittlungen einbezieht. Als hätte ich nicht kapiert, dass das ihre Art ist, mir zu vermitteln, dass sie mich im Auge hat. Dass sie weiß, dass ich meine eigenen Geheimnisse habe.

»Im Moment gar nichts. Ich stelle einfach nur eine Frage. Danke für Ihre Mitarbeit, das wissen wir sehr zu schätzen. Schönen Tag noch.«

Zu meiner Verteidigung kann ich sagen, dass es kein Verbrechen ist, das Haus des eigenen Bruders zu putzen, und zu dem Zeitpunkt wusste ich auch nicht, dass er im Meer treibt. Ich hatte keine Ahnung, dass mir meine Familie schon wieder entrissen werden würde.

Aber es erinnert mich daran, dass DS Sorcha Rose immer noch der Adler ist und ich ihre anvisierte Beute.

Kapitel einundzwanzig

Robe und Perücke fühlen sich wunderbar sicher und vertraut an. Ich bin wie verwandelt. Der körperliche Akt des Umkleidens ist auch ein mentaler, und ich brauche eine Pause davon, ich selbst zu sein; von der Last des Abwägens, wie viel ich nach Max' Tod von meiner eigenen Wahrheit erzählen muss.

Es ist mein erster Tag zurück im Gericht, zehn Tage, nachdem man meinen Bruder gefunden hat. Mein erster Tag, nachdem man mir den größten Fall meiner Karriere entzogen hat. Bestimmt hätte jemand anderes die heutige Anhörung für mich übernehmen können. Max' Beerdigung ist morgen, und Charles erwartet mich erst nach dem Wochenende wieder im Büro. Doch nach dem gestrigen Tag brauche ich genau das hier. Im Gerichtssaal zu stehen, verleiht Kraft und Selbstbewusstsein.

Zumindest hatte ich gehofft, dass es sich so anfühlen würde, aber als der Richter schon wieder einem Einspruch gegen mein Kreuzverhör eines Zeugen stattgibt, fällt mir nichts mehr ein, wie ich meine Frage noch formulieren könnte. Viel schlimmer ist jedoch, dass ich mich nicht mal mehr an den Fall erinnern kann, den ich eigentlich gerade vor Gericht vertreten soll. Ich befinde mich nicht mehr im Gerichtssaal, sondern in einer anderen Zeit.

Tausend winzige Glassplitter. Tausend Möglichkeiten, Schmerz zuzufügen.

Ich bin bereit, meine nächste Frage an den Zeugen zu stellen. Ich trage die richtige Kleidung. Die Perücke, die Robe, meine unglaublich teuren Schuhe mit genau der richtigen Absatzhöhe, um beim Gehen zu klappern, jedoch immer noch niedrig genug, um zielstrebig in den Gerichtssaal marschieren zu können. Trotzdem versage ich, meine Sprache lässt mich im Stich. Ich balle die Fäuste, bohre die Fingernägel in die Handflächen, hoffe, der Schmerz holt mich zurück in den Gerichtssaal. Es funktioniert nicht. Im Kopf bin ich nicht mehr hier, sondern stehe vor dem leblosen Körper meines Vaters, meine Füße sind blutverschmiert.

Ich merke, wie sich Lara von ihrem Platz neben mir erhebt, und mit aller Kraft zwinge ich mich, mich hinzusetzen.

»Könnten Sie uns bitte in Ihren eigenen Worten beschreiben, Miss Nightingale, wie der Unfallort bei Ihrem Eintreffen aussah«, fährt Lara übergangslos fort.

»Überall waren Glassplitter. So viel Glas. Alle Fenster waren eingedrückt.«

Ich nehme einen Stift in die Hand und tue so, als hätte ich mich noch unter Kontrolle. Lara führt meine Befragung eindrucksvoll fort; endlich hat sie nach zwei Jahren an meiner Seite die Chance, selbst zu glänzen.

Der nächste Zeuge taucht nicht auf, sodass der Prozesstag bald nach meinem »Blackout« beendet ist. Ich packe meine Unterlagen ein und marschiere mit dem Rollkoffer aus dem Gerichtssaal, wobei ich den Blickkontakt mit Kolleginnen und Kollegen vermeide. Wir kennen uns alle. Vor Gericht herrscht Rivalität, danach Kameradschaft. Heute jedoch nicht. Heute muss ich ihren fragenden Blicken ausweichen.

Kaum hat sich die Tür des Gerichtssaals hinter mir geschlossen, klingelt mein Handy. »Charles« steht auf dem Display. Allein schon sein Name wirkt aufgebracht und drängend, auch wenn ich mir das natürlich nur einbilde. Der Groll in seiner Stimme ist allerdings unüberhörbar.

Er sagt mir nicht, wie er es erfahren hat, aber ich vermute, von Andrew Marsfield, der den Fall leitet. Er war schon immer ein kleines Wiesel, mit seinen schütteren, strähnigen Haaren und den kleinen, eng zusammenstehenden Augen. Vor ein paar Jahren hat er mich angemacht, als ich schon mit Noah verlobt war. Männer vertragen Zurückweisung nie gut; es würde mich nicht überraschen, wenn er all die Jahre auf Rache gewartet hat, und jetzt habe ich ihm die perfekte Vorlage geliefert. Und es hat funktioniert. Ich habe umgehend bei Charles im Büro zu erscheinen.

Fasziniert beobachte ich das Spiel der Muskeln an Charles' Kiefer, während er spricht. Wütend beschreibt seine Stimmung nicht mal annähernd. Er sagt, mein Verhalten werfe ein schlechtes Licht auf die gesamte Chamber.

»Wir sind stolz darauf, die besten da draußen zu sein. Was du getan hast, ist einfach inakzeptabel. Du bist in jedem Fall zu Kompetenz verpflichtet.« Das sagt er schon zum zweiten Mal, und ich frage mich, ob er diesen Satz aus dem *Bar Standards Board Handbook* geklaut und vor meiner Ankunft eingeübt hat.

»Es tut mir leid, es wird nicht mehr vorkommen.« Das klingt nicht aufrichtiger als meine erste Entschuldigung. Ich wünschte, ich meinte es ernst, dass ich mich in Grund und Boden schäme, aber ich empfinde nichts. Keine Scham, keine Schuldgefühle. Kein schlechtes Gewissen, dass ich Charles, oder mich selbst, im Stich gelassen habe. Es ist mir nicht egal, aber ich bin immer noch in der Vergangenheit und starre auf die Glassplitter. Das Blut an meinen Füßen. Dads Augen, die leblos zu mir hinaufstarren.

Ich frage mich, wann mich die Realität einholen wird. Rein verstandesmäßig weiß ich, dass ich gerade meine gesamte Karriere gefährdet habe, aber noch spüre ich es nicht. Ist das der Selbsterhaltungstrieb? Oder habe ich mich endgültig an die Vergangenheit verloren?

»Genau, das wird es nicht«, sagt Charles und setzt sich endlich hinter seinen großen Eichenschreibtisch. »Die anderen Kronanwälte und ich halten es für das Beste, wenn du dir eine Auszeit nimmst. Einen Monat vielleicht. Dir Zeit nimmst, um zu trauern.«

Jetzt hat er meine volle Aufmerksamkeit.

»Das kann ich nicht. Ich bin selbstständig. Das hier ist mein Lebensunterhalt.«

»Das wissen wir. Schau, du hast viel durchgemacht, steckst noch mittendrin, und hier geht es um das Leben von Menschen. Ihre Zukunft. Das darfst du nicht vermasseln, und du bist offensichtlich noch nicht bereit, wieder im Gerichtssaal zu stehen.«

»Es geht mir gut«, protestiere ich, doch er hält die Hand hoch, als sei ich ein ungezogenes Schulmädchen.

»Justine, ich rate dir dringend, eine Auszeit zu nehmen, und dann sehen wir weiter. Ich überlasse es dir, die Rechtsberater bei deinen Fällen zu informieren.«

Und dann sehen wir weiter. Vager geht es kaum. Ich denke an sein Lächeln, als ich mit dem Gebäck in sein Büro gekommen bin, um den größten Fall meiner Karriere zu feiern. Er hat meine Begeisterung ehrlich geteilt. War stolz auf mich, seinen

Schützling. Ich sehe ihn an. Seine Stirn ist in Falten gelegt, kein Hauch eines Lächelns. Er sieht müder aus als sonst.

Weißt du, Charles, ich bin auch müde.

Ich bin wirklich verdammt müde.

Ich bin seit achtzehn Jahren müde.

Kapitel zweiundzwanzig

Es dauert drei Stunden, um dem Londoner Verkehr zu entkommen und nach Maldon zu fahren. Ich will nicht zurück in ein Haus, das ich hasse, zusammen mit der Erkenntnis, dass meine Karriere vor meinen Augen den Bach hinuntergeht. Ich weiß, was das bedeutet. Selbst wenn man mir in einem neuen Monat neue Fälle überträgt, wird mein Ruf nicht unbeschadet davongekommen sein. Ich verliere die Kontrolle.

Ich breche zusammen.

Die Vergangenheit dringt mit jedem Tag häufiger in die Gegenwart ein. Ohne Vorwarnung bin ich plötzlich wieder dort. Gefangen, im Dunkeln. Kann nicht fliehen. Bin eingesperrt. Die Flashbacks hatten nie aufgehört, doch jetzt werden sie immer stärker.

Ich konnte noch nie gut stillstehen, weil meine Gedanken dann zu viel Raum haben und immer übermächtiger werden. Sich in meinem Kopf ausbreiten und Wurzeln schlagen, wo sie es nicht sollten. Nein, ich muss etwas tun. Ich brauche Ablenkung. Eine Aufgabe.

Als ich vor Max' Haus vorfahre, wird es bereits dunkel. Jimmy hat die letzte Woche damit verbracht, die Trauerfeier zu organisieren, und mich gebeten, einige gerahmte Fotos mitzubringen, die auf dem Tisch neben dem Sarg stehen sollen.

Die Fotos bei Mum zeigen uns alle als Kinder, doch bei meinem Besuch mit DS Rose habe ich ein paar Bilder bei Max gesehen, die perfekt passen würden.

Max' Haus ist kein Tatort mehr. Kein gelbes Absperrband flattert mehr im Wind, das eingeschlagene Fenster in der Hintertür wurde ausgetauscht. Dieses Mal betrete ich das Haus mit Mums Ersatzschlüssel durch die Vordertür, und das hat etwas unfasslich Trauriges, Endgültiges an sich. Weil anzuklopfen sinnlos ist, Max kann mich ja nicht mehr hereinlassen.

Beim Öffnen des Kühlschranks stelle ich enttäuscht fest, dass kein Bier mehr da ist.

Ich beginne im Wohnzimmer und suche auf dem Kaminsims und dem Erkerfenster nach etwas Passendem. Ich finde ein Foto von ihm mit einer Gruppe von Freunden, aus einem Urlaub auf Korfu vor zwei Jahren. Sie lassen die nackten Beine über den Rand einer Jacht baumeln, unter ihnen glitzert das blaue Meer einladend.

Schlick und Gräser in den Atemwegen gefunden.
Tod durch Ertrinken.

Ich lasse es stehen. Ein paar andere hingegen nehme ich mit: ein Foto von uns beiden bei Max' Abschlussfeier; er und Jimmy als Teenager auf der BMX-Bahn; Mum und Max im Garten.

Auf allen Fotos sieht er so lebendig aus. Er hat das Leben immer in vollen Zügen genossen – manchmal ein bisschen zu sehr –, aber er war immer da, wenn man ihn brauchte. Ich habe mich immer gefragt, woher seine Fähigkeit kam, loszulassen und Spaß zu haben. Ich wollte sein Geheimnis wissen, wie er es schaffte, dass ihn nicht alles so wie mich niederdrückte. Vielleicht hat er einfach nicht gesehen, was ich gesehen habe?

Aufgedunsen.

Fäulnis.

Flüssigkeit in der Lunge.

Oder vielleicht hat ihn letztendlich doch alles eingeholt.

Max, was ist passiert? Wie bist du im Wasser gelandet?

Ich will gerade gehen, als Otis anruft.

»Hallo, genau der Mann, mit dem ich reden will«, begrüße ich ihn und hoffe, dass er mir ein paar Antworten liefern kann.

»Ich habe gehört, dass man dich von deinem großen Mordfall abgezogen hat.« Ausdruckslos. Monoton.

Ich bin nicht überrascht; ich wusste, dass es sich schnell herumsprechen würde. Ich hatte mir nur Zeit verschafft.

»Wer hat es dir erzählt?« Eine sinnlose Frage, denn Otis muss man nichts erzählen, und er gibt seine Quellen nie preis. »Lass, eine Antwort ist unnötig.«

»Hat es etwas damit zu tun, dass ich den Laptop deines Bruders durchsuche?«

Es hat keinen Sinn, Otis anzulügen, denn er findet die Wahrheit immer heraus. Doch das muss ich auch nicht.

»Können wir uns treffen?«, frage ich ausweichend. »Ich würde dir gern alles erzählen, und wenn du dann nicht weitermachen willst, verstehe ich das.«

»Weil du es bist. Ich hole dich in zwei Stunden ab.«

»Also ...« Ich weiß, dass ich mein Glück wirklich herausfordere, aber ich lüge schließlich nicht, und außerdem muss ich üben, Grenzen zu setzen. »Heute Abend geht es nicht. Noah erwartet mich zurück, er ist gerade aus Paris gekommen, und morgen ist die Beerdigung. Kannst du bis übermorgen warten? Ich verspreche dir, ich werde dir alles erzählen.«

»Gut.« Er klingt zögernd, aber wenigstens gibt er sich damit zufrieden. Ich frage mich, wie verständnisvoll er unter anderen Umständen gewesen wäre. Wenn ich nicht um meinen toten Bruder trauern würde.

»Ich hole dich ab. Du willst sicher irgendwo ungestört reden?«

»Im Idealfall, ja.«

»Okay. Aber ich will die Wahrheit, Justine. Wenn ich dir weiter helfen soll, brauche ich die ganze Wahrheit.«

Das aus Otis' Mund? Fast hätte ich gelacht. Er weiß so gut wie ich, dass es das nicht gibt. Die Leute glauben gern, dass man die Welt in Fakten und Fiktion unterteilen kann. Aber ich weiß aus erster Hand, wie Fakten manipuliert und benutzt werden, so angepasst werden, dass man nicht mehr unterscheiden kann, was real ist und was nicht. Alles in dieser Welt ist subjektiv, wird durch eine Linse betrachtet, die Fakten verzerrt durch unsere eigenen Erfahrungen.

Ich habe bei vielen Abendessen mit Noah darüber diskutiert und ihn davon überzeugt, dass es so etwas wie die Wahrheit nicht gibt. Nur eine Kluft zwischen der Erfahrung des einen und der eines anderen Menschen; und die füllen wir mit vielen verschiedenen Wahrheiten. Das sehe ich jeden Tag vor Gericht. Trotzdem gebe ich Otis mein Versprechen. Die Wahrheit. Denn auch wenn ich gerade keine Fälle bearbeite, muss ich immer noch Antworten für mich finden.

Kapitel dreiundzwanzig

Ich weiß, dass Noah gut bei Mum angekommen ist, weil er mich über jeden Schritt der Reise von Paris informiert hat. Es war wirklich süß, dass er mich wissen lassen wollte, dass er unterwegs zu mir war. Er denkt wahrscheinlich, dass ich ungeduldig auf ihn warte – doch ganz im Gegenteil, ich fürchte mich davor. Mehr als alles andere möchte ich seine Berührung spüren, mich von ihm in seine sicheren Arme schließen, mich halten lassen.

Doch nicht hier in Maldon, vor allem nicht in diesem Haus. Ich weiß nicht, wie ich auf seine Anwesenheit reagieren werde. Ob er mir auch hier die übliche Sicherheit geben kann, oder ob ihn dieser Ort ebenfalls beschmutzt.

Und obwohl ich rational weiß, dass er hier sein wird – schließlich hat er seine Geschäftsreise abgebrochen, um rechtzeitig zu Max' Beerdigung in Maldon zu sein –, bin ich überrumpelt, als er in Mums Salon sitzt. Er trägt das dunkelblaue Hemd, das ich ihm zum letzten Geburtstag geschenkt habe, am Hals offen, dazu cremefarbene Chinoshorts mit Loafern. Eine Brille mit runden Gläsern und schwerem schwarzem Gestell. Er sieht so sehr wie ein Klischee-Londoner aus, dass er hier wie eine Parodie wirkt. Eine sichtbare Erinnerung, dass mein früheres und mein jetziges Leben nie aufeinandertreffen sollten.

Sobald er mich erblickt, springt er auf. Mein erster Gedanke ist, dass er nicht in dem Sessel sitzen sollte. Er gehört ihm nicht. Das ist *seiner*. Dads. Er muss sich woanders hinsetzen. Aber wie sage ich ihm das? Stattdessen lasse ich ihn mich küssen und versuche mich darauf zu konzentrieren, dass er mein Ehemann ist. Noah ist ein guter Mann. Uns geht es gut. Wir sind zusammen hier, und das sollte genügen.

»War es okay mit meiner Mutter?«, frage ich.

»Natürlich, warum denn nicht? Ich habe ihr versprochen, heute Abend zu kochen.«

»Was?« *Lieber Gott, bitte nicht.* Ich hatte gehofft, sie während seines Aufenthalts so weit voneinander getrennt zu halten wie möglich.

»Ich fand es angebracht. Außerdem freue ich mich, sie ein bisschen besser kennenzulernen, selbst unter diesen Umständen.«

Diesen Umständen.

Ich versuche, bei dieser Gefühllosigkeit nicht zusammenzuzucken. Mir vor Augen zu führen, dass das hier Noah ist. Er ist nicht unfreundlich, hat es nicht mit Absicht gesagt. So ist er einfach. Versucht immer, manchmal zu sehr, seine Kanten zu glätten. Ist zu laut, um seine Unsicherheit zu überspielen. Zu lustig, wenn er sich verletzlich fühlt. Zu klinisch, wenn eine Situation für ihn zu emotional wird. Er hat seine Schulzeit im Internat verbracht, wo man keine Gefühle zeigen durfte.

»Das ist wirklich aufmerksam von dir«, zwinge ich mich zu sagen, weil es stimmt und weil ich auch nicht auf ihn losgehen will, wenn er mir doch zur Seite steht. Er ist nicht perfekt, aber er hat ein gutes Herz.

Es ist nicht seine Schuld, dass ich ihn nicht hier haben will, an diesem Ort, in diesem Haus, zusammen mit meiner Mutter. Es ist, als könnte ich beinahe spüren, wie das Gift von den Wänden tropft, von ihren Lippen, und auf ihn zukriecht, uns infizieren will.

Noch länger kann ich nicht auf der Toilette bleiben, bevor man sich nach mir erkundigt. Wie versprochen hat Noah das Abendessen gekocht, und Mum hat den großen Eichentisch im Esszimmer gedeckt, damit wir nicht im Wohnzimmer mit den Tellern auf dem Schoß essen müssen. Bisher haben Noah und ich noch nie allein mit meiner Mutter gegessen. Nicht einmal bei unserer Hochzeit. Wir haben extra im Urlaub geheiratet, um eine angespannte Feier mit einem »Familientisch« zu umgehen.

Noah weiß natürlich nicht, dass das der eigentliche Grund war. Ich habe ihm eingeredet, wie romantisch eine Hochzeit an einem fernen Ort wäre, nur wir zwei, ohne eine große Feier, die uns nur von unseren Eheversprechen ablenkt. Mit dem Geld, das wir ansonsten für einen völlig überteuerten Tag, der unseren Gästen als »Party« in Erinnerung bleiben würde, ausgegeben hätten, konnten wir zwei Monate am Mittelmeer verbringen. Fairerweise muss man sagen, dass er schnell überzeugt war, nachdem ich ihm die Art Villa gezeigt hatte, die wir uns würden leisten können. In den letzten Jahren hat er Mum natürlich schon getroffen, allerdings sehr selten und nie in diesem Haus.

Klopf-klopf.

»Alles okay bei dir?« Sogar Noahs Klopfen ist gemessen und beständig. Seine Stimme ist leise und besorgt. Die Selbstbeherrschung, nicht die Tür einzuschlagen und zu verlangen, dass ich ihm endlich sage, was hier los ist, repräsentiert alles, was ich an ihm respektiere: alles, was das genaue Gegenteil von mir ist. Meinem wahren Ich, das tief in mir verborgen ist.

Für ihn gibt es keine andere logische Reaktion, als ruhig zu sein. Noah hat seine Gefühle immer im Griff, verliert nie ein unangemessenes Wort. Das erdet mich, macht mich besonnen, besänftigt die aufbrandenden Emotionen, die aus mir herauszubrechen drohen.

Mit am meisten liebe ich an ihm, wie er mir hilft, auch zu diesem Menschen zu werden. Doch heute, am Abend vor Max' Beerdigung, braucht der Schmerz in mir ein Ventil. Er will nicht unterdrückt werden.

Ich schließe die Augen und lausche auf seine Stimme auf der anderen Seite der Tür, hoffe, dass sie mich wie üblich beruhigt. Er erzählt, was er gekocht, welche Zutaten er verwendet hat. Aus welchem Teil Indiens das Gericht stammt. Eine Strategie, wie ich aus meinem Kopf herauskomme und mich auf etwas anderes konzentrieren kann. Aya hat sie uns gezeigt. Ich weiß, dass er glaubt, die Trauer würde mich überwältigen.

Zum Teil stimmt das, ist aber eben nicht die ganze Wahrheit. In diesem Moment liebe ich Noah über alles, doch statt mir zu helfen, verstärkt der Gedanke, dass ich ihn eines Tages verlieren könnte, den Schmerz in meiner Brust nur noch. Die Vorstellung, dass ihm mein wahres Ich nicht gefallen könnte, wenn er es kennenlernt. Ich öffne den Schrank über dem Waschbecken und nehme eine Packung mit Mums Codein-Tabletten heraus.

Mache sie auf.

Noah schweigt, aber ich kann ihn atmen hören. Er wartet. So geduldig wie immer. Und so reiße ich nicht das Haus ab, wie ich es eigentlich gern tun würde, sondern rufe: »Komme schon! Danke. Du kannst das Essen auf den Tisch stellen.« Dann schlucke ich eine Tablette mit Wasser.

»Das ist köstlich, du hast wirklich ein Talent dafür«, lobt Mum zum ungefähr hundertsten Mal Noahs Essen.

Man könnte glauben, dass er ein ausgesuchtes Fünf-Gänge-Menü aufgetischt hat und nicht einfach nur ein simples Curry. Zugegeben, das hat er von Grund auf gekocht, doch Mum verteilt normalerweise keine Komplimente und überschlägt sich erst recht nicht. Ich würde sie nie als enthusiastisch beschreiben, doch seit Noahs Ankunft sprüht sie geradezu vor Energie. So habe ich sie noch nie gesehen.

Wenn ich ehrlich sein soll, macht es mich stinkwütend.

»Also, Noah.« Sie legt Messer und Gabel beiseite. Wischt sich den Mund mit ihrer Serviette ab. »Banker, Schwiegersohn, Gourmetkoch.« *Lieber Gott, mach, dass das aufhört.* »Ich wollte nur sagen, dass ich sehr dankbar bin, dass du hier bist und wir alle zusammen sind. Das bedeutet mir viel.« Sie beugt sich über den Tisch und legt ihre Hand auf seine.

»Tut mir leid, bin gleich wieder da.« Scharrend schiebe ich den Stuhl zurück. Ich brauche dringend frische Luft.

Im Freien lehne ich mich an die Wand. Zufällig neben das offene Esszimmerfenster, durch das ich das Gespräch weiter mithören kann.

»Ich frage mich nur«, fährt Mum fort, »ob es gut für Justine ist, hier zu sein. Ich weiß, dass sie glaubt, wegen mir bleiben zu müssen, aber ich fürchte, dass es sie belastet. Und dann ist da ja noch die Sache mit Jake.«

»Wer ist Jake?«, fragt Noah.

Am liebsten würde ich mit dem Kopf gegen die Mauer schlagen, doch stattdessen balle ich nur die Hände zu Fäusten. Ich könnte ans Fenster klopfen, bevor sie antworten kann, doch auf diesen Punkt haben wir uns zubewegt, seit ich die Akte aufgeschlagen habe. Es ist unausweichlich. Genauso gut kann sie ihm alles erzählen.

»Brad Finchley *ist* Jake Reynolds.« Sie sagt es mit solchem Nachdruck, als würde der Groschen dann bei Noah fallen.

»Brad Finchley? Der Typ, der das Ehepaar getötet hat?«

Beschuldigt. Er wird *beschuldigt,* die Rushnells getötet zu haben. Ich höre meine Mutter nichts sagen, kann mir aber ihr Nicken mit zusammengepressten Lippen vorstellen.

»Okay. Und Jake Reynolds ist …?« Ich kann nicht widerstehen und spähe durch das Fenster. Noah sitzt mit seinem breiten Rücken zu mir, Mum sehe ich hingegen gut. Sie entdeckt mich, sieht von mir zu Noah und wieder zu mir zurück.

Wieder wischt sie sich den Mund mit der Serviette ab, auch wenn sie nichts mehr gegessen hat.

»Tut mir leid, ich hätte nichts sagen sollen.«

»Doch, bitte, erzähl es mir. Ich möchte nur, was für Justine am besten ist.«

Mum sieht wieder zu mir, die Augenbrauen fragend zusammengeschoben. Ich nicke, erteile ihr die Erlaubnis, weiterzusprechen.

»Jake Reynolds ist —«, sie stockt, und ich bin gespannt, was sie über uns sagen wird. »Also, er und Justine haben sich sehr geliebt. Vor vielen Jahren.«

Nicht schlecht. Wir haben einander wirklich sehr, *sehr* geliebt. Vielleicht zu sehr.

Noah marschiert in meinem Zimmer auf und ab. Beim dritten Schritt nach der linken Wand knarzt der Boden. Ich wünschte, er würde einen halben Meter näher ans Bett gehen, wo kein Dielenbrett quietscht.

»Ich verstehe nicht, warum du mir nie erzählt hast, dass du vor mir eine ernsthafte Beziehung hattest. Warum hast du so getan, als sei ich dein erster Freund? Das wäre mir egal gewesen. Es ist mir immer noch egal. Wir haben alle eine Vergangenheit. Aber warum hast du deshalb gelogen?«

»Die Beziehung ist nicht im Guten auseinandergegangen. Ich wollte sie einfach vergessen. Und damals dachte ich, es wäre nicht wichtig. Es sollte nicht jetzt plötzlich als große Lüge ans Licht kommen.«

»Das war es aber«, *knarz,* »eine große Lüge.«

»Ja, und das tut mir leid.«

»Ich habe immer noch das Gefühl, als wüsste ich nicht alles. Warum hast du mir nicht erzählt, dass du deinen ersten großen Mordprozess leitest, wenn du am Anfang nicht wusstest, dass es sich um Jake handelt? Das ergibt keinen Sinn. Du hättest es mir doch erzählt, das weiß ich.«

Knarz.

Ich sehe meinen Mann an. Den Mann, der nie ein böses Wort zu mir gesagt hat, der immer umsichtig und wohlüberlegt ist. Er handelt nicht impulsiv, will das Richtige tun. Er ist alles, was ich nicht bin. Alles, was ich gern wäre. Ich sehe, dass ich ihn verletzt habe.

Da erzähle ich es ihm. Nicht alles, ich bin nicht leichtsinnig. Aber genug. Ich erzähle ihm, dass Jake mein erster richtiger Freund war, dass wir fast ein Jahr zusammen waren, er dann Maldon verließ und ich danach nie wieder etwas von ihm gehört habe. Vier Jahre später habe ich Noah auf der Geburtstagsfeier einer Freundin von Charlotte in Clapham kennengelernt, und meine Teenagerromanze schien da nicht mehr wichtig.

Er wird weicher, das sehe ich. So formuliert klingt es auch gar nicht nach einer großen Lüge. Zwischen den beiden Männern lagen einige Jahre, und wir waren jung. Mit zweiundzwanzig hatte ich mich sogar selbst davon überzeugt, dass Jake keine Erwähnung wert war. Der nächste Teil wird da schon schwieriger; eigentlich kann ich ihn kaum beschönigen.

»Verdammt.« Noah flucht selten, daher weiß ich, dass er wirklich nicht begeistert ist darüber, dass ich nicht sofort gesagt habe, dass ich den Angeklagten Brad – Jake – kenne. Ich unterdrücke ein Lächeln, zufrieden, dass er genauso wenig unfehlbar ist wie alle anderen.

»Ich weiß. Ehrlich, ich habe keine Ahnung, warum ich nichts gesagt habe. Wahrscheinlich war ich einfach zu überrumpelt.«

»Bist du deshalb hergefahren? Um in der Vergangenheit zu schwelgen?«

Innerlich schnaube ich verächtlich. Als ob dieser Ort und Jake angenehme Erinnerungen für mich bereithielten. »Ich weiß es wirklich nicht. Irgendwie wollte ich einfach nach Hause fahren. Es war ein ganz schöner Schock, dass ihm der Mord an dem Ehepaar vorgeworfen wird.«

»Das ist verständlich, ja. Ich wünschte nur, du hättest mir von Anfang an die Wahrheit erzählt.«

»Ich weiß. Ich wusste nur nicht, wo ich anfangen sollte.«

»Und was ist mit Charles? Was hat er gesagt, als du es ihm eröffnet hast? Justine, du hast viel aufs Spiel gesetzt.«

»Ich habe überhaupt nicht richtig nachgedacht, ich habe spontan gehandelt. Aber Charles schien mir zu glauben, dass ich es ihm sofort gesagt habe, als es mir klar geworden ist. Oder zumindest hat er so getan. Fürs Erste.«

»Okay, das ist gut. Das ist gut«, wiederholt er, als müsste er sich selbst überzeugen.

»Ich muss dir aber noch etwas erzählen. Heute vor Gericht habe ich einen Fehler gemacht, und man hat …« – klingt »mich rausgemobbt« zu kindisch? – »… mir nahegelegt, eine längere Auszeit zu nehmen.« Die Enttäuschung über mich selbst breitet sich brennend in meinem Magen aus, will sich einen Weg nach draußen bahnen.

Ich wappne mich, dieselbe Enttäuschung in Noahs Blick zu sehen. Doch weit gefehlt, denn plötzlich umarmt er mich tröstend.

»Ich freue mich nicht darüber, dass du Geheimnisse vor mir hattest, aber sei nicht zu hart mit dir. Du hast viel durchgemacht, da ist es kein Wunder, dass dein erster Tag zurück im Gericht schwer werden würde. Und in dieser Brad/Jake-Sache hast du am Ende das Richtige getan. Darauf kommt es an. Alles wird gut werden, du wirst sehen. Gehen wir ins Bett. Wir können morgen weiterreden. Vielleicht ist eine kleine Auszeit genau das Richtige im Moment.«

Ich küsse meinen herzensguten Ehemann fest auf die Lippen und schließe die Augen und hoffe, dass wir uns in unserem vertrauten Zuhause befinden, wenn ich sie wieder öffne. Nein, wir sind immer noch hier.

»Aber bitte keine Geheimnisse mehr, ja?«, flüstert er an meinem Hals.

»Keine Geheimnisse mehr«, bestätige ich. Hoffentlich kann ich mich dieses Mal daran halten.

Schweigend machen wir uns bettfertig. Etwas Zartes, Weiches

liegt in der Luft. Dieser Mann liebt mich. Die Erkenntnis trifft mich einmal mehr, als ich ins Bett krieche und mich an ihn schmiege, das Gesicht an seiner Brust vergrabe. Ich versuche, gleichmäßig zu atmen.

Der letzte – und bis heute einzige – Mann, mit dem ich in diesem Bett lag, war Jake.

Ich taste nach Noahs Hand unter der Decke und schiebe meine Finger zwischen seine. Unsere Eheringe reiben aneinander.

»Geht es dir gut?«, murmelt Noah müde.

»Noch nicht, aber das wird schon wieder«, sage ich, und er hält mich in seinem sicheren Griff fest. Ich bin den Tränen nahe. Noah sollte nie ein Teil dieser Welt werden. Meine Wangen werden feucht.

Ich weine um die alte Justine.

Die Weihnachtsfeier: die Grenze zwischen meinem Davor und Danach.

Davor

Evelyn – die Mutter

Evelyn hatte den letzten Monat damit verbracht, die Weihnachtsfeier der Kanzlei zu organisieren. Mit jedem Jahr wurde der Druck größer, die vorangegangene Feier noch zu übertreffen. Es hätte sie eigentlich nicht überraschen sollen, denn genau diese Zielstrebigkeit hatte Gerard so weit gebracht, dass er jetzt seine eigene Anwaltskanzlei mit einer Reihe von Partnern besaß – die sie nicht alle mochte. Mit den Erwartungen wuchsen auch die Konsequenzen, falls sie sie nicht erfüllte.

Konsequenzen.

Sie hasste es, so denken zu müssen. Dass ihr ganzes Leben aus Aktion und Reaktion bestand – Gerards, nicht ihre. Das hatte sie nicht gewollt, als sie versprochen hatte, in guten wie in schlechten Zeiten an seiner Seite zu sein. Niemand würde es ihr verübeln, wenn sie ihn verließ. Doch so einfach war es nicht.

Am Anfang hatte sie ihn entschuldigt. Wie hatte dieser Mann, der sie so sehr geliebt, bei dem sie sich so lebendig gefühlt hatte, zu einem völlig anderen Menschen werden können? Nein, das stimmte nicht. Er war nicht völlig anders. Das war es, was ihr Angst machte. Er war immer noch charmant, liebevoll, laut und berauschend. Aber mit der Zeit zeigte er andere Seiten von sich. Grausamere Seiten.

Irgendetwas konnte nicht in Ordnung sein mit ihm, wenn er sich so verhielt. Anfangs hatte er sie nicht so behandelt. Was hatte sich geändert? Es musste doch einen Grund dafür geben. Das konnte doch nicht einfach … sein Charakter sein?

Oder noch schlimmer, es lag an ihr. Sie war die Ursache für seinen ganzen Hass. Er war doch nicht immer so gewesen. Früher hatten sie sich einmal geliebt. Ganz sicher.

Als sie die Konsequenzen zu spüren bekam, in jenem ersten Jahr, hatte sie alles recherchiert. PTBS, Hirntumor, Depression, bipolare Störung. Am Ende hatte sie akzeptiert, dass es sich nur um die gute alte Grausamkeit handelte. Narzissmus.

Lange hatte sie es sich nicht eingestehen können; Verantwortung zu übernehmen, war nicht einfach. Denn so fühlte es sich für sie an. Sie empfand verwirrende Schuldgefühle, weil sie ihn liebte und ihn geheiratet hatte. Ihn wütend machte.

Als er ihr den Antrag gemacht hatte, hatte sie sich noch nie so lebendig gefühlt. Es war das einfachste Ja der Welt gewesen. Ohne Zögern. Sie hatten sich erst ein paar Monate gekannt, aber es war eine stürmische Romanze gewesen, mit großen Gesten und dem Rausch des Verliebtseins.

Erst als es zu spät war, hatte sie innegehalten, um den Mann hinter dem Charisma und dem Charme kennenzulernen. »Du hast mich geheiratet. Du liebst mich«, sagte er immer, wenn er ihren Hals streichelte. Begonnen hatte er damit in ihrer Hochzeitsnacht, und damals hatte es sie verzaubert. Als würde es ihn erregen, dass sie ihn wollte. Sie hatte sich so mächtig gefühlt. Wie naiv. Mit der Zeit war jedoch alle Macht auf ihn übergegangen, langsam, schleichend. Wenn er sie jetzt so berührte und die Worte an ihrem Hals flüsterte, spürte sie nur Angst vor dem, was er als Nächstes tun würde.

Sie würde alles tun, um die Zeit zurückzudrehen, aber das war das Einzige, worüber sie keine Kontrolle hatte. Das war ihre Realität. Vielleicht hätte sie es kommen sehen müssen. Aber man erwartet doch nie, dass es einem selbst so ergeht. Dass der Mann, in den man sich verliebt, sich als eines der Monster entpuppt, von denen man immer nur hört. Man erwartet nie, dass die Gewalt so aussehen würde – wie Gerard.

Es war keine von Hass geprägte Ehe. Die meiste Zeit über war Gerard immer noch der Mann, den sie so bereitwillig geheiratet hatte. Das machte es ja so schwierig. Am Anfang hatte sie einen Mann, den sie liebte und der ihr das Gefühl gab, geliebt zu werden. Doch dann hatte er ihr immer mehr genommen. War das ihre eigene Schuld? Oder vermittelte Gerard ihr das nur? War es das, was er wollte? Wollte er ihr Selbstwertgefühl so klein machen, bis sie sich selbst die Schuld gab? Irgendwann hatte sie Schmerz und Verwirrung so sehr verinnerlicht, dass sie ihren eigenen Gefühlen nicht mehr traute.

Wenn sie jedoch genauer darüber nachdachte, fragte sie sich, ob sie ihm zunächst verziehen hatte, weil ihr gesamtes Selbstverständnis zu diesem Zeitpunkt von ihm definiert wurde. Sie war einsam gewesen, als sie ihn kennengelernt hatte. Und jung. Eine Vaterfigur hatte sie nie gehabt, und ihre Mutter hatte nach dem Tod ihres Mannes zu trinken angefangen und war depressiv geworden. Evelyn war noch ein Kind gewesen und hatte sich um sich selbst kümmern müssen. War nie gut genug gewesen, und ihre Mutter hatte ihre Trauer, ihren Schmerz und ihren Verdruss an dem Kind ausgelassen.

Mit Gerard hatte sich alles verändert. Er gab ihr das Gefühl, begehrt zu werden. Als wäre sie es wert, geliebt zu werden. War das alles nur ein Trick gewesen? Damit sie sich von ihm abhängig machte? Nicht nur rein praktisch (dafür sorgte er durch sein Geld), sondern auch emotional?

Doch auch wenn er sie fest in seinem Griff hatte, würde sie nie zulassen, dass er ihren Kindern Gewalt antat.

Max und Justine.

Ihre Lichter in der Dunkelheit. Denn manchmal war ihre Welt pechschwarz, wie ein unendlich langer, finsterer Tunnel. Tagelang. Um sie herum drehte sich alles weiter, doch sie steckte in dem Nebel fest, während sie allem nur zusehen konnte.

Sie wusste, dass sie es auch spürten. Dass sie dachten, sie sei keine gute Mutter. Aber an manchen Tagen kostete sie allein das Anziehen ihre ganze Kraft. Sie wussten nicht, wie sehr sie sich anstrengte, um für sie jeden Tag aus dem Bett zu kommen.

Deshalb war die diesjährige Feier für Evelyn besonders wichtig, denn Justine war alt genug, dass Gerard sie zum ersten Mal daran teilnehmen ließ. Für sie war es eine Chance, ihrer Tochter zu zeigen, wozu sie fähig war. Dass sie tatsächlich ein vollwertiger Mensch war.

Die Stärke einer Mutter musste man nicht sehen, nur fühlen, das wusste sie. Lebte sogar danach. Doch das hielt sie nicht davon ab, die Gelegenheit zu genießen, ihrer Tochter zu zeigen, dass auch sie etwas auf die Beine stellen konnte.

Sie machte einen letzten Rundgang durch das Haus und vergewisserte sich, dass alles an seinem Platz war. Jeder Raum funkelte und leuchtete, große und kleine Weihnachtsbäume schmückten nahezu jede Ecke. Doch für den richtigen Zauber sorgten erst die kleinen Details: eine Käseplatte in Form eines Weihnachtsbaums, eine Bar mit heißer Schokolade an einer Wand, eine Glühweinecke an einer anderen. An einem Tisch konnte man sogar Kränze winden, wenn man sich ein Andenken basteln und ein wenig Ruhe genießen wollte.

Sie hatte es geschafft – diese Feier war ein garantierter Erfolg. Für jeden war etwas dabei, für die Kollegen und Anwälte, die Polizisten, Geschäftsleute und die Freimaurerfreunde (auch wenn sich das kaum trennen ließ, die Freimaurer waren überall). Kein Wunder, dass die Gästeliste Jahr für Jahr wuchs. Als sie das Licht im letzten Raum einschaltete, lächelte sie.

Alles war bereit.

Kapitel vierundzwanzig

Ich sitze auf dem Bettrand und höre dem Ticken der Wanduhr zu. Heute Morgen dröhnt das normalerweise kaum hörbare Geräusch geradezu durch den Raum. Mit jeder verstreichenden Sekunde steuern wir auf Max' Beerdigung zu. Ich bin noch nicht bereit für den endgültigen Abschied.

In zwanzig Minuten soll das Taxi kommen, doch ich kann mich nicht bewegen. Ich *will* mich nicht bewegen. Die Kleider für die Beerdigung liegen neben mir. Meine Haut ist wund von einer weiteren zu heißen, zu langen Dusche. Meine Arme sind schwer, meine Brust eng. Mir fehlt die Energie, mich anzuziehen. Allein das Atmen erfordert all meine Kraft.

Einatmen, bis vier zählen. Atem anhalten, bis fünf zählen. Ausatmen, bis sechs zählen.

Normalerweise hilft mir das Zählen, doch nicht heute. Wie auf einem alten Schmalfilm, der in Dauerschleife läuft, sehe ich vor mir, wie Max auf dem Video aus dem Blue Eagle zu mir hinaufblickt; wie er tot in der Gerichtsmedizin liegt, ein Laken über dem eingesunkenen Körper; dazu das Gesicht meines Vaters. Dann beginnt alles von vorne. Immer wieder.

Der seelische Schmerz wird körperlich spürbar. Meine Kehle wird eng, mein Atem beschleunigt sich. Ich bekomme immer schlechter Luft, keuche hörbar vor Anstrengung, gleichzeitig habe ich das Gefühl, als kämen die Geräusche von irgendwo anders her, nicht aus mir heraus. Stechender, beständiger Schmerz steigt aus meiner Brust auf. Wenn ich das nicht schon erlebt hätte, würde ich glauben, gleich sterben zu müssen. Immer wieder sage ich mir, dass ich die Kontrolle habe. Dass das Gefühl vorübergehen wird.

Als Lichter vor meinen Augen tanzen, weiß ich, dass ich es gleich geschafft habe. So ist es immer, plötzlicher Schwindel kündigt das Ende des Anfalls an. Das Auge des Sturms.

Ich weiß nicht immer, was die Panikattacken auslöst, heute jedoch ist es Noah, der in meinem Badezimmer duscht. An einem Tag, an dem meine emotionale Widerstandskraft sowieso schon brüchig ist. Mir war kein vernünftiger Grund eingefallen, warum er im anderen Badezimmer duschen sollte. Er hatte nur gelacht. Ihm war natürlich nicht klar gewesen, dass das Rauschen dieser speziellen Dusche mich in die Vergangenheit zurücktransportieren würde. An einen Tag, an dem das Wasser sich rot gefärbt und nicht aufgehört hat zu fließen.

Als die Attacke fast vorbei ist, höre ich, wie die Badezimmertür geöffnet wird. Noah tritt heraus, sieht mich und die Kleider neben mir und macht sich sanft daran, mir beim Anziehen zu helfen.

»Du schaffst das heute«, sagt er. »Ich bin bei dir.«

Wieder verwandeln sich meine Liebe zu ihm und meine Angst in Ärger. Ich muss mich zusammenreißen, um ihn nicht anzubrüllen, er solle mich in Ruhe lassen. Abfahren und zu Hause auf mich warten. Ich will nicht, dass er hier ist, wo die Vergangenheit auch ihn – und uns – vergiften könnte. Er soll doch mein »Danach« sein. Wenn unsere Ehe und das Leben, das ich mir so mühsam aufgebaut habe, zusammenbrechen, wofür war das alles dann gut?

War ich je wirklich frei?

Es kann einfach nicht alles umsonst gewesen sein.

Um mich nicht von dem seelischen Schmerz aus dem Hier und Jetzt katapultieren zu lassen, kratze ich immer wieder an der fleischigen Stelle zwischen Daumen und Zeigefinger, während ich verfolge, wie Jimmy und drei andere Freunde von Max den Sarg durch den Mittelgang tragen. Ich erkenne sie von dem Jachtfoto in Max' Haus wieder.

Seit wir in das Taxi gestiegen sind, das uns zur Kirche gebracht hat, hat Mum meinen Arm nicht mehr losgelassen. Einen Bruder zu verlieren, bedeutet weiß glühenden, unerträglichen Schmerz, und ich kann mir nicht vorstellen, wie es sich erst anfühlen muss, einen Sohn zu verlieren. Unsere vierköpfige Familie ist auf zwei Menschen reduziert. Ich gestatte ihr, sich an mich zu klammern, auch wenn ich ihre Berührung sonst so gut wie möglich vermeide.

Eine emotionale Barriere, die sich als körperliche manifestiert, hat Aya mir erklärt. Es war nicht direkt auf das Verhältnis zu meiner Mutter bezogen, darüber habe ich mit ihr noch nicht gesprochen – ich weiß nicht, wie ich nur einen Teil der ganzen Geschichte erzählen kann, ohne mich in Widersprüche zu verwickeln, weshalb ich am besten gar nichts preisgebe.

So lange ich zurückdenken kann, lässt die Hand mancher Menschen auf meiner Haut meine Kehle eng werden. In etwa wie bei einem Metalllöffel, der in einem Topf kratzt. Ich habe gelernt, damit zu leben, und weiß auch mittlerweile ganz gut, wann ich diese Sperre um eines anderen Menschen willen durchbrechen und das körperliche Bedürfnis, mich zurückzuziehen, unterdrücken muss. Normalerweise zähle ich, bis ich glaube, mich ohne beleidigend zu wirken aus der Berührung lösen zu können.

Heute ist eine dieser Gelegenheiten, bei denen ich einem anderen Menschen erlauben muss, sich das Benötigte von mir zu holen. Heute begräbt meine Mutter ihren Sohn und braucht ihre Tochter dicht bei sich. Das zumindest kann ich für sie tun.

Bei Jake hatte ich keine Schwierigkeiten mit körperlicher Nähe – ihn zu berühren war schön. Und dann kam Jahre später Noah, und endlich hatte ich wieder jemanden gefunden, von dem ich mich nicht zurückziehen wollte. Als Noah das erste Mal seine Hand auf mein Bein gelegt und ich nicht angespannt den Atem angehalten hatte, war das ein Schock gewesen. Ich sehe zu ihm und lege ihm die Hand aufs Knie. Will ihn festhalten aus Angst, er könnte mir auch entrissen werden.

Als der Sarg auf ein Gestell vor uns gesenkt wird, versuche ich Jimmys Blick aufzufangen, doch er sieht nicht in unsere Richtung. Das überrascht mich. Ich hätte gedacht, dass er zumindest Mum respektvoll zunicken würde, so wie Max' andere Freunde.

Er setzt sich auf die andere Seite des Mittelgangs und reibt sich mit den Händen das Gesicht. Ich denke daran, wie er vor dem Revier gesagt hat, er fühle sich schuldig, weil er nicht mehr für Max da gewesen sei. Wir haben alle unser Kreuz zu tragen. Nichts ist so einfach, wie es auf den ersten Blick erscheint. Nehmen wir Mum und mich zum Beispiel: Zweifellos sind wir diejenigen in der Kirche, die Max am meisten geliebt haben, und doch haben auch wir garantiert unsere Geheimnisse.

Während ich den Blick durch den Raum schweifen lasse,

über alle Anwesenden, die von Max Abschied nehmen wollen, denke ich daran, dass die Stadt von Freimaurern bevölkert ist. Wie viele Geheimnisse hier wohl noch gewahrt werden?

Und wer von ihnen hat meinen Bruder getötet?

Kapitel fünfundzwanzig

Danach treffen sich alle im Blue Eagle, und bestimmt die halbe Stadt hat sich versammelt, um Max zu gedenken. Mein Vater war ein angesehenes Mitglied der Gemeinschaft, und das jährliche Schlammrennen findet seit seinem Tod ihm zu Ehren statt. Ich frage mich, wie viele Anwesende Max überhaupt persönlich kannten und wie viele nur hier sind, um der neuesten Tragödie im Leben der Familie Stone beizuwohnen.

Ich stehe am Büfett, was immer der beste Ort ist, um Menschen zu beobachten. Irgendwann im Lauf des Abends kommt jeder und holt sich etwas zu essen. Ich sehe, wie Noah gewandt von Grüppchen zu Grüppchen geht – der perfekte Ehemann –, aber ich wünschte, er würde damit aufhören. Ich will nicht, dass er mit den Leuten hier redet. Die fehlende Kontrolle macht mir Angst.

Außerdem habe ich von meinem Standort aus einen direkten Blick auf die Eingangstür. Schon nach kurzer Zeit betritt DS Sorcha Rose schwungvoll das Pub. Ich bin nicht überrascht. Es ist eine kleine Stadt, und in Anbetracht der Umstände ist es angemessen, sich als neue Polizeichefin blicken zu lassen. Aber es würde mich wundern, wenn sie nicht noch ein anderes Motiv hätte. Dass sie, ebenso wie ich, glaubt, dass Max' Tod trotz Mangel an Beweisen fremdverschuldet war. Dass ein eventuelles Verbrechen sehr wahrscheinlich von jemandem aus dem engeren Umfeld des Toten verübt wurde. Von jemandem in diesem Raum.

Sie entdeckt mich sofort und kommt zu mir. »Mein Beileid zu Ihrem Verlust«, sagt sie.

»Danke.«

Nachdem wir die Höflichkeiten zum Glück erledigt haben, will ich hören, was sie zu sagen hat. Doch sie steht einfach nur neben mir. Schulter an Schulter. Lässt den Blick durch den Raum schweifen. Ich muss lächeln. Wir sind schon ein eigenartiges Paar.

»Gibt es Neuigkeiten?«, frage ich.

»Ich habe heute Morgen mit dem Toxikologen gesprochen, der Bericht ist zwar noch nicht fertig, doch der Alkoholgehalt in Max' Blut war hoch. Ihr Bruder war ohne jeden Zweifel stark alkoholisiert.«

»Und was heißt das? Dass er besoffen ins Wasser gefallen und ertrunken ist?«

»Die Beweislage legt das nahe. Sobald der Bericht fertig ist, werde ich den Fall abschließen.«

Schweigend stehen wir da. Schließlich sagt sie: »Justine, wir wissen beide, dass Beweise immer nur einen Teil der Geschichte erzählen.«

Langsam lasse ich den Atem entweichen und überlege, wie ich reagieren soll. Ich bin erleichtert, dass jemand auf meiner Seite ist und ich nicht als Einzige denke, dass mehr dahintersteckt als ein Unfall unter Alkoholeinfluss, will aber auch nicht zu viel sagen. Sobald sie erst einmal Fragen stellt, hört sie vielleicht nicht mehr auf.

»Deshalb frage ich Sie noch einmal«, fährt sie fort, »was

wissen Sie noch? Alles könnte mir helfen, den Fall nicht zu den Akten zu legen. Doch nach dem jetzigen Stand muss ich ihn abschließen, und dann kann ich nichts mehr für Sie und Ihre Familie tun.«

Will ich, dass sie Max' Fall abschließt? Ich weiß es nicht. Ich will Antworten. Brauche sie. Max ist tot, und wenn ich die Augen schließe, sehe ich ihn in der Gerichtsmedizin liegen. Aber zu welchem Preis? Für welches Opfer? Nichts bringt Max zurück, egal, was ich verrate.

»Das ist es ja, Detective Sergeant. Es wird immer nur eine Geschichte bleiben. Egal, wie viel Sie glauben zu verstehen, es wird nie die ganze Wahrheit sein. Das wissen wir beide.«

»Das stimmt. Doch nachdem ich noch nicht lange in der Gegend bin, will ich diese ›Geschichten‹, wie Sie es nennen, verstehen. Vielleicht können Sie mir ja etwas über Ihre Familie erzählen.«

»Meine Familie?«, wiederhole ich ungläubig. Meint sie das ernst? Hier, am Tag der Beerdigung meines Bruders? Mir ist nicht klar, ob das genial oder einfach nur unhöflich ist. Beides wahrscheinlich. Und wahrscheinlich deshalb so durchschlagend.

Bevor eine von uns beiden etwas sagen kann, steht Jimmy auf einmal neben mir. Hat er uns beobachtet? Es wirkt beschützend. Als wolle er mich retten.

»DS Rose.« Er neigt leicht den Kopf. »Ich wollte nicht lauschen, aber ist dafür jetzt wirklich der richtige Zeitpunkt? Man könnte sagen, dass Justine trauert und dadurch extrem verletzlich ist. Vielleicht kann sie nicht klar denken.« Er lässt mich schwach erscheinen, wofür ich ihn einen Moment lang hasse, doch es ist ein geschicktes Manöver, vor allem, weil ich erst einmal meine Geheimnisse für mich behalten will. Daher schweige ich.

»Natürlich. Entschuldigung. Noch einmal mein herzliches Beileid, Justine. Vielleicht komme ich in ein paar Tagen vorbei, und wir können dann weitersprechen.«

Während sie davongeht, danke ich Jimmy, dass er sie mir vom Hals geschafft hat.

»Sie sollte jetzt tatsächlich nicht mit dir reden. Dafür bist du nicht in der Verfassung.« Die Erkenntnis trifft mich wie ein Schlag. Jimmy glaubt wirklich, dass ich gerade sehr verletzlich bin. *Nicht in der Verfassung.* Was bildet er sich eigentlich ein, verdammt noch mal?

Gerade will ich etwas entgegnen, als sich meine Mutter auf einen Stuhl stellt – gütiger Gott, wie viel Wein hat sie getrunken? Ihre nächsten Worte jagen mir einen eisigen Schauder über den Rücken.

»Ich möchte einen Toast aussprechen«, sagt sie mit so lauter Stimme, dass ich sie kaum erkenne, und die Anwesenden verstummen. Sie sieht zu mir und beginnt zu sprechen:

»Erheben wir das Glas auf die, die wir lieben,

auf die, die hier stehen, und die, die auf uns sehen.

Lasst uns einen Toast aussprechen und geloben, Zeit unseres Lebens den Mut zu lieben aufzubringen und um Vergebung zu kämpfen.«

Ich trinke mein Weinglas aus. »Entschuldige mich bitte«, sage ich zu Jimmy und verlasse das Pub, halte mich mit aller Kraft davon ab, nicht einfach draufloszurennen.

Ich vergebe nicht, und sie sollte es auch nicht.

Davor

Justine

Zuerst war Justine nervös wegen der Weihnachtsfeier gewesen. So viele Jahre hatte sie währenddessen immer oben in ihrem Zimmer gesessen und sich gewünscht, alt genug und dabei sein zu dürfen. Doch als es jetzt endlich so weit war, fühlte sie sich entblößt, fürchtete sich vor dem Small Talk mit den Menschen, von denen ihr Vater so überschwänglich gesprochen hatte. Was konnte sie da schon beisteuern?

Als es sieben Uhr schlug, wünschte sie, sie könnte sich unter der Bettdecke verstecken, ein Buch lesen und dem Stimmengewirr aus dem Erdgeschoss lauschen und sich dabei nur vorstellen, wie es wäre, ein Teil davon zu sein. Stattdessen sah sie sich in dem Spiegel an, der auf ihrem Schreibtisch stand. Die Haare waren zu einem eleganten Knoten zurückgebunden, ihr Mund mit dem roten Lippenstift geschminkt, den ihre Mutter ihr am Abend zuvor gegeben hatte. So zurechtgemacht sah sie älter aus als sonst.

Nach dem ersten Glühwein ließ die Anspannung etwas nach. Wenn Jake auch dabei gewesen wäre, hätte sie die Feier mehr genießen können, doch seine Großmutter hatte Geburtstag, und natürlich war das wichtig für ihn. Außerdem würde es noch mehr Weihnachtsfeiern geben, und Max war ja da. Sie beobachtete ihn durch den Raum und hoffte, dass sie bald auch so ein beiläufiges Selbstbewusstsein ausstrahlen würde, wenn sie auf der Universität war.

»Und das hier«, hörte sie ihren Vater sagen, bevor sie ihn sah, »ist meine Tochter Justine.« Er bahnte sich einen Weg durch die Gäste, einen seiner Geschäftspartner hinter sich.

»Austin MacNeil, schön, Sie kennenzulernen«, sagte sie und merkte, wie sie ihm schmeichelte, weil sie seinen Namen schon kannte. *Typisch.* Er legte den Kopf schräg, hob gespielt beeindruckt die Augenbrauen und nickte leicht.

»Offenbar redest du genauso viel über mich wie ich über dich«, sagte er mit verengten Augen zu Gerard, und irgendetwas daran bereitete Justine Übelkeit. Gift schwang in der an sich kameradschaftlichen Bemerkung mit.

Sei deinen Freunde nahe, deinen Feinden aber noch näher, pflegte ihr Dad oft zu sagen. »Hast du viele Feinde?«, hatte sie ihn einmal gefragt, worauf er geantwortet hatte: »Mein liebes Mädchen, viele Freunde habe ich ganz bestimmt nicht.« Und dann hatte er gelacht. Sie hatte ihm nicht geglaubt, schließlich war ihr Vater immer von Leuten umgeben, die von ihm angezogen wurden wie Motten vom Licht.

Charismatisch, ja, das war er. Doch jetzt fragte sie sich, ob ihr Vater nicht doch die Wahrheit gesagt hatte. Je mehr sie darüber nachdachte, desto mehr hatte sie das Gefühl, eine gewisse Spannung läge in der Luft. Als wären hier nicht einfach nur viele gute Freunde versammelt.

Während sie Austin beobachtete, kam es ihr wie eine Performance vor, ein Balanceakt, bei dem alle an der Kante taumelten und jeden Moment abzustürzen drohten. Aber wohin?

»Würdest du mich ein bisschen herumführen?«, fragte Austin sie. »Ich habe gehört, man könne hier irgendwo Weihnachtskränze basteln. Vielleicht kannst du mir dabei helfen? Ich würde meiner Frau gern einen mitbringen.«

Justine sah zu ihrem Vater, der verkündete, was für eine großartige Idee das doch sei, und sich dann nach einem neuen Gesprächspartner umsah.

»Natürlich. Hier entlang«, sagte sie und führte Austin aus dem Raum.

Kapitel sechsundzwanzig

Heute Morgen musste ich mich aus dem Bett quälen, weil Otis schon auf dem Weg zu unserem vereinbarten Treffen war. Hauptsächlich besteht unser Kontakt übers Telefon, doch wenn wir uns einmal treffen, fällt mir immer wieder auf, wie unauffällig und durchschnittlich er wirkt. Er ist das perfekte Beispiel für den Spruch »Beurteile ein Buch niemals nach dem Cover«. Auch deshalb ist er so gut in seinem Job. Er wird ständig unterschätzt.

Ich warte ein Stück von unserem Haus entfernt auf ihn, damit meine Mutter mir danach keine Fragen stellt oder – noch schlimmer – mich in missbilligendem Schweigen beobachtet. Das hätte mir gerade noch gefehlt. Otis fährt an den Bordstein, öffnet die Beifahrertür seines Land Rovers, und ich steige ein.

»Hinter Maldon verläuft eine ruhige Straße inmitten von Feldern, auf der normalerweise nur ein paar Spaziergänger mit ihren Hunden zur Beeleigh Abbey gehen. Dort parke ich«, sagt er mit einer Autorität, die seine schmale Gestalt und die gebeugten Schultern nie erahnen lassen.

Auf der Fahrt mustere ich ihn verstohlen. Sein beiges Hemd ist etwas zu groß und akkurat gebügelt, und seine Sneakers, die er ganz sicher bei unserem letzten Treffen auch schon getragen hat, sehen immer noch aus wie neu.

Das hier ist ein Mann, der Wert auf die Details legt. Der aufpasst. Ich frage mich, ob die leicht gebückte Haltung und die langweilige Kleidung Teil einer sorgfältig ausgeklügelten Tarnung sind, aber ich darf mir da ganz sicher kein Urteil erlauben.

Unser letztes persönliches Treffen war vor zehn Monaten. Er hatte einige sehr sensible Informationen, dank derer wir einen sehr langen und komplizierten Prozess wegen versuchten Mordes gewinnen konnten, an dem ich mitgearbeitet habe. Da hatten wir uns in einer Sitznische in einem Pub getroffen, doch hier in seinem Wagen fühlt es sich noch konspirativer an. Ich weiß, dass jetzt nicht der richtige Zeitpunkt dafür ist, doch mich durchläuft ein aufgeregter Schauder.

Wir halten in einer kleinen Ausbuchtung am Straßenrand. Otis schiebt seinen Sitz zurück, bevor er sich zu mir dreht.

»Du weißt, dass ich Herausforderungen liebe, aber in diesem Job muss ich auch Grenzen setzen. Wenn das, was ich wegen deines Bruders für dich herausfinden soll, mit dem Mordprozess zusammenhängt, von dem man dich jetzt abgezogen hat, dann muss ich die Hintergründe wissen. Also raus damit.«

Ich schiebe ebenfalls meinen Sitz nach hinten und erzähle ihm, dass Brad Finchley eigentlich Jake Reynolds heißt und wir ein Paar wurden, als ich siebzehn war. Das ist mehr, als ich Charles erzählt habe, doch ab da bleibe ich bei meiner Geschichte, dass ich Jake achtzehn Jahre nicht gesehen hatte und nichts von der Namensänderung wusste, weshalb ich ihn nicht sofort erkannt und die Verbindung hergestellt hatte, als der Fall auf meinem Tisch landete. Das weiß er sicher alles bereits, weshalb ich mich kurzfasse und zu dem Teil komme, der ihn wirklich interessiert: ob ich glaube, dass es eine Verbindung zu meinem Bruder gibt.

»Die Obduktions- und Toxikologieberichte kommen zu dem Schluss, dass Max' Tod ein Unfall ohne Fremdverschulden war. Doch diese beiden Männer waren irgendwann mal die wichtigsten Männer in meinem Leben, beide aus einer Kleinstadt, in der normalerweise nie etwas Ungewöhnliches passiert. Und jetzt ist der eine tot, und der andere wird beschuldigt, zwei Menschen umgebracht zu haben. Da muss es doch eine Verbindung geben.«

»Du glaubst, Jake ist auch für den Tod deines Bruders verantwortlich?«

»Nein, eben nicht. Ich bin nicht überzeugt, dass Jake überhaupt schuldig ist.«

Schweigend denkt Otis darüber nach, was das bedeuten würde. Einmal laut ausgesprochen fühlt es sich noch richtiger an.

Jake ist unschuldig. Ganz sicher.

»Verbindet die beiden irgendetwas? Ein Grund, dass ihnen jemand schaden wollen könnte?«, fragt Otis schließlich nach ein paar Minuten.

»Nicht, dass ich wüsste. Jake war so viele Jahre aus unserem Leben verschwunden.«

»Was ist mit der Zeit, bevor er die Stadt verlassen hat? Ist da irgendetwas passiert?«

»Nein.« Das ist das erste Mal, dass ich ihn direkt anlüge. Und damit den letzten Menschen in meinem Leben, zu dem ich bisher immer ehrlich war.

Ich tröste mich mit dem Gedanken, dass es eine Notlüge ist. Was damals passiert ist, hatte keine Auswirkungen auf Max und Jake. Zumindest nicht so wie auf mich. Otis wirkt immer noch nachdenklich, weshalb ich schnell weiterspreche. Leiser, drängender, sodass er merkt, dass es mir ernst ist. »Otis, ich brauche wirklich deine Hilfe.«

Wir sehen uns an, und sein schnelles Blinzeln sagt mir, dass meine Botschaft angekommen ist. Es sollte keine Drohung sein, nur eine Erinnerung daran, dass wir füreinander da sind, wenn wir Hilfe benötigen. Ich habe ihm einen Vertrauensvorschuss gewährt, als er ihn gebraucht hat, und jetzt bitte ich ihn, dasselbe für mich zu tun.

»Okay. Wenn du glaubst, dass sein Tod kein Unfall war, dann finden wir die Beweise.«

Ich strecke meine Finger und Zehen, die ich unbewusst immer stärker angespannt habe. Ohne Otis und seine Ressourcen könnte ich auf keinen Fall die Verbindung zwischen Max und Jake finden. Das sind gute Neuigkeiten. Doch dadurch steht auch noch mehr auf dem Spiel. Ich darf nicht nachlässig werden.

»Du bist der Beste«, sage ich und wäre ihm fast um den Hals gefallen. »Bist du bei den Nachforschungen zu den Rushnells weitergekommen? Es liegen viele Beweise gegen Jake vor, doch das große Loch in der Strategie der Anklage ist, *warum* er sie getötet haben soll. Wo ist die Verbindung zwischen Jake und den Rushnells? Je mehr ich darüber nachdenke, desto weniger bin ich von Jakes Schuld überzeugt. Nur sehr wenige Menschen töten ohne Motiv, außer sie sind Psychopathen. Und das ist der Jake, den ich kannte, nicht.«

Der Jake, den ich geliebt habe.

»Bisher habe ich keine Verbindungen zwischen den Rushnells und Maldon gefunden, aber ich schaue mal, ob ich etwas zu Jake oder Max finde. Und ich versuche immer noch, Max' Verschlüsselung zu knacken. Er verbirgt etwas, und ich finde schon noch heraus, was das ist.«

Meine Haut kribbelt, Gänsehaut überzieht meine Arme. Vor Angst, aber eigentlich ist es Aufregung. Den Nervenkitzel der Jagd habe ich schon immer geliebt. Kampf oder Flucht. Ein unvergleichliches Gefühl. Außerdem ist es eine gute Ablenkung von der Trauer um Max.

Es ist nicht deine Schuld. Du hast es nicht getan.

Immer wieder sage ich es mir vor, wie Aya es mir beigebracht hat, und hoffe, dass es dadurch irgendwie wahr wird.

Ich sage Otis, dass er mich aussteigen lassen soll. Nervöse Unruhe pulsiert durch meine Adern, und im Lauf der Jahre habe ich herausgefunden, dass mir Laufen am besten hilft, sie abzubauen. Es ist Mittag, und die Hitze trifft mich wie eine Wand. Seit Monaten hat es nicht mehr geregnet, und in London gehen jeden Tag Klimaaktivisten auf die Straße. Mir ist das quälende Wetter gerade sehr recht. Schweißtropfen für Schweißtropfen wäscht es mich gewissermaßen rein.

Die Promenade ist belebt, die Einheimischen nutzen jede Brise am Wasser. Die vielen Menschen wirken irgendwie falsch, als müsste eigentlich eine Art Trauerruhe herrschen. Stattdessen flitzen Kinder auf Tretrollern herum, am Eiskiosk steht eine lange Schlange, und Hunde bellen die Enten an.

Es gibt viel zu sehen, und doch fällt mein Blick sofort auf Jimmy, der auf der Mauer vor Mums Haus sitzt. Ich frage mich, wie lange er schon auf mich wartet. Was will er? Bevor er mich entdeckt, drehe ich um und laufe in die entgegengesetzte Richtung. So lange hatte ich eigentlich nicht joggen wollen, doch heute habe ich keine Kraft für Jimmy. Nach dem Treffen mit Otis brauche ich Zeit für mich, bevor ich meine Maske wieder aufsetzen kann.

Ich laufe schneller. Doch statt mich wie sonst freier zu fühlen, geht es mir schlechter. Heute kann ich dem Schmerz nicht davonlaufen. Je weiter ich mich von der Promenade entferne, desto mehr habe ich das Gefühl, nicht allein zu sein. Ich drehe mich um, sehe aber nichts Auffälliges. Ich laufe weiter. Schneller. Einen Fuß vor den anderen. Spüre die Erschütterung bei jedem Schritt in meinen Knien. Das Gefühl will nicht verschwinden, und ich habe gelernt, meinem Instinkt zu vertrauen. Lügt der Zeuge, oder kann man ihm glauben? Dieses Mal spielen mir vielleicht meine Schuldgefühle einen Streich, die Paranoia, dass man mich erwischt, hüllt mich ein. Doch egal, wie schnell ich renne und wie viele Abzweigungen ich nehme, irgendwer beobachtet mich, da bin ich mir sicher.

Schließlich bin ich wieder bei Mums Haus, meine Arme sind so schwach, dass ich kaum die schwere Haustür aufdrücken kann. Mum sitzt am Küchentisch, vor sich ein gefülltes kleines Glas, daneben eine Flasche Whisky.

»Den hat Max geliebt«, sagt sie leise und lächelt traurig. »Möchtest du auch einen?«

Mir ist heiß, ich bin verschwitzt, garantiert auch dehydriert. Mein Körper braucht jetzt bestimmt keinen Alkohol. »Klar«, sage ich, und sie wirkt so erleichtert, dass ich mich frage, ob sie sich allein nicht zum Trinken durchringen konnte. Wie lange sie wohl vor der Flasche gesessen hat?

Sie gibt mir ein Glas, und beim ersten Schluck sehen wir uns an. Die Flüssigkeit rinnt heiß und tröstlich durch meine Kehle.

»Ich dachte, du würdest heute vielleicht fahren«, sagt sie.

»Nein!«, erwidere ich verletzt. »Wir haben Max doch gerade erst beerdigt. Ich kann jetzt noch nicht fahren.« Ich verschweige, dass ich erst noch einige Antworten finden muss.

»Wenn du nicht möchtest, dass ich hier schlafe, kann ich auch ins Hotel gehen.« Ich versuche, den scharfen Unterton mit meinem Drink wegzuspülen. Doch als ich Mum wieder ansehe, bereue ich es sofort. Sie ist aschgrau geworden.

»Aber nein. Du bist doch meine Tochter. Natürlich möchte ich, dass du hierbleibst.«

Ich schlucke hinunter, was mir auf der Zunge liegt – dass sie mich eine Woche nach Dads Tod zu Tante Carol abgeschoben hat. Damals wollte sie nicht, dass ich hierbleibe.

»Tut mir leid, ich bin nur müde. Ich schaue mal nach Noah, er hat vorhin geschrieben, dass es ihm nicht so gut geht und er sich hinlegt.«

Als ich mich umdrehe, packt sie meinen Ellbogen und sagt: »Ich meinte nur, bitte hab nicht das Gefühl, wegen mir bleiben zu müssen. Fahr ruhig, wenn du zurück nach London musst.«

Das überrascht mich, und zum ersten Mal frage ich mich, wie viel sie wirklich weiß. Meine stille Mutter.

Auf Zehenspitzen gehe ich die Treppe nach oben. Noah wacht nicht auf, als ich die leise knarzende Tür öffne. Ich witzele immer, dass er mit einem offenen Auge schläft, so leicht ist sein Schlaf. Doch jetzt atmet er angestrengt, und ich wecke ihn besser. Stöhnend rollt er sich auf den Rücken.

»So schlimm?«

»Nicht toll, nein.« Er verzieht das Gesicht.

»Ich weiß, du möchtest für mich da sein, aber ich komme wirklich zurecht. Fahr nach Hause. Bei anderen Leuten krank werden, ist unangenehm. Ich kann dir ein Taxi rufen.«

»Es macht dir wirklich nichts aus, wenn ich heimfahre?«

Ich schüttele den Kopf. »Aber wäre es dir recht, wenn ich noch ein bisschen bleibe? Ich weiß doch, dass du bald wieder arbeiten musst.« Ich kann nicht glauben, dass ich freiwillig noch länger in diesem Haus bleiben möchte, umzingelt von den Erinnerungen, doch Max' Tod hat alles geändert.

»Natürlich. Du musst jetzt bei deiner Mutter sein. Bleib so lange wie nötig. Ich komme zurecht.« Er nimmt meine Hand. Schuldgefühle durchzucken mich. Nicht nur, weil ich ihn allein lasse, sondern weil ich ihn auch noch belüge. Schon wieder. Aber ich bin nicht nur Noahs Frau, sondern auch Staatsanwältin, Max' Schwester und Jakes … Keine Ahnung, was ich in Bezug auf Jake bin, aber da weiß ich hoffentlich bald mehr.

»Wenn es dir schlechter geht, ruf mich an. Ich bin ja nicht weit weg.«

»Ich liebe dich«, sagt er.

»Ich liebe dich auch. Bald bin ich wieder bei dir«, versichere ich ihm – oder vielleicht auch mir selbst –, bevor ich seinen Koffer unter dem Bett hervorziehe. Hoffentlich denkt er nicht, dass ich ihn so schnell wie möglich loswerden will.

Kaum bin ich wieder unten, klingelt mein Handy. Ich bin müde und brauche eine Pause, will es ignorieren. Doch aufgrund meiner Arbeit bin ich darauf gedrillt, immer und überall erreichbar zu sein – zumindest glaube ich das, meint Aya –, und selbst jetzt, wo ich einfach nur den Kopf in den Sand stecken und den restlichen Tag mit Netflix verbringen will, werfe ich einen Blick aufs Display.

Otis.

Na, das ging ja schnell.

»Was hast du für mich?«, frage ich, eile ins Arbeitszimmer und greife nach einem Stift. Mit den Zähnen ziehe ich die

Kappe ab, während ich meinen Notizblock aufklappe. Mich bereit mache, mitzuschreiben.

Er erzählt mir, dass die Rushnells vor Kurzem nach elf Jahren an der Algarve zurück nach Großbritannien gezogen waren. »Mark Rushnell hat in Portugal diverse Firmen gegründet, die Immobilien gekauft und wieder verkauft haben. Ich habe genauer nachgeforscht, und in den letzten fünf Jahren sind gleich drei Gebäude, die er unter verschiedenen Firmennamen gekauft hatte, abgebrannt. Alle waren hoch versichert.«

»Konntest du herausfinden, ob die Polizei die Brände als verdächtig eingestuft hat, es Ermittlungen gegen ihn gab?«

»Noch nicht, aber du weißt so gut wie ich, dass so etwas immer nur die Spitze des Eisbergs ist. Vielleicht dachte er, die Polizei würde Verdacht schöpfen, weshalb er und seine Frau schnell zurück nach England gezogen sind. Vielleicht hat er sich auch Feinde gemacht, vor denen sie geflohen sind. Sie waren nicht außergewöhnlich reich, soweit ich sehen kann. Das Geld, um die Immobilien zu kaufen, müssen sie also von jemand anderem bekommen haben. Bisher konnte ich die Herkunft des Geldes allerdings noch nicht herausfinden, was verdächtig ist.«

»Vielleicht haben ihn die Leute, von denen er sich das Geld geliehen hatte, aufgestöbert.«

»Das wäre eine Spur, und man könnte es als Motiv in Betracht ziehen.«

»Du klingst schon wie ein Jurist.«

»Das nehme ich als Kompliment.«

»Das solltest du auch. Gibt es Verbindungen zwischen meiner Familie und den Rushnells?« Ich habe immer noch das Gefühl, dass ich den Namen kenne.

»Nein, nicht soweit ich es beurteilen kann.«

»Okay, bitte such weiter.«

Wir legen auf. Ich bin aufgeregt und spüre, wie meine Energie zurückkehrt. Vielleicht ist das die unspektakuläre Lösung? Ein Kleinkrimineller, der es sich mit den falschen Leuten verscherzt hat und sich in Surrey verstecken wollte. Vielleicht ist Jake während seiner Abwesenheit ebenfalls in Schwierigkeiten geraten. Normalerweise irre ich mich nicht, aber dieses Mal vielleicht schon. Vielleicht gibt es überhaupt keine Verbindung zwischen Jakes Verhaftung und Max' Tod. Meiner Familie. Mir und der Vergangenheit.

Ein Schritt in die richtige Richtung, so fühlt es sich zumindest an. Ich beziehe sofort immer alles Schlechte und Tragische in meinem Leben auf die Weihnachtsfeier vor all den Jahren, doch jetzt erlaube ich mir einen Hauch Optimismus, dass Max' Tod nichts damit zu tun hat. Und dann muss ich auch kein schlechtes Gewissen haben, weil ich DS Rose etwas verheimliche. Vielleicht bin ich dieses Mal nicht an allem schuld.

Kapitel siebenundzwanzig

Nur zwei Tage, nachdem wir Max beerdigt haben, und kurz nachdem Noahs Taxi um die Ecke gebogen ist, fährt DS Rose in ihrem Škoda vor. Sie trägt einen perfekt geschnittenen schwarzen Hosenanzug, und ich frage mich, wie sie das bei der Hitze aushält. Ist ihr die professionelle Kleidung so wichtig? Und – hat sie das Haus den ganzen Vormittag beobachtet und nur auf den passenden Moment gewartet, um mich zu konfrontieren?

Der Wolf wusste immer, wie er seine Beute zu jagen hatte.

Ich dränge die aufsteigende Panik zurück und setze ein gelassenes Lächeln auf. Gebe mich unangreifbar.

»Kommen Sie rein«, sage ich und führe sie in die Küche. »Möchten Sie einen Kaffee oder einen Tee?«

»Nichts, danke.« Grenzen gesetzt, Botschaft angekommen. Das ist kein Höflichkeitsbesuch. Wir sind nicht mehr auf derselben Seite.

Wir setzen uns an den Küchentisch, und ich wähle bewusst den Stuhl, auf dem sie bei ihrem letzten Besuch saß. Menschen sind Gewohnheitstiere und suchen in allem, was sie tun, die Ordnung. Heute will ich diese Sicherheit ein wenig erschüttern. Bevor sie etwas sagen kann, ergreife ich das Wort, um sie mit meiner Geradlinigkeit zu überraschen. »Sie wollen mich wahrscheinlich nach der Nacht fragen, in der mein Vater gestorben ist, richtig?« Alles kleine Machtspielchen, doch ich habe von den Besten gelernt, dass ständige kleine Manöver, die einem niemand vorwerfen kann, das Selbstbewusstsein eines Menschen oft am besten ins Wanken bringen.

»Ja. Wie schon gesagt, ich sehe mir alle großen Fälle der Stadt an, um ein besseres Gespür für die Gegend und die Einwohner zu bekommen.« Ein hübscher Satz, aber ich bin überzeugt, dass sie sich meine Familie ganz bewusst vorgenommen hat.

»Wollten Sie etwas Bestimmtes von mir?«

»Man hat mir gesagt, dass mein Vorgänger Ihren Vater gut kannte, und alle Kollegen, die in der Nacht seines Todes im Einsatz waren, dürften Ihre Familie ebenfalls gut gekannt haben, waren vielleicht sogar mit ihr befreundet. Richtig?«

»Sehr wahrscheinlich, ja. Mein Vater war überall beliebt.«

»Ich kannte Gerard Stone ja nicht, genauso wenig wie ich Ihre Familie kenne. Erzählen Sie mir doch etwas über ihn.«

»Ich verstehe nicht, inwieweit das von Bedeutung ist.«

»Charakterprofile, persönliche Hintergründe, das alles sind wichtige Bestandteile, um sich ein Bild von einem Opfer zu machen. Das fehlt mir hier noch, daher würde ich Sie bitten, mir dabei zu helfen.«

Opfer. Ich lasse das Wort nachwirken. Nimmt ein Mensch immer nur eine einzige Rolle ein?

»Mein Vater war ein beeindruckender Mann, ein wichtiges Mitglied der Stadtgemeinschaft. Er hat Einrichtungen unterstützt und viele Leute aus dem Ort in seiner Kanzlei beschäftigt. Er hat sich immer für andere Menschen eingesetzt. Dass das Schlammrennen ihm zu Ehren veranstaltet wird, spricht wohl eine deutliche Sprache, DS Rose.«

Sie lächelt, wirkt aber unberührt von meiner Schilderung.

»Meiner Erfahrung nach sind Menschen nie nur gut. Doch bisher hat man mir lediglich erzählt, wie gut Ihr Vater – Ihre ganze Familie – war beziehungsweise ist. Ein komisches Wort, oder? Gut. Es definiert sich allein dadurch, ob die Erwartungen des Menschen, der einen so bezeichnet, erfüllt werden, aber wer weiß schon, wie diese Erwartungen aussahen oder aussehen? Ein guter Freund, ein guter Boss, ein guter Anwalt, ein guter Ehemann, ein guter Vater.«

Ich zwinge mich zu Gelassenheit.

»Das alles war er, das kann ich Ihnen versichern.«

Wir sehen uns an.

»Dann«, sagt sie schließlich, »haben Sie großes Glück, so einen Vater gehabt zu haben.«

»Danke. Wäre das alles?«

»Eins noch. Keine direkte Frage, nur etwas, das mir nicht aus dem Kopf will.« Da wären wir wieder – ich habe schon damit gerechnet. »Laut Bericht hat das Auto Ihres Vaters Feuer gefangen und dabei der Leiche großflächige Verletzungen zugefügt. Es war Glück, dass man überhaupt toxikologische Tests durchführen konnte. Wäre die Feuerwehr später eingetroffen, wäre das nicht mehr möglich gewesen. Mich interessiert jedoch, wie und warum das Auto überhaupt Feuer gefangen hat. Entgegen der allgemeinen Überzeugung geraten Autos nämlich nur schwer in Brand. Der Tank müsste zum Beispiel schwer beschädigt sein. Was auf das Auto Ihres Vaters zwar zutrifft, trotzdem ist das Ausmaß des Brandes ungewöhnlich.«

»Sie sind also hergekommen, um mir zu sagen, dass mein Vater Pech hatte?«

»Vielleicht. Vielleicht gibt es aber auch noch eine andere Erklärung.«

»Zum Beispiel?«

»Hatte Ihr Vater Feinde?«

DS Rose fragt nun schon zum zweiten Mal, ob meine Familie Feinde hatte. Beim ersten Mal wegen Max, jetzt wegen meines Vaters. Ich denke an die Trauerfeier, wo sie versucht hat, Max' Tod mit Jakes Mordprozess in Verbindung zu bringen. Wie ich glaubt sie ganz offensichtlich nicht an Zufälle. Sucht nach Mustern. Die beiden Todesfälle liegen zwar viele Jahre auseinander, doch ich gebe ihr recht – hier ist ein Muster. Wir haben es nur noch nicht gefunden.

»Das glaube ich nicht, nein.«

»Also dann, danke für Ihre Zeit.« Sie steht abrupt auf. »Ich melde mich, falls noch etwas sein sollte.«

»Noch etwas? Bei allem Respekt, DS Rose, der Fall meines Vater ist doch abgeschlossen, oder?«

»Doch, das ist er«, bestätigt sie. »Derzeit. Aber, Justine, ich muss Sie warnen« – sie will mir drohen, das ist mir bewusst – »ich bin zwar an gewisse Vorschriften gebunden, Reporter jedoch nicht.«

Damit will sie mir sagen, dass der Fall zwar offiziell abgeschlossen ist, sie aber immer noch andere Quellen hat. Dass sie nicht lockerlässt.

Ich drücke die Haustür hinter DS Rose ins Schloss und verriegele sie sowohl mit dem Schlüssel als auch der Kette. DS Rose ist gut. Besser als erwartet. Plötzlich will ich mich versichern, dass Noah immer noch auf dem Weg nach Hause ist, und ziehe mein Handy aus der Tasche. Über die »Meine Freunde suchen«-Funktion finde ich ihn und verfolge erleichtert, wie sich sein Symbol auf der Karte immer weiter von Maldon entfernt.

Auch wenn ich bleibe, heißt das nicht, dass ich ihn nicht gern begleitet hätte. Im Gegenteil. Die Antworten brauche ich, damit ich wieder die Justine sein kann, die er geheiratet hat. Je weniger Zeit er in Maldon verbringt, desto eher kann ich zu ihm zurückkehren, wenn das alles vorbei ist. Nichts wünsche ich mir mehr. Was hätte das alles sonst für einen Sinn gehabt?

Max. Jake. Dad.

Für irgendetwas musste das alles doch gut gewesen sein.

Immer wieder sage ich es mir vor. Ziehe meinen Notizblock hervor. Schreibe es auf. Umkreise es.

Sicher nicht.

Aber was, wenn ich recht habe? Wenn DS zu Recht ihre Nase in Dads altem Fall steckt? Wenn das mit Max und Jake irgendwie mit Dads Tod zusammenhängt?

Ich gehe ins Elternschlafzimmer, das Mum allein bewohnt, die kalten Holzdielen kleben an meinen Fußsohlen, und öffne die Seite des Schranks, die immer Dad gehört hat. Seine Sachen hängen vor mir, unberührt. Ich schließe die Augen und atme den Geruch ein.

Auf der einen Seite hängt sein dunkelblauer Morgenmantel. Ich ziehe ihn vom Bügel und schlüpfe langsam hinein. Verknote den Gürtel zweifach, wie er es immer getan hat. Auf dem Boden stehen seine Schuhe, ordentlich aufgereiht – Ordnung war ihm immer wichtig –, und schlüpfe in seine Pantoffeln, die die Form seiner Füße angenommen haben. Ich gehe ins Arbeitszimmer. Langsam ziehe ich die rechte obere Schublade des Schreibtischs auf. Wenn seine Kleidung von vor achtzehn Jahren noch da ist, dann sind seine Zigarren sehr wahrscheinlich auch noch da.

Ich taste in der Schublade herum, bis meine Finger etwas

Kaltes berühren. Ich hole es heraus, es ist ein silberner Anstecker. Ein großes G inmitten eines Zirkels und eines Winkels. Ich kann mir nicht vorstellen, dass mein Vater so etwas getragen hätte. Was kann das sein? Warum hatte er es überhaupt? Ich lege es auf den Schreibtisch und ziehe die Schublade noch weiter auf. Die Zigarren müssen doch irgendwo hier sein.

Dieses Mal finde ich sie. Sie liegen unter einem Stapel Papier in einer Kiste aus poliertem Holz mit einer goldenen Schnalle. Ich stecke eine Zigarre in die Morgenmanteltasche, schenke mir einen Whisky ein und gehe auf den verglasten Balkon mit Ausblick auf den Meeresarm. Im Hafen liegen Fischkutter und einige kleinere Ruderboote.

Ich setze mich in seinen Lieblingssessel. Zünde die Zigarre an. Ziehe daran. Atme aus. Schon lange habe ich nicht mehr an die Wikingerschiffe und die Krieger darauf gedacht, die sich der Stadt näherten, doch jetzt sehe ich sie wieder vor mir.

Nun ist es mir klar. Alles beginnt und endet mit Dad. Wie damals auch schon.

Davor

Justine

Es waren nur zwei andere Gäste im Wohnzimmer, die sicher nicht wegen der Kränze hier waren, so schnell, wie sie mit leeren Händen gingen, sobald Justine und Austin den Raum betraten.

»Wunderbar«, sagte Austin, aber Justine war sich nicht ganz sicher, was so beeindruckend war. Mum hatte natürlich ganze Arbeit geleistet, aber letztendlich war es nur ein hübsch dekorierter Tisch.

»Ein bisschen Frieden und Ruhe ist schön, findest du nicht auch?«, sagte er, zog den Stuhl neben sich heraus und bedeutete ihr, sich zu setzen. Sie wollte nicht unhöflich sein; sie wusste, dass Austin der Kanzlei viel Geld einbrachte und gerade ihren neuesten wichtigen Mandanten an Land gezogen hatte. Einer, sagte ihr Vater, der das Unternehmen einen ordentlichen Schritt weiterbringen würde.

Also setzte sie sich und strich ihr Kleid über den Knien glatt. Sie dachte an Max, der sich so mühelos im anderen Zimmer unterhielt – »Networking« nannte er es –, und überlegte verzweifelt, was sie sagen könnte.

»Ein schöner Abend, nicht wahr?«, sagte sie, während sie sich nach einem Band auf dem Tisch streckte und sich dabei halb von der Sitzfläche erhob.

Sie glaubte erst, es sich nur einzubilden, doch seine Hand lag tatsächlich auf ihrem Hintern. Sie wusste nicht, wie sie reagieren sollte – so etwas brachte man einem in der Schule nicht bei –, und setzte sich rasch wieder. *Gott sei Dank* zog er rechtzeitig seine Hand zurück, und sie schluckte ihre Erschrockenheit hinunter. Ihre Fantasie hatte ihr einen Streich gespielt, ganz bestimmt. Doch dann legte er ohne Vorwarnung, ohne *Aufforderung,* seine Hand auf ihr Knie.

Das Schweigen zwischen ihnen hielt an.

Im Grunde wusste sie, dass sie etwas sagen sollte. Sie versuchte, ihre Zunge vom Gaumen zu lösen, sich zu zwingen, ihn in seine Schranken zu weisen, doch sie brachte keinen Ton hervor. Kampf oder Flucht. So hieß das doch, oder? Doch beides war hier nicht zutreffend. Sie konnte nur bewegungslos verharren.

Warum war sonst niemand hier?

Warum hatte ihre Mutter das hier für eine gute Idee gehalten? Es wollte doch sowieso niemand einen blöden Kranz basteln.

Nach einer gefühlten Ewigkeit nahm Austin seine Hand weg. Endlich ist es vorbei, dachte sie. Er musste gespürt haben, wie sie sich unter seiner Berührung versteift hatte, nicht dasselbe wollte wie er. Das alles war nur ein großes Missverständnis. Doch dann legte er seine Hand auf ihre Schulter, und ihre Haut brannte vor Abscheu. Anders als bei Jakes Hand, die dorthin zu gehören schien. Austin roch nach Whisky und Zigarren.

Am liebsten hätte sie sich übergeben.

Doch sie rührte sich nicht und hasste sich dafür. Wo war ihr Mut? Nicht existent. Ihre schlimmste Angst war wahr geworden. Sie war schwach, wie ihre Mutter, nicht wie ihr Vater.

Sie zog sich in ihren Kopf zurück, ihre Haut wurde gefühllos unter seiner Berührung, und erst als sie seinen Atem nicht mehr riechen konnte, merkte sie, dass er seine Hand weggenommen hatte. Ein Paar hatte die Tür überschwänglich aufgestoßen und ihn aufgeschreckt. Sie waren etwa so alt wie ihre Eltern, aber weit weniger glamourös. Die Frau hatte mausbraunes, buschiges Haar – das lockig wäre, wenn sie es stylen würde –, der Mann war drahtig, mit Brille und Schnurrbart. Sie sahen aus wie aus einer Siebzigerjahre-Sitcom. Trotzdem waren sie für Justine die Helden des Tages. Sie ergriff die Chance und stürzte aus dem Raum.

Als sie Max entdeckte, drängte sie sich durch die Gäste, und es war ihr egal, dass sie eine alte Dame anrempelte, die ihren Wein verschüttete.

»Max«, fiel sie ihm ins Wort, doch er ignorierte sie. »Max«, wiederholte sie, lauter, schrie beinahe, doch sie konnte sich nicht länger zusammenreißen.

Es wurde still im Raum, alle sahen zu ihr. Austin erschien in der Tür, vielleicht versperrte er mit Absicht den Weg.

»Was ist passiert?«, fragte Max endlich. Gut. Sie wusste, sie konnte auf ihn zählen. Dass er sie nur anschen musste und ihr glauben würde. Lächerlich, wirklich, dass das einer ihrer ersten Gedanken war. Nicht: Ich kann nicht glauben, dass man mich belästigt hat. Sondern: Wird man glauben, dass man mich belästigt hat? Nur wenige geänderte Worte und doch eine ganz andere Bedeutung.

»Austin …«, begann sie, doch da dröhnte schon die Stimme ihres Dads durch den Raum. Er stand neben Austin, und sie fragte sich, was ihm dieser hinterhältige Widerling bereits erzählt hatte.

»Könnte ich kurz mit dir reden, oben? Sofort«, befahl ihr Vater. In seinem Ton schwang etwas mit, das an Austin MacNeils Gift erinnerte. Seine Worte waren gerade noch höflich, er lächelte, doch die Drohung war klar und deutlich.

Und gerade bin ich über die Kante gestürzt, stellte sie fest, als sie ihrem Vater die Treppe hinauf folgte.

Kapitel achtundzwanzig

Ein Schiffshorn holt mich in die Realität zurück, und plötzlich wird mir bewusst, dass ich immer noch in Morgenmantel und Pantoffeln auf dem Balkon sitze und eine Zigarre rauche. Und nicht irgendeinem Morgenmantel – sondern dem meines Vaters. Wie tief bin ich schon gesunken. Wie weit weg ist meine Karriere im Gerichtssaal.

Ich nehme noch einen Zug. Behalte den Rauch im Mund, bis ich husten muss. Am liebsten würde ich bis Sonnenuntergang hier sitzen bleiben und die ganze Kiste rauchen, doch ich sehe immer wieder Max vor mir, wie er unter Wasser gezogen wird, tief nach unten. Hat er sich gewehrt? Gekämpft? Ich darf nicht auch noch ertrinken. Um seiner willen muss ich schwimmen.

Anstatt weiter meine Lunge zu schädigen, schreibe ich Aya eine SMS und frage sie, ob sie mich heute einschieben kann. Blitzschnell antwortet sie, sie hätte sofort Zeit, wenn mir das recht wäre. Sie ist wirklich effizient, das muss man ihr lassen. Vielleicht zu effizient – ich hätte gern noch ein wenig in Selbstmitleid gebadet. Doch wie immer reißt mich Aya schneller aus der Dunkelheit, als ich bereit dafür bin.

Ich bitte sie um zehn Minuten Aufschub, bringe Dads Sachen an ihren rechtmäßigen Platz zurück, hinterlasse alles so, wie es war, als könnte er jeden Moment kommen und herausfinden, dass ich herumgestöbert habe.

»Geht es Ihnen gut? Ist noch etwas passiert?«, fragt Aya, und ich denke daran zurück, als sie mir erst vor ein paar Monaten die gleiche Frage gestellt hat. Wie ich damals gelogen und gesagt hatte, dass nichts passiert sei, obwohl Noah von Kindern gesprochen und Max mich gebeten hatte, nach Hause zu kommen.

»Nicht direkt, aber eine Polizistin hier stellt Fragen zu der Nacht, in der mein Vater gestorben ist, und jetzt denke ich die ganze Zeit, dass alles irgendwie zusammenhängt. Max, Dad, sogar Jakes Verhaftung.«

»Ich verstehe. Und weshalb glauben Sie das?«

»Weil ich verrückt bin.«

»Dieses Wort benutzen wir nicht«, sagt sie mit geschürzten Lippen.

»Entschuldigung. Ganz ehrlich? Ich weiß es nicht. Ich fühle mich nutzlos, aber die Polizistin könnte recht haben. Irgendetwas übersehe ich.« Ich beiße mir auf die Zunge, erzähle dann doch von Austins Übergriff. Vorsicht. Es ist ein schmaler Grat, offen und ehrlich zu sein und gleichzeitig seine Geheimnisse zu bewahren.

»Nun, unser Gehirn ist sehr gut darin, Erinnerungen zu verdrängen. Vielleicht wühlt das alles etwas in Ihnen auf. Etwas, an das Sie sich nicht richtig erinnern können. Seien Sie nett und geduldig mit sich selbst. Wenn da etwas ist und wir uns anstrengen, wird es zurückkommen.«

Ich lächle. Ihr Vertrauensvorschuss ist sehr großzügig. Die Welt könnte mehr Ayas gebrauchen.

»Möchten Sie das?«, fragt sie, und ich nehme an, sie meint damit, ob ich »mich anstrengen« will. Schauen will, ob da etwas tief in mir lauert. Ich könnte ihr sagen, dass es da ganz sicher etwas gäbe, es mich Max' Geheimnissen aber keinen Schritt näherbrächte, wenn ich ihr von meinen eigenen erzählte. Und genau deshalb bin ich hier. Also sage ich: »Natürlich«, und löse bewusst meine verschränkten Arme. Sehe offen und bereitwillig in die Kamera.

»Sehr gut. Sie haben bisher über Max, Jake und Ihren Vater gesprochen, aber noch kaum über Ihre Mutter. Haben Sie mit ihr über das alles geredet? Sie gefragt, was sie von dieser Polizistin hält?«

»Nein«, antworte ich knapp. Na gut, so ganz bereit bin ich wohl doch nicht.

»Warum nicht? Warum sind Sie so wütend auf sie?«

»Wegen allem«, erwidere ich. »Meiner gesamten Kindheit. Weil sie so schwach war. Immer so distanziert. Hat ständig alles verurteilt.« Ich kann nicht aufhören, bei jedem neuen Grund wird meine Stimme lauter und höher. Die Schleusen sind geöffnet. »Und ich gebe ihr die Schuld.«

»Wofür?«

Ich weiß, dass es für Aya keinen Sinn ergeben wird. Dafür habe ich zu viel ausgelassen. Aber ich kann es auch nicht länger zurückhalten. Ich gebe meiner Mutter, in vielerlei Hinsicht, die Schuld am Tod meines Vaters.

»Dass sie mich nicht beschützt hat«, antworte ich. Ich greife vor. Aber mein Gehirn arbeitet zu schnell.

»Vor Austin?«, fragt Aya, und ich schüttele den Kopf. »Vor wem dann?«

»Vor meinem Vater.« Als ich merke, was ich gerade gesagt

habe, sehe ich auf. Aya wirkt verwirrt. Zum ersten Mal, seit wir uns kennen.

Ich habe gerade meinen ersten großen Fehler gemacht.

Wir merken beide, was gerade passiert ist. Dann übernimmt Aya wieder die Führung. Professionell wie immer.

»Warum brauchten Sie Schutz vor Ihrem Vater, Justine?«, fragt sie leise.

Ich kratze mich an den Oberschenkeln.

»Warum erzählen Sie mir nicht noch einmal von der letzten Begegnung mit Ihrem Vater?« Wieder einmal beweist Aya, dass sie jeden Penny wert ist.

»Ich muss los.« Ich melde mich ab, bevor sie – oder ich – noch etwas sagen kann.

Am Anfang einer Therapie verschweigen Patienten oft die Wahrheit. Es ist Teil des Prozesses, die schützenden Mauern einzureißen und bloßzulegen, was sich dahinter verbirgt.

Aya hat mir einmal gesagt, es sei genauso wichtig, die Lügen herauszufinden wie die Wahrheit. Man muss wissen, wann ein Patient lügt, um zu verstehen, warum er überhaupt lügt. Und um dann herauszuarbeiten, wo er Behandlung benötigt.

Was bereitet dem Patienten zu viel Schmerzen, um davon zu erzählen?

Aya und ich arbeiten seit sechs Jahren miteinander, den Prozess haben wir bereits hinter uns. Eigentlich hätte ich keine weiteren Geheimnisse haben dürfen.

Und ganz bestimmt nicht solche, die ich nie preisgeben wollte.

Davor

Justine

»Es ist meine Schuld«, sagte Justines Vater zu ihr, sobald sie in ihrem Zimmer waren und die Tür hinter sich geschlossen hatten. Sein Tonfall war bedächtig, und dass er die Verantwortung übernahm, machte es für Justine leichter. Sie ließ sich auf das Bett sinken.

»Ich dachte, du wärst erwachsen genug, um heute Abend dabei zu sein, aber offensichtlich lag ich da falsch«, fuhr er fort. Erst nach einem Moment verstand Justine, was er da gesagt hatte. Wenn er sie doch nur erklären lassen würde; bestimmt hatte er sie einfach falsch verstanden.

»Aber Dad, er …«

»Kein Aber, Justine. Austin ist ein Freund von mir.« *Eher ein Freund der Kanzlei,* dachte sie. »Er ist ein guter Mann. Was auch immer deiner Ansicht nach passiert ist, du hast die Situation sicher falsch verstanden. Das ist meine Schuld. Du bist noch so jung.«

»Ich weiß, was passiert ist, Dad.« Wenn er ihr doch nur zuhören würde, damit sie ihm alles erzählen könnte, dann würde er bestimmt nach unten stapfen und Austin MacNeil geben, was er verdient hatte. Immerhin war er doch ihr Vater. Und sie seine Tochter.

»Justine«, sagte Gerard eisig. Sein sonst so leutseliger Gesichtsausdruck war verächtlich. Sie verkrampfte sich. Sie kannte diesen Ton. Hatte ihn durch die Wände gehört, doch mit ihr hatte er bisher noch nie so gesprochen.

»Wenn man dir nicht trauen kann, dann muss ich die Sache selbst in die Hand nehmen«, sagte er und sah sich im Raum um, bevor er den begehbaren Kleiderschrank öffnete, den er ihr zu ihrem sechzehnten Geburtstag gebaut hatte. Als er sich wieder zu ihr drehte, sah er sie an, als würde er die Situation genießen. An diesen Blick würde sie sich noch lange erinnern. »Vergiss nicht, Justine, ich will das nicht tun. Du zwingst mich dazu, ein solcher Vater zu sein.«

Was meinte er damit? Zu was zwang sie ihn? Warum hatte er den Schrank aufgemacht? Sollte sie sich umziehen? Kein Problem, sie hatte sowieso genug von dieser verdammten Feier.

»Rein da«, befahl er.

»Da rein?«

»Das habe ich doch gesagt, oder?«, erwiderte er scharf.

Justine versuchte angestrengt, die Wikingergesänge heraufzubeschwören, die ihr Mut machen sollten, doch sie konnte sie nicht hören. Konnte die Worte nicht finden. Stattdessen stand sie gehorsam auf und ging in den Schrank. Sah schweigend zu, wie ihr Vater die Tür schloss, hörte, wie er einen Stuhl heranzog und unter den Griff klemmte. Stand schweigend da, während sich seine Schritte aus dem Raum entfernten.

Erst als er ganz sicher zurück ins Erdgeschoss gegangen war, rutschte sie an der Wand nach unten. Sie schlang die Arme um die angezogenen Knie und barg das Gesicht in den Falten ihres Kleides.

Schließlich gestattete sie sich zu weinen.

Kapitel neunundzwanzig

Der Fluss lebt. Ist voller kriechender, sich windender, übereinanderkletternder Leiber. Trillerpfeifen ertönen, die Menge jubelt und bläst in Tröten. Alle Einwohner unserer und sogar der Nachbarstädte haben sich zum jährlichen Schlammrennen versammelt, das dieses Jahr nicht nur zu Ehren meines Vaters, sondern auch meines Bruders abgehalten wird.

Trotz des traurigen Anlasses sind überall nur fröhliche Gesichter zu sehen. Ja, auf der Promenade hängen Banner mit ihren Fotos, doch heute sollen eher die Stadt gefeiert und Spenden gesammelt werden. Mir ist übel, und außerdem habe ich noch das Gefühl, als würde etwas mit mir nicht stimmen. Als wären meine Erinnerungen und Erfahrungen nicht real, als hätte die Stadt das Recht, diesen Mann zu feiern. Meinen Vater. Und ich hätte unrecht.

Ich bin für den Registrierungstisch eingeteilt, wo ich alle Teilnehmer eintrage und ihnen ihre Nummern aushändige, die sie sorgfältig an ihrer Kleidung befestigen müssen. Manche sind in alten Klamotten gekommen, andere in Sportkleidung (womit sie das Ganze meiner Meinung nach viel zu ernst nehmen), doch die meisten nutzen die Gelegenheit für ein Kostüm, zumal man eine Flasche Champagner für das beste Outfit gewinnen kann.

Irgendwie ist es schon ein wenig ironisch, Alkohol zu Ehren von zwei Menschen zu verteilen, die mutmaßlich betrunken ums Leben gekommen sind. Trotzdem, Alkohol zieht immer. Am gelungensten waren heute bisher die Teenager, die sich als die jamaikanische Bobmannschaft aus *Cool Runnings – Dabei sein ist alles* verkleidet haben. Ich habe ein Selfie mit ihnen gemacht und es Noah geschickt, wie zum Beweis, dass ich nicht zusammenbreche. Als wäre der heutige Tag eine kathartische Feier zu Ehren von Max und Dad.

Ziel des Rennens ist es, es so schnell wie möglich durch das schlammige Bett des Meeresarms auf die andere Uferseite zu schaffen. Fünfhundert Meter mögen nicht weit klingen, doch in treibsandartigem Schlamm denkt man am Ende, man hat gerade einen Marathon hinter sich. Max hat es geliebt. Wenn ich mich richtig erinnere, war es sogar ursprünglich seine Idee gewesen. Eine Möglichkeit, frei zu sein, als Erwachsene wie Kinder auf dem Bauch durch den Schlamm zu rutschen.

Heute sind alle fröhlich und glücklich. Gelächter hallt aus jeder Ecke über die Promenade. Ich sehe zu dem Banner, das gegenüber meinem Tisch zwischen zwei Bäumen hängt und von dem mein Vater überlebensgroß herunterlächelt. Ich wünschte, ich könnte ins Auto steigen und nach Hause zu Noah fahren, jetzt sofort. Meine Haut ist straff gespannt, als wäre ich selbst gerade erst schlammverschmiert aus dem Flussbett geklettert und würde in der Sonne trocknen. Die Ungewissheit macht mich nervös. Was wird als Nächstes passieren? Wie viel weiß DS Rose bereits?

Meine Unruhe wird stärker, als ich ihn sehe. Er ist ganz offenbar ein Journalist, hat ein Notizbuch in der Hand und beobachtet das Geschehen. Er steht neben einem älteren Paar,

Mr und Mrs Green, die gegenüber von Jakes Familie gewohnt haben. Die beiden leben noch? Ich dachte, sie hätten schon längst ins Gras gebissen. Zu meinem Erschrecken sehen sie direkt zu mir. Gefangen im Scheinwerferlicht lächele ich und winke. *Sei offen und zugänglich. Je mehr dich jemand mag, desto mehr vertraut er dir.* Das hat Dad immer gesagt.

Erleichtert sehe ich, dass es die Nachzügler der aktuellen Startgruppe zur Halbstreckenmarkierung geschafft haben, und mache mich dankbar wieder an die Arbeit. Das wird den Reporter hoffentlich davon abhalten, zu mir zu kommen. Ich rufe die nächste Gruppe zu mir an den Tisch. Zum Glück ist es das letzte Rennen für den Tag. Danach spielt eine Band, und die ganze Promenade verwandelt sich für den restlichen Abend in ein Festivalgelände. Da werde ich mich schnell verabschieden.

Die Schlange rückt zu mir vor, und ich entdecke ein vertrautes Gesicht. Die Barkeeperin aus dem Blue Eagle. Ich lächele sie an, ihre Augen weiten sich erschrocken, als sie mich erkennt. Ich versuche, einen sehr überheblichen Mann im Thor-Kostüm anzumelden, der sich zweifellos für richtig heiß hält – dabei sieht er aus wie ein Wichser –, ohne sie aus dem Blick zu verlieren. Sie hat sich zu dem Mann neben sich gedreht und gestikuliert aufgebracht beim Reden. Ich wünschte, alle wären still, damit ich ihr zuhören könnte, doch sie steht sowieso zu weit hinten in der Schlange.

»Hallo? Meine Startnummer?«, fordert der Möchtegern-Thor ungeduldig. Sehr unhöflich. Trotzdem entschuldige ich mich und nehme seine Nummer aus der Schachtel neben mir. Als ich wieder aufblicke, hat die Barkeeperin die Schlange verlassen. Verzweifelt suche ich nach ihr, doch sie hat sich nur zu bereitwillig von der Menge verschlucken lassen.

Ich denke daran zurück, wie ich ihr meine Visitenkarte gegeben habe und sie sich hektisch am Hals gekratzt hat. Hätte ich nur meinen Notizblock. Ich muss unbedingt noch einmal mit ihr reden, um herauszufinden, warum sie mich so angestrengt meidet. Was weiß sie noch?

Als die letzte Gruppe angemeldet ist und zur Startlinie gebracht wird, kommen die Überlebenden des vorigen Rennens um die Ecke, angeschlagen, teilweise blutig und von Kopf bis Fuß mit einer dicken Schlammschicht bedeckt. Jimmy kehrt als einer der ersten der Gruppe zurück. Natürlich war er einer der Schnellsten gewesen. Seine rote Perücke ist nass und schlammig, dicke Strähnen kleben aneinander. Ich muss lachen, als er grinsend auf mich zukommt.

»Hat es wirklich so viel Spaß gemacht?«, frage ich.

»Auf jeden Fall. Du solltest es nächstes Jahr mal ausprobieren.« Er schüttelt den Kopf, als hätte er Schlamm im Ohr.

»Nein, lieber nicht.«

»Wie du willst. Aber es täte dir gut, es ab und zu mal krachen zu lassen.«

Brutal, aber vermutlich wahr. Ich kann mich schlecht entspannen und Spaß haben. Das konnte ich noch nie. Bis Jake in mein Leben trat. Doch seit er daraus verschwunden ist, kann ich es erst recht nicht mehr. Ich habe Angst, dass ich meine Schutzschichten nie wieder anlegen kann, wenn ich sie erst einmal abgelegt habe.

Dann wäre ich nackt.

Alle könnten über mich urteilen.

Nein, das ist nichts für mich.

»Eine Frage hätte ich allerdings.« Hoffentlich verrät er mir wenigstens den Namen der Barkeeperin.

»Die hast du immer, etwas anderes hätte ich auch nicht von dir erwartet«, sagt er. Nicht verärgert, sondern so, als würde er das an mir mögen.

»Na, ich möchte ja auch niemanden enttäuschen.« Himmel. Flirte ich etwa gerade?

»Gut, aber ich muss erst duschen. Meine Ohren sind voller Schlamm, ich höre dich kaum. Warum machst du jetzt nicht Schluss, und wir reden später bei mir weiter, wenn ich wieder sauber bin?«

Ich stimme zu und ergreife die Gelegenheit, den Bannern mit den Gesichtern meines Vaters und meines Bruders zu entkommen. Er legt sich ein Handtuch um die Schultern, während ich aufstehe und davongehe.

Kapitel dreißig

Fotos von Jimmy und Max stehen im Bücherregal, in dem ich reihenweise beeindruckende Autoren und gebundene Bücher entdecke, die sich nur ein ernsthafter Leser anschafft. Ich bin ein wenig überrascht und tadele mich für meine Vorurteile. Nur weil Jimmy wie jemand wirkt, der zupacken kann, und sein eigenes Pub betreibt, kann er sich ja auch für Literatur interessieren. Wir stecken doch alle voller Überraschungen. Wenn Jimmy von mir alles wüsste, würde er mir sicher nicht mehr helfen wollen. Und wenn Noah meine Geheimnisse kennen würde? Ich verdränge den Gedanken. Schiebe die Möglichkeit weit weg. Das wird nicht passieren.

In einer Ecke steht ein alter, wunderschöner Plattenspieler, daneben ein ganzes Regal mit seiner Schallplattensammlung. Die verschiedenfarbigen Rücken bilden ein faszinierendes Muster.

Im Obergeschoss läuft immer noch die Dusche. Ich streiche mit den Fingern über die Schallplatten, bis ich finde, wonach ich suche: *Parachutes* von Coldplay. »Yellow« war Max' Lieblingslied. In jenem Sommer, als wir meistens zu dritt waren – ich, Max und Jake – hörten wir es unten am Wasser fast jeden Abend auf Max' Discman. Es wurde fast schon zu einem Ritual, das den Übergang von Tag zu Nacht kennzeichnete. Vorsichtig nehme ich die Platte aus der Hülle und lege sie auf. Es ist eine Spezialedition aus gelbem, durchsichtigem Vinyl. Ich setze die Nadel auf, wie mein Vater es mir beigebracht hat. Genieße das leise Knacken, als die Musik den Raum erfüllt, und schließe die Augen.

Ich sehe Max vor mir, wie er mit Jake über etwas lacht – wahrscheinlich mich –, und spüre die Sonnenwärme auf meinen Armen. Doch als die Musik intensiver wird, verdüstert sich das Bild und wird zu einem Tornado aus anderen Erinnerungen: wie Dad mich den ganzen Tag von einem zwei mal einen Meter großen Banner herunter angestarrt hat; von Max, dessen Banner daneben gehangen hat.

Ich will stark bleiben, doch als der Song zu Ende ist, die Musik sich in die Stille zurückzieht, scheint er all meine Kraft mit sich zu nehmen. Aus genau diesem Grund bin ich dem Schlammrennen immer aus dem Weg gegangen – eine Veranstaltung zu Ehren meines Vaters ist zu kompliziert für mich. Selbst nach vielen Jahren Therapie bin ich noch nicht so weit. Und jetzt hängt Max an denselben Bäumen, als wären sie buchstäblich aus demselben Holz geschnitzt. Doch Max war das genaue Gegenteil von Dad. Am liebsten würde ich die Banner herunterreißen, sie zerfetzen, verbrennen.

Hinter mir knarzt eine Tür, und ich spüre, dass jemand den Raum betritt. Langsam öffne ich die Augen.

»Das Lied hat Max geliebt«, sagt Jimmy mit einem leisen, traurigen Lächeln und geht an mir vorbei, um es noch einmal abzuspielen.

Auch wenn ich nicke, denke ich nicht mehr an die Musik. Jimmy steht dicht bei mir, nur mit einem weißen Handtuch um die Hüften. Seine Haut ist noch feucht von der Dusche.

Ich habe immer noch nichts gesagt, als er einen Schritt auf mich zumacht.

Ich könnte ihn berühren und weiß, ich sollte mich zurückziehen. Ich liebe Noah. Ich bin seine Frau, er ist mein Mann. In guten wie in schlechten Zeiten. Dieses Versprechen haben wir einander gegeben, und ich habe es ehrlich gemeint.

Doch ich erkenne die Trauer in Jimmys Augen. Er leidet genauso wie ich. Dieser Tag war nicht nur für mich hart, für ihn auch, und wenn wir zusammenhalten, wenn ich ihm seinen Schmerz nehmen kann, dann kann er mir vielleicht auch meinen nehmen.

Ich küsse ihn. Hart und drängend. Nicht weich und liebevoll. Ausgehungert. Ich leide. Muss irgendetwas anderes spüren. Etwas anderes als die ständige kochende Wut in meinen Adern. Jimmy beißt mir in die Lippe und hebt mich gegen die Wand. Er braucht es auch.

In der nächsten Stunde denke ich nicht mehr an Noah. Die Wahrheit konnte ich schon immer gut verdrängen.

Wir liegen im Wohnzimmer auf dem Boden, und Jimmy spielt noch einmal »Yellow«. Vielleicht ist es eine Art Bestätigung, dass unsere Trauer der Grund für das war, was gerade zwischen uns passiert ist.

»Wie wäre es mit etwas zu essen?«, frage ich, als ich mit dem Finger über seine Brust streiche.

»Ich fühle mich irgendwie manipuliert.« Er macht einen Witz, doch etwas rastet wieder in mir ein. Als wäre etwas kaputt gewesen und ist jetzt repariert. Er hat recht. Ich bin eine herausragende Anwältin für Strafrecht. Man hat mir nicht ohne Grund einen Doppelmord als meinen ersten Mordfall übertragen. Ich bin gut genug. Und auch wenn ich nicht mehr mit dem Fall betraut bin, verfüge ich immer noch über die Fähigkeiten, die Wahrheit sowie eine eventuelle Verbindung zwischen Jake und Max herauszufinden. Noch habe ich keine Beweise, spüre die Gewissheit aber tief in mir. Vor allem aber muss ich das Versprechen halten, das ich meinem Bruder gegeben habe:

Wer auch immer dir das angetan hat, wird dafür bezahlen.

Kapitel einunddreißig

Am nächsten Morgen verlasse ich Jimmys Haus mit dem Namen und der Adresse der Barkeeperin, die er mir aufgeschrieben hat. *Alice Myers.* Sie kommt aus dem Ort, was plausibel ist, und nachdem ich mich überzeugt habe, dass es noch zu früh für einen Überraschungsbesuch ist, mache ich einen kleinen Umweg.

Schließlich stehe ich vor dem alten viktorianischen Reihenhaus mit wunderschönen Erkerfenstern, in dem Alice Myers wohnt. Solche Häuser gibt es viele in Maldon, mit zwei Stockwerken und je zwei Zimmern, die man nach hinten hinaus erweitert hat, sodass sie tiefer als breit sind. Ein Bogen überspannt den hübschen Weg zum Haus, und über der weißen Haustür ist ein halbmondförmiges, schönes Buntglasfenster eingelassen.

Ich klingele, doch nichts rührt sich. Auch der zweite Versuch bleibt erfolglos. Seltsam. Ich bin mir sicher, dass ich im Fenster im Obergeschoss eine Bewegung gesehen habe.

Ich gehe ein paar Schritte zurück und sehe noch einmal am Haus hinauf, wobei ich die Augen mit der Hand gegen die Sonne abschirme. Es ist jetzt schon so hell und warm, der Tag wird wieder heiß. Ich sehe niemanden, aber ich habe ein Auge für Details, und ich bin mir sicher, dass ich es mir nicht eingebildet habe. Hat Alice Myers mich gesehen und geht mir aus dem Weg? Falls ja, muss ich den Grund dafür herausfinden.

Ich klingele noch einmal, doch es bleibt gespenstisch still. Ich gebe auf und mache mich auf den Weg zurück zum Haus meiner Mutter. Am Ende der Straße biegt eine Frau mit einem Hund um die Ecke. Zuerst erkenne ich sie nicht, doch als sie näher kommt und mich sieht, lächelt sie breit. Ich überlege angestrengt, wer sie sein könnte.

»Justine?« Sie strahlt. »Bist du es wirklich? Meine Güte, wie erwachsen du bist.« Sie steht jetzt direkt vor mir, und ich bin mir ziemlich sicher, dass sie mal in der Bibliothek gearbeitet hat.

»Mrs Hicks?«, wage ich mich vor.

»Stimmt genau, Liebes. Ach, wie schön, dich wiederzusehen. Deine Mutter ist bestimmt sehr froh, dass du hier bist, vor allem gerade jetzt. Das mit Max tut mir so leid, es ist wirklich furchtbar. Die ganze Stadt trauert.«

Am liebsten würde ich die Augen verdrehen, die Übertreibung nimmt ihrem Beileid die Ernsthaftigkeit.

»Und wie geht es deiner Mutter?« Sie hebt die Augenbrauen, als würde sie mit mir Klatsch über meine eigene Mutter austauschen wollen. »Trifft sie sich immer noch mit diesem reizenden Mann? Mir fällt sein Name gerade nicht ein, aber er war nicht aus der Gegend. Ich hoffe es jedenfalls. Deine Mutter ist eine gute Frau. Nach allem, was sie durchgemacht hat, verdient sie es, glücklich zu sein.«

Das trifft mich wie ein Schlag. Ich bin darauf trainiert, mir keine Überraschung anmerken zu lassen – lass deinen Gegner vor Gericht nie merken, dass du etwas nicht wusstest –, doch sogar ich ringe darum, bei dieser Nachricht Ruhe zu bewahren.

»Tut mir leid, wen meinen Sie?«, frage ich so beiläufig wie möglich.

»Ach herrje, ich hätte nichts sagen sollen. Vermutlich habe ich es völlig falsch verstanden. Die beiden wirkten nur so vertraut miteinander. Vielleicht war es auch gar nicht Evelyn. Meine Augen sind wirklich schlecht.«

Bevor ich etwas antworten kann, eilt sie schon davon und lässt mich mit mehr Fragen als Antworten zurück. Vertraut? So habe ich meine Mutter noch nie gesehen, noch nicht einmal mit ihren eigenen Kindern. Und ganz bestimmt nicht, als Dad noch am Leben war.

Einmal hat sie mit mir in Erinnerungen geschwelgt, als ich noch ein Kind war – fast ein Teenager –, und ich glaube, da hatte sie ein paar Gläser Wein zu viel. Sie erzählte mir, dass sie meinen Vater Hals über Kopf und bis über beide Ohren verliebt geheiratet hatte. Da hatten sie sich erst sechs Wochen gekannt. Sie sagte, das seien die besten, aufregendsten sechs Wochen ihres ganzen Lebens gewesen. Und dann zog sie lange an ihrer Zigarette, sah mir in die Augen und sagte, ich solle nie heiraten.

Damals hatte mich ihre Geschichte beeindruckt. Nicht wegen ihrer Warnung, sondern weil sie beschrieb, wie sie und mein Vater vor der Hochzeit nicht die Hände voneinander lassen konnten – was mich allerdings auch abgestoßen hatte.

Eilig laufe ich nach Hause und denke dabei an Mrs Hicks' Worte.

Deine Mutter ist eine gute Frau.

Was soll das überhaupt heißen? Wann ist eine Frau gut? Doch völlig unabhängig davon: Als »gut« würde ich meine Mutter jedenfalls nicht charakterisieren.

Davor

Justine

Justines Augen hatten sich an die Dunkelheit gewöhnt, und sie hatte ein paar Pullover als provisorisches Kissen zusammengerollt. Der begehbare Kleiderschrank war in eine Zimmerecke gebaut, an der Innenseite verlief eine Stange, an der die Kleider aufgehängt waren und von der man das Outfit des Tages auswählen konnte. Es war nichts Besonderes – nicht wie die richtigen begehbaren Kleiderschränke oder Ankleidezimmer, die man im Fernsehen sah –, doch sie war an ihrem sechzehnten Geburtstag trotzdem aufgeregt gewesen, als die Raumecke für sie abgeteilt worden war. Sie hätte sich nie vorstellen können, dass der Schrank eines Tages ihr Gefängnis werden könnte.

Sie wusste nicht, wie viel Zeit vergangen war, doch sie hörte immer noch gedämpft die Feiernden im Erdgeschoss. Die Geräusche wurden lauter, als die Zimmertür geöffnet wurde und leise Schritte erklangen. Wer auch immer hereingekommen war, setzte sich aufs Bett und sah sehr wahrscheinlich zu dem Schrank, in dem sie kauerte. Eingeschlossen war. Die Person musste den unter den Griff geklemmten Stuhl gesehen haben.

»Ich bin hier drin«, rief sie. Doch niemand antwortete. Wieder lauschte sie, und wieder war sie überzeugt, etwas auf der anderen Seite der Schranktür zu hören.

»Ich bin's, Justine. Lass mich raus!«

Wieder bewegte die Person sich nicht. Half ihr nicht.

»Bitte, lass mich raus!«, flehte sie, doch niemand kam ihr zu Hilfe.

Wer war im Zimmer? Wer saß einfach nur da und rettete sie nicht?

Scheiße, dachte sie, was, wenn er es war? Austin MacNeil? Um zu beenden, was er angefangen hatte. Sich an ihrem Elend zu weiden.

Sie tastete auf dem Boden nach etwas, das sie als Waffe verwenden konnte, und packte ein Paar High Heels. Sie fühlten sich seidig an, vermutlich waren es die roten. Einen Schuh ließ sie zu Boden fallen, den anderen drückte sie an die Brust. Nur für den Fall.

Immer noch half ihr niemand. Nichts bewegte sich Wer auch immer ins Zimmer gekommen war, saß auf dem Bett. Justine schloss die Augen und lauschte, ob ihr irgendetwas die Identität der Person verriet. Warum half sie ihr nicht?

Sie beschloss, dass es sich bei dem stummen Besucher auf dem Bett um eine Frau handeln musste, was zu den leichten Schritten passen würde. Überrascht hörte sie, dass die Frau leise weinte. Erleichterung durchströmte sie.

Bis ihr ein anderer Gedanke kam, der, sollte sie recht behalten, zwar anders bedrohlich als Austin war, aber immer noch bedrohlich genug. Sie hielt den Atem an und lauschte angestrengt. Ja, sie hatte recht. Die Wärme, die sich in ihrem Körper ausgebreitet hatte, verflog mit einem Schlag.

Die Frau, die sie nicht befreite – die vielleicht sogar Wache hielt –, war ihre Mutter.

Kapitel zweiunddreißig

Inmitten eines Tornados aus Gefühlen renne ich ins Haus meiner Mutter. Es ist jetzt achtzehn Jahre her, und vor der Rückkehr nach Hause hatte ich akzeptiert – war insgeheim sogar stolz darauf –, dass ich keine Beziehung mehr zu meiner Mutter hatte. Zumindest keine enge. Wir gingen höflich miteinander um, bei von Max organisierten Geburtstags- und Familienfeiern – die nicht in Maldon stattfanden – beschränkten wir uns auf Small Talk.

Ich wollte ihr nichts von meinem neuen Leben erzählen, dem Leben, das sie mir aufgezwungen hatte. Ich wollte ihr nicht die Genugtuung bereiten, dass ich etwas daraus gemacht hatte. Und sie fragte auch nie nach. Weshalb trifft es mich jetzt so sehr, dass sie mir nicht von ihrer neuen Beziehung erzählt hat? Das kann mir doch egal sein. Trotzdem fühlt es sich irgendwie seltsam an, dass meine Mutter wieder jemanden hat.

Wer ist der Mann?

Wie ist meine Mutter, wenn sie mit ihm zusammen ist?

Ist sie glücklich?

Die Gedanken mache ich mir nicht nur um ihretwillen. Wenn ich ganz ehrlich sein soll, weiß ich nicht einmal, was ich wissen will. Wie gemein, schließlich bin ich doch ihre Tochter. Ich denke gern, dass ich, aufgestiegen aus der Asche, Noah gefunden und geheiratet habe. Dass ich mir trotz der Umstände eine respektable und erfolgreiche Karriere aufgebaut habe. Dass ich glücklich bin. Doch meine erste Reaktion auf die Nachricht, dass meine Mutter einen neuen Freund hat, ist Erbitterung. Erbitterung, dass sie nach vorn geschaut hat, während ich immer noch geschädigt bin. Dass sie ihr Glück gefunden hat, während mir meins an einem einzigen Abend genommen worden war.

Vielleicht trifft mich die Erkenntnis, was ich wirklich über mein Leben denke, härter als die Tatsache, dass meine Mutter eine Beziehung hat. Zu Hause zu sein, bringt schnell das Bild von mir selbst zu Fall, das ich so sorgfältig in den letzten Jahren errichtet habe. Löst die Farbschichten, die ich Woche für Woche mit Aya aufgetragen habe, bis ich wieder die Justine von früher bin. Das Mädchen, das ich so unbedingt hatte hinter mir lassen wollen. Es ist wiederauferstanden.

Das ist gefährlich, bringt vielleicht aber auch Macht mit sich. Ich weiß Dinge über die alte Justine, die niemand sonst kennt. Vor allem aber weiß ich, wozu sie fähig ist. Vielleicht sollte ich sie nicht länger von mir wegstoßen. Von der neuen Justine ist bereits so viel zerbrochen, vielleicht sollte ich das endlich akzeptieren und nicht mehr weglaufen. Nicht mehr so tun, als sei ich jemand anders.

Deshalb war ich bisher auch nicht mehr zu Hause – es wäre zu schwer gewesen, den Anschein aufrechtzuerhalten. Doch Jake wird der Mord an zwei Menschen vorgeworfen, und Max ist tot. Das liegt außerhalb meiner Kontrolle, und jetzt bin ich wieder zu Hause, ob es mir gefällt oder nicht. Sobald ich Jakes Gesicht in der Fallakte gesehen hatte, wusste ich, dass nichts mehr so sein würde wie zuvor. Nicht einmal ich.

In der Küche läuft leise der Klassiksender im Radio. Mum hört immer Musik, wenn sie Großputz macht, daran scheint sich nichts geändert zu haben. Ich sollte zu ihr gehen, ihr mehr Fragen zu ihrem Leben stellen. Sehen, ob sie mir von dem neuen Mann erzählt, versuchen, Brücken über die Gräben zu bauen, die uns nach wie vor trennen. Ich weiß, dass ich es tun sollte, und trotzdem kann ich mich keinen Zentimeter auf sie zubewegen. *War er bei der Beerdigung?* Nein, ich kann das nicht.

Stattdessen gehe ich nach oben ins Arbeitszimmer. Die Tür schlägt hinter mir ins Schloss, und das Pochen an meiner Schädelbasis erinnert mich daran, dass ich schon längst meine Schmerztabletten hätte nehmen sollen. Die Eskapaden der letzten Nacht haben meinen ganzen Rhythmus durcheinandergebracht, und das merke ich jetzt. Ich weiß, es ist keine gesunde Angewohnheit, die außerdem seit meiner Rückkehr in dieses Haus eskaliert ist, aber jetzt ist nicht der richtige Zeitpunkt, um mich zu bestrafen. Ich muss einfach nur überleben, herausfinden, was Max zugestoßen ist und ob Jake wirklich zwei Morde verübt hat, und dann wieder nach London fahren. Nach Hause, zu Noah, meinem Mann. Zu der Justine, die ich bis vor Kurzem noch war.

Panik lähmt mich, als mir klar wird, wie sehr ich die letzte Nacht mit Jimmy bereue. Vor wenigen Wochen war ich noch eine glücklich verheiratete Anwältin für Strafrecht mit dem größten Fall ihrer Karriere. Jetzt bin ich eine untreue Ehefrau, deren professioneller Ruf geschädigt ist. Und wofür?

Zuerst war da nur ein bisschen Blut.

Dann eine ganze Lache.

Kurz darauf hatte ich das Gefühl, darin zu ertrinken.

240

Kapitel dreiunddreißig

Auf der Fahrt nach London versuche ich dasselbe Gefühl heraufzubeschwören wie auf der Fahrt nach Maldon – nur umgekehrt. Mit jeder Kurve hoffe ich, meine Rüstung wieder anlegen zu können, jedoch vergeblich. Wie unfair. Richtung Maldon hat sie sich Stück für Stück abgelöst, doch auf der Rückfahrt macht sie keine Anstalten, mich wieder zu schützen. Ein Teil von mir bleibt in Maldon und brodelt unter der Oberfläche.

Heute feiert Charlotte Geburtstag, und auch wenn alle eine Absage verstehen würden, muss ich mich, um meiner eigenen Gesundheit willen, an mein Leben hier klammern, wenn ich es je zurückerlangen will, nachdem das alles vorbei ist. Charlotte wohnt weiter im Süden als wir, in Richmond, wo die Häuser so schön sind, wie man es für den Preis auch erwarten würde. Niemand kauft ein Haus für zwei Millionen Pfund und richtet es dann nicht dementsprechend ein.

Geflieste Veranden, Treppenläufer, Parkettböden, wegen denen man seine High Heels an der Haustür ausziehen muss, und riesige Spiegel, die plötzlich irgendwo an der Wand lehnen. Zweifellos ein ausgesucht schönes Heim für ein perfektes Paar. Lange Beine in stilvoller und gleichzeitig verführerischer Designer-Kleidung, blonde, sorgfältig geföhnte Haare und frisch manikürte Nägel.

Das war auch meine Welt, sobald ich Perücke und Robe abgelegt hatte. Trotzdem stehe ich jetzt nervös auf der Veranda und fühle mich völlig fehl am Platz. Charlottes Dad stammt aus einer reichen Familie, und auch wenn meine Familie wohlhabend und in Maldon angesehen ist, ist es kein Vergleich zu dem Leben, das meine Cousine in London führt. Ich habe mich an Charlotte orientiert, meine Kanten abgeschliffen.

Natürlich sehe ich auch heute angemessen aus. Ich trage ein mittellanges schwarzes Seidenkleid mit gerafftem Saum und moderatem Oberschenkelschlitz, dazu Riemchenpumps und die zarte Goldkette mit dem blauen Topas, die Noah mir letztes Jahr zu unserem vierten Hochzeitstag geschenkt hat. Ja, ich sehe angemessen aus, und als Charlotte die Tür öffnet, setze ich mein breitestes Lächeln auf, rufe »Hallo!« und gebe ihr zwei Luftwangenküsse. Sie heißt mich willkommen, als würde ich hierhergehören. Aber ich kenne die Wahrheit.

Bei so viel Blut hätte man eigentlich schreien müssen.

Nein, ich gehöre nicht hierher. Ich mag ja so aussehen, mich anmutig und gelassen geben, doch ich spiele nur eine Rolle. Mein wahres Ich halte ich versteckt. Ich mag diese neuere Version von mir – doch als ich jetzt nach der Fahrt von Maldon hier stehe, wird mir klar, dass ich nie wirklich hierhergehört habe.

Die alte Justine – oder besser gesagt, mein wahres Ich – ist viel chaotischer. Nicht nur von außen, sondern auch innerlich. Meine Gefühle, meine Gedanken, wie ich die Welt sehe. Sie ist nicht nur schwarz und weiß. Sondern ein Wirbel aus Farben. Verschwommen. Laut. Die Welt, die Noah und ich für uns erschaffen haben, mit unserem hübschen Haus und den wohlhabenden glamourösen Freunden, ist zu eng. Zu organisiert. Wo sind die verwaschenen Ränder? Meine eigenen verwaschenen Ränder darf ich nicht zeigen. Auch ich muss perfekt bleiben.

Ich bin müde.

Charlottes Umarmung ist warm und fest, und plötzlich bin ich den Tränen nahe. Das sind gute Menschen. Ja, reich und vornehm, aber niemand kann abstreiten, dass sie warmherzig und großzügig sind.

»Ich freue mich so, dass du es geschafft hast. Wir haben dich so vermisst, vor allem wegen dem, was du gerade durchmachen musst. Du weißt, dass wir dich lieben und für dich da sind, ja?«

»Das weiß ich, danke.« Ich lächele anmutig. »Doch heute ist dein Geburtstag, und ich habe Wein mitgebracht«, sage ich, um die Stimmung aufzulockern. Wenn ich den ganzen Abend über mich selbst reden muss, halte ich das nicht durch.

»Ooooh, Chablis. Vielen Dank, Süße.« Charlotte bringt die Flasche in die Küche, und ich folge ihr. Mir ist etwas unwohl bei der Aussicht, Noah wiederzusehen. Ich zwinge mich dazu, mich normal zu verhalten, wie die Frau, die er geheiratet hat. Ich bete, dass er mir nicht ansieht, dass ich ihn betrogen habe. Eine Woche ist seit der Nacht mit Jimmy vergangen, doch die Schuldgefühle brennen immer noch heiß auf meiner Haut.

Ich weiß nicht, ob ich es mir nur einbilde, aber etwas scheint sich zu verändern, als ich eintrete. Noah und Rob unterbrechen ihr Gespräch, als sie mich sehen. In diesem Land können wir wirklich nicht mit Trauer umgehen. Nach einer unbehaglichen Pause kommt Noah zu mir. Ich küsse ihn leicht auf die Lippen. Rob tritt ebenfalls zu mir und verkündet laut, wie schön es sei, mich zu sehen, und wie sehr es allen leidtäte.

Ich kratze an der Stelle zwischen Daumen und Zeigefinger.

Noah steht immer noch dicht neben mir, und ich fühle mich unwohl. Dränge mich trotzdem dazu, seine Hand zu nehmen, hoffe, dass ich so wieder die Verbindung zu ihm spüre. Merke, dass wir echt sind – er und ich. Ich zwinge mich, meine Hand vor lauter Schuldgefühlen nicht gleich wieder zurückzuziehen. Meine Vergangenheit hat mich eingeholt, und ich weiß, dass ich dabei Fehler gemacht habe. Ich muss mir vor Augen halten, dass das hier meine Welt ist. Hierher gehöre ich hin. Noah ist mein Mann, und ich bin seine Frau.

»Also dann«, verkündet Rob aufgesetzt fröhlich und klatscht in die Hände, »ran an die Spiele.« Wir stöhnen, aber nur zum Spaß. Wir lieben Spieleabende, auf sie gründet unsere Freundschaft mit Charlotte und Rob. »Aber das ist doch was für Spießer«, hatte Jake mich einmal aufgezogen, als ich vorgeschlagen hatte, Monopoly zu spielen. Bei dieser Erinnerung bin ich einen Moment wie gelähmt. Noah zieht mich Richtung Wohnzimmer, seine Hand gleitet aus meiner, als er davonmarschiert.

»Im Ernst? Da waren wir doch noch Mitte zwanzig, als wir das zuletzt gespielt haben«, ruft Charlotte nebenan.

»Wozu zwingst du uns jetzt?«, rufe ich und ringe mir ein Grinsen ab, als ich Noah folge.

Charlotte verdreht die Augen, doch ich merke ihr die Freude darüber an, sich wieder einmal jung zu fühlen. Für die anderen ist es pure Nostalgie, sich an die sorglosen, naiven Jahre ihres Lebens zu erinnern. Mir hat man diese Jahre geraubt. Meine Studentenjahre waren nicht voller Partys und Spaß. Ich trank und schlug über die Stränge, um zu vergessen.

»Ich zuerst. Ihr wisst, ihr müsst trinken, wenn ihr das gemacht habt, was beschrieben wird. Also, noch nie habe ich in einem goldenen Paillettenkleid auf einem Tisch getanzt«, sagt

Rob, und Noah trinkt, während wir lachen und uns an einen besonders lustigen Silvesterabend erinnern, als wir alle Ende zwanzig waren.

»Ich bin dran«, fährt Noah fort und wischt sich etwas Wein von den Lippen. »Noch nie bin ich nackt über einen Golfplatz gerannt.«

Charlotte und ich sehen uns mit hochgezogenen Augenbrauen an, und als sie einen großen Schluck nimmt, tue ich so, als würde ich auch trinken. Ich bin die Fahrerin und will mein eines Glas Wein so lange wie möglich auskosten. Ein bisschen trinken muss ich aber, weil wir damals eine Wette mit den Jungs verloren hatten. Dann sehen mich alle an, und ich merke, dass ich dran bin. Mein Mund ist trocken, und plötzlich bin ich nervös, mir will keine Anekdote einfallen. Zumindest keine, die hierfür geeignet wäre.

»Noch nie …« Ich verstumme. Mir bricht der Schweiß aus, ich werde rot. »Noch nie bin ich fremdgegangen.« Die Worte sind heraus, bevor ich sie herunterschlucken kann. Alle starren mich an, und ich halte mich an meinem Glas fest. Was habe ich nur getan? Aber so ist das mit den Schuldgefühlen. Sie köcheln leise vor sich hin und warten nur darauf, überzusprudeln.

»Ah, du findest, wir sollten mal eine Pause vom Trinken machen, was?«, sagt Rob etwas enthusiastischer als nötig, und dafür bin ich ihm dankbar.

»Tut mir leid, ich hatte ein wenig Panik!« Ich versuche zu lachen und meide Noahs Blick, den ich auf mir spüre.

»Wie wäre es mit einem anderen Spiel?«, schaltet sich Charlotte ein. »*Wer bin ich?* Ich hole Post-its und Stifte.« Schon ist sie aus dem Wohnzimmer geeilt. Erleichterung durchflutet mich.

Ich kann mich an keine Geburtstagsfeier erinnern, bei der wir das Spiel nicht gespielt hätten. Es ist so fest in meinem Danach verankert, dass es sich sicher anfühlt. Ich erlaube mir, ein wenig zu entspannen. Vielleicht wird der Abend doch noch schön.

Ich finde meinen Rhythmus wieder, und am Ende des Abends schiebe ich ständig meine Hand in Noahs, ohne darüber nachzudenken. Die Unbeholfenheit bei meiner Ankunft hat sich verflüchtigt. Noah ist der Richtige, und für kurze Zeit genieße ich es, bevor mich die Schuldgefühle wieder einholen. Er sieht mich an, seine weißen Zähne blitzen auf, als er über einen weiteren von Robs Witzen lacht – er reißt einen nach dem anderen –, und ich ziehe ihn zu mir, um ihn zu küssen.

Es überrascht ihn; nach fünf Jahren Ehe sind wir über diese Art öffentlicher Zuneigung hinaus. Realistisch betrachtet, habe ich ihn auch schon lange nicht mehr so geküsst, wenn wir unter uns waren. Er grinst. Beugt sich wieder zu mir. Er hat eindeutig zu viel Wein getrunken.

»Hey, ihr zwei Turteltauben, nehmt euch ein Zimmer«, scherzt Charlotte, und ich bin irgendwie stolz auf uns.

»Wow, so spät schon? Vielen Dank für die Einladung.« Ich sehe auf die Uhr. Zwei Uhr nachts. Es war überraschend schön, wieder hier zu sein.

»Sei nicht albern, Süße. Es ist uns immer ein Vergnügen. Pass auf dich auf, ja?«, sagt sie.

Ich frage mich, ob man mir vielleicht doch etwas angemerkt hat, ob alle in mich hineinsehen können. Rasch ziehe ich Noah Richtung Tür. Charlotte und Rob stehen Arm in Arm da und winken uns nach, während wir Hand in Hand zu meinem Auto gehen. Von außen wirken wir vier sicher alle glücklich.

Ich bin immer wieder erstaunt, wie sehr der Schein doch trügen kann.

Auf der Fahrt gehen wir noch einmal den Abend durch, lachen über Robs Witze, machen Bemerkungen zu Charlottes Spaß am Spiel. Wir sind stolz auf uns. Vor dem Abend waren wir beide nervös, und jetzt genießen wir den Erfolg. Noah hatte sich zweifellos um mich Sorgen gemacht, und mich hatten die Schuldgefühle belastet.

Als ich in unsere Einfahrt einbiege, kehrt die vertraute Angst zurück, und auf einmal will ich keinen Fuß mehr in unser Haus setzen. Heute Abend fällt mir auf, wie perfekt das Leben ist, das wir uns hier aufgebaut haben. Es ist zu perfekt. Ich fürchte, sobald ich durch die Tür gehe, will ich es nie wieder verlassen.

Doch das muss ich. Ich muss beenden, was angefangen habe. Für Max. Er verdient Antworten. Sein Tod darf nicht umsonst gewesen sein, man darf ihn nicht einfach als Betrunkenen abstempeln, der einen Unfall hatte. Und auch für mich muss ich weitermachen, um die Kontrolle über die Situation und über die kreisenden Haie zurückzuerlangen. Über DS Sorcha Rose.

Bei Noahs Profil im Mondlicht wird mir klar, wie viel ich zu verlieren habe. Nach diesem wunderbaren Abend mit unseren Freunden, mit meinem Mann, vor unserem wunderschönen Haus, trifft es mich mit voller Wucht, wie tief ich fallen könnte. Wie tief ich bereits gefallen bin. Und ich will nicht loslassen.

Es ist schon ein paar Monate her, dass wir miteinander geschlafen haben, aber als er die Hand nach der Beifahrertür ausstreckt, halte ich ihn auf. Lege meine Hand sanft auf seine Brust und warte, bis er mich ansieht, bevor ich über die Handbremse klettere und mich rittlings auf ihn setze. Das letzte Mal

Sex im Auto hatten wir vor unserer Verlobung, und seit Noah angefangen hat, von Kindern zu sprechen, hatten wir gar keinen Sex mehr – ich hatte das Gefühl, ich müsste erst eine Entscheidung treffen, zu der ich noch nicht bereit war. Doch heute Abend habe ich es satt, immer alles zu kontrollieren, sorgfältig zu planen. Und so lasse ich los.

Ich spüre, wie Noah unter mir zögert. Er schiebt mich leicht zurück. »Was wird das denn?«, fragt er, erfreut, aber vor allem überrascht von meinem untypischen Verhalten. Ich will den Moment nicht mit noch mehr Lügen besudeln und greife nach dem Hebel, um Noahs Rückenlehne abzusenken. Schweigend schiebt er mein Seidenkleid hoch.

Noah ist mein Mann. Ich habe keine andere Familie mehr. Meine Mutter zählt nicht. Sie hat ihre Entscheidung vor achtzehn Jahren getroffen, und das kann ich ihr nicht verzeihen. Das war ihre Entscheidung, nicht meine, aber das hier habe ich in der Hand – ich werde meinen Mann nicht gehen lassen. Was für eine Ehefrau betrügt ihren Mann? Was für eine Mutter lässt ihre Tochter im Stich?

Davor

Evelyn – die Mutter

Zwei Stunden und achtunddreißig Minuten. So lange saß Evelyn auf der Bettkante im Zimmer ihrer Tochter und lauschte auf ihr Wimmern, während sie den Blick starr auf den Wandschrank gerichtet hielt. Gelegentlich wurde das Lachen und Reden von der Feier im Erdgeschoss lauter, und dann erlaubte sie sich, das Weinen weniger zu unterdrücken, in der Hoffnung, dass Justine sie über den Lärm hinweg nicht hörte.

Als ihr klar geworden war, dass Gerard Justine eingeschlossen hatte, war etwas in ihr zerbrochen – die letzten Reste ihrer Liebe zu ihm. Sie war überrascht, dass sie so lange gehalten hatte, doch das war immer Teil seiner Macht über sie gewesen. Das Balancieren zwischen Angst und Liebe – Zärtlichkeit und Schmerz – ein schmaler Grat. Doch nun hatte er es zu weit getrieben, und das Band zwischen ihm und ihr zerriss endgültig.

Sie saß weinend da und überlegte, was sie tun sollte. Wie sie Justine am besten schützen könnte. Wenn sie sie herausließ, wusste sie nicht, was als Nächstes passieren würde. Sie hätte keine Kontrolle mehr über die Situation. Solange Justine im Schrank war, wusste sie, wo ihre Tochter war und dass sie – im Moment zumindest – in Sicherheit war.

Evelyn zählte im Stillen mit, wie oft die Haustür geöffnet

und wieder geschlossen wurde, versuchte abzuschätzen, wie viele Gäste sich verabschiedet hatten, überlegte, wer mit wem eingetroffen war, bis die Gespräche im Erdgeschoss verstummt waren und die Musik abrupt ausgeschaltet wurde.

Stille.

Wenn es still war, war alles noch schlimmer.

Evelyn verkrampfte die Hände ineinander. Einerseits wollte sie, dass Max nach oben kam und sah, was geschehen war. Andererseits sollte er es nicht sehen. Jahrelang hatte sie ihre Kinder beschützt. Versucht, Gerards schlechteste Seiten – ihr Geheimnis – von ihnen fernzuhalten. Und trotzdem saß Justine jetzt eingesperrt im Wandschrank.

Sie hatte versagt.

Jetzt gab es kein Zurück mehr, nicht für Justine. Sie wusste nur zu gut, wie das ihre Tochter verändern würde. Aber Max? Sie hatte vorhin gehört, wie Gerard zu ihm gesagt hatte, Justine wäre zu Jake gegangen. Ja, für Max gab es vielleicht noch einen Hauch Hoffnung.

Evelyn stand auf und ging leise in Justines Bad, wo sie sich die Augen mit kaltem Wasser abtupfte, sich ein nasses Taschentuch an die Lippen hielt und bis zehn zählte. Sie kniff sich in die Wangen und übte dann ihr Lächeln vor dem Spiegel. Leise verließ sie das Zimmer und ging nach unten. Eine eingespielte Routine.

»Ich schaue mal nach Justine, ob alles in Ordnung ist«, rief Max vom Fuß der Treppe.

»Ja, mach das, Schatz«, antwortete Evelyn mit ruhiger Stimme. Auf keinen Fall durfte er merken, dass etwas nicht stimmte.

»Hast dich gut geschlagen heute.« Gerard klopfte Max auf den Rücken, bei dem Geräusch ballte sie die Fäuste. »Ich bin stolz auf dich, mein Sohn. Jetzt mach dir noch einen schönen Abend. Du bist jung und frei. Genieße es.« Verwendete er mit Absicht das schmerzhafte Wort »frei«? Wollte er grausam sein? Wusste Gerard, dass sie die ganze Zeit in Justines Zimmer gesessen hatte, in dem Wissen, dass er ihrer Tochter die Freiheit geraubt hatte?

»Danke. Mum, tolle Party, ein echter Triumph.« Max grinste und verließ das Haus, ohne sich noch einmal umzusehen. Evelyn schloss die Augen, wollte das Bild ihres lächelnden Sohnes für immer so lebendig wie in diesem Moment bewahren. Jetzt, da er gleich nicht mehr im Haus war, konnte sie ein wenig leichter atmen.

Wenn auch nur für den Moment.

Die Erleichterung hielt nur so lange an, bis er außer Sicht war. Sobald die Haustür sich schloss, brach die Verzweiflung über sie herein. Max war Justines einzige Chance gewesen, und jetzt war er nicht mehr hier. Nur noch sie war da, und sie wusste, wie das ausgehen konnte. Sie wog die verschiedenen Möglichkeiten gegeneinander ab. Diese Seite ihres Lebens hatten die Kinder nie gesehen. Dafür hatte sie viel geopfert. Dafür trug sie die Narben.

Gerard hatte die Kinder immer wieder gegen sie eingesetzt, wenn er zu viel getrunken und zischend Drohungen ausgestoßen hatte. Er war davon ausgegangen, dass sie ihr schwacher Punkt waren. Doch das genaue Gegenteil war der Fall. Justine und Max waren immer ihre Stärke gewesen. Die Liebe zu ihren Kindern war das Einzige, was sie unter dem Gewicht seiner Macht über sie aufrechthielt. Einen kleinen Teil von ihr hatten sie am Leben erhalten, trotz seiner Bemühungen, sie vollständig zu vernichten. Sie ihm völlig unterzuordnen.

Jetzt musste sie vor allem die Situation entschärfen. Ja, Gerard hatte Justine eingeschlossen, doch sie wusste, dass es noch viel schlimmer kommen konnte, wenn sie jetzt nicht vorsichtig war. Gerard würde alles tun, um den Machtkampf zu gewinnen, wenn es nicht mehr nur eine Sache zwischen ihm und seiner Tochter war, sondern auch zwischen ihm und seiner Frau. Deshalb sah sie ihn nur schweigend an – das Monster, das sie einst geliebt hatte. Ein letztes Mal erlaubte sie sich, ihn als den jungen Mann zu sehen, der vor all den Jahren in den Zug eingestiegen war, bevor sie sich von ihrem Hass auf ihn vollständig verschlingen ließ. Dann ging sie in die Küche.

Sie zählte darauf, dass er sie für schwach halten und sich daran weiden würde. Er wusste nicht, dass es sie immense Kraft kostete, einen Fuß vor den anderen zu setzen und ihrer Tochter den Rücken zu kehren.

Evelyn hoffte, dass er sanfter mit Justine umgehen würde, nachdem er sich heute Abend bereits einmal durchgesetzt hatte. Sie zwang ihren Körper, dem Gehirn zu gehorchen, und setzte sich an den Küchentisch. Dort stützte sie den Kopf in die Hände und betete zum ersten Mal im Leben.

Kapitel vierunddreißig

Am Morgen wache ich davon auf, dass Noah beim Herumrollen seinen Arm um mich legt, der dann schwer auf mir liegt. Zuerst reiße ich panisch die Augen auf. *Ich bin gefangen.* Will mich losmachen, doch dann weiß ich wieder, wo ich bin. Zu Hause, bei Noah. Das ist unser Schlafzimmer, mit der grauen, halbhohen Holzverschalung an den Wänden und dem Parkettboden, für den wir viel zu viel Geld ausgegeben haben. Rustikale Bilder hängen an den Wänden. Die Einrichtung passt vermutlich besser zu einem Ferienhaus anstatt nach Südlondon, aber ich liebe dieses Zimmer. Keine Blümchentapete, nirgends.

In diesem Zimmer hat Noah mich gefragt, ob ich ihn heiraten will. Ohne große Zeremonie, aber es war perfekt. Am Abend unseres Einzugs hat er um meine Hand angehalten. Auf dem Boden lag nur eine Matratze, auf der wir uns versprochen haben, uns hier ein gemeinsames Leben aufzubauen. Dass das Haus unser Zuhause werden würde. Und das haben wir geschafft. Der Gedanke schmerzt.

Das beängstigendste Gefühl war für mich immer Glück. Wenn man glücklich ist, kann man so viel verlieren. Und ich weiß, wie es ist, wenn man alles verliert. Ich hatte nie das Vertrauen in mich, glücklich zu bleiben, und jetzt habe ich mal wieder den Beweis erbracht – ich zerstöre alles, was mich glücklich macht. Vielleicht ist es mein Schicksal, immer nur flüchtiges Glück empfinden zu dürfen.

Vielleicht verdiene ich auch nicht mehr.

»Guten Morgen«, sagt Noah schläfrig hinter mir, und ich weiß, dass ich eine Entscheidung treffen muss. Ich könnte einfach hierbleiben. Das habe ich schon einmal gemacht und könnte es wieder tun. Es ist verlockend. Ich könnte für immer in Noahs Armen bleiben und weiter meine übliche Maske tragen. Aber genau das ist es. Eine Maske. Wenn die letzten Wochen mir etwas gezeigt haben, dann, dass es nie eine »alte« oder eine »neue« Justine gab. Ich war immer da. Immer Justine. Ich habe mich nur versteckt.

Wenn ich je wirklich in dieses Leben mit Noah gehören will, muss ich irgendwie die Vergangenheit hinter mir lassen. Und dafür brauche ich Antworten. Die ich hier nicht bekommen werde, sondern nur in Maldon. Das bin ich mir schuldig. Und vor allem Max.

Was ich damit dann anfange, weiß ich noch nicht. Wie viel ich dafür preisgeben werden muss. Doch ohne Antworten habe ich keine Kontrolle. Und DS Rose darf man nicht unterschätzen. Wissen ist Macht. Wie viel weiß sie? Ich muss ihr immer einen Schritt voraus sein. Die Macht behalten.

Macht ist alles, hat Dad immer gesagt.

Ich rolle mich herum, immer noch mit Noahs Arm um mich, und küsse ihn sanft. Will ihn aufsaugen. Beim ersten Mal war der Abschied leichter, weil er in Paris war. Jetzt ist es schwieriger, weil ich mich einer Vergangenheit stellen muss, vor der ich lieber weiter davonlaufen würde.

»Ich muss los«, sage ich.

»Schon?« Noah stöhnt, ist aber nicht böse. Er hält mich immer noch für die treu sorgende Tochter, die sich um ihre trauernde Mutter kümmert. »Ich hatte gehofft, dass wir wenigstens in unserem Lieblingscafé frühstücken gehen könnten.« Er lächelt mich verschmitzt an, und der Drang, hierzubleiben, ist so überwältigend, dass ich mich sofort losreißen muss, sonst werde ich vielleicht nie gehen.

»Tut mir leid. Aber ich bin bald wieder da«, sage ich, als ich seinen Arm hochhebe und von ihm wegrutsche.

»Na gut, aber dann mache ich dir noch einen Smoothie für die Fahrt.«

Dieser Mann verdient etwas Besseres als mich, denke ich, als Jimmy vor meinem inneren Auge auftaucht und die Schuldgefühle wieder aufflammen.

»Könntest du mir noch eine Shorts aus dem Schrank holen?«, bittet mich Noah, und plötzlich erstarre ich. Voller Entsetzen wird mir klar, dass ich den Schrank nicht öffnen kann. Dass ich am liebsten auf der Stelle zusammenbrechen würde. Es ist so weit. Meine Vergangenheit hat mich eingeholt.

»Tut mir leid, ich muss wirklich sofort los.« Ich versuche nicht einmal, meine Panik zu verbergen.

»Alles in Ordnung? Was hast du?«

»Ich muss einfach nur zurück zu meiner Mutter. Tut mir wirklich leid«, lüge ich. »Ich bin bald wieder da, versprochen.« Ich beuge mich übers Bett, um ihn zu küssen, und dieses Mal ist es kein Versprechen an jemand anderen – ich weiß zu gut, wie leicht ich so etwas breche –, sondern an mich.

Immer wieder verspreche ich es mir, als ich wieder einmal meinen Mann und unser gemeinsames Zuhause zurücklasse. Aus der Stadt wegfahre, in der ich mir eine großartige Karriere aufbauen konnte. Jetzt ist alles anders.

Kapitel fünfunddreißig

Sobald ich wieder bei meiner Mutter bin, kann ich nicht länger widerstehen und suche sie im Internet.

Christina Lang.

Sie hat glatte blonde Haare, offensichtlich gefärbt, und strahlt Eifer und Ehrgeiz aus, die sie jetzt bei Brad Finchleys Fall zeigen kann, nachdem man ihn ihr übertragen hat.

Ich mustere ihr Foto und die Kurzbiografie. Offenbar hat man den Fall unter den gegebenen Umständen an eine ganz andere Chamber vergeben. Noch ein Schlag gegen meinen guten Namen. Ich habe sie ganz sicher schon mal auf Veranstaltungen gesehen, doch beruflich haben sich unsere Wege noch nicht gekreuzt.

Ich sehe auf meine Fingernägel, an denen ich wieder gekaut habe. Es ist erst vier Uhr nachmittags, und ich habe mir schon Jogginghosen und ein weites Schlafanzugoberteil angezogen. Wenn ich keine Anwältin mehr bin, warum soll ich mich dann noch entsprechend anziehen? Ich trinke einen Schluck Kaffee und merke, dass er kalt geworden ist.

Ich weiß, dass es nicht ihre Schuld ist. Nein, wenn überhaupt jemand Schuld daran hat, dann ich. Und trotzdem habe ich das Gefühl, als hätte diese Frau, Christina Lang, mit ihrem makellosen Make-up und dem perfekt sitzenden Hosenanzug mein

Leben gestohlen. Wahrscheinlich wohnt sie auch in London in einem Haus wie meinem, mit einem Partner, der dort auf sie wartet, während ich wieder bei meiner Mutter unterkrieche und heute Morgen vor meinem Mann davongelaufen bin. Aus Angst vor meinem eigenen Schrank.

Kaffee, selbst frisch gekochter, reicht nicht mehr, doch als ich die Whiskyflasche aus meinem alten Schreibtisch nehme, wo ich sie verstaut hatte, ist sie unerwartet leicht. Kein Wunder, sie ist leer.

Die Jogginghose behalte ich an, ziehe aber immerhin ein Top über. Ein rascher Blick in den Spiegel sagt mir, dass ich kaum präsentabel bin, aber so muss es jetzt gehen. Dann stecke ich den Hausschlüssel ein und laufe zum Pub. Ich würde Jimmy lieber so lange wie möglich aus dem Weg gehen, doch nicht auf Kosten eines Drinks. Manche Dinge sind einfach zu wichtig, und im Moment hat nur ein Whisky on the Rocks den Hauch einer Möglichkeit, meine hämmernden Kopfschmerzen zu lindern.

Auf dem Fernseher an der Wand des Blue Eagle wechselt der Kanal, und plötzlich sehe ich eine dünne Frau mit tränenfeuchten Augen. Der Text am unteren Rand lautet: *Schwester des ermordeten Mark Rushnell bittet die Öffentlichkeit um Hilfe.*

»Das Wichtigste ist eine Verurteilung«, sagt die Frau. »Und je mehr Hinweise und Informationen wir haben, desto eher erreichen wir das.«

Sie klingt, als stünde Jakes Schuld fest. Als wäre ein Freispruch schlicht auf das Versagen des Justizsystems zurückzuführen und kein Beweis seiner Unschuld.

Ich trinke mein Glas aus.

Drei Whiskys. So viel war nötig, um das Hämmern in meinem Kopf abklingen zu lassen. An seine Stelle ist eine Benommenheit getreten, die meinen Geist geschärft, alles andere jedoch betäubt hat. Wofür ich gerade besonders dankbar bin, als die Trauer von Marks Schwester in das Pub übertragen wird.

Mein Handy vibriert, eine Nachricht von Noah.

Ich bin traurig, dass du nicht hier bei mir bist. Du hast heute Morgen so schnell das Haus verlassen. Ist alles okay?

Ich weiß, dass der Alkohol aus mir spricht und eine Seite an mir enthüllt, die ich normalerweise vor meinem Mann verberge, als ich blitzschnell eine Antwort tippe und sie abschicke, bevor ich genauer darüber nachdenken kann.

Du bist traurig? Was ist mit mir?
Nur fürs Protokoll, nein, es ist nicht alles okay.

Ich blicke auf das Display. Meine Grobheit ist mir peinlich. Ich weiß ja, dass er nur nett sein will. Aber ich bin auch ein wenig stolz auf mich. Heute Abend werde ich nicht so tun, als sei ich perfekt. Die perfekte Justine, immer so, wie alle anderen sie haben wollen.

Ich stecke das Handy in die Tasche und schiebe das leere Glas von mir weg, als Zeichen, dass ich noch einen Drink möchte. Heute Abend bedient ein junger Typ, den ich noch nicht gesehen habe. Er zögert, und ich sage sarkastisch: »Bitte.« Bevor er reagieren kann, kommt Jimmy um die Ecke, wirft ihm einen

Blick zu, den selbst ich nicht übersehen kann, und der Typ entfernt sich rasch, sichtlich erleichtert, mich los zu sein.

»Hast dich wohl vor mir versteckt, was?« Ich weiß nicht, ob ich ihn verspotte oder mit ihm flirte.

»Überhaupt nicht«, sagt er. »Dasselbe könnte ich auch von dir behaupten.«

»Ich sitze doch in deinem Pub, oder?« Ich hasse mich.

»Das stimmt. Aber das hat ziemlich sicher eher was mit dem Alkohol zu tun, den wir hier ausschenken, als mit mir.«

Ich antworte nicht. Wenn er will, kann er ein richtiger Klugscheißer sein.

»Das geht aufs Haus«, sagt Jimmy und schiebt mir ein Glas mit Wasser über den Tresen zu.

»Das ist Leitungswasser.«

»Leitungswasser mit Limette.« Er grinst und lässt eine frisch geschnittene Limettenscheibe in mein Glas fallen. Ich bemühe mich um einen unbeeindruckten Ausdruck. »Will ich wissen, weshalb du hier bist?«, fragt er.

»Im Ernst? Als könntest du dir nicht tausend Gründe vorstellen, warum ich mich in einem Pub betrinken will.«

»Warum dann ausgerechnet jetzt? Und sag nicht, wegen mir. Ich weiß, dass das zwischen uns nichts damit zu tun hat. So eingebildet bin ich nicht.«

Warum ausgerechnet jetzt?

Als ob alles, was wir denken oder fühlen, einen klaren Anfang und ein Ende haben müsste. Jimmy weiß nichts von den Paracetamol-Tabletten, die ich morgens nehme. Die ich von zwei pro Tag auf drei erhöht hatte, bevor ich auf Codein umgestiegen bin – ich habe mir eingeredet, es wäre besser, weniger anstatt mehr Tabletten zu schlucken. Als ob eine stärkere

259

Wirkung weniger kritisch wäre als die reine Menge. Ich war ein Schwan. Bin gelassen dahingeglitten und habe unter der Oberfläche panisch gestrampelt.

»Ich hätte wirklich gern noch einen Drink«, sage ich trocken.

»Sag mir, was los ist, dann bekommst du vielleicht einen.«

»Das kannst du nicht machen. Ich bin zahlender Gast.«

»In meinem Pub.«

Touché.

»Du willst es wirklich wissen? Alles ist los. Meine Ehe. Meine Karriere. Mein Bruder. Meine Mutter. Christina Lang.«

»Christina Lang?« Da wird mir klar, dass Jimmy ja gar nicht weiß, dass ich an Jakes Fall gearbeitet habe. Dieses Ass habe ich also noch im Ärmel: Die Leute haben keine Ahnung, dass ich gewisse Dinge weiß. Ich habe die Fallakte gelesen, die Zeugenaussagen.

Macht ist alles. Und Wissen ist Macht.

»Sie stiehlt mir meine Karriere.« Ich achte darauf, nicht zu viel zu verraten. »Also, was ist jetzt mit dem Drink?« Ich halte ihm mein leeres Glas hin.

»Nein. Du lallst schon, Justine.«

»Du musst nicht auf mich aufpassen.« Das sage ich definitiv zu laut und zu nachdrücklich, weil sich ein Paar am Ende des Tresens zu mir umdreht. Doch das ist mir egal. Sollen sie doch schauen. Ich bin sowieso schon die Lachnummer bei den Anwälten. Dann kann ich es auch hier sein.

»Justine.« Er spricht leiser, ernster. »Ich werde dir nichts mehr verkaufen, aber ich werde mich darum kümmern, dass du sicher nach Hause kommst.«

»Na gut.« Natürlich ist das nicht gut, aber was soll ich sonst tun? Über den Tresen klettern und mir den verdammten Drink selbst einschenken? Verlockend wäre es ja.

»Arbeitet Alice heute? Ich habe sie nicht gesehen, aber du hast dich schließlich auch den ganzen Abend vor mir versteckt. Vielleicht hat sie das auch getan.« Ich muss meinen Kopf abstützen. Mein Gott, ich bin betrunken.

»Zuerst einmal habe ich mich nicht vor dir versteckt, ich habe Inventur gemacht. Und zweitens scheinst du Alice ganz schön ins Herz geschlossen zu haben. Warum fragst du nach ihr?«

»Ich stelle nun mal Fragen, das ist mein Job, schon vergessen? Selbst wenn ich betrunken bin.« Er lacht leise, und ich bin froh, dass er nicht allzu böse auf mich ist, trotz seiner Weigerung, mir noch einen Drink zu geben.

»Sie hat auch nach dir gefragt. Worum geht's da bei euch?« Er sagt es beiläufig, doch das erinnert mich an etwas.

Mein Boss, Jimmy Falcon.

Sie kratzt sich am Hals.

»Um nichts.« Ich versuche, nicht zu abwehrend zu klingen.

»Selbst betrunken lässt du dir nicht in die Karten schauen, Justine Stone.«

»Ich war eine der Besten«, lalle ich übertrieben, und die Vergangenheitsform entgeht mir nicht.

»Komm schon.« Jimmy hebt die Klappe im Tresen und kommt hinter der Bar hervor. »Bringen wir dich mal heim.« Er steht direkt neben mir. So nahe war er mir nicht mehr, seit wir miteinander im Bett waren, und es ist mir unangenehm. Ich kann nicht glauben, dass ich meine Ehe aufs Spiel gesetzt habe. Ich liebe Noah. Ich will mein Leben mit ihm verbringen – das Leben, das wir uns gemeinsam aufgebaut haben. Aber ich kann die Anziehungskraft nicht leugnen, die Jimmy auf mich ausübt. Diese beiden Männer stehen für die beiden Seiten in mir – Jimmy, der Weg in meine Vergangenheit, Noah, der Weg in die Zukunft.

»Nein.« Ich klinge scharf und abweisend, aber er muss mir zuhören. »Ich komme allein klar.«

»Du bist betr…«

»Ich habe Nein gesagt. Ich kann sehr gut auf mich selbst aufpassen. Ich brauche dich nicht.« Dann lehne ich mich dichter an ihn und spreche so leise, dass nur er mich hören kann. »Ich will dich nicht.«

Ich lasse Jimmy stehen und stürme – na gut, stolpere – aus seinem Pub. Selbst im Sommer wird es hier in der Gegend nachts kühl, und ich wünschte, ich hätte eine Jacke mitgenommen. Ich schlinge die Arme um den Oberkörper und schlage den Weg zu Mums Haus ein. Ich kann es immer noch nicht als Zuhause bezeichnen.

Die Straßen sind hier nachts dunkler als in London. Weniger Autos, weniger Straßenlampen. Ich gehe schneller. Schatten tanzen auf mich zu, und jedes Mal, wenn ein Auto an mir vorbeifährt, weiche ich noch weiter von der Straße zurück, als könnte der Fahrer mich in seinen Wagen zerren. Sicher fordern die Anspannung und die Todesfälle der letzten Wochen ihren Tribut, doch das Gefühl, nicht allein zu sein, liegt wieder schwer auf meinen Schultern.

Es ist nicht das erste Mal, dass ich mit der Gewalt, die meine Arbeit mit sich bringt, zu kämpfen habe. Daher habe ich mir angewöhnt, mich sofort in die schlimmsten Aspekte eines Falls zu stürzen und sie nicht aufzuschieben. Ich kann ihnen nicht entkommen. Die Abgestumpftheit, von der andere Anwälte reden oder auch Journalisten, eine Folge von zu vielen Abgründen, hat sich bei mir noch nicht bemerkbar gemacht. Ich spüre immer noch alles. Den ganzen Schmerz.

Aya hat mich einmal gefragt, ob ich nicht viel eher meinen eigenen Schmerz auf die Fälle projiziere. Ein Trauma sucht sich immer einen Weg nach draußen. Bei ihr klingt alles immer so persönlich. *Vielleicht bin ich einfach ein sehr einfühlsamer Mensch? Der Dinge intensiver empfindet als andere Menschen?*, hatte ich geantwortet. Worauf sie betont die Hände im Schoß gefaltet und mir die nächste Frage gestellt hatte. In diesem Fall jedoch sind die Grenzen unbestreitbar verschwommen: Die Abgründe meiner Arbeit sind jetzt etwas Persönliches. Etwas sehr Persönliches.

Wieder blicke ich über die Schulter, zum vierten Mal seit ich das Pub verlassen habe, doch hinter mir ist nur eine Wand aus Schwärze. Etwa fünfzig Meter vor mir befindet sich das hell erleuchtete Polizeirevier, und ich laufe los.

Ich renne immer noch, als sie vor mich tritt. Ich glaube nicht, dass es eine Machtdemonstration sein soll, sie wirkt genauso überrascht wie ich, sodass ich fast mit ihr zusammenpralle.

»Justine«, sagt sie.

»DS Rose.« Ich bin außer Atem und weiß, dass ich nach Alkohol stinke.

»Auf dem Weg nach Hause?«

Ich nicke und schnappe nach Luft.

Schweigend mustert sie mich von oben bis unten. Ich spüre, dass keine Hoffnung mehr auf uns als Team besteht, keine kameradschaftliche Fassade. Die Art, wie sie mich ansieht, sagt mir, dass das Spiel zwischen uns aus ist. Jetzt wird es ernst.

»Ich habe lange gearbeitet. Diese Stadt hat ein paar interessante Fälle.« Sie deutet auf die Akten, die sie im Arm hält.

»Ah ja.« Ich nicke, nehme an, dass sie auf meinen Vater anspielt.

»Also dann«, sagt sie, bleibt aber stehen. Keine von uns will als Erste nachgeben.

»DS Rose«, ruft da jemand hinter mir. Jimmy nähert sich und tritt ins Licht.

In dieser Stadt scheinen die Leute ständig im Schatten herumzulungern und dann hervorzutreten, wenn man es am wenigsten erwartet. Diese Unberechenbarkeit ist ein wenig beängstigend. Ich denke an Jimmys Bemerkung, dass die Freimaurer überall in der ganzen Stadt sind. War das schon immer so gewesen? Hatte Maldon sich deshalb immer schon so klaustrophobisch angefühlt? Eine Stadt voller Geheimnisse? Ich könnte mich treten, weil ich nicht mehr Fragen dazu gestellt habe. Hoffentlich erinnere ich mich noch daran, wenn ich wieder nüchtern bin, und forsche weiter nach.

Ich drehe mich zu Jimmy um. Ist er mir gefolgt? Und was hat er an dem Tag gemacht, als ich Laufen war? War das auch er? Bei der Beerdigung ist er schnell zu meiner Rettung gekommen. Beobachtet er mich? Zu intensiv? Oder bilde ich mir etwas ein, das gar nicht da ist? Wie auch immer, der Bann ist gebrochen, und DS Rose lächelt angespannt, nickt uns zu und geht davon.

Sobald sie außer Sicht ist, zische ich Jimmy an, weil er mir gefolgt ist. Ich brauche keinen Babysitter. Vor allem keinen, der irgendwo im Dunkeln lauert und mich davon überzeugt, dass ich den Verstand verliere. Den restlichen Weg gehen wir schweigend, und ich bleibe mit Absicht immer einen Schritt voraus.

Vor der Haustür angelangt, drehe ich mich zu ihm.

»Es wird nicht passieren. Es wird kein ›uns‹ geben. Okay? Wenn es also darum geht, dann hör bitte damit auf. Ich habe schon genug Schuldgefühle. Ich bin verheiratet. Ich liebe Noah.« Diese drei Worte laut auszusprechen, vor Mums Haus, das mich so sehr an die Zeit mit Jake erinnert, bereitet mir erneute Schuldgefühle. Doch das mit Jake ist lange her, und jetzt kämpfe ich darum, meine Ehe zu schützen.

»Ich weiß. Darum geht es nicht, versprochen. Ich wollte nur, dass du sicher nach Hause kommst.« Er spricht leise, ohne jeden Ärger oder Verletztheit. Ich glaube ihm. »Es ist passiert. Wir können es nicht ungeschehen machen. Ich bereue es nicht. Uns ging es beiden schlecht, Justine, sei nicht zu hart mit dir. Aber ja, es wird nicht noch mal passieren.«

»Danke.«

Jimmy nickt kaum merklich, bevor er sich umdreht und wieder in der dunklen Nacht verschwindet. Genau darum habe ich ihn gebeten, doch als ich den Schlüssel ins Türschloss des Hauses schiebe, in das ich nie wieder zurückkehren wollte, fühle ich mich unendlich allein.

Ich weiß nicht, was mich dazu bringt. Vielleicht die Tatsache, dass sich das Haus mit nur mir und Mum darin zu groß anfühlt – die Abwesenheit von Dad und Max zu laut –, oder vielleicht das Gefühl, dass mir nichts mehr geblieben ist. Christina Lang vertritt jetzt alles, wonach ich gestrebt habe. Alles, was ich verloren habe. Ich bin wieder das Mädchen von früher. Unbewusst mache ich einen Schritt nach dem anderen, bis ich vor dem begehbaren Kleiderschrank in meinem Zimmer stehe. Den ich immer noch nicht öffnen kann. Ich lasse mich daran zu Boden gleiten und umschlinge meine Knie, wie damals, nur dass ich dieses Mal auf der richtigen Seite sitze.

Davor

Justine

Je länger Justine in den Wandschrank eingesperrt war, desto mehr veränderte es sie. Sie und Max wussten, wie übermächtig es war, allein zu sein. Wie viel bedrohlicher sich dann alles anfühlte. Deshalb hatten sie sich als Kinder immer zusammen versteckt, unter der Treppe, wenn sie die Schreie ihrer Mutter nicht mehr ausblenden konnten. Max hatte dann immer so getan, als würden sie Verstecken spielen, und sie hatte mitgemacht. Schon als Kind hatte sie gewusst, dass es besser für sie beide war, in der Fantasiewelt zu bleiben, die Max für sie beide errichtet hatte.

Dieses Mal war kein Max da, der Geschichten und Spiele erfand, um die Wahrheit fernzuhalten. Sie war allein und allem ausgeliefert.

Als ihr Vater den Stuhl scharrend zurückzog und die Tür öffnete, war sie kaum wiederzuerkennen. Sie hatte nicht einfach nur Mut gefasst, er hatte sie geradezu in Brand gesetzt. Sie war nicht die Trommel schlagende Wikingerin geworden, sondern die Trommel an sich.

Sie rappelte sich auf und starrte ihren Vater an, der Zigarre rauchend vor ihr stand. Er war kein großer Mann, doch seine Ausstrahlung ließ ihn überlebensgroß wirken. Sein grünes

Samtjackett war an den Schultern etwas zu weit, seine Stirn schweißfeucht – wahrscheinlich von dem vielen Whisky.

»Wie kannst du es wagen?«, fauchte Justine ihn an und überraschte damit sogar sich selbst. »Ich bin doch deine Tochter.« Sie klang selbstbewusst und aufrichtig, aber innerlich zitterte sie. Fühlte sich gebrochen. Allein gelassen. Wie hatte er ihr das nur antun können? Ihr eigener Vater.

»Genau. Ich kann nicht zulassen, dass meine Tochter falsche Anschuldigungen gegenüber meinem wichtigsten Geschäftspartner erhebt. Weißt du, wie uns das schaden würde? Du hast heute Abend fast die ganze Familie ruiniert.« Er spricht leise, fast beiläufig, als hätte er gerade nicht Justines Welt zertrümmert, was die Wut in ihr hochkochen ließ.

»Das sind keine falschen Anschuldigungen.«

»Alles ist eine Frage der Interpretation, Justine, das wirst du eines Tages noch lernen.«

»Sexuelle Belästigung nicht.«

Sie starrten einander an. Kampfbereit. Er sollte sie doch beschützen. Warum machte er es dann nicht? Sie musste es ihm begreiflich machen. Vielleicht war doch alles nur ein großes Missverständnis.

»Hat er dich geküsst?«

»Nein.«

»Hat er dich gezwungen, ihn anzufassen?«

»Nein.«

»Hat er dich vergewaltigt?« Bei der Frage zuckte er nicht mit der Wimper, und das erschütterte sie bis ins Mark. Wie gefühllos das aus dem Mund ihres eigenen Vaters klang. Sie wusste, dass er grausam sein konnte, hatte es durch die Wände gehört, doch bisher war es nie gegen sie gerichtet gewesen.

»Nein.«

»Na dann«, meinte er abfällig grinsend. »Alles eine Frage der Interpretation.«

Kein großes Missverständnis also.

Gerard drehte sich um und steuerte auf die Tür zu. Das war's? Er fragte sie nicht nach ihrer Sicht der Dinge? Wie er einfach davonmarschierte – das war zu viel. Er wollte sie wirklich schon wieder allein lassen? Warum setzte er sich nicht für sie ein?

Justine fühlte sich klein. So klein. Wie konnte sie ihrem eigenen Vater so wenig wichtig sein? Sie konnte nicht widerstehen, musste ihn in die Schlacht zurückholen. Eine Auseinandersetzung war immerhin besser, als sie einfach allein zu lassen. Einfach weggeworfen zu werden, war viel schlimmer. Als würde ihr Schmerz nicht existieren. Als hätte sie alles einfach nur erfunden und wäre es nicht wert, noch weiter darüber zu reden.

Deshalb ging sie unter die Gürtellinie. Hauptsache, er reagierte darauf. Blieb bei ihr.

»Und dass du deine Frau schlägst? Ist das auch eine Frage der Interpretation?« Sie bereute die Worte, kaum dass sie sie ausgesprochen hatte.

Er wirbelte herum, marschierte mit geblähter Brust auf sie zu. Grinste nicht mehr. Sein Blick hatte sich drohend verfinstert. Sie war zu weit gegangen.

Dieses Mal würde er nicht aufhören.

Jetzt war es kein Spiel mehr für ihn, das er gewinnen und danach grinsend eine Zigarre rauchen würde. Sie hatte ihn zu weit getrieben. Sie hätte ihn gewinnen lassen sollen.

Wie in Zeitlupe sah sie zu, wie er die Hand hob. Die ganze Zeit sah er sie an – schämte sich nicht, seine Tochter zu ohrfeigen. Die Wucht des Schlages überraschte sie, auch wenn sie darauf vorbereitet war. Ihre Wange brannte wie von tausend Nadelstichen.

Sie schnappte nach Luft, während ihre Augen sich mit Tränen füllten. Dann straffte sie die Schultern und zwang sich, nicht zu weinen. Immerhin war sie eine Stone. Doch während sie ihre Wange hielt, fragte sie sich, ob er je aufhören würde, nachdem diese Grenze überschritten war. Es gab kein Zurück mehr zu der Rolle des Heldenvaters. Die hatte er heute Abend aufgegeben. Würde er vollständig in seine neue Rolle schlüpfen? Die des Bösewichts, die bisher hinter verschlossenen Türen verborgen gewesen war, nur sichtbar für ihre Mutter?

Schweigend sahen sie einander an. Teilte die Zeit sich in ein Davor und Danach? Was als Nächstes passieren würde, würde den Ausschlag geben. Wer würde den ersten Schritt machen? Wie würde es danach weitergehen?

Schließlich nahm Gerard ruhig die Zigarre von den Lippen, und sie wusste, dass er sich für den Bösewicht entschieden hatte. Dass die Ohrfeige nur der Anfang gewesen war.

Sie hatte die kreisrunden Brandwunden bei ihrer Mutter gesehen, an Stellen, die sich leicht unter Kleidung verbergen ließen, aber einem Kind bleibt nichts verborgen. Sie sind zu sehr auf die Eltern ausgerichtet, zu klein, zu aufmerksam. Erwachsene vergessen, wie es ist, so eins mit der Welt um einen herum zu sein, ohne Ablenkungen – keine Arbeit, keine Pflichten, die einen vom Hier und Jetzt wegreißen könnten. Kinder sind Schwämme. Und Erwachsene unachtsam.

Ihre Eltern hatten gedacht, sie wären schlau, doch Max und Justine hatten nicht einfach nur so Verstecken gespielt. Sie wussten, wann sie am besten unsichtbar waren. Sich an Orten versteckten, an denen sie die Schmerzen ihrer Mutter weder sehen noch hören konnten. Die Grausamkeit ihres Vaters.

Nein, Justine würde nicht zulassen, dass er sie auch verbrannte.

Sie ließ den Schuh fallen, den sie immer noch umklammert hielt, und stieß ihren Vater zurück. Hart, mit Nachdruck. Sie war klein, setzte jedoch ihre geballte Kraft ein. Sie würde nicht zulassen, dass er sie zu ihrer Mutter machte.

Justine sah zu, wie er mit dem Kopf gegen die Schreibtischkante stieß, vor lauter Wucht davon abprallte. Wie er vor ihren Augen zusammenbrach. Das Blut überall.

Das Blut hatte sie nicht erwartet.

Alles geschah so schnell. Sie hatte doch diesmal nur den ersten Schlag austeilen wollen. Ihn wissen lassen, dass sie nicht ihre Mutter war. Dass sie nicht stumm alles hinnehmen, dass sie kämpfen würde.

Doch töten hatte sie ihn nicht wollen.

Kapitel sechsunddreißig

Ein Vogelbaby. Oder ein krankes Kind. Daran erinnert mich meine Mutter, als sie am nächsten Morgen um fünf Uhr in mein Bett kriecht. Ich bin schlank, doch neben meiner skelettartigen Mutter fühle ich mich fett und riesig. Ich liege da, weiß nicht, was sie von mir will.

Selbst als ich noch hier gewohnt habe, wusste ich nie, wie ich reagieren sollte, wenn sie zu mir kam, gebrochen und klein. Das kam nicht oft vor, ihre Besuche erfolgten ein oder zwei Tage, nachdem ich bemerkt hatte, dass die Luft im Haus dicker geworden war. Es wurde nie darüber gesprochen, doch frühmorgens schlich sie sich dann in mein Zimmer und legte sich schweigend zu mir. Danach begann sie den Tag, als wäre nichts gewesen.

Heute frage ich mich, ob ich sie damals im Stich gelassen habe, weil ich sie nie gefragt habe. Doch ich war noch ein Kind. Man hätte nicht von mir erwarten dürfen, dass ich es anspreche. Überhaupt Worte dafür habe.

Jetzt habe ich keine Ausrede mehr. Ich bin kein Kind mehr, und ich habe viel Erfahrung darin, die richtigen Worte zu finden. Und doch liege ich jetzt wieder da und schweige. Vielleicht dachte sie, sie würde mich beschützen, indem sie schwieg. Doch ich fühlte mich immer nur benutzt. Wie ein Jo-Jo. Mit der Dunkelheit konfrontiert, um dann nur Stunden später so tun zu müssen, als wäre das Leben hell und sonnig.

»Halte ich dich wach?« Ihre Stimme knistert und scheint in meinem Zimmer widerzuhallen. Ich hatte nicht erwartet, dass sie etwas sagen würde.

»Nein, schon gut«, lüge ich. Natürlich hält sie mich wach. Ärger breitet sich in meinem gesamten Körper aus. Wie bin ich nur wieder hier gelandet?

»Ich muss sowieso aufstehen«, verkünde ich und werfe die Decke zurück. Weder fragt sie nach dem Grund noch bewegt sie sich. Ich hasse dieses Haus. Ich hasse es, wie das Schweigen genauso gegen einen verwendet wird wie Worte. Im Gerichtssaal setze ich es oft ein. Schweigen ist überraschend bedrohlich und unheimlich effektiv. Es gehört aber nicht in ein Zuhause.

Ich ziehe ein zerknittertes Kleid vom Boden über, und noch bevor ich einen Plan habe, lasse ich Maldon hinter mir. Ich habe keine Ahnung, wohin ich fahre. Ich weiß nur, dass ich wegmuss: von Maldon, dem Haus, dem Zimmer, dem Kleiderschrank. Von meiner Mutter.

Ich kann nicht genau sagen, wann ich auf der Fahrt beschlossen haben muss, dass das eine gute Idee ist, doch jetzt sitze ich in einem Café gegenüber ihrer Chamber und habe keine Ahnung, ob Christina Lang heute überhaupt auftaucht oder nicht. Ich erkenne eine Observierung, wenn ich sie sehe. Normalerweise übernehme ich so etwas allerdings nicht persönlich.

Ich hätte heute selbst vor Gericht erscheinen sollen. Stattdessen habe ich um zehn Uhr morgens bereits zwei Croissants vernichtet und verstecke mich ohne Plan, was ich als Nächstes tun soll. Ich schreibe Otis eine SMS und frage ihn, ob er etwas

Neues von Jakes Verfahren gehört hat. Ich weiß, dass ich ihn damit um viel bitte – wenn man ihn erwischt, wie er die Nase in die Fälle anderer Anwälte steckt, würde keiner mehr mit ihm arbeiten. Ich lasse den Hals knacken und greife nach den Codein-Tabletten in meiner Tasche.

Er reagiert sofort:

Ich melde mich später.

Ich lächle. Bisher hat er mich noch nie im Stich gelassen. Die Anhörung rückt näher, und ich denke ständig darüber nach. Auf was wird Jake plädieren? Eigentlich ist es unsinnig, mir diese Frage zu stellen, denn selbst wenn er die Morde verübt hat, wird man ihm raten, auf unschuldig zu plädieren. Trotzdem wäre es irgendwie die Bestätigung, dass ich recht habe. Dass er die Rushnells nicht umgebracht hat.

Während ich auf Neuigkeiten von Otis und darauf warte, Christina zu sehen, versuche ich mich abzulenken, indem ich mich weiter mit den Freimaurern beschäftige. Was weiß ich noch alles nicht über meinen Vater? Ich erfahre, dass es einen bestimmten Handschlag zwischen den Logen gibt, und muss lachen. Offenbar gibt es je nach Hierarchie innerhalb der Loge unterschiedliche Handschläge. So einen Mist hat mein Vater geliebt. Hauptsache, er konnte sich wichtig fühlen. Sonst ist nicht viel über die Freimaurer herauszubekommen, und jede Website plappert dasselbe nach. Immerhin finde ich noch heraus, dass verschiedene Gegenstände verschiedene Tugenden repräsentieren: ein Winkel und ein Zirkel stehen zum Beispiel für Moral und Ethik. Die Vorstellung, dass sich mein Vater an irgendeine Moral außer der, die ihm nutzte, gehalten haben sollte, macht seine Mitgliedschaft zu einem Witz. Doch dann fällt mir der seltsame Anstecker aus Dads Schreibtisch ein, mit einem G in der Mitte. Ich lese, dass das G die Freimaurer daran erinnern soll, dass sie im Angesicht Gottes handeln, dem großen Baumeister aller Welten. Soll ihr Handeln dadurch edler werden? Dient es als Erinnerung daran, dass sie vor Gott Rechenschaft ablegen müssen? Bei meinem Vater zumindest hat es gründlich versagt.

Zwei Stunden später sehe ich sie. Ihre Haare glänzen, sie trägt einen eleganten schwarzen Anzug. Sie strahlt geradezu, und das ist kein Wunder angesichts des Adrenalins, das durch ihre Adern pumpen muss, nachdem sie Jakes Fall an Land gezogen hat. So wie dieser Prozess mein großer Durchbruch hätte werden sollen, könnte er auch für Christina einen Karrieresprung bedeuten. Man sieht es ihr an ihrem Gang an. Sie giert danach.

Ich eile aus dem Café und folge ihr unauffällig. Ich bin zwar kein Profi, doch in London ist es nicht schwer, unsichtbar zu bleiben. Jeder ist so daran gewöhnt, sich um seine eigenen Angelegenheiten zu kümmern, dass er nicht damit rechnet, dass irgendjemand ihm Beachtung schenkt.

Anhand ihres Tempos, des Rollkoffers und der Richtung, in die sie sich bewegt, könnte ich wetten, dass sie zum Southwark Crown Court geht. Je öfter wir abbiegen, desto überzeugter bin ich. Aufgeregtes Kribbeln durchfährt mich. Gleich werde ich sie in Aktion sehen. O Gott, hoffentlich ist sie nicht so gut wie ich.

Ich weiß, dass ich klug bin, und ich glaube an mich, doch gleichzeitig habe ich mich immer erdrückend unfähig gefühlt. Der Erfolg steht mir meiner Ansicht nach zu, aber andere Menschen müssen mir trotzdem sagen, dass ich gut genug bin. Mein Ego ist zerbrechlich. Zu zerbrechlich, um zu ertragen, wie jemand anderes Eindruck mit dem Job macht, der einmal mir gehört hat.

Ich nehme hinten im Gerichtssaal Platz und bin bereit, schnell zu verschwinden, falls ich jemanden sehe, der mich erkennen könnte – obwohl ich mich im Moment wohl selbst kaum wiedererkennen würde. Ich weiß nicht, wann ich mir das letzte Mal die Haare gewaschen habe, und ein Rotweinfleck prangt auf meinem zerknitterten Kleid.

Christina ist beeindruckend, das muss ich ihr lassen. Geschickt, souverän und vielleicht sogar ein wenig einschüchternd. Es geht um eine Berufung gegen eine frühere Verurteilung wegen bewaffneten Raubüberfalls, und gerade, als es interessant wird, vibriert das Handy in meiner Tasche.

Otis. Mist. Habe ich wirklich eine so große Grenze überschritten?

Ich schleiche mich aus dem Gerichtssaal, in der Hoffnung, keine Aufmerksamkeit auf mich zu ziehen. Draußen auf dem Flur nehme ich das Gespräch an.

»Hoffentlich verlange ich nicht zu viel von dir«, räume ich ein, doch er erzählt mir sofort aufgeregt, dass er die anspruchsvolle Verschlüsselungssoftware geknackt hat, mit der Max' Laptop geschützt ist.

»Das meiste ist der übliche Mist, den man eben so auf seiner Festplatte speichert. Aber ich habe mir alles noch mal genauer angesehen, und ich glaube, ich habe etwas gefunden.«

»Großartig.«

»Freu dich nicht zu sehr. Zuerst ist mir nichts aufgefallen, doch dann bin ich auf zwei Dokumente gestoßen. Beide mit Kontoverbindungen. Eines läuft auf Max' Namen und ist unauffällig. Das andere betrifft eine Gesellschaft mit beschränkter Haftung namens The Little Trust Company. Ich kann allerdings keine Verbindung zu Max finden. Weißt du etwas darüber? Oder womit er unter diesem Namen gehandelt haben könnte?«

»Ich habe keine Ahnung. Max hat nie ein Nebengewerbe oder Ähnliches erwähnt.«

»Okay, ich suche mal weiter. Solche Gesellschaften sind schwer aufzuspüren, aber ich schaue, was ich tun kann.«

»Bisher hast du nur ein Dokument mit einer Bankverbindung? Wir müssen herausfinden, wer hinter der Firma steckt und wofür sie gegründet wurde.«

»Ich weiß. Wir können allerdings davon ausgehen, dass die Verschlüsselungssoftware nicht grundlos installiert wurde, und das ist der einzige Anhaltspunkt, den ich habe. Wenn sein Geld an eine öffentliche Firma gegangen wäre, hätte ich schnell mehr dazu finden müssen. Doch da war nichts.«

»Was ist mit gelöschten Dateien?«

»Die habe ich auch durchgesehen. Nichts Interessantes dabei.«

»Okay, dann finden wir heraus, ob es sich dabei um Max' Firma handelt oder er an sie Geld gezahlt hat.«

The Little Trust Company.

Ein an sich harmloser Name, doch er klingt auch genau nach dem perversen Humor meiner Familie. Auf den ersten Blick wirkt etwas nett und harmlos, führt einen damit jedoch hinters Licht.

Ein weiser Rat meines Vaters, wie man ein erfolgreicher Anwalt wird, fällt mir ein. Selbst nach all den Jahren kann ich ihm nicht entkommen. Im Guten wie im Schlechten.

Achte immer auf die Doppeldeutigkeit. Jemand lügt vielleicht nicht direkt, kann dabei aber trotzdem die Wahrheit verschweigen. Du musst lernen, zwischen den Zeilen zu lesen.

Der Firmenname ist schlau gewählt. Konten werden oft »Trust« genannt, und mit dem Adjektiv »klein« klingt alles niedlich und harmlos. Als würde jemand auf Etsy hübsche, handgefertigte Accessoires verkaufen. »Trust« kann jedoch auch für Vertrauen stehen. Da klingt »little trust« schon bedrohlicher. Hinter der Niedlichkeit verbirgt sich eine harte Wahrheit. Ja, das klingt ganz nach den Stones.

»Ich habe auch nach einem Brief gesucht«, fährt Otis fort.

»Einem Brief?«

»Nur um auszuschließen, dass Max aus eigenem Antrieb ins Wasser gegangen ist.«

»Es gibt keinen Brief«, erwidere ich scharf. Wie kann er es wagen. Aber er macht nur seinen Job und lässt dabei keinen Stein auf dem anderen.

»Ich weiß. Und du hast recht, ich habe auch keinen gefunden. Justine, aber du weißt, dass wir Selbstmord trotzdem nicht völlig ausschließen können.«

Er hat recht. Meine Gedanken rasen trotzdem. Ich denke an den ersten Brief, den ich je bekommen habe.

Liebe Justine,

alles Gute zum achtzehnten Geburtstag! Ich kann so etwas nicht besonders gut, aber du verdienst alles Glück dieser Welt, deshalb versuche ich es. Mit dir ist Maldon viel größer geworden. Bevor ich dich kennengelernt habe,

277

war mein Leben klein. Jetzt fühle ich mich nicht mehr eingesperrt, sondern freue mich auf die Zukunft, weil ich weiß, dass du ein Teil davon sein wirst.

Ich weiß, dass du auch das Gefühl hast, hier gefangen zu sein, aber das bist du nicht. Deine Flügel sind breiter, als du denkst. Du wirst großartige Dinge vollbringen, und ich kann es kaum erwarten, dir dabei zuzusehen. Oder dir zu helfen – wenn du mich lässt! Und ich meine damit nicht, dass du alles tun wirst, was deine Eltern von dir erwarten. Ich weiß, dass du dich deshalb so eingesperrt fühlst, und ich verstehe das, wirklich. Meine Familie ist anders als deine, aber wir fühlen uns beide gefangen. Du sollst in große Fußstapfen treten und ich in kleine. Aber du bist jetzt schon besonders. Du hast mein Leben schon verändert, und ich weiß, dass du auch das Leben anderer Menschen verändern wirst.

Ich liebe dich, Justine Stone. Ich werde nie aufhören, dich zu lieben. Egal, was passiert. Das ist mein Geschenk an dich – mein Versprechen, dass ich dich von ganzem Herzen lieben und beschützen werde, für den Rest meines Leben.

Jake xxx

»Justine? Bist du noch dran?« Otis' tiefe Stimme reißt mich aus meinen Erinnerungen.

»Tut mir leid, ja. Mir ist nur gerade etwas eingefallen. Dazu bräuchte ich aber deine Hilfe.«

»Noch ein Gefallen?«, meint er scherzhaft.

»Zählst du etwa mit?«

»Ist er legal?«, fragt er. Daran merke ich, dass er sich immer noch etwas unwohl fühlt, an dem Fall zu arbeiten, nachdem man mich abgezogen hat. Dass seine Bemerkung wegen der Gefallen zwischen uns nicht ganz weit hergeholt ist – okay, so hat unsere Partnerschaft schließlich begonnen.

Ich zögere. »Nicht so richtig. Aber ich brauche nur ein zweites Paar Augen. Nicht mehr, versprochen. Die Schmutzarbeit erledige ich selbst.«

Er stöhnt. »Du bist unmöglich, Justine Stone, weißt du das?«

»Ja. Und du bist der Größte. Das weiß ich ganz sicher.«

Er lacht. Bevor wir auflegen, bitte ich Otis noch herauszufinden, wann Christina Lang in drei Tagen im Gericht sein wird, und dass er bereit sein soll, sich mit mir in London zu treffen. Briefe haben Macht. Aus irgendeinem Grund können sich Leute besser darin öffnen. Ihr wahres Selbst zeigen.

Es ist an der Zeit, dass ich auch einen Brief schreibe. Meine Geheimnisse werde ich nicht preisgeben – nein, ich habe nicht aus den Augen verloren, was auf dem Spiel steht –, aber vielleicht kann ich sie jemand anderem entlocken.

All die Jahre habe ich naiv, vielleicht sogar arrogant geglaubt, dass nur ich Geheimnisse aus der Nacht, in der mein Vater starb, bewahrt habe. Falls Max' Tod und Jakes Verhaftung aber irgendwie mit diesem Tag zusammenhängen, kann das nicht stimmen.

Es ist zu spät herauszufinden, was Max versteckt hat, doch was ist mit Jake? Was weiß er über die Nacht des sechzehnten Dezember, was ich nicht weiß?

Davor

Jake – der Freund

Zum ersten Mal seit Wochen regnete es nicht. Die fallenden Temperaturen drohten dafür, die Straßen in »eisige Todesfallen« zu verwandeln, wie Jakes Mum ihn theatralisch warnte. Immer musste sie vom Schlimmsten ausgehen.

Dafür erzählte sie aber auch immer aufregende Geschichten. Ein harmloser Sturz wurde zu einer Nahtoderfahrung, eine überstandene böse Erkältung zu einer Wunderheilung. Nichts war langweilig oder alltäglich. Heute Abend hatte sie zum Beispiel, als Nan ihre Geburtstagskerzen ausgeblasen hatte (zu ihrer Enttäuschung leider nicht achtundachtzig), ausgerufen: »Vorsicht!« Sie hatte wohl Angst gehabt, dass ihre mit Haarspray betonierte Frisur Feuer fangen würde.

Die Feier im Pub war sehr schön gewesen, doch jetzt musste seine Großmutter nach Hause, und Jake sollte sie ins Taxi setzen. Das Handy vibrierte in seiner Hosentasche, als er ihr beim Einsteigen half. Nachdem das Taxi abgefahren war, entdeckte er drei verpasste Anrufe von Justine.

Er rief sie sofort zurück. »Alles in Ordnung?«

»Nein. Ich …«

»Hallo? Bist du noch dran?« Sie klang so anders. Weinte sie? Oder war die Verbindung schlecht?

»Er ist tot.«

»Er ist tot?«

»Ja.«

»Wer?«

»Ich habe ihn umgebracht.«

Jake sah auf das Display, ob er auch die richtige Nummer gewählt hatte. Sie klang so anders, und was sie sagte, ergab keinen Sinn. Aber es war definitiv Justines Nummer.

»Wen? Wen hast du umgebracht? Was redest du da überhaupt?«

»Meinen Vater. Ich wollte es nicht. Es war nur ein Stoß. Er wollte mir wehtun, das schwöre ich, deshalb habe ich ihn weggeschubst, und er ist gestürzt. O mein Gott, ich habe ihn wirklich umgebracht. Jake, hilf mir.«

»Bist du dir sicher? Er ist nicht nur ohnmächtig oder so?« Das konnte doch nicht wahr sein, oder?

»Ich bin mir sicher. Überall ist Blut, und, o Gott, es ist so schrecklich. Er ist gestürzt und mit dem Kopf gegen die Kante meines Schreibtischs geprallt. Sie muss die falsche Stelle getroffen haben.«

»Ist jemand bei dir? Was ist mit deiner Mum?«

»Max ist nicht zu Hause, und Mum ist wahrscheinlich ins Bett gegangen. Das macht sie normalerweise, wenn Dad getrunken hat. Jake, bitte, du musst mir helfen.«

Drei Minuten. So lange hatte er gebraucht, seine Nan ins Taxi zu setzen, ihr nachzuwinken und Justine zurückzurufen. Er wünschte jetzt, ihm wäre klar gewesen, wie kostbar diese drei Minuten waren, die er sich genommen hatte. Drei Minuten, die er sich zugestanden hatte, bevor sich sein Leben unwiederbringlich ändern würde.

Er hatte noch nicht ganz kapiert, was sie getan hatte, doch dafür war jetzt keine Zeit. Er handelte instinktiv. Je länger sie warteten, desto schwieriger würde es für ihn werden, alles in Ordnung zu bringen. Auch wenn er nicht alle Einzelheiten kannte, war ihm der Ernst der Situation bewusst: Gerard war tot, und Justine glaubte, ihn getötet zu haben.

Solche Geschichten hatte er schon gehört. Seine sich ständig Katastrophen ausmalende Mutter redete ihm immer ins Gewissen, dass er Ärger aus dem Weg gehen sollte. Dass in einer Pubschlägerei schon ein Stoß reichte, um sein Leben zu ruinieren – er könnte dabei getötet werden oder seine restlichen Jahre hinter Gittern verbringen. Er hatte immer auf sie gehört und nie versucht, den Helden zu spielen.

Irgendwann spürte er die Kälte nicht mehr und merkte, dass er immer noch auf dem Gehsteig vor dem Pub stand. Zu viel Adrenalin pumpte durch seinen schmalen Körper.

Jake, hilf mir.

Aber was sollte er tun?

Er liebte Justine. Nur wie sehr?

Er fuhr sich durch die Haare, versuchte einen kühlen Kopf zu bewahren.

Entweder musste Justine sofort alles gestehen und sagen, dass es ein Unfall gewesen war und sie in Notwehr gehandelt hatte. Oder sie mussten sich eine ganz andere Story ausdenken, in der Justine ihren Vater nicht von sich stieß. Doch zuerst einmal musste er Genaueres wissen.

Er musste zu ihr.

Irgendwie hoffte er immer noch, dass sie falsch lag und sie Gerard mit ein bisschen kaltem Wasser im Gesicht wieder aufwecken konnten und morgen über alles lachen würden. Gleichzeitig sah er Justines Vater vor sich, wie er in ihrem Zimmer tot auf dem Boden lag.

Es war viel, viel schlimmer, als Jake es sich vorgestellt hatte. Gerard lag in einer großen Blutlache, die in die Bodendielen sickerte. An einer Wand war die Blumentapete, die Justine erst vor ein paar Wochen ausgesucht hatte, von Blutspritzern übersät.

Jake sah, wo Gerard sich den Kopf an der Schreibtischkante angeschlagen hatte. Die Ecken waren scharf und aus Metall – Justine hatte gesagt, das sei Hipster Chic –, und eine war blutverschmiert. Ihm war übel. So viel Blut hatte er noch nie gesehen. Er zwang sich, näher hinzuschauen, an dem vielen Blut vorbei. An Gerards rechter Schläfe klaffte eine Wunde.

»Justine?«, flüsterte er. Wo war sie? »Hallo?« Im angrenzenden Bad lief Wasser. »Bist du da drin?« Immer noch keine Antwort, weshalb er die Tür aufdrückte.

Justine saß zusammengekauert mit dem Rücken an der Wand unter der rauschenden Dusche. Sie trug immer noch das rote Kleid, das ihr nass am Körper klebte. Ihre Augen waren weit aufgerissen und leer.

»Schon okay. Alles wird gut«, sagte Jake, drehte das Wasser ab und hockte sich neben sie in die nasse Dusche.

»Hilf mir«, flüsterte sie kaum hörbar, und Jakes Herz brach unter der Verantwortung seiner Liebe zu ihr. Für dieses Mädchen würde er alles tun, aber nachdem er Gerard gesehen hatte, blieben ihnen nicht viele Möglichkeiten.

»Du musst der Polizei erzählen, was passiert ist«, sagte er so behutsam wie möglich, doch sie riss den Kopf zu ihm herum. Angst und Schock standen ihr ins Gesicht geschrieben. »Es war ein Unfall. Man wird dir glauben«, versicherte er ihr.

Justine schüttelte den Kopf. »Was, wenn nicht? Schau ihn dir doch an! Er ist tot, Jake. Er ist wirklich tot. Und das viele Blut. Es war doch nur ein Sturz? Warum blutet er da so sehr?« Sie begann zu zittern.

»Ich weiß, ich habe es gesehen. Aber alles wird gut.« So viel Blut hatte er allerdings auch nicht erwartet. Er wusste, dass Kopfverletzungen schlimm aussehen konnten, doch auf dieses Blutbad war er nicht vorbereitet gewesen.

»Ich kann nicht ins Gefängnis. Ich kann es einfach nicht.«

»Das wirst du auch nicht.«

»Das kannst du nicht wissen. Du kannst nicht versprechen, dass sie mir glauben. Es sieht übel aus. Richtig übel.«

»Das stimmt. Aber die Polizei hat solche Verletzungen doch sicher schon oft gesehen. Was ist, wenn wir sagen, dass er von allein gestolpert und gestürzt ist? Und du ihnen nicht erzählst, dass du ihn gestoßen hast? Könntest du das, wenn dich die Polizei danach fragt?«

»Aber warum hätte er stolpern sollen? Wie soll ich das erklären?« Vor Panik wurde ihre Stimmer immer lauter.

»Weil er betrunken war? Auf der Feier hat er bestimmt zu viel getrunken.«

»Aber ich müsste lügen. Bei der Polizei.«

»Das ist doch keine richtige Lüge. Wir üben das. Erzähl mir, was passiert ist, aber sag, dass er von selbst gestürzt ist.«

»Das kann ich nicht. Ich schaffe das wirklich nicht.«

»Sieh mich an. Du schaffst alles, Justine Stone, das weiß ich. Entweder du erzählst, dass du ihn geschubst hast, oder du sagst, dass er gestolpert und gestürzt ist. Das sind unsere einzigen Möglichkeiten. Dieser Tisch ist gemeingefährlich. Die Kanten sollten verboten sein. Man wird dir glauben.«

Sie sah ihn an. Ihre Haare hingen tropfnass herab, Wimperntusche war über ihre Wangen gelaufen.

»Was, wenn es noch eine dritte Möglichkeit gäbe?«, sagte sie leise.

»Wie meinst du das?«

»Wir erzählen es der Polizei überhaupt nicht. Wir ... vertuschen es irgendwie.«

Jake schlug mit dem Hinterkopf leicht an die Wand und schloss die Augen. Justine überraschte ihn wirklich immer wieder.

Könnte er es tun?

Sollte er es?

Und wie?

Justine hatte noch so viel vor. Im Gegensatz zu ihm. Er hatte nicht denselben Ehrgeiz. Stammte nicht aus einer solchen Familie – Max und Justine hatte man immer gesagt, sie könnten im Leben alles machen, was sie wollten. Verdammt, sie wollte sogar Staatsanwältin werden. Um die Bösen vor Gericht zu bringen. Und sie hatte recht, es gab keine Garantie. Es der Polizei zu erzählen, war ein Risiko. Natürlich hatte sie Angst. Er ja auch. Und es sah wirklich übel aus. Was, wenn man ihr nicht glaubte?

Hilf mir.

Er liebte sie. Er liebte sie wirklich über alles.

Aber er fühlte sich überfordert.

Mach dich vor lauter Liebe nicht zum Idioten, hatte seine Mutter ihn gewarnt. Hatte sie so etwas damit gemeint? Denn selbst ihm war klar, als er zustimmte, Justine zu helfen, dass er es bereuen würde.

Jake hatte sie weggeschickt. Wenn sie das durchziehen würden, sollte Justine besser irgendwo anders gesehen werden. Er hatte vorgeschlagen, dass sie zu seiner Familie ins Blue Eagle ging. Auch wenn seine Großmutter schon gefahren war, feierte die Runde noch weiter. Der Wirt liebte es, am Wochenende nach dem Zapfenstreich weiterzumachen, und die Party war noch in vollem Gang.

Jetzt musste Jake nur genau überlegen, was er als Nächstes tun sollte.

Er hatte nicht damit gerechnet, wie schwer Gerard sein würde und wie viel er aufwischen musste. Die Dielen waren blutgetränkt, am Schreibtisch waren Spritzer, sogar am Bücherregal. Überall auf dem Boden lagen Scherben des Spiegels, der von der Schreibtischplatte gefallen war.

Im Fernsehen sah es immer ganz anders aus. Was hatte er sich nur dabei gedacht? Allein würde er das auf keinen Fall schaffen. Mit zitternden Händen rief er Max an.

»Hey, Kumpel, mit dir wollte ich sowieso reden. Ist Justine bei dir?«, fragte Max.

»Nein, aber ich brauche deine Hilfe, dringend«, flüsterte Jake, auch wenn er allein im Raum war.

»Meine Hilfe? Ich bin echt nicht mehr nüchtern, ich weiß nicht, ob ich noch viel helfen kann. Aber ich kann es versuchen. Wo bist du?«

»Das ist schwer zu erklären. Ich bin bei dir zu Hause. Kannst du schnell herkommen? Am besten so, dass dich niemand sieht.«

»Dass mich niemand sieht? Was ist denn los?«

»Vertrau mir einfach. Ich meine es ernst. Komm so schnell wie möglich her, und niemand darf dich sehen.«

»Du machst mir Angst. Geht es Justine gut?«

»Na ja. Dein Dad wollte ihr wehtun, und sie hat ihn wegge-schubst. Er, dein Dad, er ist …« Doch Jake konnte ihm nicht am Telefon sagen, dass Gerard tot war. »Dein Dad ist schwer verletzt.«

»Der Mistkerl«, zischte Max aufgebracht. So kannte Jake seinen Freund gar nicht. Am Telefon war nicht der richtige Zeitpunkt, um mehr Fragen zu stellen, doch ihm war nicht entgangen, dass Max von der Andeutung, sein Vater könnte Justine wehgetan haben, nicht überrascht war. Jake dachte an den Abend, an dem sie Max' Weggang auf die Uni gefeiert hatten. Wie Evelyn abseits von allen gesessen hatte. Wie etwas in der Luft gelegen hatte, das er nicht richtig benennen konnte. War es Angst gewesen?

»Bin gleich da«, sagte Max und legte auf.

Jake wartete auf dem Flur vor Justines Zimmer auf ihn. Die letzten zehn Minuten hatte er geübt, wie er Max alles erzählen wollte.

»Max, dein Vater …«, flüsterte er wieder, um Evelyn nicht aufzuwecken, doch Max fiel ihm ins Wort. Bestimmt merkte er ihm an, wie schlimm es war. Er wusste selbst nicht, wie er überhaupt aufrecht stehen konnte.

»Ich sehe es mir selbst an.« Max drängte sich an Jake vorbei in Justines Zimmer. Einen Moment blieb Jake wie angewurzelt stehen. Mit dieser Ungerührtheit hatte er nicht gerechnet. Was war hier los?

Er folgte Max, der schweigend neben Gerards Leiche stand. Jake hatte bereits einiges Blut weggewischt, doch die Ausmaße der Verletzung waren noch deutlich zu sehen.

»Er hatte sie in den Schrank gesperrt«, sagte Jake in einem hilflosen Versuch, alles zu erklären.

»Was hat er?«

»So hat sie es mir erzählt. Und dann hat er, also …« Wie sollte man jemandem erklären, dass der eigene Vater die Schwester geschlagen hatte?

»Er hat sie geschlagen, nicht wahr? Verdammt.«

Jake nickte, erleichtert, dass Max ihm die Worte abgenommen hatte.

»Er wollte sie noch einmal schlagen, da hat sie ihn weggestoßen. Er ist gestürzt und mit dem Kopf gegen den Schreibtisch geprallt. Er hat sich die Schläfe an der Ecke aufgeschlagen. Scheiße, Max, es tut mir so leid.«

»Fuck. Fuck. Dieser verdammte Mistkerl.« Max war wütend, aufgebracht, aber er schien nicht überrascht, dass sein Vater Justine geschlagen hatte. Er wirkte eher wütend auf Gerard als traurig über seinen Tod. Hatte er diesen Hass schon immer mit sich herumgetragen?

»Wo ist sie?«, fragte Max.

»Ich habe sie weggeschickt. Sie war völlig außer sich.«

»Okay, und was jetzt? Rufen wir die Polizei? Was ist, wenn sie ihr nicht glauben? Dad ist tot.«

»Ich weiß. Ich glaube, es ist zu riskant. Aber … also, ich habe eine Idee«, sagte Jake.

Zugegeben, Justine hatte auch etwas zu dem Plan beigesteuert, bevor sie gegangen war. Wenn sie vorsichtig waren, könnte es funktionieren.

Sie brachten Gerards Leiche so leise wie möglich aus dem Haus und legten sie auf den Rücksitz seines Autos. Jake spürte, wie das Blut durch seinen Körper pulsierte. Er hatte noch nie solche Angst gehabt. Die ganze Zeit über hatte er Panik, dass Evelyn aufwachen und sie auf frischer Tat ertappen würde.

Max bestand darauf, zu fahren, weil es weniger Aufmerksamkeit erregen würde, wenn man ihn im Auto seines Vaters sehen sollte. Dann fuhren sie über die kurvenreichen, engen Landstraßen, die alle Gefahren bereithielten. Eine Kurve über einem steilen, mit mächtigen Bäumen bewachsenen Hang war jedoch besonders unübersichtlich.

Erst auf der Fahrt fiel Jake ein, wie er sich mit fünf Jahren den Kopf an ihrem neuen Couchtisch aufgeschlagen hatte und seine Mutter es seither immer so erzählte, als hätte damals ein Mord stattgefunden. Vielleicht hatten sie überreagiert? Vielleicht hätten sie der Polizei einfach die Wahrheit sagen sollen. Aber jetzt war es zu spät, Gerards Leiche lag bereits auf dem Rücksitz, Max saß am Steuer, und er selbst versteckte sich im Kofferraum. Nein, es gab kein Zurück mehr.

Jake wusste nicht, wie sie es geschafft hatten, aber Max hatte gerade noch rechtzeitig Handschuhe aus der Küche geholt. Yellow Marigolds, als würden sie das Auto einem Frühjahrsputz unterziehen und es nicht mit Gerard Stones Leiche im Wagen gegen ein Baumgruppe setzen wollen.

Während Max das Auto abwischte, schleppte Jake Gerard auf den Fahrersitz. Während er ihn so positionierte, dass sein Gewicht das Gaspedal durchdrückte, entschuldigte er sich wiederholt bei ihm. Dann schnallte er den Toten fest und löste den Tankdeckel. Nur zur Sicherheit. Es durfte kein Zweifel daran bestehen, dass Gerard bei dem Unfall ums Leben gekommen war. Jake hatte es einmal in einem Film gesehen und hoffte, dass es funktionierte.

Bei drei löste Max, der immer noch Handschuhe trug, die Handbremse, und sie sahen schweigend zu, wie das Auto von der Straße rollte, den Abhang hinunter, bevor es schnell an Fahrt gewann. Schon bald war es in der Dunkelheit verschwunden.

Einen schrecklichen Moment geriet Jake in Panik, dass es nicht funktionieren würde. Was, wenn das Auto nicht wie geplant explodierte? Würde die Polizei erkennen, dass die Kopfverletzung nicht von dem Unfall stammte? Was, wenn die Fahrt den Abhang hinunter und die Äste nicht genug Schaden angerichtet hatten? Er war einmal an einem Unfall vorbeigefahren, bei dem sich ein Ast durch den Fahrersitz gebohrt hatte. Das war das Best-Case-Szenario. Aber was war mit dem Worst Case? Was, wenn das Auto die Bäume verfehlte?

Es war ein seltsames Gefühl der Erleichterung, als plötzlich ein lauter Knall ertönte und Feuerschein aufloderte. Schon bald stand der Nachthimmel in Flammen, und Jake verdrängte den Gedanken, dass der Wind den Geruch von brennendem Fleisch mit sich brachte.

Sie standen eine Weile am Straßenrand und beobachteten die Flammen am Hang. Sie hatten es geschafft, sie hatten es wirklich geschafft. Doch schnell löste Angst den Triumph ab. Was, wenn es nicht gereicht hatte? Am liebsten wäre Jake den Abhang hinuntergelaufen und hätte nachgesehen, doch das war zu gefährlich. Schon seltsam, zu einem Unfall laufen und überprüfen zu wollen, ob er auch verheerend genug war, anstatt dem Opfer helfen zu wollen. Was war nur aus ihm geworden?

Die Schuldgefühle waren beinahe unerträglich. Gerade wollte er Max um Verzeihung bitten – schließlich war das da unten sein Vater –, als dieser sagte: »Du solltest aus Maldon verschwinden. Und nie wiederkommen.«

»Wie bitte?«

»Das hier darf nicht wie ein Schatten über Justine hängen. Sie weiß nicht, dass ich hier bin, richtig? Sie hat dich angerufen. Und sie wird dich nie wieder ansehen können, ohne an das erinnert zu werden, was sie getan hat. Oder was du für sie getan hast. Du willst sie beschützen? Dann solltest du weggehen.«

Justine verlassen? Hatte Max recht? Er sah zu dem brennenden Wagen mit Gerards Leiche und wusste, dass nichts mehr so sein würde wie zuvor, selbst wenn er bliebe. Vor Justine hatte er sich danach gesehnt, aus Maldon zu entkommen. Nur sie hatte ihn hier gehalten. Und jetzt? Er hatte keine Ahnung, wie sie weitermachen sollten, wenn sie sich ständig gegenseitig daran erinnerten, was sie getan hatten. Sie hatte ihren Vater getötet, und er hatte es vertuscht. Ihr Verbrechen war wenigstens ein Unfall gewesen, er hingegen hatte Gerards Leiche bewusst in Flammen aufgehen lassen.

Plötzlich verspürte Jake das brennende Verlangen, davonzurennen, immer weiter weg. Und wenn Max glaubte, auch für Justine sei es das Beste … Er könnte sich einreden, dass er sie nicht im Stich ließ, sondern sie schützte.

Ja, gleich am nächsten Morgen würde er aufbrechen.

Aber wohin sollte er gehen?

Er hatte Verwandte in Schottland. Seinen Eltern würde er erzählen, er wolle sie spontan besuchen.

Glasgow. Dort würde er unterkommen. Überall, nur nicht in Maldon.

Was zur Hölle hatte er gerade getan?

Kapitel siebenunddreißig

Für die heutige Sitzung bei Aya bin ich nach London gefahren. Danach will ich mich mit Otis an der Station Blackfriars treffen, werde ihm aber nicht erzählen, dass ich gerade von meiner Therapeutin komme. Das würde nur sein Bild von mir trüben. Er muss weiterhin glauben, dass ich stabil bin. Verlässlich.

Ich hatte Ayas elegantes cremefarbenes Sofa bereits vermisst, die dazu passenden Vorhänge, die perfekt symmetrisch angebracht waren, sowie den beruhigenden Geruch der Lavendelduftkerze. Dieser Raum hat in den letzten Jahren meine düstersten Seiten gesehen. Ohne ihn wäre ich sicher explodiert. Nur dank Aya und diesem Raum habe ich mein jetziges Leben – oder hatte es bis vor Kurzem. In dem ich glücklich, sicher und erfolgreich war.

Aya sitzt auf einem mir unbekannten Stuhl. Schon in meinen besten Zeiten habe ich ein Problem mit Veränderungen, doch das hier kommt mir besonders bedeutsam vor. Ein Symbol, dass sich wirklich mein gesamtes bisheriges Leben ändert. Hässlich ist der Stuhl auch noch. Man würde ihn eher in einem Arztwartezimmer vermuten und nicht hier, wo man sich eigentlich verlieren möchte.

»Stört er Sie?«, fragt Aya.

»Was?«

»Der Stuhl.«

»Ein bisschen«, gebe ich zu. »Das Leben ist unvorhersehbar. Ich fühle mich unvorhersehbar. Hier hingegen weiß ich, was mich erwartet. Ich hätte nicht gedacht, dass sich etwas verändert hat.«

»Bitte denken Sie sorgfältig über Ihre Antwort nach: Stört Sie die Veränderung an sich? Oder dass Sie nicht darüber entschieden haben?«

Die Sitzungen mit Aya haben nur einen Sinn, wenn ich so ehrlich wie möglich bin. Und auch wenn ich ihr nicht alles erzählen kann, will ich wirklich an mir arbeiten.

»Dass ich nicht darüber entschieden habe«, gebe ich zu.

»Es ist oft nicht einfach, Macht abzugeben. Die Autoschlüssel jemand anderem zu überlassen. Darüber sollten wir ausführlicher reden, wenn es Ihnen recht ist. Ich würde gern etwas ausprobieren.«

Ich nicke. Bei den Übungen, die Aya vorschlägt, bin ich immer etwas skeptisch. Normalerweise wirken sie auf den ersten Blick unbedeutender, als sie tatsächlich sind, und dann ist die Gefahr am größten, dass ich zu viel von mir preisgebe.

»Sehr gut. Stellen Sie sich vor, Sie fahren ein Auto, zu dem nur Sie den Schlüssel haben. Sie können überall hinfahren. Treffen, wen Sie wollen. Wohin würden Sie fahren? Sie entscheiden. Zeit und Raum sind hier nicht wichtig. An die Person oder den Ort sind keine Erwartungen gebunden – das ist ganz besonders wichtig für die Übung. Es gibt nur Sie und das Auto. Alles ist möglich.«

Egal wohin, egal zu wem. Ein Neuanfang. Sie eröffnet mir die Möglichkeit, die Vergangenheit auszulöschen. Sie vielleicht sogar zu ändern. Wenn ich mich darauf einlasse.

Wohin würde ich fahren?

Wen würde ich treffen?

Ich merke erst, dass ich weine, als mir Tränen über die Wangen laufen. »Nach Hause«, sage ich. »Ich würde nach Hause fahren.«

Zum ersten Mal nach achtzehn Jahren habe ich mein Elternhaus als Zuhause bezeichnet.

Die restliche Sitzung verlief vorhersehbarer. Wir sprachen über Trauer und die vielen Arten, wie sie sich äußern kann. Am Ende der Stunde fühlte ich mich wiederhergestellt. Hatte wieder alles im Griff. Nicht nur meine Gefühle, sondern auch Aya. Sie entgleitet mir manchmal, ist zu geschickt, doch normalerweise kann ich sie wieder einfangen. Dadurch bleibe ich wachsam. Vielleicht komme ich deshalb immer wieder.

Ich denke immer noch über die Übung nach, als ich Otis am Kopf der U-Bahn-Rolltreppe stehen sehe und wir rasch den Bahnhof verlassen. Ich hatte erwartet, dass er fragt, was wir heute vorhaben, doch er will Neuigkeiten loswerden.

Beim Gehen erzählt er, dass Beverley Rushnell zwei Monate vor ihrer Ermordung einen Privatdetektiv namens Grant Aspinall angeheuert hatte, weil sie überzeugt war, dass ihr Mann eine Affäre hatte.

Damit kann ich arbeiten. Ein Streit unter Liebenden – eine altbekannte Geschichte. Liebe, Eifersucht, Versöhnung, Mord. Alles geht Hand in Hand. Beide Opfer sind innerhalb von fünfzehn Minuten getötet worden. Wir wissen nicht, in welcher Reihenfolge. Mir schießen diverse Möglichkeiten zum Hergang durch den Kopf, und Christina Lang tut mir plötzlich leid.

So eine Geschichte – aus Begehren erwachsene Wut – kann

294

eine Jury garantiert nachfühlen. Sollte die Verteidigung davon Wind bekommen, könnte sie für Jake vielleicht sogar einen Freispruch erwirken. Es genüsslich durchspielen. War es der Liebhaber, der sich rächen wollte? Der Ehemann, außer sich vor Wut wegen der Affäre, dann von Schuldgefühlen überwältigt? Oder, noch pikanter, eine geschasste Geliebte, die alles beenden wollte? Das würde auch perfekt zu der Beobachtung der Nachbarin passen, dass das Verhältnis des Ehepaares angespannt gewesen war.

»Wissen wir, ob sie recht hatte? Gab es eine andere Frau?«, frage ich eifrig.

»Bisher habe ich sie nicht gefunden«, antwortet Otis, »aber einem Typen wie Mark Rushnell würde ich es zutrauen.«

Mein Herz schlägt schneller, doch ich lasse mir nichts anmerken. Ich denke an DS Sorcha Roses warnende Worte, dass niemand durch und durch gut ist. Umgekehrt müsste dann doch auch niemand durch und durch schlecht sein. Sex mit Jimmy war ein Fehler. Ich bin auch nur ein Mensch. Das heißt nicht, dass ich es verdiene, dass mein Leben um mich herum zerbricht. Oder dass am Ende jemand tot ist, wie Mark Rushnell.

Wir erreichen Christina Langs Chamber, was mich vor einer Antwort rettet.

»Bist du dir sicher, dass deine Informationen richtig sind? Sie ist heute ganz bestimmt nicht im Gericht?«, frage ich.

»Meine Informationen sind immer richtig.«

»Gut. Aber ich beeile mich trotzdem. Halt die Augen offen, ja?«

Er nickt, als hätte ich überhaupt nichts zu befürchten, doch dann wünscht er mir noch viel Glück, was seiner nach außen getragenen Zuversicht irgendwie widerspricht.

Doch wir haben es bis hierher geschafft, weshalb ich mich auf meinen Kitten Heels umdrehe, die Schultern straffe und all meinen Mut zusammennehme. Manipulation ist mein Metier. Das hier ist meine Welt.

Bei Aya hatte ich die Absatzschuhe noch nicht getragen. Auch nicht den schwarzen Bleistiftrock mit dem taillierten Jackett. Aya weiß, dass ich »Sonderurlaub aus privaten Gründen« habe, weshalb es keinen Grund gegeben hatte, in Anwaltskleidung zu ihr zu kommen. Doch wenn ich es wirklich in Christinas Büro schaffen und dort in Jakes Akte herumwühlen will, darf ich auf keinen Fall auffallen.

Ich marschiere zielstrebig auf den Eingang, für den man eine Schlüsselkarte benötigt, zu und lächele den älteren Mann, der die Tür vor mir erreicht, zurückhaltend und gleichzeitig verführerisch an.

Es funktioniert.

Er sagt »Hallo« und hält mir lächelnd die Tür auf. In dem Moment verachte ich mich, doch drastische Zeiten erfordern drastische Maßnahmen. Außerdem würden sie nicht darauf hereinfallen, wenn sie nicht so widerliche alte Männer wären. Er ist selbst schuld, rede ich gegen meine Schuldgefühle an. Ich spiele nur nach ihren Regeln.

Zum Glück sind alle beschäftigt. Telefone klingeln, Menschen eilen mit Akten in den Händen hin und her. Gut. Niemand wird mich bemerken.

Langsam gehe ich an den Büros an der Seite entlang und lese die Namensschilder, bis ich Christina Langs Zimmer entdecke. Kurz überprüfe ich mein Handy auf Warnungen von Otis, dann schlüpfe ich durch die Tür und drücke sie hinter mir ins Schloss.

Ich ziehe eine Schublade auf und bemerke entzückt, dass Christina genauso ordentlich ist wie ich. Darauf hatte ich gezählt. Man kommt nicht an die Spitze, wenn man nachlässig ist. Die Akten sind alphabetisch geordnet, und schnell habe ich »Finchley, B.« gefunden. Meine Hände sind schweißfeucht. Ich hatte mir vorgestellt, dass ich gefasst durch die Akte blättere. Stattdessen gleitet sie mir vor Nervosität beinahe aus den Händen.

Schließlich finde ich, wonach ich gesucht habe: 110 Roman Road, Letchworth. Jakes Adresse, während er auf Kaution frei ist. Ich fotografiere die Seite mit dem Handy und schicke das Bild an Otis. Dann husche ich wieder aus dem Büro. Der Schweiß läuft mir über den Rücken.

Im Freien begreife ich euphorisch, was ich gerade getan habe. Wie viel Spaß es gemacht hat. Ich eile zu Otis, der die Augenbrauen hochzieht.

»Ein ganz schöner Kick, nicht wahr«, sagt er.

»O ja.«

Hastig ziehe ich den Umschlag mit meinem Brief aus der Tasche.

»Wie wirst du ihn Jake zukommen lassen?«, frage ich.

»Trotz Fußfessel darf er das Haus nach der Sperrstunde verlassen, solange er auf dem Anwesen bleibt. Sein Kumpel ist jeden Freitagabend beim Pokern, so auch heute. Ich werde den Brief persönlich überbringen. Er darf Post bekommen, so soll er aber das Gefühl haben, dass eine eventuelle Antwort nicht abgefangen oder von irgendjemand anderem als dir gelesen wird. Du hast ihm zwei Tage zum Antworten gegeben, richtig?«

»Ja.«

»Gut, das wäre dann der Abend, bevor die Müllabfuhr

kommt. Damit hätte er einen Vorwand, ins Freie zu gehen und den Brief für mich zu deponieren. Es gibt einen seitlichen Zugang auf das Grundstück mit einigen Bäumen, über den dürfte ich ungesehen zu den Mülltonnen kommen, um den Brief zu holen. So erfährt niemand von eurer Korrespondenz.«

»Du bist großartig. Danke. Und viel Glück.« Ich gebe Otis den Umschlag. Jake muss sich sicher genug fühlen, um mir die Wahrheit zu erzählen.

»Gern geschehen«, antwortet Otis, und ich glaube ihm. Ich kann ihm nicht sagen, wie dankbar ich bin, dass ich immer noch jemandem trauen kann. Stattdessen umarme ich ihn rasch. Zum ersten Mal, seit wir uns kennen, und obwohl er sich versteift, errötet er verlegen, und ich weiß, dass es ihm viel bedeutet.

Dann gehen wir in verschiedene Richtungen davon. Ich fahre zurück nach Maldon, er zur 110 Roman Road, um dort im Schutz der Dunkelheit meinen Brief zu übergeben.

Lieber Jake,

dieser Brief fällt mir nicht leicht, das kann ich nicht beschönigen. Ich habe so viele Fragen. Ich hoffe, es geht dir gut – also, in Anbetracht der Umstände. Ich kann immer noch nicht glauben, dass ich dich nach so vielen Jahren wiedergefunden habe. Eine Weile habe ich mich gefragt, ob du überhaupt noch am Leben bist. Du warst wirklich wie vom Erdboden verschluckt!

Ich hoffe, es ist dir recht, dass ich dir schreibe. Nachdem du deinen Namen offiziell geändert hast, um von mir wegzukommen, willst du wahrscheinlich eigentlich nichts von mir hören. Aber du hast mich damals gerettet, und vielleicht kann ich dir jetzt helfen. Ich will nur die Wahrheit wissen. Wahrscheinlich weißt du es nicht, aber ich bin Anwältin für Strafrecht, und ohne dich wäre ich das jetzt nicht. Lass mich dir helfen.

Hast du es getan? Was ist passiert?

Du solltest auch wissen, dass Max tot ist.

Man hat seine Leiche bei Mersea aus dem Wasser gezogen. Die Polizei schließt Fremdverschulden aus, aber ich habe das Gefühl, sie übersieht etwas. Ich übersehe etwas.

Ich habe die CCTV-Aufnahmen gesehen, Jake. Ich weiß, dass du dich mit Max im Blue Eagle getroffen hast. Worüber habt ihr gestritten? Weißt du, was der Grund für seinen Tod sein könnte? Hatte er Probleme? Hattet ihr beide Probleme?

Wenn du mir antworten möchtest (und darüber würde ich mich sehr freuen), versteck deine Nachricht in zwei Tagen vor zwei Uhr nachts unter deiner Mülltonne. Jemand holt sie dann unbemerkt ab. Niemand wird wissen, dass du mir geschrieben hast, und nur ich werde den Brief lesen. Versprochen.

Bitte, vertrau mir wieder.

Viele Grüße
Justine

Kapitel achtunddreißig

Ich sehe sie, sobald ich in Mums Straße einbiege. Sie sitzt auf der Mauer gegenüber von unserem Haus, am Wasser. Trotz der Hitze hat sie die Kapuze ihres Hoodies über den Kopf gezogen.

»Warten Sie auf mich?«, frage ich und setze mich neben sie. Alice Myers nickt, auch wenn sie meinen Blick meidet, als wüsste sie immer noch nicht, ob ihr Kommen eine gute Idee war.

Der schwarze Meeresarm ist heute besonders atemberaubend. Wie kann etwas so Schönes gleichzeitig so gefährlich sein? Das Wasser hat meinen Bruder getötet.

»Möchten Sie reinkommen?«

»Nein, es dauert nicht lange.«

»Ist alles in Ordnung? Brauchen Sie Hilfe?«, frage ich, doch Alice schüttelt den Kopf. Was auch immer sie gleich sagen wird, es scheint nur für meine Ohren bestimmt zu sein. Ich drehe mich um, suche nach DS Rose. Ja, ich bin paranoid, aber ich habe gern die Kontrolle, und irgendetwas an Alice' gekrümmter, nervöser Haltung zeigt mir, dass mich gleich etwas umhauen wird.

»Ich habe auch einen Bruder«, beginnt Alice, und ich bekomme eine Gänsehaut. »Ich dachte, das sollten Sie wissen, falls es wichtig ist.«

»Was sollte ich wissen?« Ich ärgere mich über die unterschwellige Verzweiflung in meiner Stimme. Aus meiner langjährigen Arbeit mit Zeugen weiß ich, dass ich Alice nicht einschüchtern darf, doch das Gefühl, dass ihre nächsten Worte alles verändern werden, wird immer stärker. Was weiß sie? Ich habe nicht nur wegen Max Angst, sondern auch wegen mir, und dafür schäme ich mich. Was genau weiß die Barkeeperin? Und wem hat sie es bereits erzählt?

»Sie versprechen, es niemandem zu sagen?«

»Was sollte ich wissen?«, wiederhole ich, ignoriere ihre Frage. Noch eine wichtige Regel bei einem Prozess: Mach keine Versprechen, die du nicht halten kannst.

Ich fürchte, zu bedrohlich gewirkt zu haben, daher gebe ich ihr einen Moment Zeit. Am liebsten würde ich sie von der Mauer zerren und aus ihr herauspressen, was sie mir erzählen will. Doch dann nickt sie zweimal und dreht sich zu mir.

»Man geht davon aus, dass Max am elften Juli gestorben ist, nicht wahr?«

»Ja. Warum?«

»Also, meine Freundin wollte mich nach meiner Schicht abholen, und dann wollten wir zu ihr fahren. Doch sie kam nicht. Mir war langweilig, und ich ging zu Fuß nach Hause. Das mache ich normalerweise nicht, weil meine Eltern mir nicht erlauben, spätabends allein über die Promenade zu gehen.« Es ist mir wirklich egal, was sie darf oder nicht. »Wie auch immer, es war bestimmt schon nach Mitternacht, als ich sie gesehen habe.«

»Wen? Max und noch jemanden?«

»Ja«, sagt sie leise. Sie hat definitiv Angst. Wovor?

»Schon gut. Ich bin wirklich froh, dass Sie es mir erzählen«, sage ich so aufmunternd wie möglich.

»Max war da, und er … er …« Sie verstummt. Das bringt mich um. Ich weiß nicht, wie lange ich mich noch beherrschen kann. »Er war am Ufer, bei den Booten. Da ist es zwar dunkel, aber bei einem der Fischkutter brannte ein Licht, das hat gereicht, um sicher zu sein.«

»Sicher? Was haben Sie gesehen? Alice, mit wem war er da?«

Sie sieht sich wieder um.

Beugt sich zu mir. Nur ich darf hören, was sie zu sagen hat.

»Jimmy war bei ihm«, sagt sie schließlich.

Mir ist schwindelig. Schwarzer Nebel lässt meinen Blick verschwimmen. Nicht Jimmy. Sie muss sich geirrt haben. Jimmy hat mir gesagt, dass er Max vor seinem Tod zwei Monate nicht gesehen hat. Und dass ihn deswegen Schuldgefühle quälten.

»Was genau haben Sie gesehen?«, frage ich.

»Sie waren bei den großen Schiffen am Meeresarm. Ich konnte nicht viel hören. Es war windig, und ich stand ein gutes Stück entfernt. Aber es sah aus, als würden sie streiten.«

»Weshalb hatten Sie den Eindruck?« Ich klinge wie im Kreuzverhör, aber das hier ist wichtig.

»Also, ich habe nicht verstanden, was sie gesagt haben, aber sie sprachen mit erhobenen Stimmen. Beide klangen wütend.«

»Noch etwas?«

»Nein, ich habe nicht viel gesehen. Ich war ja einfach nur auf dem Weg nach Hause.« Der Druck wird zu viel für sie, und ich muss mich zurückhalten. Wir sind hier schließlich nicht im Gerichtssaal.

»Schon gut. Sie machen das großartig. Keine Panik. Lassen Sie sich Zeit. Sie hatten Angst, mir von Max und Jimmy zu erzählen, glaubten, etwas gesehen zu haben, das Sie nicht hätten sehen sollen. Warum? Weshalb hatten Sie das Gefühl?« Irgendeine Information fehlt noch, die ich unbedingt brauche. Den Zeugen die Details zu entlocken, ist oft die halbe Arbeit.

»Beim Schlammrennen hingen überall die Banner mit dem Foto Ihres Bruders, und da wurde mir klar, dass ich ihn nicht nur nachts bei den Booten gesehen hatte, sondern dass er auch der Psycho – tut mir leid«, sagt sie entschuldigend, jetzt weiß sie, dass sie von meinem Bruder spricht, »aus dem Blue Eagle ist. Ich hatte Ihre Nummer noch in meiner Tasche, und ich sollte mich ja melden, wenn mir noch etwas einfällt. Ich wollte mir noch einmal das CCTV-Video anschauen, falls ich mich an noch mehr erinnere, doch als ich in den Keller gegangen bin, um es zu holen – dort bewahren wir die CDs auf, bevor sie überschrieben werden –, war es nicht da. Jimmy wollte ich nicht danach fragen. Nachdem der andere Typ festgenommen worden war, hatte Jimmy schon zu uns gesagt, dass wir den Streit niemandem gegenüber erwähnen sollten. Normalerweise mache ich, was man mir sagt, aber jetzt sind drei Menschen tot. Es tut mir leid, dass ich es Ihnen nicht früher erzählt habe.«

»Schon in Ordnung. Danke, dass Sie jetzt offen zu mir sind.« Ich zwinge mich zur Ruhe, doch innerlich bin ich stinkwütend. Nicht auf sie. Sondern auf Jimmy. Fehlende Überwachungsaufnahmen heißen, dass er etwas zu verbergen hat.

Eins zumindest ist sicher: Jimmy hat gelogen. Er hat Max kurz vor seinem Tod noch gesehen. Ich denke daran, wie grob er sich bei der Beerdigung das Gesicht gerieben hat. Als hätte er sich den Schmerz herausreißen wollen.

Gequält von Schuldgefühlen.

Ich hatte ihn sogar noch getröstet. Ihm gesagt, dass wir alle mehr für Max hätten da sein können. Dass es nicht seine

Schuld war. Hatte mich selbst schuldig gefühlt, weil ich nicht nach Hause gekommen war, als er mich darum gebeten hatte.

Wieder einmal denke ich an die Studie zur Mordrate in Großbritannien, die ich kürzlich gelesen habe. Frauen werden statistisch gesehen am häufigsten von einem Partner oder Familienmitglied getötet, Männer von einem Freund.

Es gibt keinen Beweis, dass Jimmy etwas mit Max' Tod zu tun hat, doch er weiß garantiert mehr, als er vorgibt. Und das allein ist in meinen Augen schon ein Verbrechen.

Ich hämmere an seine Haustür, so fest, dass jeder Schlag in meinem Körper nachhallt. Wie konnte Jimmy mich nur belügen?

Sobald er die Tür öffnet, schiebe ich ihn zurück ins Haus. Werfe die Tür hinter mir zu. Im Grunde weiß ich, dass ich mich nicht klug verhalte. Ich sollte Beweise sammeln, einen wasserdichten Fall gegen ihn vorbereiten. Doch ich bin so wütend. Ich habe mit dem Mörder meines Bruders geschlafen. Allein schon beim Gedanken daran fühle ich mich schmutzig. Wie soll ich das je wieder loswerden?

»Du verdammter Lügner!«, brülle ich und bohre meinen Finger in seine Brust, während er zur Dielenwand zurückweicht.

»Was zum Teufel soll das, Justine?« Er wirkt verängstigt. Gut.

»Sie hat dich gesehen. Alice Myers. Mit Max. In der Nacht, in der er gestorben ist, unten am Wasser.«

»Scheiße«, sagt er.

Ich schlage mit der Faust neben seinem Kopf gegen die Wand. »Das ist alles? Scheiße?« Ich trete einen Schritt zurück und sammle mich. Er sieht jämmerlich aus, wie er so an der Wand steht und sich hektisch durch die Haare fährt. Wie hatte ich ihn nur je attraktiv finden können? »Hast du ihn umgebracht?« Ich glaube es eigentlich nicht, aber ich muss ihn fragen, muss die Möglichkeit ausschließen.

»Was? Nein! Das ist doch lächerlich.«

»Ach ja? Du hast schon gelogen, als du gesagt hast, du hättest ihn vor seinem Tod nicht getroffen. Warum solltest du das tun, wenn du nichts zu verbergen hast?«

»Ich habe Max nicht umgebracht, Justine. Du weißt, dass ich das nie tun würde.«

Meine Hand liegt immer noch an der Wand, ich starre Jimmy an. Stehe dicht bei ihm. Spüre seinen Atem an meiner Haut. Sagt er die Wahrheit? Musik dringt aus dem Wohnzimmer. »Yellow«, Max' Lied.

Plötzlich verschwindet meine brennende Wut, und ich fühle mich nur noch leer. Max ist tot. Und ich muss herausfinden, was ihm zugestoßen ist. Die Wahrheit.

»Warum?«, wiederhole ich meine Frage und lasse mich schwer auf die Treppe sinken. Jimmy zögert kurz, setzt sich dann neben mich. Wir quetschen uns auf die schmale Stufe, unsere Körper berühren sich, und ich zucke nicht mal mit der Wimper. Ich habe keine Kraft mehr.

»Ich schwöre es dir, Justine, ich habe Max nicht umgebracht. Aber du hast recht, ich habe ihn in der Nacht getroffen.«

»Warum hast du mir das nicht erzählt?«

»Weil ich wusste, wie es wirken würde«, antwortet er verlegen.

Ich lache leise, keuchend. Was für ein verdammtes Klischee. Letztendlich ist sich doch jeder selbst der Nächste. Ich weiß das am besten.

»Was ist mit den fehlenden Videoaufnahmen des Streits im Blue Eagle?«

»Was soll damit sein? Du wolltest sie doch sehen, und ich habe sie einfach nicht zurück in den Keller gebracht. Nach Max' Tod hatte ich anderes im Kopf. Wahrscheinlich liegt die CD noch auf meinem Schreibtisch. Du kannst gern selbst nachschauen.«

»Nein, ich glaube dir. Aber du hast mich belogen, und soweit ich weiß, hast du Max als Letzter lebend gesehen. Du musst mir alles sagen.« Das ist keine Bitte, sondern eine Forderung.

Davor

Jimmy – der Kumpel

Jimmy suchte hinter einem der Boote Schutz vor dem Wind. Sogar tief in seinen Jackentaschen vergraben brannten seine Finger allmählich vor Kälte. Lange würde er es nicht mehr aushalten.

Sie hatten vereinbart, sich um halb zwölf Uhr nachts zu treffen. Vorher konnte Jimmy nicht aus dem Pub – er hatte sogar Alice aufgetragen abzuschließen, was er sonst nur im Notfall machte. Max hatte ihn überzeugt, dass es sich um eine Notlage handelte: *Ich muss dir etwas erklären. Es ist dringend. Heute Nacht an der Promenade?* Und jetzt war er immer noch nicht da. Jimmy trat von einem Fuß auf den anderen, versuchte, sich warm zu halten. Ein bisschen würde er noch warten.

Bevor Max mit Jake im Pub aufgetaucht und Ärger gemacht hatte, hatte Jimmy ihn einen guten Monat nicht gesehen gehabt. Die arme Alice hatte sich um die Störenfriede kümmern müssen. Was hatte er sich nur dabei gedacht? Das sah ihm überhaupt nicht ähnlich. Jimmy hatte Max auf die Mailbox gesprochen und um Rückruf gebeten und um eine Erklärung, was da los gewesen war, doch seither waren zwei Wochen vergangen. Erst heute hatte Max sich gemeldet. Die SMS hatte ihn geärgert. Vor Wochen hatte er ihn gebeten, etwas zu dem Streit zu sagen. Warum erst jetzt?

Doch so groß wie sein Ärger war auch seine Sorge. Er hatte sich die CCTV-Aufnahmen angesehen. Max war kaum wiederzuerkennen gewesen. Ständig hatte er nervös um sich geblickt, und er hatte verwahrlost gewirkt.

Normalerweise zog Max aus ganz anderen Gründen die Aufmerksamkeit auf sich. Und ganz sicher hatte Jimmy ihn nie in einer Auseinandersetzung gesehen. Je mehr er darüber nachdachte, desto mehr wuchs sein Ärger wieder. Als Max ihm aus heiterem Himmel die Nachricht geschickt hatte, hätte er fast abgelehnt. Wie konnte er es wagen, sich nicht früher zu melden und zu entschuldigen? Ohne die latente Sorge, die er trotz allem nicht verdrängen konnte, stünde er jetzt nicht hier und würde sich den Hintern abfrieren.

Er verstand nicht, warum sie sich ausgerechnet hier treffen mussten, und dann noch so spät. Doch Max hatte darauf bestanden. Es musste an einem einsamen Ort sein. Sehr einsam. *Also,* dachte Jimmy und sah sich um, einsamer geht es kaum. Wo zum Teufel bist du?

Zuerst sah er den Schatten, der auf einen Bootsrumpf fiel. Er näherte sich schwankend, und da wusste Jimmy schon, dass Max betrunken war. Jimmy hatte sich aussprechen wollen, doch jetzt wurde er schon wieder wütend.

»Du bist betrunken.«

»Das stimmt.«

»Und du blutest.« Jimmy deutete auf das Blut, das an Max' rechter Hand hinunterlief.

»Ich brauche deine … Ich brauche deine …« Max brachte den Satz nicht zu Ende, er beugte sich über das Wasser und würgte.

»Kumpel, ehrlich, dafür bin ich nicht hier. Ich habe ewig gewartet und friere mich zu Tode. Erzähl mir von dem Streit, wenn du wieder nüchtern bist, okay? Ich gehe jetzt heim.« Er setzte sich in Bewegung.

»Jimmy«, rief Max ihm erstickt nach, und er drehte sich um. Vielleicht lag es nur an den Schatten, die das beleuchtete Boot auf Max' Gesicht warf, doch er sah nicht gut aus. Seine Augen lagen tief in den Höhlen und waren umschattet. »Du musst verstehen, dass ich das nie wollte.« Er sprach verwaschen.

»Reden wir morgen darüber, ja? Geh heim, Max. Du bist völlig hinüber.«

»Aber, ich … bitte.«

»So wichtig ist es wirklich nicht. Geh heim und ruh dich aus.« Und dann ging Jimmy zügig davon, um sich irgendwie aufzuwärmen. Vielleicht bildete er es sich nur ein, doch der Wind trug ihm vier simple Worte hinterher.

»Das kann ich nicht.«

Kapitel neununddreißig

»Du hast ihn einfach dort gelassen? Betrunken? Am Wasser? Allein?« Jimmy antwortet nicht, was noch mehr wehtut. »Er war dein bester Freund.« Meine Stimme bricht vor Entsetzen. Zweimal hat Max um Hilfe gefleht, und zweimal hat man ihn im Stich gelassen. Zuerst ich, dann Jimmy.

»Ich weiß. Ich bin ein furchtbar schlechter Freund.«

»Du hast ihn nicht mal erklären lassen? Du hast immer noch keine Ahnung, worüber er und Jake sich gestritten haben? Oder was er dir erzählen wollte?«

»Nein. Ich wünschte, ich wäre nicht einfach abgehauen. Aber mir war arschkalt, und er konnte nicht mal einen vollständigen Satz sagen.«

»Glaubst du, er hat es getan? Dass er, nachdem du gegangen warst ...« Ich verstumme.

»Ich muss immer wieder daran denken, auch wenn ich alles versucht habe, es zu vergessen.« So wie er »alles« betont, weiß ich, dass er damit auch den Sex mit mir meint. »Aber ich kann es nicht.« Er bewegt die Hand über mein Knie, und ich sehe gebannt zu, wie er den Mut fasst, sie auf mein Bein zu legen. Zu meiner eigenen Überraschung lasse ich es zu. »So hatte ich ihn noch nie gesehen. Ich kann es nicht genau erklären. Er war betrunken, ja, aber das war er früher auch schon mal. An jenem Abend war irgendetwas anders. Er war völlig aufgelöst. Ob er gestürzt ist – wir standen ja direkt am Wasser – oder ob es der letzte Schlag war, dass ich ihn allein gelassen habe … keine Ahnung. Ich kann dir gar nicht sagen, wie leid es mir tut. Ich wünschte, ich wüsste, was er mir sagen wollte.«

»Ich werde es herausfinden.«

»Das weiß ich, und ich glaube dir. Ich will dir helfen – dieses Mal richtig –, wenn es dir recht ist?«

»Du hast ihn dort allein gelassen«, wiederhole ich, lasse die Anschuldigung zwischen uns stehen. Er darf nicht vor der Wahrheit davonlaufen.

»Ich weiß.«

»Du hast ihn umgebracht.« Ich spucke die Worte langsam aus. Ich weiß, dass das hart klingt, aber es stimmt. Egal, ob er ihn selbst gestoßen hat oder nicht.

Doch ich weiß auch, dass Jimmy Max geliebt hat. Wir alle haben Fehler in den letzten Monaten gemacht. »Trotzdem brauche ich deine Hilfe«, lenke ich ein, stehe auf und gehe ins Wohnzimmer. Ich bedeute ihm, mir zu folgen.

Ich vergebe Jimmy nicht, vermutlich werde ich das nie können, aber ich mache auf die einzige Art weiter, die ich kenne: Ich stelle einen Fall zusammen, als würde ich ihn vor Gericht bringen wollen.

Als Jimmy gerade nicht hersieht, drücke ich zwei Schmerztabletten aus dem Blister, den ich in der Tasche habe, und schlucke sie ohne Wasser. Ich ignoriere, wie leicht es mir mittlerweile fällt, und konzentriere mich lieber darauf, wie viel klarer ich schon nach wenigen Minuten denken kann.

Als ich Jimmy bat, mir alles über Max zu erzählen, von dem

Tag meines Abschieds vor achtzehn Jahren an, verstand er mich zuerst nicht. Er wusste, dass Max und ich immer engen Kontakt gehalten hatten, doch dann versuchte ich, ihm meine Theorie zur Wahrheit zu erklären – nämlich, dass sie nicht existiert. Oder zumindest ist sie so komplex und vielschichtig, dass kein einzelner Mensch die Deutungshoheit über sie haben kann.

Anhand des hinduistischen Gedichts von den sechs Männern und dem Elefanten versuche ich, Jimmy meine Sichtweise zu erklären. Ein Elefant wird in einen dunklen Raum gebracht, und sechs blinde Männer sollen ihn anfassen und beschreiben. Sie berühren alle unterschiedliche Körperteile, die sie alle anschaulich beschreiben. Ihre Schilderung des Elefanten entspricht ihrer Wahrheit. Sie lügen nicht. Doch erst wenn man alle Beschreibungen zusammenfügt, erhält man das Bild des gesamten Elefanten.

»Niemand lügt«, fahre ich fort, »wir sind nur nicht fähig, die gesamte Wahrheit zu erfassen.«

»Okay, und du glaubst, ich kann einen anderen Körperteil zu denen beisteuern, die du bereits hast? Verstehe ich das richtig?«

»Vielleicht hältst du den Schwanz«, erwidere ich schulterzuckend. Jimmy sieht mich an, als wäre ich verrückt geworden, doch er schmunzelt auch leicht und hält meinen Blick ein wenig länger als nötig.

Du wirst ihm nicht vergeben, ermahne ich mich.

In den ersten fünf Minuten erzählt Jimmy nichts Neues über Max, aber ich bleibe geduldig und zwinge mich, auf die Details zu achten. Vielleicht fällt mir ja doch etwas auf. Da erwähnt er wieder die Freimaurer.

»Moment mal«, unterbreche ich ihn. »Du hast letztens gesagt, dass fast alle in der Stadt Freimaurer sind und man dich auch gefragt hat, ob du beitreten möchtest. Heißt das, dein Vater war auch dabei?«

»Ja.«

Ich könnte mich treten. Ich hätte Jimmy schon längst mehr zu den Freimaurern und der Rolle meines Dads fragen wollen. Seit Charles mich zu der Auszeit gezwungen hat, war ich wirklich nicht mehr ich selbst. Wenn ich keine erfolgreiche Staatsanwältin sein kann – wer bin ich dann? Mein Erfolg war das Einzige, was mich angetrieben hat, mein wahres Ich hinter mir zu lassen. Habe ich einen Fehler gemacht? Ist das der Schlüssel?

»Hast du vielleicht ein Foto von den damaligen Mitgliedern?«, frage ich.

»Klar, auf dem Dachboden müsste irgendwo noch eine ganze Kiste mit seinen Freimaurer-Sachen sein.«

Ein Schauder überläuft mich. Ich kann es noch nicht benennen, doch ich bin überzeugt, dass diese Schachtel der Schlüssel zu Max' Tod sein könnte.

»Gestern war DS Rose überraschend bei mir«, ruft Jimmy von der Leiter zu mir nach unten, bevor er auf den Dachboden klettert.

»Was wollte sie?« Ich erklimme ebenfalls die Leiter und ziehe mich durch die Luke auf den Dachboden. Der Raum ist größer, als ich gedacht hätte, und ich stelle mir vor, mich hier eine Weile zu verstecken. Aya sagt, mein Gehirn wäre unablässig im Kampf-oder-Flucht-Modus und dass ich meinen Kopf sozusagen umprogrammieren müsse, um nicht ständig von drohender Gefahr auszugehen. Ich bin mir nicht sicher, ob sie mir denselben Rat auch geben würde, wenn sie die gesamte Wahrheit kennen würde. Solange DS Rose immer noch Fragen stellt, würde sie mir vermutlich raten, immer einen Fluchtplan zu haben, nur für den Fall.

Jimmy zieht einen großen Pappkarton aus einer Ecke.

»Sie hat mich gefragt, ob ich in der Nacht mit Max zusammen war, in der euer Dad gestorben ist.«

»Was? Warum? Was hast du gesagt?« Ich halte mich an einer Kiste fest, die von einer dicken Staubschicht überzogen ist.

»Ich habe gesagt, ich hätte ihn nicht gesehen, weil an dem Abend ja die Weihnachtsfeier eures Vaters stattfand. Alle waren entweder dort oder im Blue Eagle, wo Jakes Großmutter Geburtstag gefeiert hat. Ich war im Blue Eagle. Nicht wichtig genug für eine Einladung zu euch«, scherzt er, und ich lächele gezwungen.

»Warum hat sie dich nach der Nacht gefragt? Hat sie noch etwas gesagt?«

»Sie wollte wissen, ob Jake die Feier mal verlassen hat.«

»Was hast du geantwortet?«

Jimmy sieht mich neugierig an und runzelt die Stirn.

»Die Wahrheit.« Er zuckt mit den Schultern.

»Und die wäre? Tut mir leid, schon wieder ein Verhör. Du verstehst sicher, dass ich auch ein paar offene Fragen wegen Jake habe, warum er mich verlassen hat. Hatte er eine andere kennengelernt?« Ich krümme mich innerlich. Sogar ich weiß, dass das ein lächerlicher Vorwand ist. Nicht meine beste Arbeit.

»Er hat seine Großmutter in ein Taxi gesetzt, danach habe ich ihn nicht mehr gesehen. Aber ich war betrunken, das Pub war auch stundenlang nach der Sperrstunde voll. Jake war nicht mein bester Kumpel, wir hätten im Gedränge nicht aufeinander geachtet. Deshalb weiß ich es nicht. Keine Ahnung, ob er noch mal zurückgekommen ist oder nicht.«

Warum gibt DS Rose keine Ruhe? Will sie sich etwas beweisen? War sie in Manchester in Ungnade gefallen und deshalb versetzt – degradiert – worden in eine ruhige Kleinstadt?

»Hier.« Jimmy schiebt mir den Karton vor die Füße, den offensichtlich seit Jahren niemand mehr angefasst hat, und nickt. Mit einem Schlüssel durchtrennt er das Klebeband.

Die Freimaurer hüllen sich überall auf der Welt in einen Mantel der Verschwiegenheit, ein exklusiver Verein, wenn man so will. Eine Bruderschaft voller Geheimnisse, fremdartiger Riten und Traditionen. Einen nach dem anderen nehme ich verschiedene Gegenstände aus dem Karton: eine weiche weiße Lederschürze mit hellblauem Rand und drei Rosetten sowie silberner Verzierung. Eine Robe. Weiße Handschuhe.

Auf dem Boden des Kartons werde ich fündig. Noch bevor ich den Staub wegblase, ersteht mein Vater vor mir wieder auf. Ein Foto, das anscheinend auf einem Freimaurerball aufgenommen worden war. Männer in Anzügen mit weißen Jacketts und Frauen in dezent eleganten Kleidern.

Auf der Rückseite des Rahmens steht *The Knights Templar Charity Ball*. Ein Wohltätigkeitsball. Ich sehe wieder auf das Foto, unsicher, wonach ich eigentlich suche. Doch ich bin es gewohnt, Dinge immer wieder anzusehen, bis mir ein Detail plötzlich ins Auge fällt und ich mich frage, wie ich es zuvor nicht hatte bemerken können. Ich werde auch auf dieses Foto starren, bis der Groschen fällt.

Was bereits beim ersten genauen Blick passiert. Der Star des Abends ist Jimmys Vater, der breit lächelnd ein Glas Rotwein in die Kamera hält. Bei näherem Hinsehen erkennt man aber noch eine körnige Gestalt im Hintergrund. Etwas abgewandt und mit leicht gebeugten Beinen, als wollte er sich gerade hinsetzen oder aufstehen. Neben dem Mann steht eine Frau mit kurzem, geradem Bob. Nicht seine Ehefrau, die hat lange buschige Haare. Und sollte das Foto bestimmt nicht sehen.

Eine Hand liegt auf dem Rücken der Frau. Etwas zu tief, um beiläufig zu sein. Die Frau dreht der Kamera den Rücken zu, man erkennt jedoch, dass sie den Kopf in den Nacken geworfen hat. Lacht sie? Sie hält seine freie Hand. Steht er einfach nur auf? Liegt seine Hand etwas zu aufdringlich auf ihrem Rücken? Ist ihr Lachen angespannt? Wir Frauen kennen ungewollte Aufmerksamkeit nur allzu gut.

Oder ist es umgekehrt? Will sie sich auf seinen Schoß setzen? Freiwillig? Das alles wird nicht klar und ist immer ein Problem bei einer Momentaufnahme. Doch unabhängig von der Frau trifft mich die Anwesenheit des Mannes wie ein Schlag. Ja, Otis hatte recht. Es gibt keine Verbindung zwischen Mark Rushnell und Maldon oder der Kanzlei meines Vaters, doch etwas ist uns entgangen. Mark Rushnell und mein Vater waren beide Freimaurer. Sicher nicht in derselben Loge, aber wenn Jimmys Dad auf dem Foto ist, dann war mein Vater sicherlich auch auf dem Ball.

Ich betrachte das Bild noch einmal aufmerksam, ob mir auch nichts entgangen ist, und dann sehe ich es. Die andere Hand der Frau bei Mark Rushnell hängt herab, der Handrücken zeigt leicht Richtung Kamera. Ich halte das Foto näher vor die Augen, wünschte, ich könnte es größer zoomen. Trotzdem erkenne ich den Goldring mit dem ovalen Smaragd an ihrem Ringfinger. Der Stein ist riesig und noch auffälliger durch den Rand aus Diamanten darum. Ein wunderschöner, einzigartiger, alter Smaragdring.

Unverkennbar der meiner Mutter.

Ich klettere die Leiter hinunter und stürze mit dem Foto in der Hand aus dem Haus. Jimmy ruft mir nach, doch ich habe keine Zeit, ihm alles zu erklären.

»Wie geht es deiner Mutter? Trifft sie sich immer noch mit diesem reizenden Mann? Mir fällt sein Name gerade nicht ein, aber er war nicht aus der Gegend.«

Beverley hatte einen Privatdetektiv beauftragt, weil sie überzeugt war, dass ihr Mann eine Affäre hatte.

Marks Hand, die auf dem Rücken meiner Mutter liegt.

Ihre Hand in seiner.

War etwa meine Mutter die ganze Zeit die Verbindung zwischen meiner Familie und den Rushnells gewesen? Und falls ja, wie lange lief das schon so?

Davor

Evelyn – die Mutter

Als sie fertig war, sah das Zimmer sogar noch sauberer aus als vor der Feier. Die Dielen glänzten, und die gelb-lilafarbene geblümte Tapete strahlte geradezu. Max und Jake hatten nicht bemerkt, dass sie alles durch einen Spalt in der Schlafzimmertür beobachtet hatte, als sie Gerard wegtrugen.

Sie hatte sie aufhalten wollen. Schreien, die Polizei rufen. Gerard war tot.

Ihr Gerard.

Sie hatten sich in einem Zug kennengelernt. Sie war auf dem Weg von Manchester nach London gewesen, um dort eine Freundin zu treffen, und er saß ihr gegenüber. Erst kurz vor ihrer Haltestelle hatte er sie gefragt, wie er sie erreichen konnte. Dabei hatte er gestanden, seinen Ausstieg bewusst verpasst zu haben, um sich noch länger mit ihr unterhalten zu können.

Da war es um sie geschehen.

Noch nie hatte sie sich so begehrt gefühlt.

Doch dieser Mann war auch schuld, dass sie sich so klein und unbedeutend wie noch nie gefühlt hatte.

Gerard hatte Macht über Menschen. Konnte sie aufbauen, aber auch zerstören, je nach Laune. Das machte ihn so faszinierend. Und grausam.

Und jetzt war er tot.

Sie hatte oft daran gedacht, ihn zu töten, doch sie war selbst ohne Vater aufgewachsen und brachte es nicht über sich, Max und Justine dasselbe zuzumuten.

Doch was jetzt?

Als sie die Schultern straffte, zuckte der vertraute scharfe Schmerz zwischen ihren Schulterblättern nach unten. Die Brandwunde war noch relativ frisch. Sie hatte all die Schmerzen nicht ertragen, um ihre Kinder zu schützen, nur um jetzt Justines Zukunft mit der Wahrheit zu gefährden.

Die Ehe mit Gerard hatte sie gelehrt, zu schweigen. Geheimnisse zu bewahren. Und genau das würde sie auch weiterhin tun.

Dank ihm hatte sie genug Übung.

Zuerst hatte sie gehört, wie Justine mit Jake telefonierte, und sie hatte sich mit aller Kraft zurückhalten müssen, um nicht zu ihrer Tochter zu rennen und ihr zu helfen. Doch sie wusste, dass Justine nicht ihre Mutter brauchte, sondern jemanden, dem sie vertrauen konnte. So war ihr Verhältnis nicht. Es war immer besser für sie gewesen, auf Abstand zu bleiben. Damit Gerard das Gefühl hatte, Justine gehörte eher ihm als ihr.

Also war sie im Hintergrund geblieben. Hatte gewartet, beobachtet. Wie immer würde Justine glauben, dass sie nicht für sie da war, doch das war nicht wichtig. Liebe musste man nicht immer sehen.

Max und Jake dachten, sie hätten Justines Zimmer so gut wie möglich gesäubert, aber nachdem sie gegangen waren, hatte Evelyn alles noch einmal geputzt. Sie hatte ein besseres Auge für Details, und es durften keine Fehler passieren.

Als sie die Küchentür aufstieß – sie brauchte dringend einen ordentlichen Drink –, erstarrte sie.

Sie dachte, sie wäre so vorsichtig gewesen, doch sie hatte etwas übersehen.

Alle hatten sie etwas übersehen.

Etwas, das alles änderte.

Brennende Angst erfüllte sie.

Evelyn sah zu dem Paar, das am Küchentisch saß, als würde es sie erwarten, und wusste, dass überhaupt nichts vorbei war. Im Gegenteil, das hier war erst der Anfang.

Kapitel vierzig

Ich renne den ganzen Weg nach Hause, bete, dass Mum da ist.
Ich muss die Wahrheit erfahren. Bestimmt liege ich falsch. Es
ist nur ein Foto, und ich ziehe voreilige Schlüsse. Doch man
hat mir immer beigebracht, meinem Bauchgefühl zu folgen.
Und mein Bauch sagt mir, dass hier irgendetwas nicht stimmt.
Nicht zuletzt, weil Mum behauptet hat, die Rushnells nicht zu
kennen. Was gelogen ist, selbst wenn das Foto unschuldiger
sein sollte, als ich glaube. Meine Eltern kannten die Rushnells.
Das Foto ist der unwiderlegbare Beweis. Bin ich ihnen früher
auch begegnet? War mir ihr Name deshalb so unangenehm bekannt vorgekommen?

Ich biege um die Ecke und sehe einen schwarzen Wagen, der
vor dem Haus parkt. Hinter dem Steuer sitzt der Journalist vom
Schlammrennen. Ich klopfe ans Fahrerfenster.

»Kann ich Ihnen helfen?«, frage ich spitz.

»Das hoffe ich sogar.« Lässig öffnet er die Fahrertür, als abge-
brühter Reporter offensichtlich an Konfrontationen gewöhnt.
Er ist klein und noch schmieriger, als er beim Rennen gewirkt
hat. Ich wette, er hält sich für einen ganz tollen Hecht.

»Ich habe nicht viel Zeit.« Mir fehlt die Energie, um höflich zu sein, auch wenn ich das vielleicht später bereuen werde.

»Kein Problem, dann komme ich gleich zum Punkt.« Auch

er bemüht sich nicht um Freundlichkeit, hat heute genauso wenig Toleranz für Mist wie ich. »Sie kannten Brad Finchley, als er noch Jake Reynolds hieß. Richtig?«

»Ja. Sie wissen bestimmt schon, dass wir damals zusammen waren.«

»Ja.«

»Dann stellen Sie doch gleich Ihre nächste Frage.« Ich muss ins Haus und mit Mum reden. Hatte sie vor seinem Tod eine Beziehung mit Mark Rushnell? Erst vor ein paar Tagen habe ich sie gefragt, ob sie die Rushnells – deren Name mir die ganze Zeit so bekannt vorkam – kannte, und sie hatte verneint. Warum diese Lüge? Was verbirgt sie? Eine Affäre?

»Wissen Sie, warum er aus Maldon weggezogen ist?«

»Nein.«

»Es hatte nichts mit Ihnen zu tun?«

»Nicht, dass ich wüsste. Er hat mir das Herz gebrochen. Die ganze Stadt wusste damals davon, die Leute haben Ihnen sicher schon davon erzählt.«

»Ja, das haben sie.«

»Dann müssen Sie ja nicht meine Zeit verschwenden.«

»Ich finde es interessant, dass das Schlammrennen zu Ehren Ihres Vaters abgehalten wird. Eine wirklich brillante, einzigartige Veranstaltung, und ich dachte, unsere Zeitung könnte einen eigenen Artikel darüber bringen. Ich habe dafür die Hintergründe recherchiert und bin auf das Todesdatum Ihres Vaters gestoßen. Dezember 2005, richtig?«

»Richtig.«

»Faszinierend.«

»Ach ja? Wieso?« Ich weiß, dass ich in seine Falle tappe und die Fragen stelle, die er hören will, doch ich habe anderes im Kopf und will das Gespräch so schnell wie möglich beenden.

»Wie Sie sicher wissen, arbeite ich parallel an einer anderen Story – so wie alle Journalisten vor Ort gerade –, nämlich zu Jake Reynolds, und mir ist aufgefallen, dass Ihr Vater im selben Monat gestorben ist, in dem Jake Maldon verlassen hat. Bei eingehenderer Recherche habe ich herausgefunden, dass er sogar fast am selben Tag verschwunden ist.«

»An den genauen Ablauf kann ich mich nicht mehr erinnern.«

»Aber er war doch Ihr fester Freund, oder?«

»Ja, das war er.«

»Also, Ihr Vater stirbt. Dann taucht Ihr Freund ab.«

»Er ist nicht abgetaucht. Er hat seine Verwandten besucht und ist dann nicht mehr zurückgekommen.«

»Aber warum? Warum ist er nicht mehr zurückgekommen? Hatte Jake etwas mit dem Tod Ihres Vaters zu tun? Haben Sie beide sich deshalb getrennt? Jeder erzählt mir, dass Sie so unglücklich darüber waren, dass Sie schließlich auch bald weggezogen sind. Wollen Sie keine Antworten?«

Er will mich aus der Reserve locken. Am liebsten würde ich mit den Zähnen knirschen, darf meinen Ärger aber nicht zeigen. Oder meine Angst. Denn genau darauf hat er es bestimmt abgesehen – einen Hinweis darauf, dass doch mehr hinter Dads Tod steckt als angenommen. Als bekannt geworden war, dass Jake die Stadt verlassen hatte, hatte man Dads Tod bereits als Unfall eingestuft. Und Jake hatte seinen Verwandten einfach einen Weihnachtsbesuch abgestattet, nicht mehr.

»Als Achtzehnjährige wollte ich herausfinden, warum Jake mich verlassen hat, aber das ist wirklich lange her, und ich habe das hinter mir gelassen«, antworte ich bemüht ruhig, als würde mein Herz nicht mehr brechen bei der Erwähnung von Jakes Verschwinden. »Mein Vater ist betrunken bei einem Autounfall gestorben, und Jake hat an dem Abend den Geburtstag seiner Großmutter gefeiert.«

»Nur dass er nicht während der gesamten Feier anwesend war, zumindest glaube ich das. Er hat das Pub kurz vor der Sperrstunde verlassen, was in etwa mit dem geschätzten Todeszeitpunkt im Obduktionsbericht übereinstimmt.«

»Ah, Sie haben also nur ein bisschen recherchiert?« Ich frage mich, wie viel von seiner Geschichte wahr ist. Hat er das wirklich alles selbst ausgegraben, oder hat DS Rose ihm alles auf dem Silbertablett serviert? »Das ist alles lange her. Menschen vergessen Dinge, Erinnerungen werden undeutlich. Ich schlage vor, Sie überprüfen noch mal Ihre Quellen.«

»Oh, das habe ich«, meint er grinsend. »Sogar doppelt und dreifach.«

»Nun, dann hätten Sie ja gar nicht mehr herkommen müssen. Nachdem Sie Ihrer Meinung nach schon alle Antworten haben. Danke und schönen Tag noch«, sage ich sarkastisch und drehe mich um. Zum Glück folgt er mir nicht zum Haus. Bei Journalisten weiß man nie – meiner Erfahrung nach haben sie bei großen Fällen wenig Respekt vor Privatsphäre oder anderen Grenzen.

Gerade habe ich mir meine Angst nicht anmerken lassen, doch jetzt zittert meine Hand, als ich den Schlüssel ins Schloss schieben will.

Da ich keine klassische Musik höre, scheint Mum nicht zu Hause zu sein. Zur Sicherheit sehe ich trotzdem in den Garten. Auch hier ist sie nicht, und ich mache mich an die Arbeit. Ich weiß nicht genau, auf was ich stoßen könnte, doch ich kann nicht einfach herumsitzen und auf eine Gelegenheit warten, um mit ihr zu reden. Ich suche nach Beweisen, dass Mark Rushnell eine Affäre mit meiner Mutter hatte. Nachdem ich vor Kurzem das Chaos in Max' Haus beseitigt habe, richte ich hier eins an.

Ich bin außer Kontrolle. Ohne meine sonstige Ruhe und Gefasstheit. Die Spur der Verwüstung, die ich hinter mir herziehe, ist der sichtbare Beweis, dass ich mich zu lange beherrscht habe.

Ich beginne mit den Zimmern, die ich am meisten mit Mum verbinde. Ihrem Schlafzimmer, der Küche, dem Wohnzimmer. Bisher habe ich nur eigene Erinnerungen aufgewirbelt, die tief unter der Oberfläche verborgen gewesen waren. Nicht die, mit denen ich Aya das Haus beschrieben habe. Jetzt kommen die schmerzhaften Erinnerungen zurück. Mum, wie sie behauptet hat, sie hätte auf der Treppe eine Schüssel heißes Wasser fallen lassen und sich dabei die Oberschenkel verbrannt. Angeblich hatte sie in ihrem Zimmer ein Dampfbad für ihr Gesicht nehmen wollen. Oder all die Male, die wir automatisch im Wohnzimmer den Fernseher lauter gestellt haben, wenn unsere Eltern vor uns ins Bett gegangen waren.

Ich weiß, dass ich möglicherweise keine greifbaren Beweise ihrer Affäre mit Mark Rushnell finden werde – die sie vielleicht alle auf ihrem Handy aufbewahrt –, doch nachdem ich einmal angefangen habe, kann ich nicht mehr aufhören. Und so nehme ich mir das restliche Haus vor.

Im Arbeitszimmer finde ich nichts Bemerkenswertes, doch das überrascht mich nicht. Das war immer Dads Bereich, es wäre respektlos, hier etwas von dem neuen Mann an ihrer Seite aufzubewahren. Trotz allem waren wir die Stones, und das war wichtiger als die Wahrheit. Wir dachten, es wäre am besten, sich nach seinem Tod weiter hinter dem äußeren Anschein zu verstecken. Als ich jetzt das Haus auf den Kopf stelle, zertrümmere ich diese Illusion. Raum für Raum, Schicht für Schicht, Lüge für Lüge.

Dieses Haus.

Unsere Familie.

Alles nur eine Fälschung.

Nichts entlarvt die Wahrheit über das, was sich innerhalb dieser Wände abgespielt hat. Je weniger Beweise ich finde, sowohl für die Affäre als auch unsere Vergangenheit, desto übler wird mir und desto verzweifelter will ich es vom Dach hinausschreien. Ich habe nie danach gesucht, doch dass ich jetzt keinen Beweis für Dads Grausamkeit finden kann, macht alles nur noch schlimmer. Als wären der ganze Schmerz in meinem Inneren, all die Lügen nie wahr gewesen.

Mir bleiben nur noch unsere alten Kinderzimmer. Ich weiß, dass Max seit Jahren nicht mehr hier gewohnt hat, kann den Raum aber nicht betreten. Noch nicht. Deshalb gehe ich in mein Zimmer. Was könnte ich hier noch finden, was ich seit meiner Rückkehr nicht schon aufgedeckt habe? Es ist bestimmt sinnlos, doch Mum ist immer noch nicht zurück, und ich weiß nicht, was ich sonst tun soll. Ich kann nicht einfach nur herumsitzen. Warten hatte ich noch nie gut gekonnt. Ich nehme die Dinge lieber selbst in die Hand. Behalte die Kontrolle.

Wie erwartet, finde ich nichts. Zumindest nicht an den Orten, an denen zu suchen ich mich überwinden kann. Schließlich stehe ich vor dem Wandschrank, den ich immer noch nicht geöffnet habe – meine Kleider liegen nach wie vor im Koffer. Doch sonst kann ich nirgends mehr suchen. Entweder der Schrank oder Max' Zimmer. Ich hole tief Luft. Strecke die Hand aus, packe den Griff und reiße die Tür auf, um mich nicht mehr umentscheiden zu können.

Meine alten Kleider hängen nicht mehr auf den Bügeln, die Schuhe stehen nicht mehr auf dem Boden, doch das Gefühl der Angst herrscht noch vor. Mum hat hier einige Schachteln abgestellt, und ich konzentriere mich darauf. Ziehe sie heraus, wappne mich, in die Erinnerungen an damals hineingezogen zu werden.

In den Schachteln befinden sich hauptsächlich alte Schulunterlagen und Abzeichen von Max und mir. Aufsätze, Zeugnisse, gemalte Bilder, Schwimmurkunden und Korbballmedaillen. Ich verliere mich ein wenig in den schönen Seiten meiner Kindheit, als ich es finde.

Zuerst erkenne ich es nicht. Weiß nicht, was es tief in einer Schachtel mit unschuldigen Kindheitserinnerungen vergraben zu suchen hat. Denn genau das ist es: vergraben. Mit Absicht, und das überrascht mich völlig. Ich drehe den Gegenstand um. Ein schwarzes Handy. Ein modernes Smartphone, sicher erst ein paar Jahre alt. Es könnte jedem gehören, sage ich mir. Vielleicht ist es Mums altes Telefon? Mit dem sie mit Mark Kontakt gehalten hat? Nach seiner Ermordung hat sie es vielleicht versteckt.

Doch im Grunde weiß ich, dass es keinen Sinn ergibt. Vor Gericht hätte dieses Argument keinen Bestand. Als ich es einschalte, zittern meine Finger, ich ahne, wem das Gerät gehört. Nur nicht, warum es hier in der Schachtel versteckt ist. Der vertraute Bildschirmhintergrund wird sichtbar, und jetzt weiß ich, warum man Max' Handy nicht bei ihm gefunden hat. Es liegt nicht auf dem Meeresgrund, sondern war die ganze Zeit hier, in meinem alten Zimmer, nur wenige Meter von dem Bett entfernt, in dem ich nachts schlafe.

Wenig überraschend explodiert das Handy geradezu vor verpassten Anrufen, Nachrichten auf der Mailbox und SMS. Ich ignoriere alles, habe dafür noch keine Kraft, und es treffen immer mehr ein. Etwas vibriert, doch dieses Mal ist es mein Handy.

Ich ziehe es aus der Tasche und sehe, dass ich zwei verpasste Anrufe von Otis habe. Normalerweise telefonieren wir, doch ich kann gerade nicht sprechen, daher schreibe ich ihm.

> Kann gerade nicht reden.
> Schreib mir, wenn es dringend ist.

Ich denke, wir sollten besser telefonieren.

> Das geht gerade nicht.
> Bitte, schreib mir einfach.

Okay. Aber ich hätte das wirklich gern
mündlich gemacht. Zur The Little Trust Company
habe ich nichts gefunden, aber ich habe mir
die Finanzen der Rushnells angesehen und zwei
beträchtliche Einzahlungen auf ihr Konto gefunden.
Die erste ist vom 17. Dezember 2005 und beträgt
100 000 Pfund. Dann tauchen vor vier Monaten
plötzlich 50 000 Pfund auf. Beide Überweisungen
kamen von der Little Trust Company.

Ich weiche nach hinten zurück, lehne mich an die Wand, schlage mit dem Hinterkopf dagegen. Wieder vibriert mein Handy, bevor ich etwas antworten kann.

> Ich habe auch aus verlässlicher Quelle gehört, dass Jake nächste Woche auf nicht schuldig plädieren wird.

Ich dachte, ich wäre erleichtert bei der Nachricht, dass Jake für seine Freiheit kämpft. Von ihm zu hören, dass er nicht getan hat, wessen man ihn beschuldigt. Doch ich fühle noch etwas anderes. Max und Jake. Angst und Erleichterung.

Max, was hast du getan?

Davor

Max – der Bruder

Als es geklingelt hatte, waren sie gerade beim Abendessen. Nichts Besonderes, doch Max versuchte zweimal die Woche mit Evelyn zu essen. Seine Mutter hatte sich entschuldigend den Mund mit ihrer Serviette abgetupft, bevor sie die Haustür geöffnet hatte.

Er erkannte die Stimme des Besuchers nicht, doch an der Reaktion seiner Mutter merkte er, dass sie den Gast weder erwartet hatte noch ihn sehen wollte. Sein Beschützerinstinkt meldete sich, und er eilte zu ihr. Oft fragte er sich, ob er aus Schuldgefühlen heraus blieb. Dem Bedürfnis heraus, sich um Evelyn zu kümmern. Als Kind hatte er das nicht getan, und im Grunde wusste er, dass er sich nichts vorzuwerfen hatte, doch als erwachsener Mann begleitete ihn das Gefühl, er hätte sie mehr beschützen müssen.

Als Kinder hatten er und Justine sich versteckt und geschwiegen. Hatten die Fassade, die ihre Eltern aufrechterhielten, nicht angerührt. Doch er war nicht mehr der Junge von damals. Dafür hatte die Nacht, in der sein Vater starb, gesorgt. Er traf Entscheidungen. Konnte die Kontrolle übernehmen. Er hatte gezeigt, dass er beides sein konnte, ohne zu seinem Vater zu werden. Dass Gerard nicht recht gehabt hatte. Man konnte gleichzeitig ein guter Mensch und stark sein. Nicht entweder oder.

Vor der Haustür standen ein Mann und eine Frau, beide im Alter seiner Mutter. Die Frau war klein mit mausbraunen wilden Locken, der Mann war das genaue Gegenteil, groß und drahtig mit einem Schnurrbart. Sie kamen Max bekannt vor, doch er wusste nicht, woher.

Am meisten störte ihn jedoch, dass die beiden uneingeladen aufgetaucht waren und trotzdem so taten, als hätten sie das Sagen. Er spürte, wie seine Mutter sich versteifte, als die beiden kalt lächelten und eintraten.

»Wollen wir?«, sagte der Mann und drückte sich an Max vorbei.

Evelyn drehte sich zu ihrem Sohn. »Geh bitte«, sagte sie drängend.

Er weigerte sich. »Ich gehe nirgendwo hin.«

»Ich bin deine Mutter, und ich sage dir, dass du gehen sollst.« Sie versperrte ihm den Weg, als er den Besuchern folgen wollte.

»Nein.« Er war kein Kind mehr, und außer ihm konnte niemand mehr seine Mutter beschützen. Nicht, dass er wüsste, warum sie Schutz benötigte, doch er spürte die eisige Anspannung in der Luft, und das Verhalten seiner Mutter bestätigte seinen Eindruck. Er würde sie nicht wieder sich selbst überlassen.

Sie starrten einander an, bis sie schließlich nachgab. Darauf hatte er gehofft. In den letzten Jahren war sie weicher geworden, weniger unnahbar als in seiner Kindheit.

Nach dem Tod seines Vaters und Justines Wegzug hatte Evelyn sich zurückgezogen. Hatte sich mit ihrem Garten beschäftigt und war für sich geblieben. Aber man sagt, die Zeit heilt alle Wunden, und irgendwann schien es auch bei Evelyn so gewesen zu sein.

»Es tut mir leid«, sagte sie, als sie die Schultern sinken ließ. Er durfte bleiben. Aber warum entschuldigte sie sich? Was war hier los?

Die Besucher hatten es sich am Küchentisch gemütlich gemacht. Offenbar kannten sie sich im Haus aus. Er setzte sich ebenfalls, sah zu spät, dass Evelyn stehen blieb.

»Ich dachte, ihr wärt nach Portugal gezogen?« Die Stimme seiner Mutter war eiskalt. Diese beiden waren definitiv keine Freunde.

»Das stimmt, aber jetzt sind wir zurück«, erwiderte die Frau.

»Und das betrifft mich inwiefern?«, fragte Evelyn.

»Wir haben letzte Woche deine Tochter im Fernsehen gesehen. Groß geworden ist sie. Und ganz schön erfolgreich, nicht wahr? Arbeitet für die Staatsanwaltschaft, ausgerechnet.« Dann lachten die beiden. Heiser, bellend, kalt. Evelyns Blick zuckte zu Max, und er erkannte, dass sie sich dafür entschuldigt hatte. Für ein bedeutsames Geheimnis, in das er bisher nicht eingeweiht gewesen war. Das er nicht erfahren sollte. Es tat ihr leid, dass er es jetzt herausfinden würde.

»Zuerst dachten wir, das kann sie nicht sein. Nicht nach all den Jahren. Doch wir haben uns den Beitrag immer wieder angesehen, bis wir uns sicher waren. Natürlich haben wir im Internet nach ihr gesucht, sie heißt jetzt anders – Hart –, sie hat wohl geheiratet?«

Niemand antwortete.

»Wie du dir vorstellen kannst«, fuhr die Frau fort, »hat uns das einen ganzen Strauß an Möglichkeiten eröffnet. Justine Stone. Anwältin für die Staatsanwaltschaft. Das kann man sich nicht ausdenken.«. Wieder lachte die Frau. Setzte ein wölfisches Grinsen auf.

»Weiß ich hier irgendetwas nicht?«, schaltete Max sich ein. »Ich verstehe nicht, was hier vor sich geht, und hätte gern eine Erklärung.«

»Ach je, hat deine Mutter es dir nicht erzählt?« Die Frau sah mitleidig zu Evelyn und schüttelte den Kopf. »Du bist auch groß geworden, Max. Als wir dich das letzte Mal gesehen haben, hast du die Leiche deines Vaters die Treppe hinuntergetragen.«

Max umklammerte seinen Stuhl so fest, dass seine Fingerknöchel weiß hervortraten. Er sah fragend zu Evelyn, doch die starrte zu dem unerwünschten Besuch in ihrer Küche, der drohte, sie in den Abgrund zu reißen. Nicht zum ersten Mal, wie Max klar wurde.

»Was wollt ihr? Raus damit«, verlangte Evelyn eisig zu wissen.

Die Frau sah zu ihrem Mann, als führten sie ein sorgfältig einstudiertes Stück auf und er wäre an der Reihe.

»Wir wissen, dass ihr nicht mehr so viel Geld wie früher habt. Wir sind nicht grausam. Früher waren wir Freunde, und das respektieren wir«, sagte der Mann, und Max hätte sich am liebsten übergeben. »Aber du bist nicht die Einzige mit Geheimnissen oder Problemen, Evelyn. Du verstehst das hoffentlich. Wenn wir nicht dazu gezwungen wären, wären wir nicht hier.« Jetzt lachte Evelyn. »Wir brauchen fünfzigtausend Pfund«, fuhr er ungerührt fort. »Bis zum Ende der Woche.«

»Es war ein Unfall«, sagte Max. »Justine wollte unserem Vater nichts tun.«

»Tja, das mag schon sein, aber so war es am Ende dann ja nicht.« Wieder sprach die Frau. Das musste er ihnen lassen, sie waren gut aufeinander eingespielt.

»Was, wenn wir nicht zahlen können? Was dann?« Max musste einfach fragen, auch wenn er die Antwort vielleicht besser nicht hören sollte.

»Dann kommt alles ans Licht, was ihr so mühevoll vertuscht habt, und alles, was du dir erarbeitet hast – dein Job, das Haus deiner Mutter, der Name deiner Familie, die Karriere deiner Schwester, wahrscheinlich sogar ihre Ehe, einfach alles –, wird untergehen. Was für eine Story: von der Mördertochter zur Staatsanwältin. Der Bruder und der Freund haben alles vertuscht. Die Mutter hat die Polizei belogen, um ihren Ruf und die Kinder zu schützen. Alles wird herauskommen.«

»Wer zur Hölle seid ihr?«, brüllte Max, der seine Wut, seine Angst nicht länger im Zaun halten konnte.

»Du erinnerst dich nicht an uns?«, entgegnete die Frau. »Wir sind Freunde deines Vaters. Wir sind Beverley und Mark Rushnell.«

Wie hatte er das nur zulassen können? Seine Mutter hatte er damals nicht beschützt, aber für Justine war er immer da gewesen, hatte die Wahrheit vor ihr verborgen – damit Gerard weiterhin der Vater aus ihrer Fantasie sein durfte. Deshalb war er mit ihr jeden Freitagabend Fish and Chips essen gegangen, weil sein Vater um vier Uhr nachmittags immer im Büro anfing zu trinken. Deshalb hatten sie zusammen so oft Verstecken gespielt, obwohl kein Dritter sie suchen würde.

Als Jake ihm erzählt hatte, was passiert war, dass sein Vater erst Justine in den Wandschrank gesperrt und sie dann geschlagen hatte, waren seine Knie weich geworden. Er hatte versagt, hatte sie nicht beschützt. Trotz all seiner Bemühungen war sein Dad schließlich doch auf Justine losgegangen.

Max war zu selbstgefällig gewesen, um die Wahrheit zu erkennen. Er dachte an jenem Abend, dem der Weihnachtsfeier, dass er und Jake Justine noch einmal hatten schützen können. Er würde nicht zulassen, dass sein Dad seiner Schwester wehtat – nicht einmal im Tod. Doch er hatte sich geirrt.

Und jetzt musste er wieder eingreifen.

Kapitel einundvierzig

Schockiert starre ich auf mein Handy, als ich ihre leisen Schritte auf der Treppe höre. Ich wische mir die Tränen ab und versuche, mich zusammenzureißen. Ich sage mir, dass die Wahrheit kompliziert ist und die ganze Geschichte immer noch viele Lücken hat.

Ich weiß bereits, dass ich dieses Puzzle am liebsten nicht vollenden würde. Nicht dieses Mal. Trotzdem habe ich Max ein Versprechen gegeben, und wenn ich herausfinden will, was ihm wirklich zugestoßen ist, dann muss ich alles wissen.

»Mum«, rufe ich, während ich zusammengesunken auf dem Boden sitzen bleibe, Max' Telefon in der einen, meins in der anderen Hand.

Sie eilt ins Zimmer, kauert sich neben mich. Streichelt mir über die Haare. Weiß sie es schon? Hat sie Max' Handy versteckt, oder war er es? Was für Geheimnisse enthält es?

»Warst du mit den Rushnells befreundet? Hattest …« Meine Stimme bricht, und ich lasse den Hals knacken. »… du eine Affäre mit Mark?«

»Was? Ganz bestimmt nicht.« Entsetzt sieht sie mich an. Mir fehlen die Worte. Sie hat mich schon wieder belogen. Stumm reiche ich ihr das Foto.

Ungläubig sieht sie es an, dann schließt sie die Augen.

Seufzt. Das heißt wohl, sie weiß, dass sie nicht länger lügen kann.

»Gut, wir kannten einander. Aber das ist nur ein Foto, Justine. Ein einzelner Moment. Der nichts über das Davor und Danach aussagt. Ich kann mich nicht mal daran erinnern.«

»Beverly hat einen Privatdetektiv angeheuert, weil sie glaubte, Mark hätte eine Affäre. Kurz vor ihrem Tod. Die andere Frau warst also nicht du?«

»Ich habe keine Ahnung, was sie für Probleme in ihrer Ehe hatten, aber ich schwöre, ich hatte keine Affäre mit diesem Mann.« Vor lauter Hass kann sie nicht mal seinen Namen aussprechen, und das überrascht mich.

»Aber offenbar warst du mit ihnen befreundet.«

»Ja, ich schätze schon. Vor langer Zeit mal.«

»Waren sie auf der Weihnachtsfeier damals, vor Dads Tod?«, frage ich. Vielleicht kam mir der Name deshalb immer so bekannt vor. Warum hatte ich mich nicht daran erinnert? Doch es war ja meine erste Weihnachtsfeier der Kanzlei gewesen, und die meiste Zeit hatte ich eingesperrt im Schrank gesessen.

»Ja«, sagt sie tonlos. »Sie waren die ganze Zeit da.«

Sie macht eine winzige Pause vor »die ganze Zeit«. Sieht mich an. Und dann wird es mir klar.

Meine Mutter weiß es. Hat es immer gewusst.

Mir wird schwarz vor Augen.

Als ich wieder zu mir komme, liege ich in der Badewanne, meine Mutter kniet mit einem Schwamm in der Hand daneben. Das Wasser ist heiß, meine Finger sind bereits dunkelrot und verschrumpelt. Wie lange bin ich schon in der Wanne?

»Mum?«

»Da bist du ja wieder.« Sie lächelt sanft.

»Wie bin ich hierhergekommen?« Ich bin verwirrt.

»Ganz ruhig, alles ist in Ordnung. Manchmal schaltet sich der Körper gewissermaßen ab, um etwas zu verarbeiten. Du warst wach, aber wie betäubt. Das Gehirn braucht einen Moment, um alles zu begreifen, ohne Störungen von außen. Wir ziehen uns in uns selbst zurück und verlieren uns dort.«

»Ist dir das schon mal passiert?«

»Ja. Einige Male.« Sie wendet den Blick ab. »Ein Bad hilft mir immer, in die Realität zurückzukehren, deshalb wollte ich es bei dir auch versuchen.«

Ich greife nach ihrer Hand, Wasser schwappt auf die Fliesen. Einen Moment sehen die Tropfen rot aus, wie Blut, doch als ich blinzele, ist es nur Wasser.

»Du hast gesagt, du hattest keine Affäre mit Mark, und das glaube ich dir. Aber ich habe zufällig Mrs Hicks getroffen, und sie hat erwähnt, dass du einen Freund hast. Von wem hat sie da geredet?«, frage ich und komme wieder zum Thema zurück.

»Ah, Mrs Hicks. Ihr entgeht wirklich nichts.« Mum lächelt, ihre Augen strahlen. »Er heißt Ken. Ich habe ihn letztes Jahr beim Bingo kennengelernt. Wir leisten einander Gesellschaft, und es ist schön, wieder mit jemandem durchs Leben zu gehen.«

»Ist es etwas Ernstes? Sollte ich ihn kennenlernen?«

»Wenn du möchtest. Er würde sich sicher freuen.« Ich schweige. Bin unsicher, ob ich mich darauf jetzt schon einlassen will. »Komm, du warst lange genug im Wasser«, fährt Mum übergangslos fort, als wüsste sie, dass sie nicht zu viel von mir erwarten dürfte.

Dieser Moment ist so zart, dass er mich nicht tröstet, sondern wütend macht. Das ist das erste Mal, seit ich mich erinnern kann, dass meine Mutter so sanft mit mir gesprochen hat. Wo war sie, als ich sie am meisten gebraucht hätte? Der Schmerz kehrt mit voller Wucht zurück, ich steige eilig aus der Wanne und greife nach einem Handtuch.

»Warum ist Max' Handy in meinem Schrank versteckt?«, frage ich sie herausfordernd. Das Gleichgewicht ist wiederhergestellt.

»Ich glaube, er hat sich vorbereitet.« Sie spricht langsam, nachdenklich.

»Worauf?«

»Uns zu verlassen.«

Der Schmerz droht meine Brust zu zerreißen. »Warum? Warum sollte er das tun?« *Warum sollte er mich allein lassen?*

»Justine, ich …«

»Sag mir, was hier los ist. Sofort.« Mir wird kalt, nur in ein Handtuch gehüllt, aber ich kann keine Sekunde länger warten. Ich muss die Wahrheit wissen. Ich muss sicher wissen, ob ich schuld am Tod meines Bruders bin. Ob letztendlich ich für seinen Tod zahlen muss.

»Damals hat nicht nur Jake dir geholfen.« *Sie wusste es also. Sie wusste es die ganze Zeit.* »Du weißt, wie eng er und Max befreundet waren. Er brauchte Hilfe und vertraute Max. Beide liebten dich so sehr. Wir waren nur leider nicht allein im Haus.«

»Die Rushnells?«

»Ja. Sie waren gegangen, doch Beverley hatte ihre Handtasche vergessen. Max musste die Haustür angelehnt gelassen haben, als er nach Hause gekommen war. Mark und Beverley gelangten so ins Haus und hörten, wie Max und Jake darüber sprachen, was passiert war. Als die beiden die Treppe hinunterkamen, versteckten sich Mark und Beverley im Wohnzimmer. Von dort beobachteten sie, wie Gerards Leiche aus dem Haus und in sein Auto getragen wurde. Keiner von uns wusste, dass sie zurückgekommen waren. Erst als es dann zu spät war.«

»Sie wussten also alles?«

Sie nickt.

»Sie wollten Geld. Hunderttausend Pfund. Ich habe sie bezahlt, und das war's. Zumindest für viele Jahre. Sie zogen ins Ausland.«

»Nach Portugal.«

»Genau. Doch dann kehrten sie zurück, und alles begann von vorn. Sie hatten dich vor Kurzem im Fernsehen gesehen. Bei dem Fall mit dem Politiker. Seine Rede vor dem Gericht kam in den BBC-Nachrichten. Du warst im Bild, und sie erkannten dich.«

»Und sahen das als ihre nächste Gelegenheit, um dich wieder unter Druck zu setzen.« Der Groschen fällt. »Was für eine Ironie, dass ich für die Staatsanwaltschaft arbeite. Nicht wahr?«

»Es tut mir leid.«

Wieder wird mir klar, wie sehr ich diese Floskel hasse. Aus ihrem Mund klingt sie so leer. Bedeutungslos. Was tut ihr leid? »Und du hast Max da hineingezogen?«

»Das wollte ich nicht, aber sie sind hier aufgetaucht, als er gerade hier war, und er wollte nicht gehen.«

Wieder einmal war Max derjenige gewesen, der geblieben war. Alles in die Hand genommen hatte. Warum war ich nur nicht nach Hause gekommen, als er mich darum gebeten hatte?

»Und was war dann? Wollten sie mehr Geld?« Ich will alles wissen. Jede Einzelheit. Sie soll mir nichts ersparen.

»Fünfzigtausend Pfund. Max sagte, er würde sich darum

kümmern, er ließ mich nichts tun. Ich glaube, er fühlte sich schuldig. Nicht, weil er dich beschützt hat. Nein, das hat er nie bereut. Aber dass er dich davor nicht beschützt hat.«

»Das war auch nicht seine Aufgabe.«

»Nein.« Sie sieht mich an. »Das war meine.«

Ich weiß nicht, was ich sagen soll. Darüber kann ich nicht mit ihr reden. Ich ertrage es nicht, den Schmerz laut auszusprechen, ihn anzuerkennen. Stattdessen stelle ich ihr weitere Fragen. Ein Kreuzverhör kann ich.

»Was ist dann passiert?«

»Ich weiß es nicht genau, er hat mir nichts erzählt. Aber es hat ihn aufgefressen, das habe ich gesehen. Tag für Tag. Woche für Woche. Er hat angefangen zu trinken, ist immer verschlossener geworden. Als Jake nach dem Tod seiner Mutter zurückkam, wurde Max alles zu viel. Ich glaube, in ihm ist einfach alles explodiert. Trauer, Schmerz, die ganzen Geheimnisse. Er war nicht wiederzuerkennen, hat auch noch seine Arbeit verloren. Und dann wollten sie noch einmal fünfzigtausend Pfund. Ein paar Tage später fand man ihre Leichen. Und bald darauf ertrank Max.«

»Glaubst du, er hat sich umgebracht?«

»Ich glaube, die Schuldgefühle, weil er die Rushnells getötet hat, haben ihn umgebracht.«

Endlich passen die Puzzleteile zusammen: Vor achtzehn Jahren hat Max Jake geholfen, den Tod meines Vaters zu vertuschen. Und dann hat Jake Max geholfen, die Rushnells ein für alle Mal zum Schweigen zu bringen. Deshalb war Jake am Tatort gewesen.

Er hatte zwar nicht den Abzug gedrückt, doch genauso, wie er mich damals gedeckt hatte, deckte er jetzt Max.

Davor

Max – der Bruder

Als die Rushnells zum dritten Mal Geld forderten, wurde ihm klar, dass sie niemals damit aufhören würden. Zweimal hatten sie bereits nachgegeben, und das Paar wusste jetzt, dass sie die Stones am Haken hatten. Zwischen der ersten und der zweiten Zahlung hatten fast zwanzig Jahre gelegen, jetzt waren jedoch weniger als vier Monate vergangen.

Schweigend waren sie aus Maldon heraus und Richtung Surrey gefahren. Zur Nummer 34 Cherry Tree Grove. Das Haus der Rushnells war hübsch. Eine Doppelhaushälfte mit vier Zimmern in einem Vorort. Perfekt getrimmte Büsche säumten die Einfahrt, und ein Fußabtreter mit der Aufschrift »Bleib doch eine Weile« begrüßte sie an der Tür. Die Klingel verkündete ihre Ankunft mit einer freundlichen Melodie. Nichts deutete darauf hin, dass die Hausbesitzer Max' Familie zerstört hatten.

Dieses Mal tauchten *sie* unangemeldet auf. Zufrieden registrierte Max Beverley Rushnells Schock, als sie die Tür öffnete. Der überhebliche, gierige Gesichtsausdruck war verschwunden, das Überraschungsmoment war auf ihrer Seite.

»Wollen wir?«, sagte er, drängte sich an Beverley vorbei und folgte den Geräuschen in die Küche, wo Mark gerade kochte.

Den ganzen Morgen hatte er sich vorgestellt, wie der Besuch ablaufen würde. Sie würden dafür sorgen, dass die Erpressungen aufhörten. Sie brauchten nur die Oberhand. Als er sich umsah, war er zuversichtlich – die Rushnells wirkten recht durchschnittlich, und er konnte nachvollziehen, dass Menschen manchmal Dinge taten, die sie von sich selbst nie gedacht hätten. Er hoffte, dass sie im Grunde verständige Leute waren.

Das Dumme ist nur, dass die Realität immer anders ist als der Plan. Menschen sind immer für eine Überraschung gut.

Anspannung lag in der Luft.

Die Rushnells waren keine harmlosen Vorortbewohner. Sie taten nur so, tarnten sich mit ihrer Durchschnittlichkeit. Das war ihre Stärke. Als der Streit eskalierte, wuchs Max' Angst. Die Rushnells hingegen schienen die Auseinandersetzung zu genießen, und das machte ihm noch mehr Angst. Die Situation entglitt ihnen schneller als gedacht.

»Das muss aufhören. Wir können nicht ständig hohe Geldsummen auftreiben. Wir haben euch bezahlt. Zweimal. Das ist doch Wahnsinn.«

»Wahnsinn?« Das Wort schien bei Beverley einen Nerv zu treffen. »Andere könnten es für ein Zeichen von Wahnsinn halten, den eigenen Vater umzubringen und es dann zu vertuschen. Stell dir mal Folgendes vor: Eines Tages gehst du morgens in das Café am Ende der Hauptstraße, das dein Vater so geliebt hat. Du holst dir einen Kaffee und die Zeitung, wie jeden Morgen. An dem Tag wird sich deine Welt jedoch ändern. Auf der Titelseite ist ein Foto von Justine abgedruckt, zusammen mit der Schlagzeile ›Von der Verbrecherin zur Topjuristin‹.«

»Es war kein Mord. Du weißt so gut wie ich, dass es ein Unfall war.«

»Es war kein Unfall, dass du ihn in sein Auto getragen hast. Es war kein Unfall, dass du die Polizei nicht angerufen hast. Sie hat ihn zwar getötet, doch die Leute werden vor allem darüber schockiert sein, wie ihr damit umgegangen seid. Die Familie Stone ist doch nicht so perfekt.«

»Ihr habt die Polizei doch auch nicht gerufen.«

»Hätten wir das denn tun sollen? Sollen wir es jetzt nachholen?«

»Das wagt ihr nicht. Ihr glaubt, ihr hättet uns in die Ecke getrieben, aber was wäre mit euch, wenn ihr nach all den Jahren mit der Wahrheit rausrückt? Irreführung der Justiz. Erpressung. Gebt es zu, ihr seid zu spät. Ihr habt eure Chance verpasst. Es ist vorbei. Wir sind fertig miteinander.«

»Darauf müssen wir es wohl ankommen lassen.« Beverley zuckte ungerührt mit den Schultern.

»Wieso denkt ihr, dass man euch überhaupt glauben würde?«, fragte er.

»Oh, Max, du hältst uns wohl für Amateure. Glaubst du ernsthaft, wir hätten schon all unsere Karten ausgespielt?« Beverley lächelte überheblich.

Der Verlust der Kontrolle über die Situation machte ihn schier verrückt. Er zuckte, Speichel sammelte sich in seinem Mund. Das Klappern der Töpfe auf den heißen Herdplatten war zu laut in seinen Ohren. Ein süßlicher Geruch lag in der Luft, und er hätte sich am liebsten übergeben. Hörte das denn nie auf?

»Ich erklär's dir. Als wir aus Portugal zurückkamen, fanden wir eine alte Digitalkamera. Du erinnerst dich, damals, als wir noch Kameras dabeihatten und nicht alles auf den Handys gespeichert war. Man machte Fotos und sah sie nie wieder an. Außerdem lag die Kamera seit 2006 in einer Kiste, die eingelagert war. Stell dir also unser Entsetzen vor, als wir all die Jahre später feststellten, was sich da in unserem Besitz befand. Beweise. Nie zuvor gesehenc Bcwcisc.« Während sie sprach, holte sie ein schwarzes Notizbuch aus der Küchenschublade und zog ein Foto zwischen den Seiten hervor. »Hier, sieh selbst. Das hier dürfte dich besonders interessieren, Max«, sagte sie und gab es ihm.

Auf dem Foto stand Beverley lächelnd vor einem Weihnachtsbaum in einem Raum, den er nur zu gut kannte, dem Wohnzimmer seiner Eltern. Hinter Beverley konnte man durch das Fenster den Wagen seines Vaters auf der Straße sehen.

»Das Praktische an den Kameras von damals«, fuhr Mark fort, »war diese großartige Funktion, dass man Datum und Uhrzeit auf die Bilder drucken konnte. Siehst du? In der rechten unteren Ecke. Genau da.«

Der sechzehnte Dezember. Elf Uhr dreiundfünfzig abends.

»Das ist doch das Auto deines Vaters, oder?«

»Ja.« Max schluckte schwer.

»Vielleicht siehst du hier deutlicher, was wir dir zeigen wollen«, sagte Mark, und Beverley reichte ihm ein weiteres Foto. Die beiden waren so professionell. Das perfekte Paar.

Max betrachtete das Bild.

Das Auto war durch das Fenster herangezoomt.

Auf Max am Steuer, nicht Gerard.

Es traf ihn wie ein Schlag. Er hatte das Gefühl, in eine Kiste gesperrt zu werden, und die vier Seiten rückten immer näher. So hatte es nicht kommen sollen. Er musste einen Ausweg finden. Doch er konnte nicht klar denken. Alles sollte einfach nur aufhören. Nicht nur der Konflikt mit den Rushnells, sondern auch die Schuldgefühle, der Schmerz, der Alkohol. Alles.

Als das Adrenalin den Kampf-oder-Flucht-Modus in Gang setzte, sah er sich von außerhalb seines Körpers. Er wusste, dass er das Gewicht unruhig von einem Fuß auf den anderen verlagerte, doch er konnte nicht stillstehen. Seine Zähne waren so fest zusammengebissen, dass ein stechender Schmerz hinter seinen Augen pochte, doch er konnte sie nicht voneinander lösen.

»Aber wie du sagst, wir müssen abwarten, was die Polizei sagt, nicht wahr?«, meinte Beverley, und Mark ging zu dem Telefon an der Wand.

Das konnte nicht wahr sein. So hatte es nicht kommen sollen. Sie waren dabei, zu verlieren. Wieder war es ihm nicht gelungen, Justine zu beschützen. Und nicht nur Justine, sondern auch seine Mutter.

Und dann befand er sich plötzlich in der Vergangenheit, in einer Nacht, als er fünf Jahre alt war. Seine erste Erinnerung an die Schreie seiner Mutter durch die Wand. Wie sein Vater gedroht hatte, ihr den Mund mit einer Socke zu stopfen, wenn sie nicht aufhörte. »Du weckst noch die Kinder«, hatte er geknurrt und Max' fünfjährige Existenz gegen sie verwendet.

Das musste aufhören.

Max hörte die Pistolenschüsse, bevor er das Blut sah. Höher, immer höher schwebte er, als die Pistole an Marks Schläfe gehalten wurde. Als der Mann den Telefonhörer fallen ließ. Als er den Blick nicht von der Leiche seiner Frau abwandte. Als der zweite Pistolenschuss laut und deutlich ertönte.

Kapitel zweiundvierzig

An diesem Abend essen wir zusammen, was wir seit Noahs Besuch nicht mehr gemacht haben. Ich weiß, dass wir noch einen langen Weg vor uns haben, und vielleicht werden wir nie eine normale Mutter-Tochter-Beziehung haben, aber etwas hat sich zwischen uns verändert.

Kein Vergeben, aber die Akzeptanz, dass das Leben kompliziert und chaotisch ist. Dass wir beide vielleicht unser Bestes gegeben haben, trotz allem. Vor allem aber habe ich das Gefühl, als sei die Schuld, die seit Dads Tod auf meinen Schultern lastet, etwas leichter geworden. Dass ich sie zumindest teilen kann.

Ich bin nicht allein verantwortlich für das, was passiert ist. Schon lange davor hatte meine Mutter gewusst, wer – was – mein Vater war, und trotzdem nichts getan. Doch sie hatte mich und Max viel mehr beschützt, als mir klar war. Das macht ihr Versagen zwar nicht ungeschehen, jedoch kann ich jetzt einen anderen Blick darauf haben.

Niemand ist nur gut oder schlecht. Wenn das für mich gelten soll, dann auch für meine Mutter. Kein Mensch ist eindeutig nur dieses oder jenes.

»Warum hast du mir das alles nicht erzählt?«, frage ich sie.

»Ich dachte, ich müsste es vor dir geheim halten. Du hast sowieso schon so sehr gelitten. Es war ein Unfall, und ich wollte nicht, dass du dir auch noch wegen allem anderen Vorwürfe machst.«

»Hat Max zu Jake gesagt, er soll wegziehen?« Hatten beide mich retten wollen? Seit ich weiß, dass Max Jake beim Vertuschen meiner Tat geholfen hat, lässt mir das keine Ruhe.

»Ich war nicht dabei und kann es daher nicht mit Sicherheit sagen, aber davon bin ich immer ausgegangen. Beide haben dich sehr geliebt.«

»Und du hast wieder gelogen. Hast zugelassen, dass mir das Herz gebrochen wird.«

»Ja.« Sie sieht mir direkt in die Augen.

»Und ich habe dich belogen«, gestehe ich ein.

»Das hast du.« Sie klingt nicht verärgert. »Achtzehn Jahre lang.«

»Länger. Wir haben uns beide unser ganzes Leben lang belogen. War es das wert?«, frage ich. »Wir kennen einander kaum. Würdest du alles anders machen, wenn du könntest?«

Mum überlegt einen Moment, bevor sie antwortet.

»Einiges würde ich anders machen, ja. Aber ich würde immer meine Kinder beschützen. Ich hoffe, dass du das eines Tages, wenn du selbst Kinder hast, verstehen wirst.«

Am nächsten Morgen packe ich langsam und sorgfältig meine Sachen. Ich habe es nicht mehr eilig, zurück nach London zu fahren. Ein Teil von mir ist wieder hier verankert, bei Mum und Max. Ich hatte Dads Tod immer für meine Schuld gehalten, doch jetzt sehe ich alles klarer. Was passiert ist, was ich getan habe, war das Ergebnis all der Jahre davor. Mum wollte uns beschützen, indem sie die Wahrheit vor uns versteckt hielt. Wir hingegen verschlossen die Augen vor der Wahrheit. Ich hatte meine Mutter für schwach gehalten, doch tatsächlich war sie stark gewesen. Auf ihre Weise. Der einzigen, die sie kannte.

Und Jake war gegangen, weil er mich genug geliebt hatte, um mich zu verlassen. Nicht, weil er mich gehasst hatte. Brad Finchley, *Finches*. Jake mochte ja zu Brad geworden sein, an einem anderen Ort, doch er hatte mich nie vollständig verlassen.

Ich werfe einen letzten Blick in mein Zimmer und merke lächelnd, dass ich auf die Tapete schauen kann und das Blumenmuster sich nicht mehr in Blut verwandelt. Ich wage mich ins Bad, drehe den Hahn auf, aus dem klares Wasser strömt. Kein Blut.

Zeit zu gehen.

Ich habe Noah meine Rückkehr nicht angekündigt, nicht, dass doch etwas dazwischenkommt. Es ist August, ein Freitag, und ich weiß, dass er von zu Hause arbeiten wird. Ich freue mich darauf, ihn wiederzusehen. Ohne Schuldgefühle. Ich fahre nach Hause.

Als ich in die Einfahrt einbiege, schneidet er gerade im Vorgarten den Apfelbaum zu. Er richtet sich auf und beschattet die Augen. Während meiner Abwesenheit – der körperlichen, von der emotionalen erfährt er hoffentlich nie – hat er uns hier zusammengehalten. Ich dachte, ich würde einen Mann wie Noah nicht verdienen. Doch als ich ihn jetzt ansehe, verwandelt sich meine Liebe zu ihm nicht mehr in Selbsthass. Stattdessen sehe ich eine Zukunft voller Möglichkeiten. Ich stelle den Wagen ab und steige lächelnd mit meinem Koffer aus.

»Du bleibst?«, fragt er vorsichtig und sieht von mir zu dem Koffer und wieder zurück.

»Ja.«

»Und deine Mutter?«

»Es geht ihr gut«, sage ich nickend. Das ist das erste Mal, dass ich Noah auf eine Frage nach meiner Mutter eine ehrliche Antwort geben kann.

»Also dann.« Er grinst und nimmt mir den Koffer ab. »Gehen wir rein.«

DEZEMBER 2023

Kapitel dreiundvierzig

Die Weihnachtszeit bringt immer gemischte Gefühle mit sich. In manchen Jahren komme ich damit besser zurecht, generell versuche ich, die Zeit einfach anzunehmen. Was durch die Tatsache erleichtert wird, dass Noah absoluter Weihnachtsfan ist. Er ist nicht religiös, aber er liebt den ganzen Zauber. Mein sonst ach so vernünftiger Ehemann verwandelt sich für etwa sechsundzwanzig Tage im Dezember in einen mannsgroßen Wichtel.

Ohne seine ansteckende Begeisterung könnte ich die Vergangenheit vielleicht nicht vergangen sein lassen. Vor allem angesichts der vielen Feiern, zu denen wir ständig eingeladen werden. Anfang Dezember läuten unsere Londoner Freunde die Adventszeit mit einer ersten Feier ein, wie der Startschuss bei einem Rennen. Dieses Jahr sind wir als Gastgeber an der Reihe, und schon bald wird unser Haus voller Menschen und Gelächter sein.

»Alles okay? Charlotte und Rob sind gerade gekommen. Ich habe dir das hier mitgebracht«, sagt Noah, als er ins Schlafzimmer kommt. Er hält einen niedlichen Rentierhaarreif in der Hand und gibt mir ein Glas Champagner.

»Super, vielen Dank. Ich bin gleich unten.«

»Rob hat sich schon auf die Mince Pies gestürzt, beeil dich

also besser, wenn du noch etwas möchtest.« Es klingelt an der Haustür, und er eilt nach unten, um noch mehr Freunde einzulassen.

Ich stelle das Champagnerglas ohne zu trinken auf die Kommode. Ziehe die oberste Schublade auf, hole eine Socke heraus, aus der ich einen weißen Plastikstab ziehe, und starre zum sicher millionsten Mal darauf. Er wirkt so harmlos, doch dieses kleine Stück Plastik kann mein Leben verändern. Will ich das? Ich weiß, dass Noah außer sich vor Freude wäre. Für ihn steht fest, wie es weitergeht. Doch was ist mit mir?

Ich habe ihm noch nicht gesagt, dass ich schwanger bin. Er soll sich keine Hoffnungen machen. Ich will es ihm erst sagen, wenn ich mir selbst darüber im Klaren bin, was ich will. Kann ich eine bessere Mutter sein, als ich sie hatte? Was, wenn mein Kind so wird wie ich?

Doch ich kann nicht länger die Augen davor verschließen, nachdem meine Kleider allmählich eng werden und mein lieber, naiver Mann sich sogar freut, dass ich ein wenig zugenommen habe. Ich muss etwa in der zwanzigsten Woche schwanger sein, und mir läuft die Zeit davon. Ich muss eine Entscheidung treffen. Ich befürchte, dass der Ultraschall ergeben könnte, dass das Baby in der Woche des Schlammrennens und von Charlottes Geburtstag gezeugt worden sein könnte. Ich wünschte, ich wüsste sicher, dass Noah der Vater ist. Doch ich habe gelernt, härter und schneller als viele andere, dass Fehler passieren und man die Vergangenheit nicht ändern kann, so sehr man das auch möchte. Man kann nur weitermachen.

Dann denke ich an das drängende Bedürfnis, immer weiterzumachen, und beschließe, es drauf ankommen zu lassen. In die Zukunft zu blicken und mein Leben nicht von der Vergangenheit bestimmen zu lassen.

Es ist mein Baby.

Und der Vater wird Noah sein.

Kapitel vierundvierzig

Es ist aufregend, endlich wieder im Umkleideraum zu sein, auch wenn ich von letztem Abend erschöpft bin. Es ist nur ein kleiner Fall, nichts Aufsehenerregendes, und auch wenn ich ihn nicht einmal leite, bin ich dankbar für den Neuanfang, den Weg zurück in mein altes Leben. Von dem ich vor gar nicht langer Zeit nicht sicher war, ob ich es je wieder so leben dürfte. Der Tag ist gut verlaufen, zumindest nach meinen derzeitigen Maßstäben. Heute gab es keine verächtlichen Kommentare wie von Teenagern in Schulkorridoren.

Die Temperaturen waren in den letzten Tagen gefallen. Es ist erst kurz nach vier, draußen jedoch bereits dunkel. Ich schlüpfe in meinen Mantel und eile die Steinstufen hinunter. Mit gesenktem Kopf stemme ich mich gegen den Wind und sehe Otis erst, als ich beinahe mit ihm zusammenpralle.

»Café-Observierung?«, frage ich.

»So in etwa«, antwortet Otis.

Ich denke an den Tag, an dem ich darauf gewartet habe, einen Blick auf Christina Lang zu erhaschen. So viel hat sich seither geändert. Ich bin wieder im Gerichtssaal. Kein besonders spannender Fall, nichts, worüber in der Zeitung berichtet wird, doch mein Leben steht endlich wieder auf stabileren Füßen. Noah begleitet mich sogar einmal im Monat zu meinen Sitzungen mit Aya, was uns beiden guttut. Langsam lerne ich, mich ihm zu öffnen. Ich will, dass unsere Ehe funktioniert, nicht nur um unserer Zukunft, sondern auch um der unseres Kindes willen.

Ich ziehe meinen Mantel enger um mich. Schützend, als könnte sie im kalten Wind auch frieren. *Sie.* Ich lächele. Ich glaube fest, dass es ein Mädchen wird.

»Hast du Zeit zu reden?« Otis klingt besorgt, aber ohne wichtigen Grund wäre er auch nicht hier.

»Ich muss schnell weiter, können wir auf dem Weg zur U-Bahn reden?«

»Natürlich«, erwidert er, und wir eilen in Richtung Blackfriars.

Ich weiß nicht, was er mir sagen will, aber es muss mit den Ereignissen des Sommers zu tun haben, denn wir arbeiten gerade an keinem anderen Fall zusammen. Das Verfahren, mit dem ich gerade beauftragt bin, rechtfertigt den Einsatz seiner Fähigkeiten nicht.

»Was hast du gefunden?« Seit ich Maldon verlassen habe, habe ich ihn nicht mehr gebeten, sich damit zu befassen. Ich hatte alle nötigen Antworten, und es war für mich endlich an der Zeit, nach vorn zu blicken.

»Also, ich arbeite gerade an einem großen Fall, an dem eine Gesellschaft mit beschränkter Haftung beteiligt ist. Dabei habe ich herausgefunden, wie man zurückverfolgt, wer sie gegründet und wer welche Einzahlung auf das Firmenkonto getätigt hat. Das hat mich wieder zur Little Trust Company zurückgebracht.« Wir sind jetzt im Bahnhof, und Otis folgt mir durch die Absperrungen hinunter auf den Bahnsteig.

»Aber wir wissen doch bereits, dass es Max war«, sage ich.

»Du weißt, dass ich von unschätzbarem Wert bin, weil ich nichts für selbstverständlich halte.«

»Das stimmt.« Ich beiße die Zähne zusammen, unsicher, ob ich wirklich wissen will, was er mir gleich erzählen wird. Ich will nicht wieder in die Vergangenheit zurückgeworfen werden, wo ich doch jetzt eine andere Aufgabe habe: bald Mutter zu sein.

Das Rattern der sich nähernden U-Bahn ist zu hören, und ich wünschte, sie würde sich beeilen, damit ich fliehen kann, bevor Otis alles um mich herum zum Einsturz bringt.

»Du hast doch gesagt, deine Mutter hätte erzählt, Max hätte sie von allem ausgeschlossen, nachdem die Rushnells bei ihr vor der Tür gestanden hatten.«

»Genau.«

Er spürt sicher, dass ich am liebsten sofort gehen würde. Dass ich Zeit für das brauche, was er mir gleich erzählen wird, denn er wartet, bis der Zug einfährt, bevor er weiterspricht. »Das ergibt allerdings keinen Sinn. Die letzte Zahlung an die Rushnells kam von Evelyn Stone, nicht Max.«

»Und was genau willst du mir damit sagen?« Ich gehe die Details noch einmal im Kopf durch, kann mir aber keinen Reim darauf machen. Mum hatte mir erzählt, dass Max sie nach der zweiten Zahlung von allem ausgeschlossen hatte. Was hat das alles zu bedeuten?

»Justine«, sagt er, »ich glaube nicht, dass Max Mark und Beverley Rushnell getötet hat. Sondern deine Mutter.«

Ich bin dankbar für den Fahrtwind des Zuges, der mich daran erinnert, dass das hier real ist und wirklich passiert. Ich steige ein und drehe mich um. Otis bleibt auf dem Bahnsteig stehen, und ich sehe ihm an, wie leid es ihm tut, mir sagen zu müssen, dass meine Mutter mich schon wieder belogen hat.

»Was wirst du jetzt tun?«, fragt er, doch die Türen schließen sich, bevor ich eine Antwort finden kann.

Davor

Evelyn – die Mutter

Evelyn fuhr, Max neben ihr rutschte unruhig auf dem Beifahrersitz hin und her. Das hatte er in letzter Zeit immer öfter gemacht. Seit er von den Rushnells erfahren hatte, hatte sie immer mehr Veränderungen an ihm wahrgenommen. Erst kleine, dann größere. Sie war seine Mutter, es war ihre Aufgabe, so etwas zu wissen. Und vor allem war es ihre Aufgabe, sie aufzuhalten.

Sie fragte sich, ob die Schuld oder die Verantwortung so schwer auf ihm lastete. Er war immer so ein lieber Junge gewesen, und das hatte er sich auch als Erwachsener bewahrt. Doch dadurch war er auch weich. Sie wusste, dass er in jener Nacht härter geworden war, doch der Kern des eigenen Wesens änderte sich nicht, und Evelyn wusste, dass er nicht so war wie sie.

Justine würde auch gern glauben, dass sie anders war, doch sie war ihrer Mutter ähnlicher, als ihr bewusst war. Evelyn hoffte, dass Justine irgendwann einmal ihre Mutter in ihrem eigenen Spiegelbild erkennen und verstehen würde, wozu alles gut gewesen war. Dass alles um ihretwillen geschehen war.

Doch heute war nicht der Tag für Enthüllungen. Heute war ein weiterer Tag, die Mutter zu sein, die sie sein musste. Je länger es dauerte, bis Justine alles verstand, desto besser hatte sie ihre Aufgabe erfüllt.

Nummer 34 Cherry Tree Grove sah genauso aus, wie sie es erwartet hatte. Warum auch nicht? Sie war in den letzten vier Tagen oft genug daran vorbeigefahren, als sie alles geplant hatte. Das Ende der Straße war eine Sackgasse, in der Autos kreuz und quer parkten.

An einem der Häuser wurden Bauarbeiten durchgeführt, und dort stand normalerweise ein großer weißer Lieferwagen, hinter den sie sich stellen wollte. Nur die Anwohner der Sackgasse würden sie so sehen können. Sie seufzte erleichtert auf, als sie in die Straße einbog. Bisher war alles reibungslos verlaufen.

Sie wusste nicht, wie das Treffen ablaufen würde. So weit im Voraus hatte sie nicht planen können, aber es war definitiv besser, wenn sie unbemerkt kommen und wieder gehen könnten. Je weniger Brotkrumen sie hinterließen, die sie mit den Rushnells in Verbindung bringen konnten, desto besser. Wenn sie eines aus der langjährigen Ehe mit Gerard gelernt hatte, dann, jederzeit vorsichtig und vorbereitet zu sein. Nichts war unmöglich, und Menschen waren immer zu mehr fähig, als man ihnen zutraute – im Guten wie im Schlechten.

An dem Tag, an dem sie ihre eigene Stärke erkannt hatte, war ihr auch klar geworden, dass auch sie Gutes und Schlechtes in sich vereinte und wie viel Macht das mit sich brachte. Dass sie nicht entweder oder sein musste. Nach Max' Geburt hatte sie gedacht, dass Gerard aufhören würde. Doch im Gegenteil. Ihm reichten die psychischen Misshandlungen nicht mehr.

Am Anfang waren auf Gerards Episoden (wie sie sie zu nennen pflegte) schnell Liebesbekundungen gefolgt, wie das Auf und Ab eines Jo-Jos. Er presste sie am Hals gegen eine Wand, nur um sie im nächsten Moment mit einem Lächeln freizugeben. Demselben Lächeln, wegen dem sie sich einst in ihn verliebt hatte.

Am Anfang war er schlau gewesen, hatte nichts getan, was Prellungen hinterließ, hatte sich auf Nacken, Kniekehlen und Handgelenke konzentriert. Wenn sie die Kontrolle über ihren Körper verlor, ließ er sie rasch los, ohne dass Spuren zurückblieben. Sie hatte es auf die Belastung durch ein neugeborenes Baby geschoben. Vielleicht posttraumatischer Stress. Die Geburt war für alle anstrengend gewesen. Sechsunddreißig Stunden Wehen, ein Notkaiserschnitt und drei Bluttransfusionen, und dann wollte das Baby nicht trinken. Ihr Mann hatte hilflos zugesehen, wie die Schwestern ihr die Milch aus den Brüsten strichen. Ja, PTBS, das musste es sein, redete sie sich nach jeder Episode ein. Sie musste einfach nur lieb und geduldig sein. Sie konnte ihm helfen. Doch mit der Zeit reichten die kleinen Übergriffe nicht mehr für einen Kick. Ein bisschen wie bei einem Drogensüchtigen, vermutete sie.

Sie hilflos und unbeweglich zu machen, erzeugte nicht mehr denselben Rausch. Schon bald wollte er blaue Flecken sehen. Natürlich sorgfältig platziert. Er war immer sorgfältig. Da fing er auch an, die Kinder gegen sie einzusetzen.

Sie dachte daran, zur Polizei zu gehen, doch sie hatte den Skandal aus ihrer Kindheit nicht vergessen, dass die Freimaurer die Polizei unterwandert hätten. Das war Jahre her, und die Dinge hatten sich hoffentlich geändert, doch das Misstrauen war geblieben. Würden sie sich auf Gerards Seite schlagen? Sie konnte sich nur auf sich selbst verlassen. Nichts war das Risiko wert. Und so lernte sie, dass sie zwei Dinge gleichzeitig sein konnte – eine gute und eine schlechte Mutter. Eine, die ihre

Kinder nicht vor ihrem Vater in Sicherheit bringen konnte und zuließ, dass ein Monster ihr Held wurde. Und eine Mutter, die sie mit aller Kraft beschützte und allen Schmerz auf sich nahm, um ihn ihren Kindern zu ersparen.

Damals hatte sie es für das Richtige gehalten. Dass sie es aushalten würde, dass Max und Justine sie weniger liebten als ihn, solange er ihnen nie wehtat. Doch sie hatte sich geirrt. Egal, wie sehr sie sich bemühte, das Monster hatte sich irgendwann ein neues Opfer gesucht. Auf die harte Tour hatte sie gelernt, dass man ein Monster nicht zähmen konnte. Diesen Fehler würde sie nicht noch einmal machen.

Die Türklingel spielte eine widerlich süßliche Melodie, und Evelyn folgte Max ins Haus und in die Küche. Stolz bemerkte sie, dass sie bei Weitem nicht so groß war wie ihre.

»Wir zahlen euch kein Geld mehr«, verkündete sie und war froh, dass ihre Stimme nicht bebte. Doch dann war ihnen die Situation schnell entglitten. Die Rushnells waren ernsthaftere Gegner, als sie gehofft hatte. Aber die Erkenntnis, dass es nur eine Hoffnung gewesen war, hatte sich als ihre Stärke entpuppt. Dieses Mal hatte nicht sie ihre Gegner unterschätzt, sondern diese hatten sie unterschätzt.

Sie blickte zu Max. Ihrem wunderbaren Sohn. Seine Augen waren vor Angst weit aufgerissen, und er zuckte unkontrolliert. Das gab den Ausschlag.

So viel von ihrer Familie war bereits zerstört worden. Nicht alles davon war die Schuld der Rushnells, doch sie würde nicht zulassen, dass sie ihr auch noch den Rest nahmen. Sie durfte nicht ihren Sohn *und* ihre Tochter verlieren.

Sie umklammerte den kalten Metallgriff in ihrer Tasche und traf eine Entscheidung, als Mark Rushnell zum Telefon ging.

Für Schwäche war keine Zeit. Sie hatte eine Aufgabe zu erfüllen, und sie mochte ja viel sein, im tiefsten Inneren war sie aber vor allem eine Mutter. Das würde ihr niemand nehmen, und ihr Sohn brauchte den Schutz seiner Mutter.

Kapitel fünfundvierzig

Die U-Bahnfahrt nehme ich kaum wahr und bin überrascht, dass ich meine Haltestelle nicht verpasse. Zu Fuß gehe ich vom Bahnhof nach Hause, mein Mantel bläht sich im beißenden Wind. Ich spüre die Kälte nicht mehr, als sie um meinen Bauch peitscht. Statt den Kopf gegen die schmerzhaften Böen einzuziehen, sehe ich nach vorn und bin dankbar, dass mich die Kälte daran erinnert, dass ich immer noch am Leben bin und dieser Körper mir gehört, auch wenn ich mich gerade davon losgelöst fühle.

Meine Mutter ist eine Lügnerin.

Meine Mutter ist eine Mörderin.

Ich beiße mir fest auf die Zunge, bis ich nur noch an das Brennen denken kann.

Ich kann keinen klaren Gedanken fassen. Wenn meine Mutter die Rushnells erschossen hat und nicht Max, hat er sich dann wirklich selbst umgebracht? Worüber hat sie noch gelogen? Und was ist mit Jake? Wenn er Max nicht geholfen hat, ihn nicht beschützt hat, warum wirft man ihm jetzt das Verbrechen vor, das meine Mutter begangen hat?

Ich ziehe das Handy aus der Tasche und wähle eine der wenigen Nummern, die ich immer noch auswendig kann – ein Überbleibsel der Teenagerzeit. Sie antwortet schneller als erwartet, und einen Moment lang fehlen mir die Worte.

»Hallo? Bist du noch dran?«, fragt sie.

»Ich weiß es«, flüstere ich. Mehr Kraft habe ich nicht. »Du warst es.«

»Bist du allein?«

»Ja.«

»Ich komme zu dir.«

Das wird ihr erster Besuch in meinem neuen Leben in London, was ich eigentlich hatte vermeiden wollen. Doch ich habe keine Kraft für Einwände und lege schweigend auf.

Vom Fenster aus erblicke ich ihr Taxi und frage mich, ob ich sie zum ersten Mal im Leben eigentlich richtig sehe. Meine ruhige Mutter war in Wahrheit gar nicht so ruhig.

Ich öffne die Tür, bevor sie klingeln kann, und sie tritt ins Haus. Wir schweigen. Wie typisch für uns. Ich führe sie ins Wohnzimmer und schenke uns einen Whisky ein. Immer noch schweigen wir beide. Ist das ein Tanz? Ein Spiel? Ich schlucke meinen Stolz hinunter.

»Keine Lügen mehr«, verlange ich, als ich ihr das Glas gebe. Dabei bemerke ich eine halbkreisförmige Narbe am Rand ihres Schlüsselbeins. Die andere Hälfte wird von ihrem Oberteil verdeckt. Hier hat mein Vater sie gebrandmarkt. Eine von vielen Stellen, die unter ihrer Kleidung verborgen sind.

»Ich bin nicht hier, um dich zu belügen«, sagt sie und trinkt einen Schluck.

»Das hoffe ich doch.« Trotzdem bin ich vorsichtig. Ich habe selbst schon viele Versprechen gegeben, die ich nie halten wollte.

»Was willst du wissen?«

»Woher hattest du die Waffe?«

»Das Praktische zuerst, wie immer.« Sie lächelt trocken. »Sie hat deinem Vater gehört. Ich weiß nicht, woher er sie hatte. Sie war nicht registriert, aber du kanntest ja deinen Vater. Er wollte immer das haben, womit er sich mächtig gefühlt hat.«

»Und nach dem Unfall hast du sie behalten?«

»Was hätte ich denn tun sollen? Sie der Polizei übergeben? Bestimmt nicht. Außerdem hatte ich gelernt, meine eigene Sicherheit nie als selbstverständlich anzusehen.«

»Max war aber trotzdem nicht sicher. Ich muss wissen, warum und wie er gestorben ist, Mum. Was ist wirklich passiert?«

Sie schließt gequält die Augen. Ich sehe, wie meine Worte schmerzhaft ihre Haut durchdringen und sie zusammenzuckt.

»Er war dabei. Max und ich sind an jenem Tag zu den Rushnells gefahren. Aber er hat die beiden nicht umgebracht. Dein Bruder hätte nie jemanden töten können, aber das weißt du mittlerweile. Ich verspreche dir, es war keine Lüge, dass er mit mir bei den Rushnells war. Natürlich wusste er nichts von der Waffe deines Vaters, wir wissen beide, dass er dafür zu weich war. Zumindest nicht, bis es zu spät war.«

Sie nimmt einen großen Schluck Whisky. »Seine Weichheit hat ihn schließlich getötet. Vielleicht habe ich da einen Fehler gemacht. Er hat es nicht verkraftet. Der Max, den wir beide kannten, verschwand in den Tagen danach vor meinen Augen. Die Erpressungen hatten ihn schon belastet, und das war dann einfach zu viel für ihn. Ich wollte ihn beschützen, ihn davor bewahren, etwas zu tun, was er später bereuen würde. Das musst du mir glauben. Er wollte sich aufgeben. Die Schuldgefühle haben ihn aufgefressen. Ich musste uns nur etwas Zeit kaufen. Ich dachte, er würde auf mich hören. Wenn ich mich um ihn kümmerte, würde es ihm irgendwann wieder besser gehen.«

»Und als er nicht auf dich gehört hat?« Mir graust unendlich vor ihrer Antwort.

»Ich habe ihm das Handy weggenommen und ihn in seinem Zimmer eingesperrt. Ich verspreche dir, Justine, ich wollte ihn nur beschützen. Ich hätte nicht gedacht, dass er aus dem Fenster klettert.« Sie trinkt ihr Glas aus. »Ich brauchte nur mehr Zeit«, wiederholt sie.

Ich weiche von ihr zurück. Auch wenn ich bereits auf dem anderen Sofa sitze, ist der Abstand zu klein. Mein Vater, meine Mutter. Böses Blut fließt durch meine Adern.

»Das ist aber noch nicht alles, oder?«, frage ich ausdruckslos. Ich darf den Schmerz nicht zu sehr an mich heranlassen. Er darf mich nicht ertränken, sonst tauche ich daraus vielleicht nie wieder auf. Sogar ich habe meine Grenzen. Irgendwie war der Gedanke einfacher zu ertragen, ich sei für Max' Tod verantwortlich gewesen, als dass es die Schuld meiner Mutter war. Ich wusste bereits, dass ich zu so schrecklichen Dingen fähig war. Doch es ist etwas völlig anderes, wenn man einer Mutter zutraut, für den Tod des eigenen Kindes verantwortlich zu sein.

»Du redest von Jake, nicht wahr?« Sie sieht mich traurig an. Jedoch ohne Bedauern.

»Wenn du und Max bei den Rushnells wart, warum steht dann Jake wegen Doppelmord vor Gericht und nicht du? Du hast mich glauben lassen, dass Max und Jake hingefahren sind.«

»Versteh doch bitte, Aufgabe einer Mutter ist es, ihre Kinder zu beschützen«, sagt sie, die Hände im Schoß fest zwischen den Falten ihres Kleids umeinandergelegt. Eine Entschlossenheit brennt in ihren Augen, die ich bisher an ihr noch nicht gesehen habe.

Davor

Max – der Bruder

Immer wieder sah Max alles vor sich. Das Blut. Die Wunden. Die Schreie. Zwei Paar tote Augen, die ihm zu folgen schienen. Selbst jetzt beobachteten sie ihn. Er spürte, wie sie über seine Haut krochen.

Wir wissen, was du getan hast.

Er hatte nicht gewusst, dass seine Mutter eine Waffe mitgebracht hatte. Was hatte sie sich dabei nur gedacht? Und dann hatte sie sie auch noch benutzt? Wenn er sie jetzt ansah, erkannte er sie nicht wieder.

In ihm existierten jetzt zwei Versionen dieser Frau. Die Mutter aus der Zeit davor und die Mörderin danach. Das konnte doch nicht ein und derselbe Mensch sein? Er musste sich irren. Vielleicht lag es am Alkohol. Er sollte damit aufhören, das wusste er, doch er konnte es nicht.

Nach den Pistolenschüssen war alles verschwommen. Einzelne Bilder ohne Kontext. Fühlte es sich so an, wenn man den Verstand verlor?

Seitdem sie die Rushnells erschossen hatte, hatte er das Haus seiner Mutter nicht mehr verlassen können. Wenn er richtig mitgezählt hatte, war das fast einen Monat her. Er wusste nicht mehr, ob er nicht gehen wollte oder nicht gehen durfte.

Ihm war klar, dass sie sich Sorgen um ihn machte. Er kam wirklich nicht gut mit allem zurecht. Aber was erwartete sie denn? Sie hatte ihm gesagt, es sei zu seinem Besten. Nur vorübergehend. Dass er besser bei ihr wohnte, bis er alles verarbeitet hatte. Bis sich der Wirbel um Jakes Verhaftung gelegt hatte.

Ihm wurde bewusst, wie einsam er geworden war, seit die Rushnells sich wieder in ihr Leben gedrängt hatten. Er hatte Justine verschreckt, Jimmy von sich weggestoßen und seine Arbeit verloren. Es gab niemanden mehr, der ihn vermissen würde.

Er ging in seinem alten Zimmer auf und ab. Wenn er stehen blieb, brannten die Augen, die ihn beobachteten, auf der Haut. So oft ging er im Kreis, dass er nicht mehr mitzählen konnte. Er hatte auch jegliches Zeitgefühl verloren. Doch als er jetzt von Wand zu Wand ging, schienen sich seine Gedanken ein wenig zu sortieren. Wenn er sich anstrengte, ergaben sie sogar etwas Sinn. Mark und Beverley. So hatten sie geheißen. Die Türklingel hatte eine Melodie gespielt.

Und dann war da noch etwas wegen Jake. Ab und zu, ohne Vorwarnung, kam plötzlich die Erinnerung an das zurück, was seine Mutter getan hatte, an Jakes Verhaftung, und er krümmte sich vor Schmerzen, weil er die Schuldgefühle kaum ertrug. Natürlich hatte sie ihm ihren Plan erst danach verraten, wohl wissend, dass er versuchen würde, sie aufzuhalten. Es war wirklich lächerlich, all die Jahre hatten er und Justine ihre Mutter für rückgratlos gehalten, und jetzt war er die Marionette und sie die Puppenspielerin.

Nein. Es war leichter, zu vergessen. Er wünschte nur, er würde alles für immer vergessen. Er konnte nicht mit dem Wissen leben, was sie getan hatten. In diesen Momenten der Klarheit, wenn sich der Nebel lichtete, hatte er versucht zu fliehen. Es klang dramatisch, aber es stimmte. Weil ihn seine Mutter nicht gehen ließ.

Dir geht es nicht gut.

Ich helfe dir nur, gesund zu werden.

Bald wird alles wieder in Ordnung sein.

Aber er kannte die Wahrheit. Zumindest manchmal. Heute war einer dieser Tage, und er wiederholte immer wieder: Mark und Beverley waren tot. Seine Mutter war eine Mörderin. Sie hatte alles Jake angehängt.

Vor dem Garderobenspiegel blieb er stehen. Das Gesicht eines Fremden starrte ihn an. Aufgedunsen vom monatelangen Trinken, seit er das mit den Rushnells herausgefunden hatte, mit dunklen Augenringen vom Schlafmangel. Er brauchte Hilfe. Er holte sein Handy hervor und schrieb Jimmy eine SMS, dem einzigen Menschen, von dem er hoffte, er könne sich auf ihn verlassen.

Er wusste, dass Jimmy wütend auf ihn war, weil er in seinem Pub Ärger gemacht hatte. Max fühlte sich deswegen immer noch schlecht. Evelyn hatte vorgeschlagen, er solle sich mit Jake treffen und ihn zu überzeugen versuchen, Maldon wieder zu verlassen. Sie fürchtete, dass Jake mit seiner langen Anwesenheit alle in Gefahr bringen könnte. Wenn die Rushnells Wind davon bekämen, dass er in der Gegend war, könnten sie auch ihn erpressen. Aber Jake hatte es nicht gut aufgenommen, dass er ein zweites Mal verschwinden sollte, und hatte geantwortet: »Die Vergangenheit ist vergangen.«

Und Max hatte ihm nicht erklären können, warum Jake gehen sollte – er wollte ihn doch auf keinen Fall hineinziehen. Statt einer Erklärung waren Wut und Angst aus ihm herausgebrochen. Es war nicht Jakes Schuld, doch Max hatte die Kontrolle verloren und war vor lauter Wut auf die Rushnells auf Jake losgegangen.

Dieser Mensch wollte er nicht sein, doch in den letzten vier Monaten – seit die Rushnells wiederaufgetaucht waren – schien er alles kaputtzumachen.

Vielleicht hatte er schon vor den Morden allmählich den Verstand verloren. Denn das sagte Evelyn ihm immer wieder – der Stress hätte ihn krank gemacht.

Ja, er bedauerte den Streit in Jimmys Pub, doch sie waren seit vielen Jahren Freunde, und Jimmy war nie lange wütend auf Max gewesen. Und, und das war wichtig: Max wusste, wer die Rushnells umgebracht hatte.

Er sollte eigentlich sofort zur Polizei gehen, doch ein Blick in den Spiegel sagte ihm, dass er nicht besonders vertrauenerweckend aussah. Nein, er musste sich erst wieder in Ordnung bringen. Wenn er doch nur aus dem Haus könnte.

Sie brachte ihm ein Tablett mit seinem Abendessen und streichelte seine Wange, sagte ihm, er solle mehr Wasser trinken. Da bemerkte sie das Handy in seiner Hand.

»Kann ich dir vertrauen?«, fragte sie. »Was ich getan habe, habe ich für dich und Justine getan. Du musst mir glauben.«

»Du hast sie umgebracht.«

»Ich glaube, sie haben sich selbst umgebracht.«

»Nein, das haben sie nicht.«

»Doch, Max. Sie haben uns bedroht. Dazu habe ich sie nicht gezwungen.«

»So funktioniert es aber nicht.« Er sprach lauter. Drängender. Vielleicht war gar nicht er wahnsinnig, sondern sie. »Ich gehe nach draußcn.«

»Es geht dir nicht gut. Du musst hier bleiben.«

»Doch, mir geht es gut.«

»Nein. Maxwell George Stone, du gehst nirgendwo hin. Nicht in deinem Zustand.«

Max war überrascht, wie groß sie ihm auf einmal erschien. Woher kam diese plötzliche Stärke?

»Gib mir dein Handy«, sagte sie. »Es geht dir nicht gut«, wiederholte sie, leiser.

Und wieder spürte er, wie ihn die toten leeren Augen aus den Ecken fixierten. Seine Haut brannte, als müsste er sie sich abziehen. Als könnte er dadurch sich selbst wiederfinden, tief in sich vergraben. Er schwankte, der Moment der Klarheit verflüchtigte sich.

Evelyn verschwand kurz und kam mit einer Bierdose zurück. Sie öffnete sie und hielt sie ihm hin, im Tausch gegen das Handy.

»Du warst immer so ein braver Junge«, sagte sie, bevor sie ging und die Tür hinter sich zuzog.

Und den Schlüssel im Schloss drehte.

Scheiß auf brav. Ich will großartig sein! Er dachte an den fünfzehnjährigen Jimmy.

Jimmy. Sie hatten etwas vereinbart. Seine Mutter hatte sein Handy, doch er hatte immer noch Jimmys Zusage, dass sie sich nach seiner Schicht unten bei den Booten treffen wollten.

Er verfolgte den Minutenzeiger auf der Wanduhr, bis er fliehen konnte. Er lauschte auf die Schritte seiner Mutter, als sie ins Bett ging.

Die Hauswand unter seinem Fenster war mit stachligem Brombeergebüsch bewachsen. Es würde nicht einfach werden, doch es war möglich. Außerdem hatte er keine andere Wahl, er musste hier weg.

Kapitel sechsundvierzig

Meine Mutter bleibt völlig ruhig, während sie erzählt, wie nervös Max in den Tagen vor dem Morden gewesen war, wie gebrochen danach. Sie holt kaum Luft, während sie sagt, dass sie alles nur getan hat, um ihn vor sich selbst zu schützen.

Reißt sie sich so eisern zusammen, weil sie fürchtet, sonst zusammenzubrechen?

Denn jetzt erkenne ich es: Sie ist nicht vor innerer Kälte so distanziert, sondern vor Angst.

»Hattest du Angst vor Dad?«, frage ich.

»Entsetzliche Angst. Jeden Tag. Ich fürchtete, er könnte euch wehtun. Und dann hat er es schließlich getan.«

»Warum bist du bei ihm geblieben?«

Sie schließt die Augen und beginnt zu weinen.

»Ich habe oft daran gedacht. Es war so kompliziert. Ich weiß nicht, wie ich es dir erklären soll. Ich habe nicht geglaubt, dass ich es könnte, so war es wohl. Wer war ich denn ohne deinen Vater? Er hat mich glauben lassen, dass ich nur dank ihm überhaupt existiere. Dass ich es nicht verdiene, ohne ihn zu leben. Es auch nicht kann. Außerdem hätte Gerard nie zugelassen, dass ich euch mitnehme. Ich hatte Angst vor dem, was er tun könnte, sollte ich es versuchen. Deshalb bin ich geblieben. Habe auf euch aufgepasst. Und gehofft, dass er seine Aggressionen nicht an euch auslässt, wenn er mich hat.« Sie öffnet die Augen, sieht mich an. »Es tut mir leid, dass ich mich geirrt habe.«

»Du hast mich weggeschickt.« Ich ertrage es fast nicht, die Worte laut auszusprechen. Einzugestehen, dass meine Mutter mich im Stich gelassen hat.

»Um dich zu schützen«, erwidert sie aufgebracht. »Es hätte dich umgebracht, wenn du geblieben wärst.«

Ich glaube ihr. Etwas in mir zerbricht. Doch das ist hoffentlich etwas Positives. So kann ich aus mir etwas Besseres, Stärkeres, Dauerhafteres machen. Ich glaube ihr: Sie hat mich geliebt, trotz des Wissens, was ich getan hatte.

Unbewusst lege ich die Hand auf meinen Bauch. Auch ich bin eine Mutter. Die Verantwortung hat mich bereits verändert. Was ich esse und trinke, wie ich Sport treibe. Wird man so zu einer Mutter? Durchläuft man eine gewisse Metamorphose? Ich hatte nicht geglaubt, ich wäre jemals gut genug, um Mutter zu sein. Hatte zu viel Angst davor gehabt, bei einem kleinen Wesen zu versagen. Doch ich habe mich überrascht.

Ich bin bereits eine ausgezeichnete Mutter.

Otis' Frage hallt in mir nach.

Was wirst du tun?

Ich denke an Jakes Brief und die Entscheidung, die ich zu treffen habe. Daran, dass ich herausfinden muss, wer für Max' Tod verantwortlich ist. Und an DS Rose mit ihren Fragen zu Dads Unfall.

Welche Geheimnisse werde ich bewahren? Welche muss ich preisgeben?

Ich halte meinen Bauch fester.

Die Wahrheit ist, das meine Geheimnisse nicht länger nur mehr mich schützen – sondern auch mein Kind.

Jetzt

Jake – der Angeklagte

Jake sitzt auf der harten Matratze in seiner Zelle und wirft immer wieder einen Tennisball gegen die Wand. Ob sie wohl kommt?, fragt er sich.

Justine.

Der Prozess dauert schon über sechs Wochen, und bald wird er zum letzten Mal in den Gerichtssaal gebracht werden. Er ist optimistisch. Dumm. Aber er kommt nicht gegen die Gedanken an.

Es ist immer noch Zeit. Vielleicht kommt sie dir ja doch noch zu Hilfe.

Das Netz ist zu dicht. Realistisch gesehen weiß Jake, dass sie ihn nicht retten kann, nicht, ohne sich selbst in den Abgrund zu reißen. Doch er hätte gedacht, dass sie ihn vielleicht besuchen würde, bevor sie einen Entschluss fasst, was sie tun soll. Schließlich sitzt er wegen ihrer Familie im Gefängnis.

Und während er darauf wartet, gleich die Schlussplädoyers in seinem Fall zu hören, zweifellos mit allen schrecklichen Details, die er angeblich zu verantworten hat, will er sie noch einmal berühren. Sich daran erinnern, wie und warum er überhaupt hier gelandet ist.

Vor achtzehn Jahren hat er alles für Justine geopfert. Doch

achtzehn Jahre ist eine sehr lange Zeit. Dieses Mal hat er weniger aus Liebe zu ihr geschwiegen, sondern aus Notwendigkeit. Er konnte sich nicht aus einem Verbrechen befreien, ohne ein anderes zu gestehen.

Leider kann er nicht beweisen, wie wasserdicht Evelyns Falle ist. Wenn er die Wahrheit sagt, schiebt sie ihm dann auch Gerards Tod in die Schuhe, stellt es so hin, als hätte er ihn ermordet? Mittlerweile kommt es ihm nicht weit hergeholt vor. Die Frau ist definitiv zu mehr fähig, als er ihr zugetraut hatte. Damals war er noch ein Junge. Garantiert hatte er Fehler gemacht und Spuren hinterlassen, als sie Gerards Leiche aus dem Haus gebracht hatten. Max kann seine Version der Ereignisse nicht mehr bestätigen. Und was ist mit Justine?

Garantiert weiß sie, dass er unschuldig ist. Sein Brief war deutlich. Unschuldig, aber gefangen. Nur sie verfügt noch über eine gewisse Macht. Wird sie ihre Geschichte erzählen, um ihn zu retten? Vor langer Zeit hatte er alles für sie geopfert.

Er hatte gehofft, dass sie glücklich war. Dass nicht alles umsonst gewesen war. Am Anfang, nachdem er aus Maldon weggegangen war, hatte er alle paar Monate nach ihr recherchiert, doch sobald sie mit Noah zusammengezogen war, schmerzte es zu sehr. Schließlich hatte er sich gezwungen, nach vorn zu blicken.

Er war gegangen, damit sie sich ein Leben aufbauen konnte. Das sie nicht in einer schmerzvollen Vergangenheit festhielt. Doch jetzt steht seine Freiheit auf dem Spiel – sein Leben.

Wird sie sich für seine Rettung entscheiden?

Ihnen läuft die Zeit davon.

Schlüssel klirren, vertraute Schritte ertönen auf dem Gang. Sie holen ihn ab.

Kapitel siebenundvierzig

Das polierte Holz verleiht dem ganzen Gerichtssaal eine elegante, strahlende Atmosphäre, als wäre das Rechtssystem, das hier am Werk ist, eine Art höhere Macht. Vornehm. Rechtschaffen. Wenn es doch nur so wäre.

Heute bin ich nicht hier, um für das Recht einzutreten. Habe nicht das Gefühl, Teil von etwas zu sein, das größer ist als ich selbst. Heute bin ich einfach eine Beobachterin, die auf der Besuchergalerie sitzt und Christina Langs Charisma beobachtet. Es ist mein erster und einziger Tag im Gericht, an dem ich Jakes Prozess verfolge. Zu Beginn des Verfahrens war ich ein paarmal vor dem Gerichtssaal, brachte aber nie den Mut auf hineinzugehen. Bis heute.

Christina ist eine Naturgewalt. Wäre ich auch so mitreißend gewesen? Ihr Adrenalin und ihre Energie füllen den ganzen Raum, bis hin zu mir.

»Meine Damen und Herren Geschworenen, Sie haben von der Verteidigung gehört, dass Brad Finchley in diesem Prozess auf ›nicht schuldig‹ plädiert. Sie argumentiert, es bestünde keine Verbindung zwischen ihm und Mr und Mrs Rushnell. Weiterhin habe er kein Motiv, in ihr Haus einzudringen, geschweige denn, sie zu erschießen.

Sie haben gehört, wie Mr Murray verschiedene Möglichkeiten präsentiert hat, wer mehr Grund gehabt haben könnte, dem Ehepaar zu schaden. Aber lassen Sie mich ganz klar sagen: Wir sind nicht hier, um über die Vergehen von Mark und Beverley zu urteilen. Das ist nicht Ihre Aufgabe als Jury. So funktioniert das Rechtswesen in diesem Land nicht. Denn darüber sollen wir hier entscheiden – das Recht.

Wir sind nicht hier, um herauszufinden, ob sie in der Vergangenheit in undurchsichtige Versicherungsansprüche verwickelt waren oder ob irgendwer von den beiden eine Affäre hatte. Wir sind nur hier, um die Wahrheit darüber herauszufinden, was an ihrem Todestag geschah. Nicht in der Zeit davor. Und auch nicht danach. Nur das, was an jenem fünfzehnten Juni geschah. Und wer dafür verantwortlich ist. Die Antwort auf diese Frage steht heute vor uns.

Bei Brad Finchley wurde eine Tasche gefunden, in der die Mordwaffe sowie eine Baseballkappe aus seinem Besitz aufbewahrt wurden. Auf der Außenseite der Tasche war überall seine DNA. Auf Kappe und Waffe waren Blutspritzer, die mit Mark und Beverleys Blut übereinstimmen. Fasern der Kappe wurden auf beiden Leichen gefunden. Das sind keine Indizienbeweise und auch nicht, wie Mr Murray behauptet, bloße Hypothesen. Ich präsentiere Ihnen unbestreitbare Fakten. Brad Finchley plädiert auf nicht schuldig, doch es ist ihm nicht gelungen, eine stichhaltige Erklärung dafür zu liefern, warum oder wie diese Gegenstände in seinen Besitz gelangten. Wie genau seine DNA auf die Mordwaffe kam oder die Fasern von seiner Baseballkappe auf die beiden Opfer, wenn er angeblich nicht am Tatort war. Wenn er sie nicht getötet hat.

Nicht nur das, wir müssen auch den Vorsatz hinter den Morden beachten. Das war kein Unfall. Die Opfer wurden in ihrem eigenen Haus gefunden, völlig wehrlos. Das war keine Selbstverteidigung. Das war kein Totschlag. Sondern kaltblütiger Mord. Ich bitte Sie daher inständig, heute die richtige Entscheidung zu treffen und Brad Finchley des Mordes schuldig zu sprechen.«

Ich atme langsam aus und greife nach meiner Halskette. Die Jake mir damals geschenkt hat. Ich umklammere sie zwischen meinen Fingern, die scharfen Kanten schneiden in meinen Daumen. Man könnte eine Stecknadel fallen hören, so still ist es.

Mr Murray steht auf und hustet leise. Das Scharren seines Stuhls hallt bis zur Besuchergalerie. Jetzt ist die Verteidigung an der Reihe, den Fall noch einmal für die Geschworenen zusammenzufassen. Dabei wird Mr Murray klarstellen, dass das Blut auf der Baseballkappe allein beweist, dass sie mit den Opfern in Berührung gekommen sein muss, nachdem sie erschossen wurden und bevor das Blut getrocknet war. Es beweist nicht, dass Jake den Abzug betätigt hat. Er wird mit aller Überzeugungskraft argumentieren, dass man Jakes DNA nicht an der Tatwaffe gefunden hat und ihm die Tat möglicherweise untergeschoben wurde. Er wird noch einmal darauf hinweisen, dass auch andere Menschen ein Motiv hatten, die Rushnells zu töten. Das Loch ist seiner Argumentation ist aber natürlich, wie Christina Lang ganz richtig bemerkt hat, dass die Verteidigung keinen Grund präsentieren kann, wer Jake etwas anhängen wollen könnte und warum.

Genau deshalb natürlich hat meine Mutter ihn benutzt. Ich bin nicht so naiv zu glauben, dass sein Schweigen etwas mit seiner immerwährenden Liebe zu mir zu tun hat – dafür ist zu viel Zeit vergangen. Ja, er hat sich gegen die Anklage gewehrt –

in den Raum gestellt, dass man ihn hereingelegt hat –, jedoch nicht mit aller Kraft. Das geht auf ihn. Nicht mich. Und das war das Ass in Mums Ärmel. Jake war auch an der Vertuschung von Dads Tod beteiligt. Warum sollte er ein Verbrechen gestehen und riskieren, dass er für diesen Mord auch noch verantwortlich gemacht wird? Drei zum Preis von zwei. Vor allem, weil er nicht wusste, ob ich je die Wahrheit sagen würde. Er wusste zwar, dass Mum ihm die Beweise untergeschoben hatte, jedoch nicht, wo die Verbindung zu den Rushnells war.

Die perfekte Falle. Mum musste nur den Plan schmieden, alles vorbereiten und durchführen.

Während der drei kurzen Stunden, bis die Jury mit dem Urteil zurückkommt, klammere ich mich mit aller Kraft daran, dass Jake auch für das verantwortlich ist, was wir vor achtzehn Jahren getan haben.

Geräuschvoll gehen alle in den Saal zurück, und ich warte bis zur letzten Minute, weil ich keine Aufmerksamkeit auf mich ziehen will. Doch als ich mich wieder auf meinen Platz setze, spüre ich, dass mich jemand beobachtet. Ich lasse den Blick durch den Raum schweifen.

Und erstarre.

Zwinge mich zu einem gelassenen Gesichtsausdruck.

Wann ist sie gekommen? Trotz ihres ausdruckslosen Gesichts merke ich, wie zufrieden sie mit meiner Reaktion ist. Sie hatte gehofft, dass ich sie bemerke. Neben ihr sitzt der Journalist vom Schlammrennen, der mir vor Mums Haus Fragen gestellt hat. Hat sie ihn damit gemeint, als sie gesagt hat, Journalisten unterlägen nicht denselben Vorschriften wie die Polizei? Hat sie ihre Drohung wahr gemacht? Den Fall meines Vaters weiterverfolgt, obwohl er doch offiziell abgeschlossen ist?

Was wissen sie?

Der Richter bittet den Sprecher der Geschworenen, aufzustehen und das Urteil zu verkünden, doch ich kann den Blick nicht von Jake Reynolds abwenden, der in seinem Glaskäfig auf der Anklagebank sitzt.

Die meiste Zeit habe ich heute sein Profil studiert. Ich habe gesehen, wie er manchmal einen Augenblick länger blinzelt als nötig, als wäre alles nur ein Traum gewesen, wenn er die Augen wieder öffnet. Bevor der Geschworene das Wort ergreift, erleidet jemand einen Hustenanfall, und Jake reißt den Kopf Richtung Besuchergalerie.

Er sieht zum ersten Mal nach oben. Ich hatte gewusst, dass er nicht gern als Unterhaltung dienen und daher nicht zu den Zuschauern sehen würde. Doch jetzt lässt er den Blick über jede Reihe gleiten. Sucht er nach jemandem? Nach mir?

Ich sitze in der dritten Reihe, auf dem zweiten Stuhl von rechts, und schon bald treffen sich unsere Blicke. Was er wohl denkt? Ob er von dort unten sehen kann, dass ich schwanger bin? Seit ich Noah alles erzählt habe, ist mein Bauch sichtlich gewachsen. Laut des letzten Ultraschalls habe ich die Hälfte bereits hinter mir.

Früher war es ein wunderschönes Gefühl, von Jake Reynolds beobachtet zu werden. Heute ist mir jedoch, als würde ich ersticken. Die Stromstöße, die mich früher freudig durchzuckt haben, fühlen sich heute wie Dolche an. Trotzdem kann ich mich nicht abwenden.

Ist meine Anwesenheit ein Trost für ihn? Ich denke an den Brief, den Otis mir überbracht hat.

Nein, vermutlich ist sie eher eine Beleidigung. Und ich kann es ihm nicht verdenken.

Liebe Justine,

also, das war eine Überraschung. Auch wenn mir klar war, dass du mich unter den gegebenen Umständen bald gefunden haben würdest.

Ich verstehe, dass du viele Fragen hast, auf die du Antworten möchtest. Lass mich erst eins sagen – ich habe dich nie gehasst, und ich wollte dich auf keinen Fall im Stich lassen. Jene Nacht war ein einziges Chaos, und wir waren noch so jung. Wir haben Fehler gemacht. Ich wollte dich beschützen, aber ich hatte auch Angst vor dem, was wir getan hatten. Und so habe ich mir irgendwie eingeredet, dass ich dich schütze, wenn ich dich verlasse. Realistisch betrachtet habe ich vielleicht nur versucht, mich selbst zu retten.

In den ersten Jahren war ich oft nahe dran, wieder zurückzukommen, aber die Feier hat nicht nur dich verändert. Auch mich, und immer, wenn ich Kontakt mit dir aufnehmen wollte, konnte ich es nicht. Je mehr Zeit verging, desto schwieriger wurde es. Schließlich gefiel mir die Freiheit, jemand anders zu sein. Ich sah, was du dir in London aufgebaut hast, und wollte das auch für mich. Ich erzählte meinen Eltern nie, dass ich meinen Namen geändert hatte. Für sie war ich immer Jake. Die restliche Zeit war es leichter, die Vergangenheit zu vergessen, wenn ich einfach nur Brad war.

Ich kann dir nicht die Antworten geben, nach denen du dich sehnst. Ich kenne selbst nur die halbe Geschichte, aber wenn ich dich noch kennen sollte— was ich glaube, nachdem du einen Weg für uns gefunden hast zu kommunizieren—, dann bin ich mir ziemlich sicher, dass du die Antworten selbst herausfindest. Und dann eine Entscheidung treffen musst.

Ich weiß, was ich getan und was ich nicht getan habe. Genauso weiß ich, was ich jetzt tun muss. Man lässt mir nicht viel Auswahl.

Du jedoch? Du kannst dich immer noch entscheiden. Du kannst das hier immer noch beeinflussen.

Viele Grüße,

Jake

Wir sehen uns immer wieder an, obwohl ich sicher bin, dass es für ihn genauso schmerzhaft ist wie für mich. Dass meine Anwesenheit hier und die Tatsache, dass der Prozess überhaupt so weit gekommen ist, die Bestätigung dafür ist, dass ich meine Geheimnisse bewahren werde. Dass ich mich dafür entschieden habe, mit seinem Leben zu spielen. Dass das Gericht entscheiden soll.

Das Urteil hallt durch den Raum. »Wir befinden den Angeklagten der Ermordung von Mark und Beverley Rushnell für … schuldig.«

Davor

Jake – der Freund

Jake hatte nicht damit gerechnet, wie viel seine Mutter im Lauf der Jahre gehortet hatte. Es war nicht seine Schuld, er hatte noch nie ein Haus ausräumen müssen. So viel Papierkram war zu erledigen. »Testamentsabschrift« und »Testamentsvollstrecker«, alles Worte, die er bis zum Tod seiner Mutter noch nie gehört hatte.

Er hatte gehofft, alles in zwei Wochen erledigt zu haben, doch Monate später hing er immer noch in Maldon fest und wühlte sich durch Kindheitserinnerungen, die er schon längst vergessen hatte. Natürlich hatte er den Kontakt zu seiner Familie gehalten, doch mit der Zeit war er schwächer geworden. Er hatte die ganzen Fragen nicht mehr ertragen. Wo war er? Warum war er weggezogen? Wann kam er zurück? Die Lügen waren ihm zu viel geworden. Sie hatten Justine die Schuld gegeben und angenommen, sie müsse ihn so sehr verletzt haben, dass er es nicht länger in Maldon ausgehalten hatte. Ganz unrecht hatten sie nicht. Nach dem, was sie getan hatten, hatte er nicht in Maldon bleiben können.

Zwei Monate später, und die Garage war immer noch voller Kisten. Er hatte fast den ganzen Tag herumgeräumt und wollte schon Feierabend machen, als er die Tasche entdeckte, die zwischen zwei Kisten in der Ecke geschoben war. Er hatte geglaubt, sie gehörte ursprünglich seinem Vater, und war neugierig. Nicht mehr viele Sachen seines Vaters waren noch im Haus. Seine Mutter hatte so gut wie alles von Jake aufgehoben, jedoch viel weniger von den Sachen ihres Mannes.

Er hatte die Tasche hervorgezogen und dabei nicht bemerkt, dass sie nicht wie alles andere in der Garage von einer dicken Staubschicht überzogen war. Eifrig hatte er den Reißverschluss aufgezogen.

Den Eisengeruch hatte er nicht sofort als Blut identifiziert. Sonst wäre er vermutlich vorsichtiger zu Werke gegangen. Ohne nachzudenken wühlte er darin herum und zog eine schwarze Baseballkappe heraus, die er als seine eigene erkannte. Die er seit einer Woche vergeblich gesucht hatte. Wie war die denn hier gelandet? Und warum? Verwirrt öffnete er die Tasche noch weiter und sah hinein.

Eine Pistole.

Auf dem Boden der Tasche lag eine echte Pistole. Die man hier in der Garage deponiert haben musste, seit er das letzte Mal die Baseballkappe getragen hatte.

Was war hier los?

Er konnte nicht denken, bekam keine Luft. Rannte aus der Garage, die Tasche im Arm, die Treppe hinauf, wo er hektisch nach einem Versteck suchte. Ihm fiel das alte Geheimversteck seines Vaters ein, in dem er seine wertvollsten Besitztümer aufbewahrt hatte – unter einer lockeren Bodendiele unter dem Bett –, und hastete ins ehemalige Schlafzimmer seiner Eltern. Er würde die Tasche der Polizei übergeben, doch erst musste er herausfinden, was zum Teufel das alles mit ihm zu tun hatte.

Jake erkannte viel zu spät, dass es kein Zufall gewesen war, dass Max sich mit ihm auf einen Drink verabredet und er seitdem seine Baseballkappe vermisst hatte. Im Pub hatte er sie nicht getragen, doch er war sich sicher, dass er sie am selben Morgen auf dem Sessel liegen gelassen hatte. Bei seiner Rückkehr war sie nicht mehr da gewesen. Er hatte sich gewundert, sich dann aber gesagt, dass er sich vermutlich einfach geirrt hatte. Erst später war ihm klar geworden, dass Evelyn, während er mit Max im Pub war, ins Haus eingedrungen sein musste, um etwas mit seiner DNA zu holen.

Um ihm damit zwei Morde anzuhängen.

Vorsätzlich.

Aber wie?

Wie waren die ganzen Beweise ins Haus gelangt?

Immer wieder hatte er seine Verhaftung im Kopf durchgespielt – drei Wochen nach dem Streit mit Max –, während er in einem kalten feuchten Raum auf seine Vernehmung gewartet hatte. Er hatte nur einen Schlüssel zum Haus seiner Mutter. Doch er erinnerte sich genau, dass bei seiner Festnahme zwei am Schlüsselbrett gehangen hatten. Zu dem Zeitpunkt hatte er nicht weiter darüber nachgedacht.

Schließlich war ihm dann wieder eingefallen, dass außer ihm und seiner Mutter Justine noch einen Schlüssel zum Haus seiner Familie gehabt hatte. Damals war sie bei ihm ein- und ausgegangen. Justine hatte ihm das aber alles nicht angehängt, das wollte er einfach nicht glauben. Evelyn musste irgendwie an den Schlüssel gekommen sein. Er wusste, dass Justine Maldon eilig verlassen hatte und nie wieder zurückgekehrt war. Hatte sie den Schlüssel zurückgelassen? Sie hätte ja schließlich kaum einen Grund gehabt, ihn mitzunehmen.

Evelyn musste ihn gefunden und für alle Fälle aufbewahrt haben.

Jake zweifelte nicht daran, dass sie den Schlüssel als Warnung am Schlüsselbrett zurückgelassen hatte. Er sollte wissen, dass sie es gewesen war. So zwang sie ihn zum Schweigen, zeigte ihm, dass er machtlos war. Alles hing mit Gerards Tod zusammen, dem einen Fehler, den er je begangen hatte. Und der ihn jetzt einholte.

Wirklich clever, dachte er in der kalten, nackten Zelle, in die man ihn gesteckt hatte.

Die Stones hatten schon immer gern gewonnen. Hatten es verstanden, etwas so darzustellen, dass es ihnen nutzte. Viel zu spät hatte er verstanden, dass sie darin wahre Meister waren.

Kapitel achtundvierzig

Von der Einfahrt aus beobachte ich durch das Fenster das lebhafte Treiben in unserer Küche. Charlotte balanciert auf einem Barhocker und hängt eine Wimpelkette auf. Sie lachen, und so wie sich Noah bewegt, läuft bestimmt Musik. Als Charlotte herunterklettert und ihr Werk begutachtet, sehe ich die rosafarbenen Buchstaben auf den Wimpeln: HURRA! EIN MÄDCHEN! Es ist zu früh für eine Babyparty, doch Charlotte wollte unbedingt feiern, nachdem wir erfahren hatten, dass es ein Mädchen wird.

»So ein Aufwand ist doch nicht nötig«, hatte ich gesagt, doch sie hatte behauptet, Genderpartys seien in Amerika gerade total in. Nun gut.

Natürlich sollte es klassischen englischen Nachmittagstee geben. Ich durfte weder jetzt helfen noch die Party organisieren. Ich frage mich, wie viel Zufall und wie viel Schicksal ist, denn heute hatte Jake sein Strafmaß bekommen. Sein altes Leben war an dem Tag zu Ende, an dem ich mein neues feiere.

Beim Anblick des Hauses mit all den Menschen darin, die ich liebe, ist die Lücke, die Max hinterlassen hat, noch größer. Werde ich mich je wieder ganz fühlen? Er sollte hier sein. Mein großer Bruder sollte seine Nichte feiern. Der Schmerz hält mich immer fest umklammert. Die Ungewissheit macht ihn nahezu unerträglich. Wie werden nie wissen, ob er betrunken ins Wasser gefallen ist, nachdem Jimmy ihn zurückgelassen hat, oder ob die Schuldgefühle zu stark geworden sind und er beschlossen hat, seinem Leben ein Ende zu setzen.

So wirkt sich der Tod auf die Überlebenden aus. Wie kann man etwas ohne Antworten abschließen? Wem soll ich vergeben? Max? Meiner Mutter? Jimmy? Mir selbst? Ohne Antworten kein Vergeben. Ich glaube, ich bin dazu bestimmt, bis in alle Ewigkeit wütend zu sein. Gequält zu sein. Alles hat seinen Preis, und Max' Tod ist meiner.

Ich bin in Gedanken versunken, als die Haustür aufgerissen wird und Noah mir bedeutet, ich soll rasch reinkommen. Es ist eiskalt, bald ist Weihnachten. Das Haus sieht warm und glücklich aus. Kann ein Haus glücklich aussehen? Bis heute hätte ich das nicht gedacht. Doch ja, ich habe ein glückliches Zuhause. Ich lächele und schiebe den Gedanken an die Gefängniszelle weg, in der Jake gerade sitzt.

Lautes Stimmengewirr schlägt mir entgegen. Das Haus ist voller Freunde, von denen ich gar nicht gewusst hatte, dass ich sie habe. Menschen, die ein Teil des nächsten Kapitels in meinem Leben sein wollen. *Wie war es beim Wellness?* Alle sind neugierig, und ich erzähle, dass ich einen wunderbar entspannenden Vormittag hatte. Genau das hatte ich gebraucht. Es ist nur eine kleine Notlüge.

»Gut, du verdienst es, verwöhnt zu werden«, sagt Charlotte, als sie mich am Arm nimmt und in die Küche führt, damit ich ihr Werk bewundere.

Du verdienst es, verwöhnt zu werden. Zum ersten Mal, seit ich mich erinnern kann, raubt mir die Vorstellung, dass ich tatsächlich etwas verdiene, nicht den Atem. Stattdessen denke ich an das neue Leben, das in mir wächst, und weiß, dass ich die Vergangenheit endlich abschließen kann. Ich muss nicht mehr alle Schuld auf mich nehmen, ich kann sie aufteilen. Jake hat Mr und Mrs Rushnell nicht getötet, aber er hat immer noch geholfen, den Tod meines Vaters zu vertuschen, womit er die Weichen für alles andere gestellt hat. Er war das. Nicht ich. Und auch wenn er Max nicht ins Wasser gestoßen hat, hat er ihn damals um Hilfe gebeten. Ich rede mir ein, dass ich ihm dafür die Schuld geben kann.

Die Küche ist wunderschön dekoriert. Cupcakes und kleine Sandwiches stapeln sich auf Etageren, die die ganze marmorne Arbeitsfläche bedecken. Ein Bogen aus rosafarbenen und weißen Ballons trennt die Küche vom Wohnzimmer, auf der Kommode in der Ecke türmen sich Geschenke.

Dieses Mal sehe ich nicht vom Auto aus hinein, sondern hinaus. Vom Erkerfenster der Küche schaut man direkt auf unseren Apfelbaum. Das Baby tritt, und als ich die Hand auf meinen Bauch lege, denke ich an den alten Spruch, dass der Apfel nicht weit vom Stamm fällt. Wie wahr er doch ist. Wie die Mutter, so die Tochter. Ich schütze dieses Kind bereits jetzt mit einer Entschlossenheit, die nur die Liebe einer Mutter hervorbringt.

Ich hatte Jakes Brief immer wieder gelesen und überlegt, was ich mit der Wahrheit anfangen sollte, doch es ging dabei nicht nur darum, ob ich meine Mutter oder Jake retten wollte, eine Erklärung zu bekommen, was meinem Vater wirklich zugestoßen war, es ging auch um mein ungeborenes Kind. Darum, meine Tochter zu retten. Und auch mich.

Denn nach achtzehn Jahren kann ich endlich akzeptieren, dass mein Vater recht hatte – alles ist eine Frage der Interpretation. Sogar Mord.

Davor

Justine

Je länger Justine in den Wandschrank eingesperrt war, desto mehr veränderte es sie. Sie und Max wussten, wie übermächtig es war, allein zu sein. Wie viel bedrohlicher sich dann alles anfühlte. Deshalb hatten sie sich als Kinder immer zusammen versteckt, unter der Treppe, wenn sie die Schreie ihrer Mutter nicht mehr ausblenden konnten. Max hatte dann immer so getan, als würden sie Verstecken spielen, und sie hatte mitgemacht. Schon als Kind hatte sie gewusst, dass es besser für sie beide war, in der Fantasiewelt zu bleiben, die Max für sie beide errichtet hatte.

Dieses Mal war kein Max da, der Geschichten und Spiele erfand, um die Wahrheit fernzuhalten. Sie war allein und allem ausgeliefert.

Als ihr Vater den Stuhl scharrend zurückzog und die Tür öffnete, war sie kaum wiederzuerkennen. Sie hatte nicht einfach nur Mut gefasst, er hatte sie geradezu in Brand gesetzt. Sie war nicht die Trommel schlagende Wikingerin geworden, sondern die Trommel an sich.

Sie rappelte sich auf und starrte ihren Vater an, der Zigarre rauchend vor ihr stand. Er war kein großer Mann, doch seine Ausstrahlung ließ ihn überlebensgroß wirken. Sein grünes

Samtjackett war an den Schultern etwas zu weit, seine Stirn schweißfeucht – wahrscheinlich von dem vielen Whisky.

»Wie kannst du es wagen?«, fauchte Justine ihn an und überraschte damit sogar sich selbst. »Ich bin doch deine Tochter.« Sie klang selbstbewusst und aufrichtig, aber innerlich zitterte sie. Fühlte sich gebrochen. Allein gelassen. Wie hatte er ihr das nur antun können? Ihr eigener Vater.

»Genau. Ich kann nicht zulassen, dass meine Tochter falsche Anschuldigungen gegenüber meinem wichtigsten Geschäftspartner erhebt. Weißt du, wie uns das schaden würde? Du hast heute Abend fast die ganze Familie ruiniert.« Er spricht leise, fast beiläufig, als hätte er gerade nicht Justines Welt zertrümmert, was die Wut in ihr hochkochen ließ.

»Das sind keine falschen Anschuldigungen.«

»Alles ist eine Frage der Interpretation, Justine, das wirst du eines Tages noch lernen.«

»Sexuelle Belästigung nicht.«

Sie starrten einander an. Kampfbereit. Er sollte sie doch beschützen. Warum machte er es dann nicht? Sie musste es ihm begreiflich machen. Vielleicht war alles nur ein großes Missverständnis.

»Hat er dich geküsst?«

»Nein.«

»Hat er dich gezwungen, ihn anzufassen?«

»Nein.«

»Hat er dich vergewaltigt?« Bei der Frage zuckte er nicht mit der Wimper, und das erschütterte sie bis ins Mark. Wie gefühllos das aus dem Mund ihres eigenes Vaters klang. Sie wusste, dass er grausam sein konnte, hatte es durch die Wände gehört, doch bisher war es nie gegen sie gerichtet gewesen.

»Nein.«

»Na dann«, meinte er abfällig grinsend. »Alles eine Frage der Interpretation.«

Kein großes Missverständnis also.

Gerard drehte sich um und steuerte auf die Tür zu. Das war's? Er fragte sie nicht nach ihrer Sicht der Dinge? Wie er einfach davonmarschierte – das war zu viel. Er wollte sie wirklich schon wieder allein lassen? Warum setzte er sich nicht für sie ein?

Justine fühlte sich klein. So klein. Wie konnte sie ihrem eigenen Vater so wenig wichtig sein? Sie konnte nicht widerstehen, musste ihn in die Schlacht zurückholen. Eine Auseinandersetzung war immerhin besser, als sie einfach allein zu lassen. Einfach weggeworfen zu werden, war viel schlimmer. Als würde ihr Schmerz nicht existieren. Als hätte sie alles einfach nur erfunden und wäre es nicht wert, noch weiter darüber zu reden.

Deshalb ging sie unter die Gürtellinie. Hauptsache, er reagierte darauf. Blieb bei ihr.

»Und dass du deine Frau schlägst? Ist das auch eine Frage der Interpretation?« Sie bereute die Worte, kaum dass sie sie ausgesprochen hatte.

Er wirbelte herum, marschierte mit geblähter Brust auf sie zu. Grinste nicht mehr. Sein Blick hatte sich drohend verfinstert. Sie war zu weit gegangen.

Dieses Mal würde er nicht aufhören.

Jetzt war es kein Spiel mehr für ihn, das er gewinnen und danach grinsend eine Zigarre rauchen würde. Sie hatte ihn zu weit getrieben. Sie hätte ihn gewinnen lassen sollen.

Wie in Zeitlupe sah sie zu, wie er die Hand hob. Die ganze Zeit sah er sie an – schämte sich nicht, seine Tochter zu ohrfeigen. Die Wucht des Schlages überraschte sie, auch wenn sie darauf vorbereitet war. Ihre Wange brannte wie von tausend Nadelstichen.

Sie schnappte nach Luft, während ihre Augen sich mit Tränen füllten. Dann straffte sie die Schultern und zwang sich, nicht zu weinen. Immerhin war sie eine Stone. Doch während sie ihre Wange hielt, fragte sie sich, ob er je aufhören würde, nachdem diese Grenze überschritten war. Es gab kein Zurück mehr zu der Rolle des Heldenvaters. Die hatte er heute Abend aufgegeben. Würde er vollständig in seine neue Rolle schlüpfen? Die des Bösewichts, die bisher hinter verschlossenen Türen verborgen gewesen war, nur sichtbar für ihre Mutter?

Schweigend sahen sie einander an. Teilte die Zeit sich in ein Davor und Danach? Was als Nächstes passieren würde, würde den Ausschlag geben. Wer würde den ersten Schritt machen? Wie würde es danach weitergehen?

Schließlich nahm Gerard ruhig die Zigarre von den Lippen, und sie wusste, dass er sich für den Bösewicht entschieden hatte. Dass die Ohrfeige nur der Anfang gewesen war.

Sie hatte die kreisrunden Brandwunden bei ihrer Mutter gesehen, an Stellen, die sich leicht unter Kleidung verbergen ließen, aber einem Kind bleibt nichts verborgen. Sie sind zu sehr auf die Eltern ausgerichtet, zu klein, zu aufmerksam. Erwachsene vergessen, wie es ist, so eins mit der Welt um einen herum zu sein, ohne Ablenkungen – keine Arbeit, keine Pflichten, die einen vom Hier und Jetzt wegreißen könnten. Kinder sind Schwämme. Und Erwachsene unachtsam.

Ihre Eltern hatten gedacht, sie wären schlau, doch Max und Justine hatten nicht einfach nur so Verstecken gespielt. Sie wussten, wann sie am besten unsichtbar waren. Sich an Orten versteckten, an denen sie die Schmerzen ihrer Mutter weder sehen noch hören konnten. Die Grausamkeit ihres Vaters.

Nein, Justine würde nicht zulassen, dass er sie auch verbrannte.

Sie ließ den Schuh fallen, den sie immer noch umklammert hielt, und stieß ihren Vater zurück. Hart, mit Nachdruck. Sie war klein, setzte jedoch ihre geballte Kraft ein. Sie würde nicht zulassen, dass er sie zu ihrer Mutter machte.

Justine sah zu, wie er vor ihren Augen zusammenbrach. Wie er mit dem Kopf gegen die Schreibtischkante stieß, vor lauter Wucht davon abprallte.

Sie wusste nicht, was sie sich erhofft hatte. Nur, dass sie sich gegen ihn zur Wehr setzen würde. Er war zu Boden gestürzt, kniete jetzt aber, hielt sich an ihrem Schreibtisch fest und hievte sich mit weit aufgerissenen Augen hoch.

Scheiße, was hatte sie nur getan?

Er war nicht einfach nur wütend, er war rasend vor Wut. Justine wusste, er würde sie umbringen. Wenn nicht heute, dann zu einem anderen Zeitpunkt. Auf keinen Fall würde er ihr das durchgehen lassen.

Doch ihr Vater rechnete nicht damit, dass Justine nicht mehr das unterwürfige kleine Mädchen war, das er vor ein paar Stunden in den Wandschrank gesperrt hatte. Statt sie zu schwächen, war ihr Hass während dieser Tortur gewachsen. Sie hasste sich selbst dafür genauso sehr, wie sie ihn hasste, ihre Mutter. Wie hatten sie so lange einfach alles unter den Teppich kehren können? Die Wut loderte in ihr.

Sie wusste, was danach kommen würde: tagelange Liebesbekundungen, die dicke Luft im Haus, die ihr nachfolgen würde.

Die Lügen. Die langen Ärmel, die praktisch waren, aber nicht bequem. Justine hatte ihre Mutter deswegen gehasst, und sie weigerte sich, wie sie zu werden: unterwürfig, stumm und schwach. Eine Fremde in ihrem eigenen Haus.

Nein, sie war die Trommel.

Und so bückte sie sich rasch und nahm den hochhackigen Schuh vom Boden auf, bevor ihr Vater das Gleichgewicht wiedererlangt hatte – bevor er ihr noch einmal wehtun konnte. Dann schlug sie zu.

Einmal.

Zweimal.

Dreimal.

Trieb den Pfennigabsatz mit jedem Schlag weiter in seine Schläfe.

Das Leben floss aus ihm heraus. Er sah sie an, Angst stand in seinen Augen. Gut. Sie hatte ihn noch nie verängstigt erlebt. »Hilfe«, sagte er stumm. Doch sie bewegte sich nicht, sah einfach nur zu, wie er zusammenbrach und dabei mit dem Kopf gegen die Schreibtischecke prallte. Durch die Erschütterung fiel der Spiegel, der auf dem Tisch stand, zu Boden, wo er in Tausende Scherben zersprang; in jeder spiegelte sich das Blut, das aus dem Kopf ihres Vaters strömte und in die Holzdielen sickerte.

Sie starrte auf ihren Vater, der regungslos zu ihren Füßen lag, und mit Entsetzen wurde ihr klar, was sie getan hatte. Zu ihrer Überraschung fühlte sie sich jedoch nicht taub, im Gegenteil. Das Knacken, als sein Kopf gegen die Schreibtischecke geprallt war, hallte immer noch in ihren Ohren nach. Das Bild seiner Augen, als sie glasig wurden und ins Leere starrten, hatte sich lebhaft auf ihre Netzhaut eingebrannt. Das Blut, das in die Dielen sickerte, war zu feucht unter ihren Fußsohlen. Er war tot. Sie hatte ihn umgebracht. Würde die Welt je wieder dieselbe sein? Würde sie je wieder dieselbe sein? Warum fühlte sie sich so beschwingt nach dem, was sie getan hatte? So lebendig. War das nur das Adrenalin, das die Angst mit sich brachte? Sie war sich da nicht so sicher.

Sie vermied es, in die offenen Augen ihres Vaters zu blicken, während sie so vorsichtig wie möglich durch den Raum und ins angrenzende Bad ging. Die Glassplitter lagen weiter verteilt als erwartet, und bei jedem Schritt bohrten sich Scherben in ihre Fußsohlen.

Während sie den blutigen Schuh im Waschbecken abwusch, starrte sie wie gebannt auf das sich rot färbende Wasser. Auch als der Schuh sauber war, floss immer noch Blut aus dem Hahn. Würde das jetzt immer so sein? Würde sie ihre Tat ihr ganzes Leben lang verfolgen?

Sie brauchte einen Plan, und zwar schnell. Denn sie hatte sich in die Trommel verwandelt und würde nicht aufhören zu schlagen.

Ihr Vater hatte sie Justine genannt, *Gerechtigkeit,* und zum ersten Mal in ihrem Leben hatte sie das Gefühl, ihrem Namen gerecht geworden zu sein. Ihr Vater wäre sicher stolz auf sie gewesen.

Danksagung

Es heißt, man braucht ein ganzes Dorf. Für das Schreiben von *Bad Blood* war eine ganze Stadt nötig. Ich übertreibe nicht, wenn ich sage, dass ich dieses Buch ohne die Unterstützung meines Umfelds nicht geschrieben hätte. Meine Eltern und mein Mann haben mir Zeit und Raum zum Schreiben ermöglicht. Daher geht mein erster Dank an Luke, der nicht mit der Wimper gezuckt hat, als ich angekündigt habe, ein Buch zu schreiben, obwohl ich Vollzeit arbeitete, wir ein Kleinkind hatten und ich wieder schwanger war. Sein ruhiger, fester Glaube an mich geriet nie ins Schwanken (zumindest hat er es mir nie erzählt), und darüber bin ich sehr froh.

Großer Dank geht an meine Eltern, vor allem meine Mutter, die mir in jeder freien Minute mit den Kindern geholfen hat. Niemand könnte mir mehr zur Seite stehen. Und ich danke meinem Vater, dass er mir nicht nur gesagt, sondern auch gezeigt hat, dass man seine Träume wahr werden lassen kann. Dieses Buch hätte es natürlich nie hinaus in die Welt geschafft ohne meine Agentin Juliet Mushens. Es lässt sich kaum in Worte fassen, wie sehr du mein Leben verändert hast – nicht nur beruflich, sondern auch privat. Ohne dich wäre ich nicht der Mensch, der ich heute bin. Agentin, Mentorin, Vertraute und Freundin – danke, dass du immer an mich geglaubt hast,

398

schon Jahre, bevor ich noch ein einziges Wort geschrieben hatte. Außerdem danke ich dem Team von Mushens Entertainment für seine unermüdliche harte Arbeit und das unübertroffene Engagement.

Außerdem danke ich meiner Traumlektorin Phoebe Morgan für ihre Leidenschaft und ihre Ideen für *Bad Blood*. Ich hätte mir keine klügere, freundlichere und scharfsinnigere Lektorin wünschen können, und die Arbeit mit dir war großartig. Dank geht außerdem an alle anderen bei Hodder, die an dem verrückten und wunderbaren Prozess beteiligt waren, mein kleines (okay, großes) Word-Dokument in etwas zu verwandeln, das Leute kaufen wollen, darunter Kate Norman, Lydia Blagder. und Alainna Hadjigeorgiou, um nur ein paar zu nennen.

Ohne die Liebe und die Unterstützung gewisser Menschen hätte ich ganz sicher mit dem Schreiben aufgehört. Frank, Sophie, Laurie und Lucy – danke, dass ihr frühe Manuskriptfassungen gelesen, mich angefeuert und beraten habt. Besonderer Dank geht an Cara, die alle Hochs und Tiefs mit mir durchlebt hat. Danke für die Memes, den Kaffee und das gemeinsame Lachen.

Zuletzt möchte ich meinen wunderbaren Töchtern danken, Hazel und Florrie, weil ich mir durch sie vorstellen kann, wie sehr eine Mutter für ihre Kinder kämpfen könnte. Diese Liebe ist einzigartig.